KNAUR

KIRSTY
GREENWOOD

Wolke Sieben ganz nah

ROMAN

Aus dem Englischen
von Maike Hallmann

KNAUR

Die englische Originalausgabe erschien 2024 unter dem Titel
»The Love of My Afterlife« bei Penguin Books, London.

Besuchen Sie uns im Internet:
www.droemer-knaur.de

MIX
Papier | Fördert gute Waldnutzung
FSC® C014496

Deutsche Erstausgabe Juli 2024

Redaktion: Catherine Beck
Covergestaltung: ZERO Werbeagentur, München,
Übernahme des Originals von Penguin Randomhouse UK
Coverabbildung: ZERO Werbeagentur
unter Verwendung des Designs von Ceara Elliot
Satz und Layout: Adobe InDesign im Verlag
Druck und Bindung: GGP Media GmbH, Pößneck
ISBN 978-3-426-44887-8

2 4 5 3 1

Für meine kleine Schwester Nic.
Eine wahre Freundin durch dick und dünn
und die unerschrockenste und schlitzohrigste Gefährtin,
die ich je kannte.

Kapitel 1

Es kann nicht sein, dass ich so sterbe.

Auf keinen, auf wirklich *gar* keinen Fall.

Natürlich weiß ich, dass nicht jeder mit einem Ende gesegnet ist wie die alte Lady von der Titanic – ein Wegdämmern in seligen Schlummer, eingelullt in die Erinnerungen an Sex mit einem in voller Blüte stehenden Leonardo DiCaprio, die die Wucht des Krepierens gnädig abmildern. Aber mit siebenundzwanzig zu ersticken? Delphie, *nein!*

Während ich nach Luft ringe, ist mein Hirn gänzlich unfähig, sich der Frage zu widmen, wie ich mich aus diesem Horrorszenario retten kann, und kreist stattdessen ausschließlich um die erniedrigenden Umstände meines Ablebens.

Erstens: Ich ersticke an einem Burger. Und zwar nicht mal an einem Premium-Burger oder einem selbst gemachten, sondern an so einem billigen Müll, den man sich in der Mikrowelle warm macht; ich habe ihn nach der Arbeit im Minimart mitgenommen. Und zweitens sind dies die Klamotten, in denen ich ersticke: gewürzgurkengrüne Socken, kombiniert mit meiner allerschlimmsten Nachtgarderobe – einer ausgeblichenen, viel zu großen Abscheulichkeit mit einem grinsenden Cartoon-Stern auf der Brust, unter dem steht: *Baby, funkle und leuchte!* In meinem Fernseher läuft der bei einem Viertel pausierte Film *Der Tinder-Schwindler,* und auf meinem Laptop ist ein Browserfenster geöffnet – die Google-Ergebnisse meiner Frage: *ist in einem mikrowellen-burger richtiges fleisch?*

Wer wird mich wohl so finden? Mein widerwärtiger Nachbar von unten, Cooper, der angesichts meines Aufzugs garantiert abfällig die Nase rümpfen wird? Die Polizei, die meine persönlichen Habseligkeiten durchwühlen wird auf der Suche nach Beweisen, dass irgendein Dritter bei meinem Tod die Finger im Spiel hatte? Wird nicht leicht, jemanden mit einem Motiv zu finden, denn ich kenne in ganz London nur drei Leute – Leanne und ihre Mutter Jan von der Apotheke, in der ich arbeite, und den alten Mr Yoon von nebenan. O Gott, was, wenn der alte Mr Yoon mich findet? Das darf nicht passieren – sein Herz ist viel zu schwach, um mit etwas so Grausamem fertigzuwerden. Der liebenswürdige Mr Yoon! Wenn ich tot bin, gibt es niemanden mehr, der nachsieht, ob er vor dem Zubettgehen auch seine Zigaretten richtig ausgedrückt hat. Und wer macht ihm dann ein vernünftiges Frühstück, das nicht nur aus einer Schüssel mit pappigen Frühstücksflocken besteht?

Bei dem Gedanken an Mr Yoon, der kummervoll seine Frühstücksflocken anstarrt, stürze ich mich auf einen klapprigen Küchenstuhl und lasse den Oberkörper auf die Lehne krachen, ein Versuch, den Heimlich-Griff bei mir selbst anzuwenden. Miranda von *Sex and the City* hat das mal gemacht und überlebt … ordentlich mitgenommen, aber um eine Erfahrung reicher.

Wieder und immer wieder hämmere ich mein Zwerchfell auf den Stuhl. Dann umklammere ich mit der einen Hand die andere und schlage mir damit auf den Magen. Aua. Nichts passiert. Ist das die richtige Stelle? Ich versuche es noch mal, diesmal etwas tiefer. Und noch mal, jetzt höher. Es funktioniert nicht! Dieser Bissen aus Brötchen und möglicherweise nicht mal echtem Fleisch steckt fest in meinem Hals und scheint nicht vorzuhaben, dort je wieder herauszukommen.

Nein, nein, *nein!*

Ich rase durch mein kleines Wohnzimmer auf der Suche nach etwas, *irgendetwas,* das mir helfen könnte. Meine geliebte *Broad City*-Baseballcap, die an ihrem Haken an der Wohnungstür hängt? Nutzlos! Die ungeöffnete Schachtel mit Blackwing-Bleistiften auf dem Tisch? *Komm schon,* Delphie! Mein Blick fällt auf das Handy, das unter einem Sofakissen hervorlugt. Ich schnappe es mir und will den Notruf wählen, aber meine Hände zittern so sehr, dass es mir entgleitet. Es schlittert unter den Fernsehschrank, wo es sich einem regelrechten Ökosystem aus Staubflocken anschließt und der Antidepressivum-Tablette, die mir letzten Monat runtergefallen ist und die aufzuheben mir zu mühsam war.

Argh. Die Ränder meines Blickfelds verdunkeln sich. Meine Zunge fühlt sich seltsam an, ganz schwer und als würde sie sich zusammenrollen. Rollt sich wirklich gerade meine *Zunge* zusammen? Meine Knie knicken ein, ich segle theatralisch zu Boden, und mein Kopf landet mit einem dumpfen Laut auf dem hinreißenden, weichen, gestreiften Teppich, auf den ich die vergangenen drei Monate gespart habe.

O Gott.

Ich glaube … ich glaube, das war's?

Mein großer Abgang.

Mein Ablaufdatum.

Das Ende.

Hier liegt Delphie Denise Bookham.

Sie starb, wie sie gelebt hat: allein, verwirrt und in echt hässlichen Klamotten.

»Mach die Augen auf … ja, so ist es gut. Es wird Zeit, wieder … wieder aufzuwachen. Ah, da bist du ja. Hey, Mädelchen!«

Die fremde Stimme gehört einer Frau und hat einen melodischen irischen Akzent. Ich reiße die Augen auf und begegne dem manischen Lächeln einer Frau mit einer kleinen Stupsnase, die nur wenige Zentimeter von meiner eigenen entfernt ist. Ich mustere die Fremde. Butterblonde Korkenzieherlocken, zu einem Pferdeschwanz hochgebunden; die todschicke goldene Brille lässt ihre ernsten grünen Augen doppelt so groß wirken. Sie trägt orangenen Lippenstift, ich sehe Spuren davon auf den großen Zähnen, die sie zu einem völlig übertriebenen Lächeln bleckt. Rasch schließe ich die Augen. Dann öffne ich sie wieder und versuche verzweifelt, mich zu orientieren. Mir dreht sich der Magen um, als ich feststelle, dass ich nicht in meiner Wohnung bin, die ich eigentlich nie verlasse, sondern auf einem fremden Plastikstuhl sitze, die Füße auf einem geblümten, dick gepolsterten Puff wie eine Oma.

Wo bin ich?

Von irgendwoher schallt Bobby McFerrins *Don't Worry Be Happy*, es klingt unheimlich und wie in einem Traum. Mit weit aufgerissenen Augen sehe ich mich um: hellblau gestrichene Wände, vor mir eine Reihe türkisgrüner Waschmaschinen, die mit sich drehenden Trommeln vor sich hin gurgeln und hin und wieder warme, nach Lavendel duftende Luft ausspucken. Moment mal. Ist das ein Waschsalon? Was zum Geier tue ich in einem *Waschsalon?* Wie bin ich hierhergekommen? Und *wann?*

Über den Waschmaschinen entdecke ich ein großes gerahmtes Foto der bebrillten Frau. Sie reckt beide Daumen hoch, ihr Lächeln hat etwa tausend Volt. Mein Blick wandert von dem Bild an der Wand zurück zu der echten Frau, die neben meinem Stuhl kauert. Sie strahlt, als könnte sie sich nichts Schöneres vorstellen, als mich zu sehen. Dann reckt sie beide Daumen hoch, genau wie auf dem Foto.

Wer ist sie? Wo bin ich? »Äh … äh …«

Mein panisches Hirn weigert sich, meine Fragen in gesprochene Wörter umzuwandeln.

»Schlau, was?« Die Frau grinst. »Niemand fürchtet sich in einem Waschsalon! Ziemlich raffiniert, so einen ganz objektiv erschreckenden Moment abzumildern durch die wohl beruhigendste Umgebung, die man sich nur vorstellen kann. Ja, das hier ist ein Vorzimmer, das aussieht und sich anfühlt wie ein gemütlicher kleiner Waschsalon. In meiner Jugend, als das Leben so ein bisschen ARGH, DAS LEBEN IST SO EIN ARSCH, RAWAWA war, bin ich gern in den nahe gelegenen Waschsalon gegangen und habe zugesehen, wie all die Trommeln wirbeln und wirbeln, Stunden um

Stunden. Der Blütenduft überall und das ganze Geplätscher, das ist *so* tröstlich, findest du nicht?«

Ich zucke zusammen, als die Frau aus der Hocke aufspringt und stolz mit den Armen wedelt, als wäre sie Gastgeberin einer Gameshow, die gleich den Hauptpreis präsentieren wird.

»Das Blau der Wände entspricht ganz genau der Farbe des Himmels kurz vor Sonnenaufgang in der letzten Juniwoche. Hat eine Ewigkeit gedauert, präzise den richtigen Farbton zu treffen. Die Farbe heißt *Dehydrierte Gans,* sie wird seit 92 nicht mehr hergestellt. Aber ich kenn da einen, der einen kennt, der einen kennt, der den Richtigen kennt, und ja, ich hab's durchgezogen.« Sie presst die Lippen aufeinander, rammt beide Hände in die Taschen ihrer senfgelben Latzhose und lässt sachte die Hüften kreisen. »Die hohen Tiere haben *sehr* deutlich zum Ausdruck gebracht, dass sie ein *professionelleres* Ambiente wünschen, aber ich hab ihnen gesagt, also ich sagte, Leute, ihr könnt nicht von mir erwarten, dass ich hier die erstklassige Jenseits-Therapeutin gebe, wenn ihr mir nicht vollen Gestaltungsspielraum in Bezug auf die Räumlichkeiten gewährt, in denen ich die Toten therapiere. Ich meine, *kommt schon,* Leute … solche Idioten. Überall nichts als Idioten! Ist eine wunderschöne Farbe, was?« Sie betrachtet die Wände, seufzt zufrieden und beißt sich auf die Unterlippe, wobei sie sich noch mehr Lippenstift auf die Zähne schmiert. »Sie ändert sich mit dem Lichteinfall. Manchmal ist es ein kalkiges Grauviolett, dann wieder eher Jeansblau. Wie die Augen von Jamie Fraser. Du kennst doch Jamie Fraser? Aus den *Outlander*-Büchern? Was für ein Kerl. Er ist in meinen Top Ten der Romantik-Hauptrollen. Vielleicht sogar in den Top Five. Oder sogar in den Top …«

»Die Toten?«, unterbreche ich sie.

»Oh, ach ja … du bist tot, Süße. Tut mir leid.« Voller Mitgefühl reibt sie mir die Schulter.

»Was? Nein, ich … träume ich gerade?«

Ich dränge mein Hirn dazu, aufzuwachen. Das hier ist der eigenartigste Traum meines ganzen Lebens, und das, obwohl ich schon mal geträumt habe, ich würde gemeinsam mit Strolch aus *Susi und Strolch* einen ums Überleben kämpfenden Friseursalon führen.

»Du bist erstickt, weißt du nicht mehr?«, teilt mir die gesprächige Frau mit. »An einem Mikrowellen-Burger? Übrigens ist tatsächlich echtes Fleisch drin. Zu einhundert Prozent Rindfleisch. Ich nenne es allerdings lieber *bœuf*. Ich lerne nämlich gerade in den Wartepausen zwischen meinen Klienten Französisch. Nicht dass ich mich langweile oder so. Jedenfalls nicht sehr. Könnte hier ein bisschen mehr los sein?« Sie zuckt mit einer glatten, gebräunten Schulter und grinst schief. »Klar. Aber lieber ein stetes Hereintröpfeln von Toten als ein Tsunami, würde ich mal sagen, lol.«

Von *Toten?*

Die Erinnerung an das, was in meiner Wohnung passiert ist, bricht über mich herein. Das Ersticken. Ich presse eine Hand auf den Mund und ringe nach Luft.

»Oh, schon in Ordnung, Püppchen. Alles ist gut«, gurrt sie und hockt sich wieder hin, um auf Augenhöhe mit mir zu sein. »Alle körperlichen Unannehmlichkeiten werden beseitigt, sobald man hier ankommt. Die meisten psychischen ebenfalls. Aber die Übergangsphase zwischen dem Leben zum Nichtleben, die kann … ein bisschen schwierig sein. Ich bin Merritt, achtundzwanzig Jahre alt – und zwar für immer –, und meine All-Time-Favourites sind Curry und romantische Geschichten. In beiden Fällen gilt: je schärfer, desto besser. Ich bin deine zugewiesene Jenseits-Therapeutin.«

Ihre Hand schießt mir entgegen, offensichtlich, um meine zu schütteln, und mir fällt auf, dass sie an jedem Finger einen auffälligen Ring trägt. Eine diamantbesetzte Vintage-Rose, einen breiten schwarzen Emaille-Ring mit Totenkopf samt gekreuzten Knochen aus winzigen Rubinen. Am Daumen hat sie ein silbernes Band, auf dem steht: *Halb Qual/halb Hoffnung*. Es kommt mir vor, als hätte sie die Finger einfach in eine Kiste mit Fundsachen gesteckt und mitgenommen, was zufällig daran hängen geblieben ist. Ich starre sie nur stumm an, und sie schnappt sich meine Hand, die schlaff von der Armlehne baumelt, und schüttelt sie so eifrig, dass ich im Stuhl vor und zurück wackle.

»Mein Job ist es, dir bei der Eingewöhnung zu helfen, dafür zu sorgen, dass du nicht zu schlimm durchdrehst, all deine Fragen zu beantworten und so weiter und so weiter. Ich bin von jetzt an deine Hauptansprechpartnerin. Klingt das gut? *Oui?*«

Nein. Nein, das klingt überhaupt nicht gut. Non.

»Ich bin ganz wunderbar in meinem Job, keine Sorge«, fährt Merritt munter fort. »Angefangen habe ich in Evermore – so nennen wir das hier – ungefähr sechs Monate nach meinem Tod. Ich bin die jüngste Frau, die je zur vollwertigen Jenseits-Therapeutin ernannt wurde. Die meisten anderen Therapeuten sind alte Dudes in ihren Sechzigern oder Siebzigern, aber ich hab wohl einfach eine natürliche Affinität zu dieser Arbeit. Und außerdem bin ich höllisch ehrgeizig.«

»Hilfe«, flüstere ich.

»Das schmeckt den anderen Therapeuten gar nicht – eine heiße junge Frau, die für Unruhe sorgt. Ständig schnappen sie mir die neuen Toten vor der Nase weg.« Kurz betrachtet sie ihre Füße. Sie ist barfuß, die Zehennägel sind Coca-Cola-rot lackiert. »Ich könnte hier echt was reißen, wenn man mir nur eine faire Chance gäbe«, murmelt sie erbost. »Na, egal, ich will dich damit nicht langweilen. Zum Glück sind zwei von diesen alten Trotteln gerade im Urlaub, und da haben sie es nicht geschafft, mir dich wegzuklauen! Du bist mein erster Neuzugang seit einer ganzen Woche! Ein Glück für mich. Für dich natürlich Pech, aber für mich? Ausgezeichnet.«

Dümmlich sehe ich ihr hinterher, als sie auf eine Tür am anderen Ende des Raums zumarschiert. Mit dem gekrümmten Zeigefinger bedeutet sie mir, ihr zu folgen.

»Wo … wo gehen wir hin?«, frage ich. Ich zittere so sehr, dass die Worte mit einem Vibrato herauskommen, das meine Stimme klingen lässt wie die von Jessie J.

»Natürlich in mein Büro. Wir können doch die Aufnahme nicht hier in der Lobby machen, oder? Was, wenn ein anderer Toter eintrifft, während du mir gerade intime Fragen beantwortest? Peinlich. Damals haben immer alle gesagt, dass ich sehr professionell bin. Privatsphäre kommt immer an erster Stelle. Keine Sorge, ich kümmere mich schon um dich, Süße.« Den letzten Satz singt sie, es klingt, als würde sie Cher imitieren.

Merritt öffnet die Tür, und zu meiner Beruhigung liegt dahinter ein sehr hübsches, ziemlich normal aussehendes Büro. Überall stehen Kerzen, die Flammen haben einen warmen rosa Schimmer. Mitten im Zimmer steht ein Glasschreibtisch, überladen mit Dekozeug, darunter drei prächtig gedeihende Pflanzen, eine munter vor sich hin nickende chinesische Glückskatze und ein Schreibtisch-Organizer, der leer ist, weil sämtliche Stifte quer über den Schreibtisch verstreut liegen. An der gegenüberliegenden Wand steht ein Bücherregal, bis unter die Decke vollgestopft mit Romanen in allen Farben des Regenbogens. Offenbar sind es ausschließlich Liebesgeschichten, ich sehe Titel wie *The Proposal, A Match Made in Devon* und *The Bride Test.* Merritt folgt meinem Blick und zieht ein Buch aus dem Regal – eine hübsche leinengebundene Hardcover-Ausgabe von Jane Austens *Anne Elliot.* Sie drückt es an die Brust und schließt selig die Augen, als würde sie einen Welpen knuddeln. »Du kannst dir jederzeit Bücher ausleihen«, sagt sie, schiebt das Buch zurück ins Regal und fährt mit den Fingerspitzen liebevoll über die Buchrücken.

»Ähm, danke.«

Merritt schnuppert in die Luft und atmet geräuschvoll aus. »Rosen und schwarze Johannisbeeren. Mein ganz persönlicher Duft.« Sie zeigt auf eine flackernde weiße Kerze auf einem kleinen Holztisch. »Wundervoll, oder? Wir haben einen Diptyque-Laden in Evermore. *C'est magnifique.* Oh, wir müssen für dich auch einen persönlichen Duft finden. Ich wette, du bist ein Geißblatt-Mädchen, stimmt's? Du neigst zur Selbstbeobachtung, hast ein sensibles Herz und eine reiche innere Welt. Und unter der Oberfläche brodelt jede Menge Leidenschaft.«

Ich blinzle. Was zum Teufel ist hier eigentlich los? Wo bin ich hier gelandet? Und warum?

Merritt schenkt mir ein wohlwollendes Lächeln. »Okay. Ich sehe, dass du durcheinander bist, weil … wegen allem. Es ist ganz schrecklich, ich weiß. Als ich hier ankam, habe ich erst mal gekotzt. Ja, buchstäblich. Warum setzt du dich nicht und ruhst dich ein bisschen aus?« Sie deutet auf einen weißen Lederdrehstuhl vor ihrem Schreibtisch, doch bevor ich mich hinsetzen kann, klatscht sie entschlossen in die Hände. »Gut! Sehr gut. Okay.« Sie holt ein Klemmbrett von ihrem Schreibtisch und überfliegt den Zettel darauf. »Die erste Frage ist … möchtest du dein Leben vor deinen Augen vorbeiziehen sehen?«

»W-wie bitte?« Meine Zähne fangen an zu klappern.

»Ich fragte: *Möchtest du dein Leben vor deinen Augen vorbeiziehen sehen?* Früher haben wir diesen Service nicht angeboten, aber Hollywood hat den Menschen den Eindruck vermittelt, es würde zum Tod dazugehören. Und sosehr ich solche klassischen Erzählungen auch liebe, es entspricht einfach nicht der Realität. Na ja, aber es beschweren sich immer mal wieder Tote bei ihrer Ankunft darüber, also bieten wir es jetzt bei Bedarf an. Ganz allein deine Entscheidung, nur keinen Stress.«

Mir ist kalt. Warum ist es hier so kalt? Auf einem anderen Stuhl entdecke ich eine flauschige Decke, wickle mich fest darin ein und ziehe sie bis zum Kinn hoch.

»Also … willst du oder nicht?«, wiederholt Merritt und tippt mit dem Fingernagel aufs Klemmbrett.

»Äh … ähm …«, blöke ich und zupfe nervös an der Decke herum. »Kann ich jetzt nach Hause gehen?«

Merritt seufzt leise. »Wollen wir einfach Ja sagen zu der Sache mit dem Leben, das vor deinen Augen vorbeizieht? Das ist deine einzige Chance. Und wenn ich es dir jetzt nicht zeige und du es dir später anders überlegst, bist du wahrscheinlich böse auf mich, und das ist kein guter Start für eine ewige Freundschaft.«

Stumm sehe ich zu, wie Merritt in einer kleinen Kammer verschwindet und mit einem weißen Metallwagen zurückkehrt, auf dem ein großer grauer Neunzigerjahre-Fernseher und ein

DVD-Player stehen. »Dauert nicht lange«, sagt sie. »Wir zeigen nur die unserer Meinung nach wichtigsten Clips, sonst würde man dabei einschlafen, und obwohl wir technisch gesehen die Ewigkeit zur Verfügung haben, hat niemand Zeit für so eine Nabelschau. Was vorbei ist, ist vorbei, verstehst du?«

Ich sage immer noch nichts, und Merritt drückt auf *Play.* Ist die DVD schon drin? Ist der Player nur Show? Ich bin völlig durcheinander.

»Los geht's!«, sagt Merritt. »Delphie Denise Bookham. Das … war … DEIN LEBEN!«

Kapitel 2

Untermalt von Stevie Wonders *Isn't She Lovely* zeigt Merritts Video eine bezaubernde Montage von Momenten aus meiner idyllischen Kindheit. Lange bevor Papa genug von uns hatte und meine Mutter versuchte, ihrem Schmerz zu entfliehen, indem sie wie besessen die Karriereleiter bei der London City Bank hinaufkraxelte. Damals, als das Leben noch so perfekt war, wie es nur sein konnte. Ich sauge die Clips förmlich ein und habe plötzlich Angst, auch nur ein winziges Detail zu verpassen. Da sind wir drei, kullern durch hohes, mit Gänseblümchen übersätes Gras, kuscheln an einem Sonntagmorgen miteinander oder tanzen zu Aretha Franklin auf dem Bett. Da ist meine Mutter, die mich ihren schimmernden Lipgloss mit Kirschgeschmack ausprobieren lässt und lacht, als ich ihn eifrig ablecke und nach mehr verlange. Ich auf verschiedenen Geburtstagsfeiern, umringt von anderen lachenden, pausenlos plappernden Kindern mit strahlenden Augen und frechen Gesichtern. In einigen Clips liegen ich und Gen, meine beste Freundin aus Kindertagen, uns in den Armen und kichern übermütig über irgendeinen längst vergessenen Unfug. Ich wende den Blick vom Bildschirm ab, Scham und Traurigkeit durchzucken meine Brust.

»O Gott«, sagt Merritt und presst eine Hand auf die Brust. »Ich dachte, *ich* wäre als Kind schon süß gewesen, aber du bist noch eine ganz andere Liga! Absolut hinreißend.«

Die Hintergrundmusik wechselt zu Céline Dions *All by Myself*, während das Video in einen Clip übergeht, der mich allein am Esstisch in unserer Wohnung in West London zeigt – derselben Wohnung, in der ich immer noch wohne. Ich schneide sorgfältig Bilder aus einer Fernsehzeitschrift aus und arrangiere sie zu Collagen. Damals hielt ich meine Werke für supercool und sehr künstlerisch, aber jetzt sehe ich, dass sie ziemlich merkwürdig waren.

Ich bin von Kopf bis Fuß linkischer Teenager: pickliges Gesicht, dicke Brille, Zahnspange, und in einem meiner Ohren steckt ein Wattebausch wegen einer hartnäckigen Ohrenentzündung, die einfach nicht weggehen will. Die Clips gehen ineinander über: Ich sitze am Küchentisch und bastle meine Collagen, zeichne irgendwelche Soap-Stars, nehme meine Ohrentropfen und zucke zusammen, dann gehe ich ins Bett. Abend für Abend.

»Traurig.« Merritt schüttelt den Kopf.

Sie hat recht, es wirkt traurig. Damals, als ich allein dagesessen und gezeichnet und gebastelt habe, hat es sich nicht traurig angefühlt. Oder doch?

Das Video geht über zu meiner Zeit an der Bayswater High School. Sofort wird mir am ganzen Körper heiß, und ich werfe die flauschige Decke weg. In meinem Hinterkopf beginnt es zu pochen. »Können wir den Teil bitte vorspulen?«, frage ich, denn diese Zeit war einfach nur furchtbar, von Anfang bis Ende. Diese Erinnerungen halten mich nachts immer noch wach.

»Leider nicht«, sagt Merritt. »Wenn es einmal an ist, ist es an.«

Meine Brust zieht sich zusammen, als auf dem Bildschirm ein Bild von meinem fünfzehnjährigen Ich erscheint. Meine Haut sieht inzwischen besser aus, die Brille mit den dicken Gläsern habe ich gegen ein leichteres Modell ausgetauscht, und die schiefen Zähne sind dank Zahnspange inzwischen gerade. Meine roten Haare fallen mir in Wellen über die Schultern und heben sich hübsch vom Flaschengrün der Schuluniform ab.

Ich sitze in einem leeren Klassenzimmer, zeichne mit Bleistift auf einem Blatt Papier und beiße ab und zu in das Käsesandwich, das ich mir am Morgen gemacht habe. Und dann ist sie da. Gen Hartley. Meine beste Freundin aus Kindertagen, das Mädchen, das ich am meisten liebte, und die Hauptverantwortliche für so ziemlich all meine Traumata. In Begleitung ihres Freunds Ryan Sweeting stürmt sie in den Klassenraum. Es ist fast schon komisch, wie klischeehaft sie aussehen: Gen mit ihrem glänzenden Vorhang aus kastanienbraunem Haar, dicken Schichten blauer Wimperntusche und einem ultrakurzen Röckchen; Ryan, gut aussehend und groß für sein Alter, im Rugbytrikot des Schulteams und mit kurz geschorenem blonden Haar. Wäre dies ein Teenagerfilm, würde man sie sofort als die fiesen Kids identifizieren. Auf dem Video kommen sie mir allerdings kleiner vor als in meiner Erinnerung. Damals wirkten sie wie Riesen.

»Hey, Delphie!«, sagt Gen honigsüß, schlendert zu meinem Tisch hinüber und stützt sich mit beiden Händen auf meinen Schreibtisch. Ryan folgt ihr und schlingt die Arme um ihre Taille. Gen lächelt mich an. »Ich und Ryan haben eine Frage, und wir haben gehofft, du könntest uns helfen, sie zu beantworten.«

Ich hatte immer noch nicht gelernt, Gen nicht mehr zu vertrauen. Ich weiß noch, dass ich mich gefreut habe, dass sie wieder mit mir redete. Vielleicht vermisste sie mich ja. Vielleicht wollte sie wieder meine beste Freundin werden. Vielleicht wollte auch Ryan mein Freund werden. Er war der coolste Junge in unserem Jahrgang.

»Klar«, sage ich eifrig, lege den Bleistift weg und schiebe mir lächelnd die Brille auf die Nase. »Geht es um den Chemietest? Der wird echt schwer, aber ich helfe dir gern, wenn du möchtest. Willst du dir meine Notizen ausleihen?«

Gen lacht, eine helle, xylofonartige Melodie, die hässliche Absichten ahnen lässt. »Nein, Delphie. Unsere Frage ist: Warum sind deine Haare so … STROHIG.« Sie packt ein Büschel und reißt daran. Auf dem Video sieht man den Schmerz und Schock in meinem Gesicht deutlich. »Ehrlich, das fühlt sich an wie Drahtwolle. Benutzt du keine Spülung?«

Ryan lässt sie los und geht um den Tisch, bis er mir gegenübersteht. Reißt mir ebenfalls an den Haaren, viel härter als Gen. Mein Kopf ruckt nach vorn, und mir schießen Tränen in die Augen. »Du hast recht!«, ächzt er und wischt sich die Hände an der Jeans ab, als hätte er sich an mir besudelt. »Fühlt sich an wie Schamhaare.«

Gen kreischt vor Vergnügen. Ich springe auf, und meine Zeichnung segelt zu Boden. Hastig will ich sie aufheben, aber Ryan ist schneller. Er wirft einen Blick auf das Bild und verzieht den Mund zu einem fiesen Grinsen. »O mein Gott«, sagt er.

»Gib das zurück.« Ich strecke die Hand danach aus, aber Ryan hält das Blatt hoch in die Luft.

Gen keucht auf und greift danach. »Ist das Mr Taylor?«, kreischt sie. »Du hast Mr Taylor gezeichnet? Stehst du etwa auf den?«

Ich weiß noch, dass ich mir damals wünschte, ich wäre eine bessere Lügnerin, aber mein rotes Gesicht verriet mich. Natürlich stand ich auf unseren Kunstlehrer. So wie alle Mädchen. Er sah umwerfend aus mit seinen strahlend blauen Augen und den weizenblonden, stachlig frisierten Haaren, und er war nett und nahm sich immer Zeit, um mit mir über Komposition und Licht zu sprechen und darüber, wie wichtig es war, jeden Tag ein wenig zu zeichnen – ein Konzept, von dem ich nie zuvor gehört hatte.

»Und wie sie auf ihn steht! Sie ist ja knallrot geworden! Sie will Mr Taylor ficken. Sie will ihn ficken und ihn danach nackt mit heraushängendem Pimmel malen.«

Von Merritts Schreibtischstuhl aus starre ich auf den Bildschirm, und mein Herz klopft genauso heftig wie damals. Ich weiß noch, wie sehr es mich verwirrt hat, dass Gen so erwachsene Wörter wie »ficken« benutzte. Hatte sie schon Sex gehabt? Der Gedanke machte mich seltsam traurig, weil es bedeutete, dass ich so weit weg war von ihr und ihrem Leben, dass ich so ein bedeutendes Ereignis gar nicht mehr mitbekam.

»Oh, niemand wird Delphie jemals ficken«, stellt Ryan fest. »Da müsste schon jemand *sehr* verzweifelt sein.«

»Ja, wahrscheinlich bleibt sie für immer Jungfrau«, stimmt Gen ihm zu.

»Kann ich meine Zeichnung jetzt zurückhaben?«

»Morgen«, sagt Gen, und sie und Ryan schlendern zur Tür.

»Bitte zeigt das niemandem!«, rufe ich ihnen hinterher. Tränen laufen über meine Wangen.

»Mach ich nicht, versprochen!«, flötet Gen und faltet das Papier so, dass sich eine Falte quer über Mr Taylors Stirn gräbt.

Merritt schnappt nach Luft und drückt die Pausetaste. »O nein. Sie hat es allen gezeigt, stimmt's?«

Ich nicke und denke daran, wie Fotokopien meiner Mr-Taylor-Zeichnung auf sämtlichen Schulfluren verteilt wurden. Wie schrecklich es war, als alle über mich gelacht haben. Und wie traurig ich war, als es Mr Taylor so unangenehm war, dass er über den Lehrplan hinaus nicht mehr mit mir über Kunst gesprochen hat.

»Was für ein Miststück«, keucht Merritt, bevor sie unbeirrt wieder auf *Play* drückt, als wäre es nur ein Fernsehdrama, das sie im Schnelldurchlauf ansieht.

Noch mehr Clips von Gen und Ryan – das Vorzeigepärchen der Schule –, die mich auf immer grausamere Weise quälen: Sie drücken mir Kaugummi in die Haare, stellen mir auf dem Flur ein Bein und sperren mich fünf Stunden lang in den Schulkeller, wo mich die Direktorin findet, nachdem ich so lange geschrien habe, dass ich nur noch ein trockenes Krächzen hervorbringe. Wir sehen mich, die ich mich auf dem Mädchenklo im obersten Stockwerk verkrieche, meinen Apfel esse und wachsam zur Tür starre, während ich auf sich nähernde Schritte lausche.

Ich schlucke schwer. »Ich habe genug gesehen«, sage ich entschlossen. »Mach es aus.« Ich habe seit meinem sechzehnten Lebensjahr nicht mehr geweint und nicht vor, jetzt wieder damit anzufangen. »Es ist mein Ernst. Ich habe genug gesehen. Mach es verdammt noch mal aus.«

»Es wird doch sicher besser?«, fragt Merritt sanft. »Es sind nur noch ein paar Minuten!«

Ich kaue auf meiner Unterlippe, während ich mir selbst dabei zusehe, wie ich erwachsen werde. Ich studiere an der Uni, wohne aber noch zu Hause, damit ich niemanden kennenlernen muss. Dann bekommt meine Mutter einen Job an der Wall Street und geht einfach mir nichts, dir nichts nach New York. Ich fange an, in der Apotheke gegenüber unserer Wohnung zu arbeiten, weil ich dort den ganzen Tag im Hinterzimmer bleiben kann, ohne mit Kunden oder meinen Kollegen reden zu müssen. Das Video zeigt eine endlose Schleife aus Tagen in der Apotheke und Nächten, in denen ich auf dem Sofa sitze und fernsehe oder im Internet surfe. Die Tage gleichen sich so sehr, dass Wochen und Monate ineinander verschwimmen. Schließlich endet das Video mit dem wenig schmeichelhaften Moment, in dem ich den Mund extra weit aufreiße, um in den mörderischen Burger zu beißen.

»Oh, pfui«, murmelt Merritt, schaltet den Fernseher aus und rollt den Wagen zurück in den Schrank. »Nein, es ist nicht besser geworden. All deine Tage haben einander geglichen wie ein Ei dem anderen. Du warst so allein.«

Ich hebe das Kinn. »Tja, hab ich mir nicht so ausgesucht. Und ich war vielleicht allein, aber nicht einsam. Ganz und gar nicht. Ich bin wie ein Großer Panda. Wir gedeihen als Einzelgänger am besten.«

»Das sah aber nicht nach Gedeihen aus, Süße.«

»Und im Video ist kein einziges Mal Mr Yoon aufgetaucht«, protestiere ich. »Ich sehe ihn praktisch jeden Tag zum Frühstück. Er hat zwar noch nie mit mir gesprochen, aber das liegt nur daran, dass er nicht redet. Manchmal schreibt er mir Notizen, also …«

Merritt setzt sich an ihren Schreibtisch und streicht sich nachdenklich mit den Fingern übers Kinn. »Wir haben im ganzen Video weder einen festen Freund noch eine feste Freundin gesehen, Delphie. Oder auch nur eine kurze Tändelei. Hast du denn nie …« Sie beendet den Satz nicht, sondern hebt nur eine Braue.

Ich schnaube gereizt. Diese Frau geht mir langsam ernstlich auf die Nerven. »Wenn du meinst, ob ich Sex hatte, dann nein. Nein, hatte ich nicht. Menschen können auch ohne Sex ein erfülltes Leben führen.« Ich verschränke die Arme vor der Brust. »Ja, mein Leben sah auf dem Video nicht sehr erfüllend aus, aber es war auch echt ungünstig zusammengeschnitten. Die haben meine schöne Zeit mit Mr Yoon ausgelassen und meine Solo-Reise nach Griechenland, die herrlich war. Es wurde auch nicht erwähnt, wie schön der Blick aus meinem Wohnzimmerfenster war und wie viel Freude ich daran hatte, durch dieses Fenster den Wechsel der Jahreszeiten zu beobachten.«

»Ich habe keine Ahnung, woraus ein Mensch seine Befriedigung zieht, wenn er keinen Sex hat – ich selbst war zu Lebzeiten eine richtige Schlampe. Es war glorreich. Eine goldene Ära voller Schwänze, das steht mal fest. Du tust mir wirklich sehr leid.«

Der Funke der Irritation, den ich in Gegenwart anderer Menschen oft verspüre, lodert zu einem zornigen Feuer auf. »Ich brauche dein Mitleid nicht. Schon gar nicht aus diesem Grund.«

Merritt steht auf und setzt sich auf die Kante ihres Schreibtisches, sodass sich unsere Knie fast berühren. »Du bist also noch Jungfrau«, sagt sie fast zu sich selbst. »Im Alter von siebenundzwanzig Jahren. Das hört man auch nicht oft. Oh, Moment mal … o mein Gott, Delphie, du bist eine Jungfrau …«, sie blickt auf ihr Klemmbrett runter, »… ohne Führerschein. *Buchstäblich* eine Jungfrau ohne Führerschein. Wie in dem fantastischen Teenager-Romantikfilm *Clueless!*«

Was ich daraufhin sage, kommt mir selbst lächerlich vor, aber ich habe das Gefühl, keine andere Wahl zu haben, denn ihr Verhalten ist einfach höchst unangemessen. »Kann ich mit einem Manager sprechen?«

Merritt zieht eine Grimasse. »Ja, die hohen Tiere haben mir schon gesagt, ich müsste an meinem Taktgefühl arbeiten. Tut mir leid, Süße. Was ich hätte sagen sollen, ist, dass du noch nie Geschlechtsverkehr hattest oder legal ein Auto gefahren bist und dass das *in Ordnung* ist.«

Bei den Worten *in Ordnung* zeichnet sie allen Ernstes Anführungszeichen in die Luft.

»Manager«, wiederhole ich.

»Oh, du willst ganz sicher nicht, dass ich Eric hole, glaub mir das. Der Typ ist furchtbar, ein richtiges Arschloch. Und er ist verdammt heiß, was den Umgang mit ihm noch anstrengender macht.

Wenn du es unbedingt willst, dann hole ich ihn, aber ich verspreche dir, später würdest du es bereuen und dir wünschen, du wärst bei mir geblieben.« Sie senkt die Stimme. »Weißt du, ich habe ihn mal sagen hören, Adele wäre völlig überbewertet.«

Ich verziehe das Gesicht. Dieser Eric klingt tatsächlich wie ein Idiot.

»Es tut mir leid, dass ich dich verärgert habe, okay? Ich werde versuchen, mich zu bessern. Ich bin ein bisschen aus der Übung, weißt du? Aber ich verspreche, ich bin viel besser als Eric. Willst du einen Keks? Als kleine Wiedergutmachung.«

Ich seufze. Natürlich will ich einen Keks. Und ich würde es gern vermeiden, schon wieder eine ganz neue Person kennenzulernen.

Merritt öffnet ihre Schreibtischschublade und reicht mir einen in Folie eingeschweißten Keks. Ich packe ihn aus und nehme einen Bissen. Sie nimmt sich ebenfalls einen Keks und schiebt sich das ganze Teil auf einmal in den Mund, sodass ihre Backen aussehen wie die eines Hamsters.

»Okay«, sagt sie, als sie schließlich runtergeschluckt hat. »Hättest du Lust, jemanden über unsere interne Partnervermittlung kennenzulernen? Um ehrlich zu sein, ist sie noch in der Beta-Phase, hat also noch ein paar Macken, aber ich gehöre zum Team und würde dich gern einladen. Wir könnten noch ein paar willige Teilnehmer gebrauchen. Die Vermittlung heißt Eternity 4U. Ist das nicht süß?«

Ich schlucke meinen Keks hinunter. »Das Jenseits hat eine Partnervermittlung?«

»Auch tote Menschen brauchen Sex. Die Geilheit stirbt nie. Und, hey, vielleicht können wir dir ja zeigen, was du verpasst hast? Darf ich dich anmelden? Auf was für einen Typ stehst du denn? Blond, blaue Augen, so wie Mr Taylor, der Kunstlehrer, nicht wahr?«

Ich glaube, es ist die Nonchalance, mit der sie *tote Menschen* sagt.

Ich bin tot.

Ich bin tot?

Ich sitze hier fest? Mit dieser Frau und ihrer rastlosen *Energie?* Eternity 4 me?

Ich beginne wieder zu zittern.

Nein.

So was von nein.

Ich muss von hier verschwinden. Das Ganze ist ein Riesenfehler. Ich kann nicht hierbleiben. Ich kann das einfach nicht!

Ich spüre meinen raschen Herzschlag in den Wangen, als ich aufspringe und zur Tür renne. Es muss hier doch irgendwen geben, mit dem ich reden kann. Jemanden, der nicht total schräg ist. Jemanden, der mir helfen kann rauszufinden, was hier eigentlich gerade los ist.

»Delphie, warte! Geh nicht weg! O Gott, nicht schon wieder!«

Ich reiße die Tür auf, renne in den psychotischen Waschsalon-Warteraum – und pralle geradewegs gegen die Brust eines umwerfenden Fremden.

Kapitel 3

»Hey, hey! Ganz ruhig!« Der umwerfende Fremde packt mich an den Armen und mustert mich besorgt, blonde Brauen ziehen sich über strahlend blauen Augen zusammen.

»O Gott, es tut mir so leid«, murmle ich, ein wenig außer Atem. »Ich muss einen Arzt finden oder den Chef von diesem Laden oder so. Ich kann nicht bleiben. Wissen Sie, wo ich jemanden finde, der mich hier rausholt?«

Der Mann schüttelt den Kopf, die Hände immer noch auf meinen Armen. Seine warme Haut zu spüren ist tröstlich, und mein rascher Atem beruhigt sich schlagartig.

»Ich fürchte, ich bin gerade erst … ich bin gerade erst hier aufgewacht«, erklärt der Mann und betrachtet neugierig die Reihe der Waschmaschinen. »Das Letzte, woran ich mich erinnere, ist das Beruhigungsmittel für eine Zahn-OP. Jetzt bin ich hier, also ist das entweder ein wirklich ungewöhnlicher Traum, oder … ich bin tot?«

Ich nicke mitfühlend. »Genau das will ich auch rausfinden – Traum oder tot?«

»Das schlimmste Ratespiel aller Zeiten.«

Mir entweicht ein Schnauben.

»Wo sind wir hier?« Er betrachtet das gerahmte Bild von Merritt an der Wand. »Wer ist das?«

»Das ist Merritt, die Verrückte, die hier arbeitet. Sie hat ihr Vorzimmer wie einen Waschsalon dekoriert. Sie hält das für beruhigend.«

»Aber es ist total gruselig.« Der Mann beugt sich runter und späht in die Maschinen. »Alle Kleidungsstücke haben die gleiche Farbe.«

Da hat er recht – alles ist von derselben Senffarbe wie Merritts Latzhose.

»So seltsam.« Ich schaudere.

Er neigt lauschend den Kopf. »Ist das *Don't Worry Be Happy?*«

»Es läuft in der Wiederholungsschleife.«

»Natürlich. Und mit jedem Mal wird es unheimlicher.«

»Ja, oder? Selbst der beste Song klingt irgendwann bedrohlich, wenn man ihn immer und immer wieder spielt.«

»2008 habe ich nichts anderes gehört als Nickelback. Ich kann seine Stimme nicht mehr hören, ohne dass mir übel wird.«

»Nickelback?«

Er verzieht das Gesicht. »Die waren mal cool.«

»Die waren *nie* cool.«

Er errötet leicht.

Er ist nett, denke ich im Stillen. Das ist das längste Gespräch, das ich je mit einem ästhetisch so überlegenen Mann geführt habe. Zu meiner Überraschung verspüre ich nur einen Hauch meiner üblichen Nervosität und Gereiztheit.

Mir fällt auf, dass sein Haar die Farbe eines goldenen Weizenfelds in der Abendsonne hat. Ich habe zwar noch nie ein goldenes Weizenfeld in der Abendsonne gesehen, aber wenn ich es gesehen hätte, da bin ich mir sicher, hätte es genau so ausgesehen.

»Tot also, was?«, kommt er auf unsere scheußliche Situation zurück und zieht eine Grimasse. Ich lasse die Schultern sinken. Es war eine Wohltat, die Realität für ein paar Minuten zu vergessen.

»Tot«, wiederhole ich sanft. »Es tut mir so leid.«

»Scheiße. Ich hatte so viele Pläne für den August. Was für ein Jammer, das sommerliche London zu verpassen. Es ist magisch.« Mit einem wehmütigen Lachen blickt er in die Ferne. »So magisch wie sonst nichts auf dieser Welt.«

Sofort sehe ich vor mir, wie die Müllsackstapel auf der Straße in der Glut der Sommersonne anfangen zu stinken. Denke an dreiste Ratten, die mitten am Tag vor einem auftauchen und einem direkt in die Augen starren. An den Ansturm der Touristen, die am Bahnhof Paddington ankommen und mich damit wecken, dass sie um Mitternacht ihre riesigen Koffer durch meine Straße rollen. An den zähen Smog, der in der Rushhour unerträglich wird. Wie ein Eintopf aus Abgasen.

»O ja.« Ich nicke. »Magisch.«

Ich betrachte die gebräunten Hände des Mannes auf meinen Armen. Es fühlt sich gut an, seine Haut auf meiner Haut zu spüren. Normalerweise bekomme ich Schweißausbrüche und Panik, wenn mich jemand berührt, und mit jeder Sekunde des Kontakts steigt mein Drang, entweder wegzulaufen oder ihm vors Schienbein zu treten. Aber das hier? Es fühlt sich … angenehm an. Ruhig und weich und sinnlich zugleich. Wie ein warmes Schaumbad an einem faden Februartag.

Der Mann sieht, wie ich seine Hände anstarre, und lässt mich rasch los. Steckt die Hände in die Taschen seiner blauen Jeans.

»Entschuldigung. Ich hab nicht gemerkt, dass ich dich einfach so angrabble. Wie schräg. Ich bin kein Perversling, versprochen.«

»Schon gut.« Ich streiche mir das Haar hinters Ohr und kichere. Ich glaube, ich habe seit 2008 nicht mehr gekichert.

»Das ist seltsam.« Er kneift die Augen zusammen. »Und es klingt wahrscheinlich nach einem dummen Spruch, aber ich … ich hab das Gefühl, ich hätte dich schon mal getroffen. Als würde ich dich kennen. Hört sich das seltsam an?«

Ich nicke hastig, weil mir auf einmal bewusst wird, dass ich dasselbe empfinde. Ja, mir ist völlig klar, dass ich diesen Mann noch nie zuvor getroffen habe. Aber trotzdem empfinde ich in seiner Gegenwart einen Frieden wie bei keinem anderen Menschen je zuvor. Es ist, als würde mich dieser Mann kennen. Als wüsste er über all meine Schwächen und schlechten Angewohnheiten und unangenehmen Gedanken Bescheid, und es wäre ihm völlig egal. Als ob er mich mögen würde, obwohl ich … ja, obwohl ich *ich* bin. Als hätte ich ihn schon mein ganzes Leben lang vermisst. Es ist ein seltsames Gefühl. Ein gutes Gefühl.

Ich betrachte sein Gesicht. Die Zähne, der Akzent, seine Freundlichkeit und das Kornblumenblau seiner Augen erinnern mich schmerzlich an Mr Taylor, was seltsam ist, weil ich gerade erst von ihm gesprochen habe.

Sein Blick wandert über mein Gesicht und verweilt einen Moment auf meinen Lippen. Mein ganzer Körper beginnt zu kribbeln und eigenartig zu sprudeln, als wäre ich eine glitzernde Schneekugel, die gerade kräftig geschüttelt wurde. Alles ringsum verblasst angesichts seiner leuchtend hellen Gegenwart. Wer zum Teufel ist dieser Mann?

Er lacht verlegen und streicht sich über den Kiefer. »Und, äh, bist du öfter hier?« Er zieht eine alberne Grimasse, und ich grinse und vergesse, wo ich mich befinde und dass ich anscheinend tot bin. Dieser schöne Fremde sieht mich an, wie ich in meinem ganzen Leben noch von niemandem angesehen wurde. Als wäre ich faszinierend und wunderbar und in keinster Weise ein Totalausfall … und außerdem sehr, sehr hübsch.

»Du bist so jung.« Er runzelt die Stirn. »Zu jung zum Sterben.«

»Du auch.«

»Fuck.«

»Off.«

»Na ja. Wenigstens sind wir jetzt wohl für immer heiß. In unserer Jugend konserviert, quasi.«

Er hat es gesagt. Er findet mich heiß. Mit meinen ungewaschenen Haaren und in meinem komischen Nachthemd. Wow. Meine Wangen glühen vor Freude. Was passiert hier bloß gerade?

»Ich muss deinen Namen wissen«, sagt er und kommt einen Schritt näher, seine Stimme ist plötzlich tief und vertraulich.

»Ich heiße Delphie. Delphie Bookham.«

»Es freut mich, dich kennenzulernen, Delphie Bookham.« Er lächelt. Lieber Himmel, seine Zähne sind perfekt, so gerade und weiß. Er geht bestimmt sehr regelmäßig zum Zahnarzt.

Er hält mir seine Hand hin, und ich ergreife sie. Aber wir schütteln uns nicht die Hand, wir halten uns nur fest.

»Wie heißt du?«, frage ich.

»Ich bin Jonah. Jonah T…«

Den Rest seines Namens erfahre ich nicht mehr, denn Merritts Bürotür fliegt auf, und sie kommt herausgerannt und starrt Jonah und mich mit großen Augen an. Wir zucken zusammen, und Merritt, ein Fax in der Hand, schreitet mit energisch wippenden blonden Locken auf uns zu.

»Hi!«, sagt sie mit zerknirschtem Lächeln und blinzelt ein paarmal. »Jonah, richtig?«

»Äh, ja?« Vor Schreck ist seine Stimme ganz kieksig. Er räuspert sich und versucht es noch mal. »Ja. Das bin ich.«

»Hi, Jonah, mein Süßer. Aaalso, ich fürchte, es gab da eine kleine Verwechslung – das passiert manchmal, kein Grund zur Sorge.«

»Was ist los?«, fragt Jonah. Er ist nicht mehr entspannt. Sein Gesicht ist gespenstisch bleich geworden.

»Tja«, sagt Merritt, bläst ihre Wangen auf und pustet die Luft wieder heraus. »Gute Nachrichten, wie sich herausstellt! Du bist nicht wirklich tot, Jonah. Du bist das, was wir einen *versehentlichen Besucher* nennen. Unsere Systeme spielen manchmal verrückt und liefern uns Leute, die noch gar nicht hierhergehören.« Ihr Blick zuckt zu dem Fax in ihrer Hand. »Und zwar, wie es aussieht, noch für sehr lange Zeit nicht. Also …«

Und dann, bevor Jonah oder ich etwas sagen oder tun können, tritt Merritt vor und drückt ihren Daumen mitten auf Jonahs Stirn. Ich schreie auf, als sein Körper aufschimmert. Und dann sieht es aus, als würde er zerplatzen, wie eine Seifenblase, die gerade jemand zerstochen hat.

Ich blicke auf meine Hand hinunter, die eben noch seine gehalten hat.

Sie ist leer.

Nein.

Nein, nein, nein!

Ich glaube … ich glaube, ich habe gerade den einzigen Menschen getroffen, den zu treffen mir wirklich vorherbestimmt war.

Und jetzt ist er weg.

Kapitel 4

Ich starre auf den Fleck, an dem Jonah gerade noch stand, blinzle und versuche zu begreifen, was gerade passiert ist.

»Sieh an, sieh an, sieh an!«, sagt Merritt gedehnt und wischt sich die Hände ab. Sie wackelt mit den Augenbrauen und setzt ein wissendes Lächeln auf. »Selbst die wundervolle Nora Roberts persönlich würde ihr letztes Hemd dafür geben, um eine solche Chemie auf eine Manuskriptseite zu bannen.«

»Das … das war … Wer war das? Er war … Und jetzt ist er …«

»Er ist weg, mein liebes Mädchen. Wieder zurück im Land der Lebenden. Eine Verwaltungspanne – das kommt hin und wieder mal vor. Wie schade. Mit ihm gemeinsam hättest du eine viel schönere Zeit in Evermore gehabt. Es tut mir so leid, Delphie. Ich wünschte, das wäre anders gelaufen.«

Ich sehe Merritt direkt in die großen grünen Augen. »Moment mal … du hast ihn gerade zurückgeschickt. Schick mich auch zurück! Du hast die Macht dazu, ich habe es gerade mit eigenen Augen gesehen!« Verzweifelt greife ich nach ihrem Daumen und drücke ihn gegen meine Stirn. »Komm schon, tu es einfach! Mach das Ding mit dem Daumen! Ich will nicht hier sein. Ich kann nicht bleiben! Mr Yoon braucht mich. Ich … ich habe einen Job! Du hast Jonah gerade zurückgeschickt. Schick mich auch zurück!«

Merritt reißt ihren Daumen weg und hält ihn schützend an ihre Brust. »Jeder kann versehentliche Besucher auf die Erde zurückschicken – das war ja nur ein Verwaltungsfehler.« Sie zuckt mit den

Schultern, als wäre nichts dabei, dass sie gerade einen schönen und an mir interessierten Menschen einfach hat verschwinden lassen. »Aber Leute, die hierhergehören? Das geht nicht. Jeder Mitarbeiter von Evermore hat nur eine einzige Rücksendegenehmigung für die ganze Ewigkeit, und ich habe meine bereits für eine unglaubliche junge Ärztin verwendet, die ein Medikament entwickelt hat, das im Erfolgsfall PMS vollständig beseitigen würde. Aber selbst wenn ich meine Option noch hätte, würde ich sie wohl kaum für dich benutzen ... nichts für ungut.«

Ich lasse mich auf einen der Plastikstühle sinken. Ja, ich verstehe. Wenn ich hier arbeiten würde und während der gesamten Ewigkeit nur einen einzigen Menschen zurück ins Leben schicken könnte, würde ich mir dieses Privileg für jemanden aufheben, den ich kenne. Jemanden, den ich liebe. Zugegeben, solche Jemande gibt es nicht viele, aber jedenfalls würde auch ich diese einmalige Chance sicher nicht an jemanden wie mich verschwenden. Jemanden wie mich, der manchmal vergisst, Papier und Wertstoffe zu trennen, und einfach alles in dieselbe Mülltonne wirft. Jemanden, der sich mal vierundzwanzig Stunden lang unter einer Decke versteckt hat, um eine Lebensmittelvergiftung vorzutäuschen, nur damit er nicht zur Weihnachtsfeier mit seinen Arbeitskollegen gehen musste. Nein, auch ich würde mir wohl nicht ausgerechnet so jemanden aussuchen, um ihm das Leben wiederzuschenken.

»Es tut mir leid, Süße.« Merritt streichelt mir über den Kopf. »Zwischen euch beiden hat es wirklich gefunkt, hm? Er hat deine Hand gehalten, obwohl ihr euch gerade erst kennengelernt habt? Das ist total schräg. Schade, dass er gehen musste und du bleiben musst.«

Ich vergrabe den Kopf in beiden Händen und stöhne leise. Sieht so die Ewigkeit aus? Stecke ich für immer mit dieser Frau fest?

»Oh, aber warte mal kurz ...«, sagt Merritt nachdenklich. »Was wäre, wenn ich ...? Vielleicht könnte ich ... und dann würdest du zurückgehen und ... nein ... das würde nicht funktionieren ... Hmmmm, außer wenn ...«

Ich hebe den Kopf und spitze die Ohren wie ein aufmerksam lauschender Hund. »Was hast du gerade gesagt? Vielleicht könnte ich zurückgehen, wenn was? Was würde nicht funktionieren? Wovon redest du?«

Merritt lässt sich mir gegenüber aufs Sofa plumpsen und klopft sich mit den beringten Händen auf die Oberschenkel. »Nun, ich denke da gerade an die Franklin-Bellamy-Klausel. Vielleicht könnte das klappen …«

»Die Franklin-Bellamy-Klausel? Was ist die Franklin-Bellamy-Klausel?«

Merritt schiebt sich die Brille auf die Nase und beugt sich vor. »*Also*. Es gibt eine Klausel im Evermore-Handbuch, geschrieben von so einem hohen Tier namens Franklin Bellamy. Das war damals in den 1990ern, glaube ich. Er hat eine Regel eingeführt, die besagt, dass ein Toter innerhalb von drei Stunden nach seiner Ankunft – vorausgesetzt, er ist noch nicht offiziell als verstorben registriert – von einem Jenseits-Therapeuten auf die Erde zurückgeschickt werden kann. Natürlich nur unter bestimmten Bedingungen.«

»Welche Bedingungen?«

»Er kann zurückkehren, um einem Jenseits-Mitarbeiter einen wichtigen Gefallen zu tun. In diesem Fall darf der Tote auf der Erde bleiben.«

»Er darf am Leben bleiben?«

»Wenn er die gestellte Aufgabe erfolgreich löst, ja. Franklin Bellamy hat die Klausel eingeführt, um jemanden auf die Erde zurückkehren zu lassen, der jener Frau, die im Jahr 2028 das Reizdarmsyndrom heilen soll, sagt, dass sie ein Kohlenmonoxid-Leck in ihrer Wohnung hat. Er hat ihren Tod verhindert, und im Jahr 2028 wird die Welt für viele glücklicher und angenehmer sein.«

»Warum ist er nicht einfach selbst zurückgegangen? Wenn er so viel Macht hatte? Warum musste er jemand anders schicken?«

Merritt verdreht die Augen. »Hast du mir nicht zugehört, Süße? Es ist sehr wichtig, dass die zurückkehrenden Toten noch nicht als

Verstorbene registriert wurden. Kannst du dir das Chaos vorstellen, wenn ich auf der Erde auftauche, nachdem ich fünf Jahre lang weg war? Ganz egal, wie vorsichtig ich bin, es besteht immer die Möglichkeit, dass jemand, der mich kannte, mich auf einmal fröhlich umherspazieren sieht. Das wäre eine potenzielle Katastrophe im Gefüge von Raum und Zeit, ganz zu schweigen davon, wie peinlich es wäre.« Sie erschauert bei dem bloßen Gedanken.

»Also kann man nur neue Tote – ich meine, Neuankömmlinge – für einen solchen *Gefallen* losschicken.«

»Ja. Die Regeln besagen, dass ein Mitarbeiter so etwas nur einmal tun darf, es muss einen wichtigen Grund haben, und es darf niemals jemanden direkt betreffen, den man auf Erden gekannt hat.«

»Warum nicht?«

Merritts Augen weiten sich. »Oh, wenn wir in das Schicksal derer eingreifen könnten, die wir auf Erden kannten und liebten, würden wir den Verstand verlieren. Alle würden die Regeln brechen und riskieren, die Existenz von Evermore zu enthüllen. Ein Albtraum!«

»Hast du deine Rücksendung noch frei?«, frage ich atemlos.

Merritt nickt. »Ja, ich habe sie mir aufgespart.«

»Wofür?«

»Als gutes Argument in Verhandlungen – was denn sonst?« Sie hebt eine Augenbraue. »Wir können unsere Rücksendungen an andere Mitarbeiter verschenken oder sie gegen Beförderungen oder Vergünstigungen eintauschen. Solange ich meine behalte, habe ich immer ein Ass im Ärmel.«

Ich stehe auf. »Spar dir deine Rücksendung nicht weiter auf! Schick mich zurück!« Ich werfe einen Blick auf die rosa Digitaluhr an der Wand. »Ich bin erst seit etwa zwei Stunden hier, oder? Noch kann ich zurückgehen! Dir fällt bestimmt etwas ein, das ich für dich tun kann. Was auch immer es ist – ich will leben! Ich tu alles, was du verlangst!«

Merritt verzieht den Mund und hebt dann das Kinn, ihre Augen leuchten. »Du würdest *alles* tun?«

»Ja!«, rufe ich. »Alles, was du willst!«

Merritt wirft einen Blick auf eine andere Tür, bevor sie auf ihrem Stuhl ganz nach vorn rückt. Ihr Gesicht ist auf einmal so nah, dass ich ihren Keksatem rieche. »Okay, ich hätte da vielleicht eine kleine Idee. Aber …«, sie stockt und senkt die Stimme. »Aber sie würde den anderen Therapeuten gar nicht gefallen …«

»Ich dachte, du sagtest, diese alten Dudes wären allesamt Trottel?«

Merritt nickt schnell, ihre Locken hüpfen im Takt. Sie gräbt die Zähne in ihre Unterlippe. »Das habe ich gesagt, ja. Und es stimmt. Evermore ist der Erde sehr ähnlich – das Sagen hat ein Haufen alter Männer, die völlig festgefahren sind in ihren Gewohnheiten. Der Himmel helfe jedem, der tatsächlich versucht, *innovativ* zu sein und ein wenig modernen Schwung in die Sache zu bringen.«

»Erzähl mir von deiner Idee.«

»Ah ja, meine Idee. Es klingt seltsam, aber … ich glaube, Delphie, dass Jonah dein Seelenverwandter gewesen sein könnte.« Sie greift nach meinen Händen. »Ich meine, technisch gesehen hat jeder Mensch *fünf* Seelenverwandte, die gleichzeitig mit ihm auf der Erde umherwandern … aber ich glaube, Jonah könnte einer von deinen sein. So, wie ihr euch angesehen habt?« Sie seufzt verträumt. »Wie Laurie und Jack in Josie Silvers *Ein Tag im Dezember.* Als wolltet ihr nichts lieber, als euch einfach nur zu berühren. Ich meine, wie groß ist die Chance, dass dieser Typ zufällig zur gleichen Zeit hier auftaucht wie du? Noch dazu in *meiner* Lobby.« Sie keucht, springt auf und marschiert im Zimmer auf und ab. »Was, wenn es Schicksal war und ich ihm nur einen kleinen Schubs geben muss?«

Ich blinzle. *Ein Seelenverwandter.* Seelenverwandte gibt es wirklich? Plötzlich stelle ich mir vor, wie ich Hand in Hand mit Jonah die verschneite Oxford Street entlanglaufe. Das ist völlig daneben, denn ich verabscheue die Hektik der Oxford Street und meide Schnee, wann immer es möglich ist. In meiner Fantasie tragen Jonah und ich zusammenpassende Fäustlinge und kichern. Und mir ist weder irritiert noch ängstlich oder traurig zumute. Als wäre ich ein anderer Mensch. Es ist komisch, ich habe noch nie über Seelenverwandte nachgedacht … aber was, wenn Merritt recht hat? Wenn es tatsächlich möglich ist, mich besser zu fühlen als je zuvor?

»Ich gebe dir zehn Tage«, sagt Merritt entschlossen.

»Zehn Tage?«

»Zehn Tage zurück auf der Erde, um Jonah zu finden. Wenn er dich küsst, kannst du bleiben.«

»Ich kann am Leben bleiben? Als wäre das alles nie passiert? Als hätte ich mich niemals an diesem blöden Burger verschluckt?«

»Ja. Aber *er* muss *dich* küssen. Aus freiem Willen.«

Ich kneife die Augen zusammen. »Warum nur zehn Tage?«

Merritt verschränkt die Arme vor der Brust. »Diese Therapeuten, von denen ich dir erzählt habe? Die beiden alten Knacker, die mir ständig die neuen Toten vor der Nase wegschnappen und mir nicht zutrauen, hier was zu reißen? Sie sind die nächsten zehn Tage im Urlaub. Wir erledigen das alles, bevor sie zurückkommen … und niemand muss es je erfahren!«

»Moment mal … du darfst das eigentlich gar nicht?«

Merritt schüttelt schnell den Kopf. »Natürlich darf ich! Ich würde *niemals* die Regeln von Evermore brechen.« Sie schnalzt mit der Zunge. »Es wäre nur trotzdem besser, wenn das unter uns bliebe. Mein Gott. Bei deinem Blick würde man nicht auf die Idee kommen, dass dir gerade die Chance deines Lebens geboten wurde.«

Ich ziehe eine Grimasse.

»Was ist denn jetzt schon wieder?«

»Inwiefern würde ich dir damit denn einen Gefallen tun?«

Merritt lacht und wackelt leicht mit den Augenbrauen. »Nun, ich könnte alles miterleben.«

»Was meinst du damit?«

»Hör mal, du kennst nicht mal den vollen Namen dieses Mannes. Du weißt nicht, wo in London er steckt. Im Hintergrund tickt eine Uhr, *meine* tickende Uhr, und es gibt Gott weiß wie viele Hindernisse auf eurem Weg zueinander. Das ist wie ein echter Liebesroman! Und ich darf zusehen, wie er sich in Echtzeit entfaltet! Ein *Traum.*« Sie klatscht in die Hände und wippt auf den Fersen auf und ab.

»Du sagst mir nicht mal seinen vollen Namen?« Ich starre sie an.

»Wo bliebe denn da der Spaß? Oh, und seine Erinnerung wird übrigens gelöscht sein, er erinnert sich nicht an eure kleine Tändelei.« Merritt geht zu ihrem gerahmten Bild rüber und stellt es zärtlich wieder hin. »Ich will das Schicksal in Aktion sehen. Mal sehen, ob du es schaffst. Wie ich schon sagte, die Toten werden mir am laufenden Band gestohlen. Irgendwie muss man sich doch seinen Kick holen.«

Ich stehe auf und gehe auf und ab. »Was, wenn ich ihn nicht finden kann? Was, wenn er mich nicht küsst? Muss ich dann hierher zurückkommen? Denn das will ich wirklich nicht.«

Merritt reibt die Hände aneinander und starrt einen Moment lang ins Nichts. Dann breitet sich ein strahlendes Lächeln auf ihrem Gesicht aus. »Ja. Dann musst du hierher zurückkommen *und* mit mir an dem Dating-Service arbeiten, den ich gerade aufbaue. *Eternity 4U.* Wir brauchen Versuchskaninchen. Freiwillige, die zu Testverabredungen gehen und Rückmeldung geben, wie das System verbessert werden könnte. Du müsstest dich bereit erklären, so lange mein Versuchskaninchen zu sein, wie ich dich brauche. Außerdem musst du diesen Vertrag unterschreiben, in dem du dich mit meinen Bedingungen einverstanden erklärst.« Scheinbar aus dem Nichts holt sie ein Stück Papier hervor und legt es mir auf den Schoß. Dann greift sie in ihre Latzhosentasche und holt einen goldenen Kugelschreiber mit burgunderroter Feder heraus.

Date-Testerin … das klingt wie mein persönlicher Albtraum. Ich habe noch kein einziges Mal mit der Verkäuferin des Ladens an der Ecke gesprochen, obwohl ich fast jeden Tag dort bin. Ich habe es nun mal nicht so mit Menschen.

Aber dann denke ich daran, wie Jonah mich eben angesehen hat. Als würde er mich ganz bestimmt aus freien Stücken küssen. Und zwar ohne auch nur eine Sekunde zu zögern. Vielleicht muss ich ihn einfach nur finden. Ich weiß immerhin schon, dass er in London lebt. Und dass sein Vorname Jonah ist und sein Nachname mit dem Buchstaben T beginnt. Wie viele Jonah Ts kann es in einer Stadt schon geben?

Ich denke an meine gemütliche Wohnung mit dem neuen gestreiften Teppich. An all die Fernsehserien, die ich noch nicht zu Ende gesehen habe. Den alten Mr Yoon, der in letzter Zeit immer vergesslicher wird und außer mir niemanden hat, der nach ihm sieht. Das wäre *die* Gelegenheit, mich zu vergewissern, dass es ihm gut geht und er alles hat, was er braucht, falls ich am Ende doch den Löffel abgeben muss. Mein Herz beginnt verzweifelt zu rasen, erfüllt von dem angeborenen menschlichen Instinkt, das eigene Leben zu retten. Weiterzuatmen und zu leben und zu *sein,* koste es, was es wolle.

Bevor meine Zweifel mich überwältigen können, schnappe ich mir den Stift aus Merritts Hand und kritzle meine Unterschrift unten auf das Dokument. Die feuchte Tinte ist lila und schimmert wie Öl in einer Pfütze.

»Zehn Tage«, wiederholt Merritt. »Und *er* muss *dich* küssen.«

»Aber was ist, wenn …«

Ich komme nicht dazu, meine Frage zu beenden, da reißt Merritt mir bereits das Papier aus der Hand, streckt mit einem manischen Lachen ihren Daumen aus und drückt ihn mir entschlossen auf die Stirn.

Ich keuche auf und blicke auf meine Arme hinunter, die erst aufschimmern und sich dann zu einer silbrigen Flüssigkeit aufzulösen scheinen, und dann …

Kapitel 5

»Delphie? Verdammt noch mal. Delphie? Wach auf.«

Stirnrunzelnd öffne ich die Augen und sehe ein Augenpaar vor mir, so dunkel, dass sie fast schwarz wirken. Das Gesicht des Mannes ist so nah an meinem, dass ich die Seife auf seiner Haut riechen kann, ein sauberer, teurer Duft. Wieder sagt er meinen Namen, er klingt wütend. Es dauert ein paar Sekunden, bis ich die herrische Stimme erkenne, und ein scharfer Stich der Abneigung zuckt durch meinen Bauch. Ich setze mich kerzengerade auf und schiebe das Gesicht des Mannes von mir weg.

»Mein Gott.« Ein kurzer Anflug von Erleichterung geht über sein verabscheuungswürdiges Gesicht. »Du lebst noch.«

Ich wische mir den Schweiß von der Stirn und presse die Lippen aufeinander, mein Mund ist trocken. Verwirrt sehe ich mich um. Ich sitze auf dem Boden meiner Wohnung. Lebe ich noch? Prüfend hole ich Luft und stelle fest, dass es problemlos geht. Gierig sauge ich mehr Luft ein. Wunderbare Luft. Herrliche, lebensspendende Luft. »Heilige Scheiße«, sage ich mit schwankender Stimme … und entdecke mein Handy auf dem Beistelltisch. Von einem Mikrowellen-Burger ist weit und breit nichts zu sehen. Mein Fernseher ist ausgeschaltet, der Laptop zugeklappt. »Was zum Teufel …?«

Über mir ragt Cooper auf, der Typ von unten, seine baumlange Gestalt lässt mein kleines Wohnzimmer noch winziger erscheinen. Er hebt die Hände, als wolle er meine Fragen abwehren. »Ich bin nur hochgekommen, um dir das da zu bringen«, sagt er steif und deutet auf ein Paket auf meinem Küchentisch. »Es wurde vor meiner Haustür abgestellt – mal wieder. Deine Tür stand einen Spalt offen, und als ich reinkam, fand ich dich ohnmächtig auf dem Boden. Aber du bist offensichtlich nicht tot. Hurra. Ich geh dann jetzt mal.«

»Warte!«, sage ich und zupfe mein Nachthemd zurecht. »Wie lange war ich ohnmächtig? Wie viel Uhr ist es? Wo ist mein Burger hin? Ich weiß nicht …« Ich sehe zum Fenster rüber. Die Sonne geht gerade unter, und ich schiele auf meine Uhr: 20 Uhr. »Es sind zwei Stunden vergangen?«

Cooper mustert mich kühl. »Bist du betrunken?«

Ich greife mir an den Hals. »Nein. Nein. Der Beefburger ist weg«, murmle ich. »Einfach verschwunden. War das ein Traum? Der Waschsalon … war er nicht real?« Ich schlurfe zu meinem Couchtisch und nehme ihn gründlich in Augenschein. »Wenn es keinen Burger gibt, bedeutet das … Was bedeutet das?«

Cooper kommt auf mich zu und drückt mit zwei Fingern gegen meine Schulter, und ich plumpse auf das hinter mir stehende Sofa. »So langsam hab ich das Gefühl, ich sollte einen Arzt anrufen«, sagt er, und sein Gesicht nimmt den vertrauten grimmigen Ausdruck an.

»Nein. Nein … mir geht's gut.« Ich winke ab. »Ich glaube … ich glaube, ich hatte nur einen wirklich seltsamen Traum.«

Cooper sieht sich in meinem kleinen Wohnzimmer um, eine Braue hochgezogen. Plötzlich sehe ich die Wohnung mit seinen Augen – verblichene alte Blümchentapeten, die hier schon hingen, als meine Mutter noch hier gewohnt hat, ungeöffnete Kartons mit Ölfarben, die sich auf dem Beistelltisch aus Teakholz stapeln, mehrere billige Unterhosen, die auf der Heizung brettsteif getrocknet sind.

Sein Blick bleibt kurz an der Unterwäsche hängen, bevor er wieder mich ansieht, mit einer Miene zwischen leiser Langeweile und blankem Hohn. Bah. Dieser Typ hält sich für so viel besser als alle anderen. Er ist wie immer gekleidet wie ein rätselhafter, von Weltschmerz geplagter Franzose. So ein Typ, der in einer Bar hockt und vergilbte alte Taschenbücher liest, weil er sich auf gar keinen Fall an ein iPhone fesseln lässt. Die Art Kerl, die nur wegen der Ästhetik raucht. Wenn Timothée Chalamet einen riesengroßen, grüblerischen Arsch von einem älteren Bruder hätte, wäre *er* dieser Bruder. Schwarze Lederjacke, schlichtes schwarzes T-Shirt, schwarze Jeans, schwarze Stiefel, ordentlich und fest geschnürt. Dichte Bartstoppeln, weil er einfach zu clever und geheimnisvoll ist, um sich zu rasieren.

Als Cooper vor fünf Jahren hier einzog, sah er ganz anders aus – sein Haar war viel kürzer als der heutige Lockenwirrwarr. Damals war er glatt rasiert, stolzierte in unerträglich grellen Hawaiihemden und Boardshorts herum und hatte ständig einen Bleistift hinter dem Ohr stecken. Und er hat nicht ansatzweise so finster dreingeblickt. Ich erinnere mich sogar, dass ich bei unserer ersten Begegnung dachte, so fröhlich funkelnde Augen hätte ich noch nie gesehen, was beweist, dass der erste Eindruck meist Blödsinn ist.

Aber das ist lange her. Das war damals, als ich ihm noch nicht ständig im Flur begegnet bin, wo er mal wieder eine weitere schöne Frau abschüttelt, die ihn nach der gemeinsamen Nacht nicht mehr interessiert. Vor jenem Morgen, an dem ich ihn um sechs Uhr morgens höflich bat, die dröhnend laute Musik leiser zu stellen, und er mir sagte, ich solle mich verpissen, aber zackig. Nach diesem unerfreulichen Zusammenstoß haben seine Augen jedes fröhliche Funkeln verloren, und seitdem ignoriere ich ihn geflissentlich, wenn wir uns auf dem Flur begegnen. Er trägt keinen Bleistift mehr hinter dem Ohr und schnauzt mich jedes Mal an, wenn eins meiner Pakete versehentlich vor seiner Tür im Erdgeschoss landet. Man sagt mir nach, ich sei abweisend und schroff, aber im Vergleich zu diesem Typen bin ich der reinste Sonnenschein.

»Genau.« Er verdreht die Augen. »Alles in bester Ordnung. Bist du ganz sicher, dass ich nicht um Hilfe telefonieren muss?«

»*Um Hilfe telefonieren?* Nein, Mr Downton Abbey. Du musst niemanden anrufen. Genau genommen besteht keine Notwendigkeit dafür, dass du überhaupt hier bist.«

»Gut.« Seine Augen wandern zu dem Spruch auf meinem Nachthemd hinunter, dann sieht er mich wieder an. »Dann lass ich dich mal allein, damit du in Ruhe weiterfunkeln kannst, ja?«

»Geh doch bitte zurück zur Rydell High. Die anderen T-Birds fragen sich bestimmt schon, wo ihr beschissenstes Mitglied ist.«

»Ich hoffe aufrichtig, dass du den fehlenden Beefburger findest.«

»Ich hoffe sehr, dass du keinen Hitzeausschlag bekommst, wenn du am heißesten Tag des Jahres Leder trägst.« Ich lächle ihn an, aber es ist nicht echt.

Sein finsterer Blick hingegen ist *sehr* echt.

Er dreht sich auf dem Absatz seiner blöden Stiefel um und schreitet aus meiner Wohnung, ohne die Tür hinter sich zu schließen, was garantiert Absicht ist. Grummelnd gehe ich hin, schließe sie und verriegle sie mit allen drei Schlössern. »Und komm bloß nicht wieder!«, rufe ich ihm hinterher, obwohl Cooper längst wieder auf dem Weg zu seiner eigenen Wohnung ist. O Gott. Ja, ich ärgere mich ständig über andere Leute, aber meine Güte, dieser Idiot macht es einem auch wirklich leicht.

Ich suche meine Wohnung nach Spuren des Burgers ab und sehe nach der Pflanze, die ich umgeworfen habe, als ich hektisch zum Küchenstuhl gerannt bin.

Es ist, als wäre nie etwas gewesen.

Ich überprüfe mein Handy. Keine Benachrichtigungen, keine Anrufe, was allerdings nicht weiter bemerkenswert ist. Und so ist es mir auch am liebsten.

Ich höre, wie Mrs Ernestine unten auf der Straße irgendwen zur Sau macht, höre das Brummen meines Kühlschranks und rieche den Duft von Brathähnchen, der durchs offene Fenster hereindringt – alles ganz normal und alltäglich –, und mir wird klar, dass ich gerade den wohl verstörendsten Traum der Welt hatte.

Unerwartet macht sich Enttäuschung in mir breit. Ich meine, natürlich bin ich froh, dass ich nicht tot bin. Aber wenn nichts davon real war, dann bedeutet das, dass auch Jonah T nicht real war. Nur ein Produkt meiner offenbar übersprudelnden Fantasie. Hm.

Ich habe im Licht der untergehenden Sonne gelegen, und meine Haut ist klebrig vor Schweiß. Also ziehe ich mein Nachthemd aus und nehme eine lauwarme Dusche. Beim Einseifen starre ich ausdruckslos die blassrosa Wandfliesen an. Wieso bin ich ohnmächtig geworden? Bin ich krank? Oder vielleicht dehydriert? Meine Kollegin Jan hat gesagt, ich müsse dringend mehr Wasser trinken, weil man bei dieser Hitzewelle eimerweise schwitzt.

Ich denke an Jonah T, während ich mir das Haar mit meinem Lieblingsshampoo *Süßer Apfel* wasche. Daran, wie ich mich in diesem Traum gefühlt habe. Wie aufgeregt ich war wegen der Möglichkeit, dass … ich kann es gar nicht genau benennen. Dass es *besser* wird. Ich denke an seine Augen und sein Haar und daran, wie sich seine Hand in meiner anfühlte. Meine Brust schmerzt vor Sehnsucht.

»Reiß dich zusammen, Delphie«, sage ich laut. »Es war nur ein komischer Traum.«

Als ich aus der Dusche steige, gehe ich von Zimmer zu Zimmer und fühle mich schrecklich unwohl. Meine Wohnung fühlt sich zu heiß und zu klein an. Die Sonne ist immer noch zu hell für acht Uhr abends. Ich starre meinen neuen gestreiften Teppich an, auf dem ich zusammengebrochen bin. Wo ich erstickt bin. Himmel, es hat sich so real angefühlt.

Als ich den Kühlschrank inspiziere, entdecke ich den mörderischen Burger. Er ist noch ungeöffnet. Hastig schnappe ich ihn mir und werfe ihn schnurstracks in den Müll.

Weil ich nicht weiß, was ich sonst tun soll, und niemanden habe, mit dem ich über dieses seltsame Ereignis sprechen könnte, schalte ich Netflix ein und starte *The Tinder Swindler.* Mache genau da weiter, wo ich aufgehört habe.

Kapitel 6

Nachdem ich mich in die Wohnung des schlafenden Mr Yoon geschlichen habe, um mich zu vergewissern, dass seine Zigaretten ausgedrückt sind und sein Herd ausgeschaltet ist, gehe ich ins Bett. Es dauert eine Ewigkeit, bis ich einschlafe, denn auf einmal fürchte ich mich vor verstörend lebhaften Träumen, in denen aufdringliche Frauen in Latzhosen mich heimsuchen. Aber irgendwann schlafe ich doch ein.

Als am Morgen mein Wecker klingelt, denke ich als Allererstes wieder daran – ich schlage meine Sommerdecke zurück, und Jonahs Gesicht blitzt in meinem Kopf auf. Ich erinnere mich genau an die Farbe seiner Augen – kobaltblau, gesprenkelt mit einem Hauch Haselnussbraun. Vor allem aber erinnere ich mich an die Wärme, die sie ausstrahlten. Die Freundlichkeit. Was für eine tiefe Ruhe in mir aufgestiegen ist, als er mich angesehen hat.

Ich setze mich auf und frage mich seufzend, ob ich vielleicht einen Hirntumor habe. In *Grey's Anatomy* hat Izzie eine wilde Sex-Affäre mit einer Halluzination angefangen. Ist es das, was gerade mit mir passiert? Oder habe ich irgendwann mal einen heißen Typen in einem Film gesehen, und sein Gesicht hat sich irgendwie in mein Unterbewusstsein eingeprägt?

»Mein Gott«, murmle ich, als ich mich plötzlich kristallklar an das ganze Video erinnere, das Merritt abgespielt hat. Das spöttische Lachen der »Sweethearts«. Ich allein auf meinem Sofa, wie ich in Endlosschleife fernsehe. Mum, damals vor Gerard und der Künstlerkommune …

Ich verspüre ein Ziehen in der Brust und zücke mein Handy.

Hey Mum! Wie geht's dir? Hättest du heute oder morgen Zeit für ein Telefonat? Wäre schön, mal wieder von dir zu hören!

Ich scrolle durch ihre letzten Nachrichten. Lauter Fotos von großen abstrakten Gemälden, an denen sie gearbeitet hat und die vermutlich schon verkauft sind, bevor sie überhaupt öffentlich ausgestellt werden. Geflissentlich ignoriere ich die Kartons mit den unbenutzten Ölfarben und gehe ins Bad, wo ich mir meine übliche Frisur mache … zwei Zöpfe, die ich auf dem Oberkopf feststecke. Dann ziehe ich meine Arbeitsuniform an, eine schwarze Hose und ein weißes, kurzärmeliges Hemd.

»*Merritt!* Ha!« Ich schnaube. Wie zum Teufel ist mein Gehirn nur auf diesen Namen gekommen? Ich habe ihn noch nie zuvor gehört. So schräg. Vielleicht sollte ich zu Dr. Lane gehen und meine Fluoxetin-Dosis erhöhen lassen. Aber dann fällt mir ein, wie sehr sie darauf gedrängt hat, dass ich eine Gesprächstherapie mache, und ich beschließe, sie ein andermal anzurufen.

Mein Handy summt – Mum hat geantwortet.

Darling! Heute/morgen ist viel los. Wir haben eine New Yorker Kunstkuratorin zu Gast in der Kommune, und ich organisiere die Willkommens-Dinnerparty. Ist das nicht aufregend? Freut mich zu hören, dass es dir gut geht. Gerard lässt dich grüßen.

Ich verdrehe die Augen, nehme die Schachtel mit den Blackwing-Stiften vom Beistelltisch und die Bagels aus dem Brotkasten, dann hole ich eine Packung Eier, etwas Butter und eine Packung Räucherlachs aus dem Kühlschrank, verlasse meine Wohnung und klopfe an Mr Yoons Tür.

Mr Yoon und ich haben eine Vereinbarung: Ich gebe ihm immer

erst eine Chance, die Tür zu öffnen, bevor ich meinen Schlüssel benutze. Zwar öffnet er mir nur selten, aber ich möchte nicht hereinplatzen und zufällig vielleicht mal etwas sehen, das unsere lockere, entspannte Beziehung für immer verändern könnte.

Nachdem ich zwei Minuten lang geklopft habe, ohne eine Antwort zu erhalten, schließe ich auf und gehe hinein.

Mr Yoons Wohnung hat ebenso hohe Decken wie meine, ist aber gut doppelt so groß und hat einen riesigen Erker und einen kleinen Balkon mit Blick auf die Geschäfte unten in unserer Straße. Die Augustsonne flutet das große Wohnzimmer, und ich stelle fest, dass sich schon wieder Unordnung ausgebreitet hat. Das Geschirr ist abgewaschen und liegt auf Mr Yoons rotem, mit kleinen Musiknoten bedrucktem Lieblingsgeschirrtuch, aber die Arbeitsflächen in der Küche sind schmutzig, und im Sonnenlicht tanzt dichter, staubiger Dunst. Das wäre nicht allzu beunruhigend … wenn ich nicht wüsste, wie sehr Mr Yoon auf eine makellos aufgeräumte Wohnung bedacht ist. Ich erwische ihn in letzter Zeit oft dabei, wie er unkonzentriert wirkt, alles Mögliche vergisst, mitunter kämmt er sich nicht, und er hält seine Wohnung nicht mehr in dem gewohnt guten Zustand. Ich notiere mir in Gedanken, seinen Hausarzt anzurufen. Wahrscheinlich ist es normal, dass man mit weit über achtzig von Zeit zu Zeit etwas schusselig wird, aber ich möchte mich vergewissern, dass alles so weit in Ordnung ist.

»Hallo, hallo, Mr Yoon.« Lächelnd gehe ich zu meinem Nachbarn, der an seinem runden Tisch am Fenster sitzt, eine Zigarette raucht und über einem Kreuzworträtsel brütet. Er ist besessen von Kreuzworträtseln. Ich gebe ihm die Schachtel mit den Bleistiften. »Nur das Beste für Sie.« Er schenkt mir ein geistesabwesendes Lächeln und widmet sich wieder seinem Rätselheft.

Mr Yoon spricht nicht. Vor Kurzem hat er begonnen, mir hin und wieder kleine Notizen zu schreiben – so habe ich erfahren, dass er schon als Baby eine Stimmbandverletzung erlitten hat und nie sprechen konnte –, aber meist sitzen wir einfach schweigend beisammen. Ich glaube, das ist einer der Gründe, weshalb ich so gern Zeit mit ihm verbringe. Das und die Tatsache, dass er sich nicht verstellt. Er tut nicht so, als würde er mich mögen oder nicht mögen. Das Problem mit vielen Menschen ist, dass sie jemand zu sein vorgeben, der sie ihrer Meinung nach sein *sollten,* aber in Wirklichkeit sind sie vollkommen anders – nämlich in den meisten Fällen jemand, der voreingenommen ist und sich anderen meilenweit überlegen fühlt und bereit ist, dir, ohne mit der Wimper zu zucken, das Herz zu brechen, wenn es ihm nützt. Wenn ich eines mit Sicherheit weiß, dann, dass Menschen meist schlicht und ergreifend scheiße sind. Aber nicht Mr Yoon. Er ist ein aufrichtiger, guter Kerl ohne böse Hintergedanken.

Seltsam … ich erinnere mich noch sehr gut daran, dass ich als Kind Angst hatte vor dem mürrischen, schweigsamen Mann, der mir und Gen mit dem über die Lippen gelegten Finger signalisierte, dass wir still sein sollten, wenn wir zu laut durch den Hausflur tobten. Meine Mutter sagte immer, er sei nur ein einsamer alter Mann, der in Ruhe gelassen werden wolle, also habe ich nie versucht, mit ihm zu kommunizieren. Und dann, vor ein paar Jahren, hatte ich Geburtstag, meine Mutter hatte vergessen anzurufen, und in einem Anfall von Selbstmitleid ging ich zur nächsten Bäckerei und kaufte mir einen ganzen Kuchen. Auf dem Flur traf ich zufällig Mr Yoon. Sein Blick wanderte von mir zum Kuchen und wieder zu meinem Gesicht.

»Ich habe Geburtstag und esse jetzt den ganzen Kuchen auf«, murmelte ich und verzog mich mit einem Seufzer in meine Wohnung. Etwa eine Stunde später wurde ein Umschlag unter meiner Tür hindurchgeschoben, so schwungvoll, dass er über die Dielen schlitterte. Ich öffnete ihn und fand darin ein dickes, in der Mitte gefaltetes DIN-A4-Blatt. Auf der Vorderseite befand sich eine kleine Bleistiftzeichnung einer Geburtstagstorte. Innen stand in sauberer Handschrift: »Alles Gute zum Geburtstag, Delphie. Von Mr Yoon«. Es war die einzige Geburtstagskarte, die ich in diesem Jahr bekam. Aus irgendeinem Grund drückte ich sie an die Nase und musste bei dem Geruch nach Zigarettenasche schrecklich niesen. Jetzt bewahre ich sie sorgfältig in meinem Ordner mit wichtigen Dokumenten auf, zusammen mit den Steuerformularen und meinem Abschlusszeugnis.

Ich gehe in die offene Küche und bereite in Mr Yoons alter Kupferkanne Kaffee zu. Dann schnappe ich mir eine Rührschüssel, schlage die Eier auf und verquirle sie mit Meersalz, Pfeffer und einer Prise Chiliflocken, bevor ich sie in eine heiße Pfanne gebe und so schnell wie möglich umrühre. Als es fertig ist, toaste ich zwei Bagels leicht an, streiche etwas Butter darauf und belege sie mit Rührei und Räucherlachs. Mit Schwung stelle ich unsere Teller auf den Tisch. »Ihre Bestellung!«

Mr Yoon klappt sein Rätselheft zu und stürzt sich hungrig aufs Essen. Er scheint einen Bärenhunger zu haben. Hat er gestern Abend vergessen, etwas zu essen? Mir fällt auf, dass seine Handgelenke knochiger aussehen und seine alte silberne Uhr lockerer sitzt als sonst.

Ich schenke uns beiden aus der offenen Packung Orangensaft auf dem Tisch ein und löffle etwas von meinem Rührei auf seinen Teller. »Ich weiß nicht, wie Sie geschlafen haben, Mr Yoon, aber ich hatte letzte Nacht einen total abgedrehten Traum.« Ich beiße in meinen Bagel. »Ich habe geträumt, ich wäre gestorben und an einem Ort im Jenseits gelandet, der aussah wie ein Waschsalon. Oh, und dann war da diese völlig überdrehte Frau. Sie hat sich als Therapeutin bezeichnet, aber darin war sie wirklich erbärmlich.«

Mr Yoon trinkt einen Schluck Kaffee und seufzt genüsslich. Ich habe Monate gebraucht, um ihm mit Kaffee solche Seufzer zu entlocken. In den ersten Wochen hat er nach dem Probieren immer regelrecht finster dreingesehen. Durch Herumexperimentieren fand ich jedoch bald heraus, dass er seinen Kaffee stark mag, die Bohnen frisch gemahlen, dazu einen Schuss Mandelmilch. Ich bin meine Versuche wie ein wissenschaftliches Experiment angegangen und habe sogar ein kleines Notizbuch geführt, in dem ich seine Reaktion mit Noten von ein bis zehn Punkten bewertet habe.

»Und dann war da noch dieser Typ«, fahre ich fort. Jetzt sieht Mr Yoon mich direkt an und zieht die Brauen hoch, als wollte er sagen: *Ach, wirklich?* Ich lache. »Ja. Ein sehr gut aussehender Mann mit herrlichen Zähnen. Sein Name ist – *war* – Jonah. Und er war *reizend.* So liebenswürdig und freundlich.« Ich lege Messer und Gabel beiseite. »Und jetzt vermisse ich ihn. Das ist doch völlig daneben, oder? Einen Fremden aus einem Traum zu vermissen ...« Ich lache traurig. »Aber es war schön, mich so zu fühlen, wenigstens einen Moment lang. Ehrlich gesagt wusste ich nicht, dass ich dazu überhaupt imstande bin.«

Mr Yoon kaut weiter, den Blick wieder auf seinen Teller gerichtet.

»Ich sollte mir wohl eines dieser Traumdeutungsbücher besorgen ...«, sinniere ich und trinke ebenfalls einen Schluck Kaffee. »Obwohl ich bezweifle, dass ich etwas über das Motiv finden werde, dass man tot in einem Waschsalon aufwacht und dort einen attraktiven Mann trifft.«

Mr Yoon kichert leise, die Falten in seinen Augenwinkeln vertiefen sich.

»Sie mögen lachen, aber ich bin beunruhigt, Mr Yoon«, sage ich, staple unsere leeren Teller aufeinander, stehe auf und stelle sie in die Spülmaschine. »*Beunruhigt.* Was, wenn ich verrückt werde?«

Mr Yoon nimmt einen Bleistift und kritzelt über seinem Rätsel aufs Papier:

Delphie, man kann nicht verrückt werden, wenn man schon verrückt ist.

»He!«, schimpfe ich. »Obwohl ... wahrscheinlich haben Sie recht. Und in diesem Sinne ... ab mit mir in die Apotheke, wo ich mir den ganzen Tag lang Klagelieder über trockene Haut, Triefaugen und juckende Körperstellen anhören werde. Machen Sie sich einen schönen Tag, ja? Ich komme vielleicht später noch mal vorbei und wische die Arbeitsplatten ab, falls Sie das heute nicht schaffen.«

Mr Yoon reckt mir einen Daumen entgegen, bevor er nach seiner Zigarettenschachtel greift und sich mit zittrigen Händen eine neue anzündet. Ich habe ihn schon mal darauf angesprochen, dass er vielleicht weniger rauchen sollte, woraufhin er mir einen so finsteren Blick zuwarf, dass ich ihm einen neuen Aschenbecher gekauft habe, um mich für meine unerwünschte Einmischung zu entschuldigen.

Als ich seine Wohnung verlasse und zu meiner eigenen zurückkehre, gibt mein Handy ein seltsames Geräusch von sich. Es sind die ersten Klänge des Songs *Jump Around* von House of Pain, die immer und immer wieder abgespielt werden. Was zum Henker soll das denn? Ich krame es aus der Tasche. Da ist eine SMS. Moment mal … für SMS habe ich keine Benachrichtigung eingestellt. Ich öffne die Nachricht, und mir bleibt fast das Herz stehen.

Yo Delphie, hier ist Merritt. Aus Evermore. Ich habe den Eindruck, dass du glaubst, unsere Begegnung sei nur ein Traum gewesen … denn warum sonst pimmelst du gerade so herum, wenn du nur zehn Tage hast, um Jonah zu finden? Eigentlich sind es sogar nur neun Tage, denn letzte Nacht war technisch gesehen Tag eins, und heute ist Tag zwei …
PS: Dieser Text verschwindet, sobald du ihn zu Ende gelesen hast.

Während ich die Nachricht noch anstarre, schimmert sie seltsam auf und löst sich in nichts auf, genau wie Jonah in meinem Traum.

Der … gar kein Traum *war?*

Ich überprüfe meinen SMS-Ordner. Yep. Die Nachricht ist tatsächlich weg.

Ich blicke den Korridor auf und ab. Ist das ein Scherz? Nein … ich kenne kaum Leute, und unter den wenigen ist bestimmt kein heimlicher Scherzkeks. Vielleicht stimmt irgendwas nicht mit mir. Vielleicht hätte ich Cooper gestern Abend lieber doch einen Arzt rufen lassen sollen.

Wieder ertönen die ersten Klänge von *Jump Around.*

»Ist das ein Traum?«, flüstere ich und verpasse mir selbst eine leichte Ohrfeige, um aufzuwachen.

O Mann. Können wir den Teil bitte schnell hinter uns bringen, Delphie? Es war kein Traum. Es war alles echt. Es passiert wirklich. Wir haben uns auf zehn Tage geeinigt. Heute ist der Morgen des 4. August, 8:45 Uhr. Du hast bis 18 Uhr am zehnten Tag Zeit, Jonah zu finden und ihn dazu zu bringen, dich zu küssen. Oder ich werde dich für immer behalten … Mua-ha-ha-ha.

Die Nachricht schimmert auf und verschwindet. Ich spüre, wie mir die Knie weich werden, als wäre ich irgendeine dumme Tussi in einem historischen Drama. Ich greife nach meiner Türklinke und sinke auf den Teppichboden.

Ich schon wieder. Aber mal im Ernst, würdest du mir bitte ein Zeichen geben, dass du den Ernst der Lage verstehst? Ich kann nicht den ganzen Tag SMS schreiben. Eric ist gerade in mein Büro gekommen und hat gesagt: Hmm, du siehst ja sehr beschäftigt aus. Was für ein Arsch. Bitte sprich es einmal laut aus. Sag: Ich weiß, dass das hier echt passiert!

Ich schnappe nach Luft, als auch diese Nachricht wieder aufschimmert und verschwindet. »Äh … das hier passiert echt?« Meine Stimme ist nur ein heiseres Flüstern. Ich räuspere mich und sage es lauter. »Das hier passiert echt.«

Das hier passiert echt! Okay, Mädel, ich hab zu tun, aber wir hören uns bald wieder. Viel Glück, viel Glück! Ich bin so gespannt, wie es läuft! Wohooo!

Mitten in meiner Angst und Fassungslosigkeit und trotz der Sorge, dass ich den Verstand verliere, verspüre ich zu meiner eigenen Überraschung plötzlich ein warmes Kribbeln tief in der Magengrube. Aufregung. Einen Hoffnungsschimmer.

Wenn das alles wahr ist, bedeutet das, Jonah existiert wirklich.

Und er ist irgendwo in London.

Kapitel 7

Als ich die Tür zu Meyers Apotheke aufstoße, ertönt die Glocke, und mir strömt der beruhigende Geruch von Seife und Tinkturen entgegen. Jan an der Kasse springt erschrocken auf, und ihr Handy fällt mit einem Klirren auf die Glasplatte der Theke. Sie reißt die Arme in die Höhe, als wäre ich ein Einbrecher, auf den sie sich stürzen will. Als sie mich erkennt, entspannt sie sich, ihre Schultern sinken herab, und sie wendet sich wieder ihrer Liveaufnahme eines Musicals zu. Wenn keine Kunden da sind, zieht sie sich auf Broadway HD ein Musical nach dem anderen rein.

Jans Tochter Leanne tritt hinter der Trennwand hervor, die perfekt geschnittenen Augenbrauen formen ein V, und ihr Lipgloss glänzt im künstlichen Licht. Sie ist die Apothekerin hier und meine und Jans Chefin. Sie sieht überhaupt nicht aus, wie man sich eine Apothekerin vorstellt, sondern eher wie eine Instagram-Influencerin – die Haut glatt und schimmernd, gewellte Balayage-Mähne und künstlich üppige Wimpern. Und dazu ihre Klamotten – sie hat eine große Leidenschaft für Mode und kommt ständig in selbst entworfenen Designs zur Arbeit –, meist sind es riesige Lappen aus neonfarbenem Stoff, deren lange, weite Ärmel in der Mittagspause in ihren Salat hängen.

»Was soll das Türenknallen?«, zischt Leanne und wirft einen Blick auf ihre durchsichtige Plexiglas-Armbanduhr. »Und du bist zu spät.«

Als ich vor drei Jahren hier angefangen habe, hat mich Leanne ständig dazu gedrängt, mit ihr nach der Arbeit mal was trinken zu gehen. Ich habe immer wieder Ausreden gefunden, aus zwei Gründen:

1. Sie war verdächtig freundlich. Niemand sollte so glücklich darüber sein, tagtäglich Arschlochcreme an die Bevölkerung zu verteilen.
2. Wenn es mit der Freundschaft nicht klappen würde (und die Erfahrung hat mich gelehrt, dass es niemals klappt), würden wir uns auf der Arbeit trotzdem ständig begegnen, das wäre sehr unangenehm. Und nein, dieser Job bringt mein Herz nicht gerade in Wallung, aber die Apotheke liegt genau gegenüber meiner Wohnung, Tabletten zu verpacken ist eine leichte Arbeit, und das Gehalt reicht aus, um meine Lebenshaltungskosten zu decken. Also wollte ich das keinesfalls riskieren.

Ich marschiere geradewegs auf den Tresen zu. »Ich brauche die nächsten neun Tage frei.«

»Aber du nimmst dir nie frei.« Kurz huscht Besorgnis über Leannes Gesicht, bevor sie wieder ihre unbeeindruckte Miene aufsetzt. »Und es ist wirklich schon spät.«

»Ich weiß.« Ich zucke entschuldigend mit den Schultern. »Aber ich bin verzweifelt. Du weißt, dass ich nicht fragen würde, wenn ich nicht müsste.«

Jan pausiert Broadway HD und sieht mich an. »Ist alles in Ordnung, Delphie? Du siehst ein bisschen blass aus.«

Ich winke ab. »Ja, alles in Ordnung.« *Technisch gesehen bin ich tot und habe nicht mal zehn Tage, um den möglichen Mann meiner Träume zu finden und zu küssen, sonst sterbe ich, diesmal richtig.* »Ich brauche einfach … ihr wisst schon … eine Pause. Äh … irgendwie wächst mir alles über den Kopf.«

Leanne verschränkt die Arme vor der Brust. Ihre Ärmel baumeln heute nicht herunter, sondern bauschen sich auf, als wären sie mit Luft aufgepustet. »Willst du dich krankschreiben lassen?

Denn wenn das der Fall ist, dann brauchst du eigentlich ein ärztliches Attest. Hast du eins?«

Ich schüttle den Kopf. »Komm schon, Leanne. Es ist keine Hochsaison. Ein paar Tage kommt ihr schon ohne mich zurecht. Ich übernehme auch die Inventur, wenn ich zurück bin.«

Leanne schnaubt. »Du klingst ganz schön patzig für jemanden, der um einen Gefallen bittet, Delphie. Was ist, wenn uns die Lagerbestände ausgehen, bevor du zurückkommst? Was, wenn die Anwohner von Paddington und Bayswater ihre lebensrettenden Medikamente nicht erhalten, weil du deinen Jahresurlaub nicht rechtzeitig anmelden konntest?«

»Verdammt noch mal, sei doch nicht so dramatisch.« Jan betastet den goldenen Kleeblatt-Anhänger, der ihr immer um den Hals hängt. »Ich helfe so lange aus, Leanne. Lass das Mädchen doch mal eine Auszeit nehmen. Sie bittet nie darum.«

Ich schiele zu Jan rüber. Warum ist sie auf meiner Seite? Wo ist der Haken? Sie redet sonst nur mit mir, um mich zu fragen, ob ich weiß, wer Stephen Sondheim ist. Ich sage immer Nein, weil ich ihn nicht kenne, und sie sagt dann immer, dass ich die größten Kunstwerke aller Zeiten verpasse.

Leanne kneift die Augen zusammen, und ich stelle fest, dass ihr Eyeliner ultramarinblau ist, passend zu ihren Schuhen. »Wenn ich dir neun Tage einfach so freigebe, musst du mir auch einen Gefallen tun.«

»Okay. Welchen denn?«

Leanne hebt das Kinn. »Du kommst nächsten Freitag nach der Arbeit mit mir auf einen Drink.«

Ich starre sie an. Es ist drei Jahre her, dass sie mich zum letzten Mal danach gefragt hat. Warum ist ihr das so wichtig? Wann habe ich jemals Freundschafts-Vibes ausgestrahlt? Schon mein ganzes Erwachsenenleben lang kultiviere ich das genaue Gegenteil. Vielleicht war es dieser eine Abend kurz nach meinem ersten Arbeitstag, als wir uns nach Feierabend eine Flasche Wein geteilt haben. Sie hat den Schnaps einfach aus ihrer Tasche gezaubert, und ich hatte einen beschissenen Tag, also habe ich Ja gesagt zu einem Gläschen, und dann hat sie einfach immer weiter nachgeschenkt. Ich habe mich derart abgeschossen, dass ich mich kaum noch daran erinnere, aber sie scheint sich ja prächtig amüsiert zu haben, wenn sie so wild auf eine Wiederholung ist.

»Hey, wenn ihr ausgeht, komme ich auch mit!«, trötet Jan empört. »Das wäre ja sonst Diskriminierung, mich außen vor zu lassen, nur weil ich älter bin als ihr.«

»Gut!«, sage ich. »Herrje. Wir gehen alle aus! Die erste Runde geht auf mich!« Das sagen sie im Fernsehen immer, wenn sie etwas trinken gehen.

Leanne nickt langsam, ein zufriedenes Lächeln breitet sich auf ihrem perfekt symmetrischen Gesicht aus.

Ich gehe nach Hause, um auf meinem Laptop nach Jonah zu suchen, aber dort angekommen, starre ich mehrere Sekunden lang voller Unbehagen den gestreiften Teppich an, auf dem ich vor Kurzem gestorben bin, und beschließe dann, stattdessen lieber in eine Bibliothek zu gehen. Draußen auf der Straße sehe ich auf dem Handy nach, wo überhaupt die nächste ist. Vielleicht sollte ich es nach siebenundzwanzig Jahren in London wissen, aber nach Schule und Uni kaufe ich meine Bücher fast immer online.

Die nächstgelegene Bibliothek ist die Tyburnia Library, die ich bequem zu Fuß erreichen kann. Ich bin nur selten außerhalb von Bayswater unterwegs – warum auch, wenn es hier alles gibt, was ich brauche? –, aber wenn es doch mal der Fall ist, gehe ich bevorzugt zu Fuß, am liebsten mit voll aufgedrehten Kopfhörern, damit mich niemand anspricht. Wenn es doch mal jemand macht, kann ich so tun, als hätte ich ihn nicht gehört, weil ich ja schließlich *Kopfhörer trage.* Vielleicht komme ich insgesamt nicht besonders gut klar, aber blöd bin ich nicht.

Ich gehe die belebte Praed Street hinunter, weiche den anderen Passanten aus und richte den Blick in die Ferne. Aus meinen Kopfhörern dröhnt ein Podcast über van Goghs und Gauguins turbulente Zeit in Arles, und ich frage mich, ob van Gogh wusste, was mit ihm passiert, als er den Verstand verlor.

Die Bibliothek ist groß und sieht alt aus, die großen, verstaubten Fenster sind mit bunten Schnipseln aus Kinderbuchillustrationen übersät.

Ich stoße die schweren Türen auf und schlendere durch die mit Teppichboden ausgelegten und mit vergilbten Büchern angefüllten Räume, bis ich einen großen Tisch finde, an dem schon zwei andere Leute an ihren Laptops arbeiten. Perfekt. Ich setze mich, klappe den Laptop auf und gebe bei Google *Jonah T London* ein.

Dreiundzwanzig Millionen Ergebnisse.

Ich stöhne auf, und einer der beiden am Laptop blickt auf und zischt, ich solle leise sein. Ich starre ihn finster an. Jemand tippt mir sanft auf die Schulter.

Ich drehe mich um und erblicke einen großen, schlanken Mann etwa Anfang vierzig, der mich neugierig mustert. Er trägt eine Satinweste über einem weißen Hemd, sein Lächeln ist schelmisch, das Haar aschblond gesträhnt. »Hallo.« Er deutet auf ein kleines goldenes Abzeichen an seiner Weste. »Ich bin Aled. Kann ich Ihnen helfen?« Er hat einen reinen, warmen Yorkshire-Akzent, rund und melodisch. »Ich habe Sie von dort drüben aufstöhnen hören und dachte mir: Das ist der Klang eines Bücherwurms in Bedrängnis. Kann ich Ihnen helfen?«

Ich ziehe eine Grimasse und betrachte meinen Computerbildschirm. »Eigentlich ja. Haben Sie vielleicht so was wie eine Kartei über … Leute? Adressen und Telefonnummern und so?«

»Eine öffentliche Kartei, meinen Sie? Sie wollen eine Adresse herausfinden? Benutzen Sie doch eine Suchmaschine!«

»Das habe ich gerade schon versucht! Aber es gibt Millionen von Ergebnissen. Ich muss jemanden finden und habe nicht viel Zeit.«

»Sie klingen ja richtig panisch, meine Liebe!« Aled schürzt die Lippen. »Ist … ist es ernst?«

»Es geht buchstäblich um Leben und Tod«, murmle ich, scrolle die Google-Ergebnisse herunter und klicke dann auf die Seite mit den Bildern. Nichts Brauchbares.

»Hmmm, ich verstehe«, sagt Aled und reibt sich die Hände. »Ich habe vielleicht keinen Zugang zu privaten Telefonnummern, aber ich glaube, ich habe da etwas, das Ihnen helfen könnte. Man nennt es … *Bücher!*«

Kapitel 8

Aled ist unglaublich hilfsbereit. Auf eine seltsam eindringliche Weise – als hätte er beschlossen, das sei sein persönliches Markenzeichen oder so. Während wir durch die Bibliothek laufen, ruft er hier und da irgendwelchen Leuten etwas zu, die gerade die Regale durchstöbern. »Mrs Marani, ich habe Ihnen das neue Ottolenghi-Buch bestellt. Es liegt vorn am Tresen.« Oder: »Das Buch willst du nicht, Danny – das ist dir nicht spannend genug. Nimm stattdessen Lisa Jewell.« Und *wirklich* seltsam: »Mr Timms, haben Sie nicht in fünf Minuten einen Termin beim Optiker? Sie kommen noch zu spät!«

Als wir die Bibliotheksabteilung für Verbrechen betreten, lacht er und sieht mich aufgeregt an. Es ist beunruhigend voll hier. Aled nennt mir die seiner Ansicht nach passendsten Bücher, nimmt sie direkt aus dem Regal und drückt sie mir in die Hände.

»Ich glaube nicht, dass ich die alle brauche.« Ich versuche, die drei Bücher über vermisste Personen in Aleds dünnen Armen abzuladen, aber er dreht sich weg.

»Dieser Jonah, den Sie erwähnt haben, wird vermisst, nicht wahr?«

»Nun ja … nicht offiziell.«

»Können Sie ihn finden?«

»Nein, aber ich kenne ihn nicht wirklich …«

»Und Sie sagen, es geht buchstäblich um Leben und Tod?«

»Nun, äh … ja.«

»Hört sich für mich nach einer vermissten Person an, oder, wie man in der Branche sagt, nach einem *Misper.* Das steht für *Missing Person.*« Er klopft auf den Rücken eines anderen Buchs. »Oh, dieses hier ist sehr gut. Das Opfer wird zwar nicht gefunden, aber die Geschichte ist herzzerreißend. Sehr emotional. Ich habe geweint, aber ich weine eigentlich ständig. Einmal hab ich sogar bei einer Werbung für Schaumbäder losgeheult.« Er drückt mir drei weitere Bücher in die Hand. Normalerweise bin ich gut darin, unerwünschte Interaktionen abzuwehren, aber Aled ist so hartnäckig, wie ich es schon lange nicht mehr erlebt habe. Ich weiß nicht recht, wie ich darauf reagieren soll.

Schließlich bin ich mit fünf weiteren dicken Büchern über vermisste Personen und wahre Verbrechen und einem Band mit dem Titel *Detektivarbeit für Dummies* bewaffnet, und wir gehen nach vorn zum Tresen. Dort angekommen, fragt mich Aled nach meinem Bibliotheksausweis.

»Ich habe keinen.«

Er verzieht das Gesicht, als hätte ich ihm gerade mitgeteilt, dass *er* nur noch zehn Tage zu leben hat. »Haben Sie ihn verloren?«

»Nö. Ich habe nur keinen.«

Ungläubig schüttelt Aled den Kopf und drückt mir ein Formular in die Hand, in das ich meinen vollständigen Namen und meine Adresse eintragen soll. »Wow. Ein aufregender Tag für uns beide. Ein Bibliotheksausweis ist ein Portal, wenn Sie so wollen, in jedes Universum, das Sie sich vorstellen können. Oh, welche Abenteuer Sie erleben werden!«

Ich kritzle meine Daten hin und gebe ihm das Formular zurück. »Ich weiß noch nicht, ob ich in absehbarer Zeit zurückkomme.«

»Sie müssen!«, sagt er, tippt meine Daten in den Computer und reicht mir dann eine kleine grüne Plastikkarte, auf die wie von Zauberhand mein Name gedruckt ist. »Um die Bücher zurückzugeben! Das ist der Trick, verstehen Sie? Denn wenn Sie wiederkommen, bin ich hier und gebe Ihnen jede Menge neue Empfehlungen.« Er klatscht in die Hände. »Ich mache eine Liste, sobald Sie weg sind.«

»Okay«, antworte ich vage, staple die Bücher in meinen Armen zu einem Turm und weiche in Richtung Ausgang zurück. »Äh, danke …«

»Sie kommen wieder«, sagt Aled in einer roboterhaften Nachahmung des Terminators. Er nimmt eine kleine ausgestopfte Eule von seinem Schreibtisch, hebt sie hoch und winkt mir mit ihrem Flügel zu. Ich gehe. Am Ausgang drehe ich mich noch mal um.

Er winkt immer noch.

Ich schleppe mich mit meinem Bücherstapel durch den heißen Smog-Dunst Londons, und als ich zu Hause ankomme, klebt mir das dünne weiße Hemd schweißnass an der Haut. Ich verlagere die Bücher auf einen Arm, während ich mit dem Schlüssel herumfummle. Um ihn ins Schloss zu bekommen und ihn richtig zu drehen, ohne die Bücher fallen zu lassen, braucht es höchste Konzentration. Ich habe es fast geschafft, als plötzlich die Tür von innen aufgerissen wird. Ich rucke nach vorn, die Bücher fallen mir aus den Armen und purzeln die staubigen Eingangsstufen hinunter.

»Nein«, jammere ich leise und starre auf die sich öffnende Tür, um zu sehen, wer schuld ist.

War ja klar. Der widerwärtige Cooper steht auf der obersten Stufe. Er trägt keine Lederjacke mehr, ist aber immer noch komplett schwarz gekleidet. Ihm muss heiß sein, aber sein Gesicht wirkt völlig kühl und ruhig.

»Willst du dich nicht entschuldigen?«, zische ich und gehe die Treppe runter, um die Bücher zu holen, die ich gar nicht haben wollte.

Sein stoppeliger Kiefer spannt sich. »Woher sollte ich wissen, dass du auf der anderen Seite der Tür stehst?« Er streckt die Hand aus und greift nach einem der Bücher. *Geographic Profiling – The Essential Guide.*

»Warum reißt du so die Tür auf?«

»So wie?«

»Als wärst du wütend auf sie!«

»Es ist eine schwere Tür, man muss kräftig ziehen. Ich kann nichts für meine naturgegebene Muskelkraft.«

Soll das ein Witz sein? Da ich noch nie erlebt habe, dass er Witze macht, würde ich sagen, nein.

»Naturgegebene Muskelkraft? Wow! Herzlichen Glückwunsch. Darf ich dann jetzt bitte vorbei?«

Coopers Gestalt versperrt mir den Weg, aber er rührt sich nicht, sondern betrachtet stirnrunzelnd das oberste Buch auf meinem Bücherstapel. »Du suchst jemanden?«

»Vielleicht.«

Er beugt die Knie, um auf die Buchrücken der anderen Bücher in meinem Stapel zu schielen. »Das ist ganz schön viel Lesestoff für ein Vielleicht.« Er tippt mit dem Zeigefinger auf das unterste Buch. »Das hier ist nicht übel. Die anderen taugen nichts.«

Jetzt runzle *ich* die Stirn. »Du hast sie alle gelesen?«

»Ja.«

»Warum?«

Ausweichend antwortet er: »Versuchst du wirklich, jemanden zu finden? Wen? Warum?«

»Soll ich auf dem Revier eine schriftliche Erklärung abgeben, Detective Cooper?«

Sein Blick verhärtet sich wieder, und er hebt die Hände. »Gut. Alles klar. Dann mal viel Glück.«

Ich denke darüber nach, was Leanne heute Morgen gesagt hat. Dass ich patzig bin. Ich hätte mich nie so bezeichnet, aber wie ich gerade mit Cooper gesprochen habe … Ja, doch. Ein bisschen unhöflich und definitiv patzig.

»Ich versuche, meinen, äh, Ex-Datingpartner zu finden«, platze ich heraus. Beinahe hätte ich »Freund« gesagt, aber Cooper weiß, dass ich nie Besuch habe.

»Oh?« Seine offensichtliche Überraschung ärgert mich. Ja, außer Jonah hat kein Mann je Interesse an mir gezeigt, aber das weiß Cooper nicht. Nach allem, was *er* weiß, könnte ich mich durch die halbe Stadt vögeln.

Ich schnaube. »Du bist nicht der Einzige in diesem Haus, der eine, na, du weißt schon, eine heiße *Liaison* hat!«

»Eine heiße Liaison?«

»Ja, genau. Aber im Gegensatz zu dir beschränke ich mich dabei auf nur einen Partner. Er heißt Jonah, und er ist *großartig*. Sehr gut aussehend, superschlau. Verträumte Augen …« Ich lächle in mich hinein und verliere mich für einen Moment.

Cooper zieht eine Braue hoch. »Ist das so?«

»Ja, das ist so. Wir, äh, wir haben schon überall in der ganzen Stadt miteinander rumgemacht.«

O Gott. Meine Wangen glühen.

»Und jetzt ghostet er dich?« Cooper nickt langsam, als wolle er sagen: *Natürlich tut er das.* »Und du willst rausfinden, warum er dich ghostet?«

Himmel, dieser Typ ist unausstehlich. »Also eigentlich, Columbo …« Ich stocke und habe keine Ahnung, wie ich diesen Satz beenden soll. Ich kann ihm ja schlecht sagen, dass ich versuche, die potenzielle Liebe meines Lebens zu finden, die ich nach meinem Tod fünf Minuten lang getroffen habe und die ich jetzt küssen muss, um dem Tod doch noch mal von der Schippe zu springen.

Durchs Fenster der Apotheke auf der anderen Straßenseite sehe ich Leanne, die mir zuwinkt. Das Plakat neben ihr wirbt für Medikamente gegen Geschlechtskrankheiten. »Ich … ich habe ihn mit Chlamydien angesteckt«, schließe ich.

Warum? Wie komme ich dazu, das zu sagen? Zu seiner Ehrenrettung muss ich sagen, dass Coopers Gesichtsausdruck vollkommen neutral bleibt.

»Ich habe natürlich keine mehr«, füge ich schnell hinzu. »Ich bin behandelt worden. Ich bin völlig unbedenklich, was meine … du weißt schon. Völlig sauber. Alles wieder gut. Aber … na ja, jedenfalls ist es meine Pflicht, Jonah zu informieren.«

Cooper nickt. »Durchaus.«

»Ja, *durchaus*.«

Ich möchte zu einer Pfütze zusammenschmelzen und in einen unterirdischen Abfluss rinnen, um nie wieder gesehen oder gehört zu werden. Nimm mich sofort zurück, Merritt.

Sobald ich in meiner Wohnung ankomme, renne ich ins Bad, um zu überprüfen, ob ich wirklich so rot bin, wie ich vermute. Ich bin es wirklich. Ein hochpigmentiertes Kadmiumrot. *Herrje, Delphie.*

Ich gehe ins Schlafzimmer, ziehe mich komplett aus und setze mich im Schneidersitz auf den Boden vor meinen Turmventilator. Atme tief ein und schlage das erste der Bücher auf, die Aled mir mitgegeben hat.

Immer wieder fällt mich die Erinnerung an das an, was ich gerade zu Cooper gesagt habe, aber ich dränge es beiseite. Ich muss mich jetzt konzentrieren.

Zwei Stunden später kenne ich mich mit allen möglichen Methoden aus, eine Leiche zu verstecken oder sich der Polizei zu entziehen, aber in Bezug darauf, wie ich Jonah finden soll, bin ich eher *noch* ahnungsloser als heute Morgen.

Ich klappe meinen Laptop auf und google erneut *Jonah T London.* Die schiere Menge der Ergebnisse ist genauso überwältigend wie beim letzten Mal. Ich klicke auf ein LinkedIn-Profil von einem Jonah Tanner. Es handelt sich um einen Mann in den Fünfzigern, der in Tucson, Arizona, lebt und sich für Mikrofinanzierungen begeistert. Nicht mein Seelenverwandter. Dann klicke ich auf einen Jonah Tyburn aus London. Er ist nicht der Mann, den ich finden will, sondern ein fünfzehnjähriger Junge, der jemanden sucht, mit dem er Fortnite spielen kann. Nicht mein Seelenverwandter. Ich klicke mich durch einen Haufen anderer Jonahs. Es gibt so viele, aber keiner ist der perfekte Mann, den ich in Evermore kennengelernt habe.

Ich schiebe meinen Laptop weg und massiere mir die Schläfen. Dann schließe ich die Augen und denke an Jonahs Gesicht. Wie hell seine blauen Augen gestrahlt haben. Wie er mich angesehen hat … als sähe er genau das, was ich im Spiegel erahnen kann, wenn ich mal einen seltenen Schub von Wohlwollen erleide: blasse, aber einigermaßen makellose Haut und ehrliche haselnussbraune Augen. Eine etwas zu große Nase, die aber im richtigen Licht gerade und klassisch aussieht. Ein weicher und einladender Körper, mit kräftigen Schenkeln und Hüften, die sich auf eine Weise nach außen wölben, die man vielleicht als sexy bezeichnen könnte.

Plötzlich schaltet sich der Fernseher von allein ein und reißt mich aus meinen Gedanken. Ich schnappe nach Luft und suche nach der Fernbedienung, die unschuldig auf meinem Nachttisch liegt. Eine Folge von *Schitt's Creek* beginnt zu laufen, mit Untertiteln. Mir fällt die Kinnlade runter: Die Untertitel erscheinen in pinkfarbener Kursivschrift mitten auf dem Bildschirm und verdecken die Gesichter der Schauspieler.

Was auch immer du tust, es scheint nicht viel zu bringen, Delpherina. Du solltest dir vielleicht ein wenig Hilfe besorgen.

»Es läuft super. Ich brauche keine Hilfe«, rufe ich ins leere Wohnzimmer, und neue Untertitel ploppen auf:

Wenn du es sagst. Ich versuche ja nur zu helfen. Heute ist es hier sehr ruhig, und ich habe die gesamte Backlist von Emily Henry gelesen und dazu noch mal die gesamte Bridgerton-Reihe. Gerade hatte ich nichts mehr zu tun, also dachte ich, ich biete dir meine Hilfe an. Ist kein Problem, wenn ich nicht gebraucht werde! Das macht mir nichts aus!

»Du könntest mir sagen, wo Jonah wohnt.« Einen Versuch ist es wert.

Ich starre auf den Bildschirm und warte. Aber es kommen keine neuen Untertitel, stattdessen schaltet sich der Fernseher einfach wieder aus. Na klar. Wenn Merritt mir einfach die Adresse geben würde, wäre das eine sehr langweilige Wendung für ihren Live-Liebesroman, was offensichtlich alles ist, was sie interessiert.

»Wo steckst du bloß, Jonah?«, murmle ich vor mich hin. Ich denke an unsere Begegnung in Evermore und versuche mich zu entsinnen, ob es bei unserer kurzen Interaktion irgendwelche nützlichen Hinweise gab. Sein T-Shirt war schlicht, ohne Logo. Er erwähnte London im Allgemeinen, aber keine Einzelheiten außer vielleicht der Tatsache, dass er die Stadt für magisch hält. Was er beruflich macht, weiß ich nicht, aber es würde mich nicht überraschen, wenn es etwas Beeindruckendes wäre, Arzt oder Feuerwehrmann oder so. Aber so schön diese Gedanken auch sind, sie bringen mich auch nicht weiter.

Ich verbringe eine gute Stunde damit, Onlinenachrichten an jeden fotolosen Jonah T zu schicken, den ich im Internet finden kann, bevor ich zu dem Schluss komme, dass Merritt recht hatte.

Ich brauche dringend Hilfe.

Kapitel 9

Cooper öffnet die Tür mit so tief gerunzelter Stirn, als wollte er die Enttäuschung über unsere erneute Begegnung schon mal vorwegnehmen. Ich glaube, ich habe ihn bisher nur ein einziges Mal lächeln sehen. Damals, als er eingezogen ist. Er ist im Flur an mir vorbeigegangen, hat telefoniert und strahlte dabei übers ganze Gesicht. Als ich an ihm vorbeiging, erinnere ich mich, hat er sich zur Begrüßung verbeugt, und er hat mich so direkt angesehen, dass es mir ehrlich gesagt ein wenig unangenehm war.

Sein Körper nimmt fast die gesamte Türöffnung ein, aber ich erkenne am Licht, dass die Jalousien geschlossen sind und nur der blaue Schimmer eines Computerbildschirms den Raum erhellt.

»Was ist denn jetzt schon wieder?« Er seufzt.

Sein Benehmen stinkt echt zum Himmel.

»Ich wollte nur sehen, ob die Gerüchte wahr sind«, sage ich lässig. »Ob du wirklich den ganzen Tag allein in einem dunklen Zimmer hockst und zum Spaß irgendwelche fremden Leute auf Xitter trollst. Wie so ein Incel.«

Seine Augenbrauen schießen in die Höhe. »Es ist so dunkel hier, weil es draußen dreiunddreißig Grad hat und dies ein altes Gebäude mit dicken Mauern ist. Und ich bin nicht auf X.« Er setzt ein demonstrativ falsches Lächeln auf und will die Tür schließen, aber ich stelle hastig einen Fuß dazwischen.

»Warte mal … darf ich reinkommen?«

»Nein.«

»Ich … ich brauche so schnell wie möglich Hilfe«, sage ich – ein Satz, den ich bis zu diesem Moment erst zweimal in meinem Leben gesagt habe. Einmal zu einer Kassiererin, als ich die reifen Avocados nicht finden konnte, und das andere Mal, als ich sah, wie eine Taube und eine Ratte vor der U-Bahn-Station Ladbroke Grove aufeinander losgegangen sind.

Ich sehe Cooper deutlich an, dass er mich eigentlich nicht reinlassen will, aber seine Eliteschnösel-Höflichkeit gewinnt; er tritt zurück und öffnet die Tür mit einem kaum verhohlenen Grummeln.

Ich betrete seine Wohnung und stelle fest, dass sie viel größer ist als meine. Sogar größer als die von Mr Yoon. Ich sehe mich um. Es sieht aus wie das Zuhause von jemandem, der viel wärmer und interessanter ist als Cooper. Die Wände sind vollgestopft mit Bücherregalen, Kunstwerken und gerahmten Drucken alter Taschenbuch-Cover. Das Sofa ist mit einem gestreiften cremefarbenen Stoff bezogen und mit prallen Samtkissen in sattem Preußischblau übersät. Ich zucke fast zusammen, als ich einen echten Kamin entdecke. Das schwarze Gusseisen ist mit dem Alter fast zinnfarben geworden.

»Lieber Himmel!«, hauche ich. »Funktioniert der?«

»Ich glaube schon.«

»Das *glaubst* du? Wenn ich so einen Kamin hätte, würde er ständig brennen.«

»Selbst bei einer Hitzewelle?«

»Ich würde einfach zuerst ein kaltes Bad nehmen und mich danach nackt davorsetzen.«

Seine Brauen wandern ein Stückchen nach oben.

Über dem Kamin hängt eine große, schwarz gerahmte Zeichnung, die diesen Ehrenplatz wirklich verdient. Es ist eine Tuschezeichnung einer nackten Frau, die mit dem Rücken zum Betrachter gewandt posiert. Es ist wunderschön und erotisch, und nie im Leben hätte ich erwartet, ein solches Bild im Wohnzimmer von jemandem wie dem säuerlichen Cooper zu sehen. Ich bleibe vor dem Bild stehen und bestaune es ehrfürchtig.

»Kann ich dir bei irgendwas helfen, oder bist du nur hier, um meine Sachen zu inspizieren?«

Ich drehe mich um und zeige auf den Schreibtisch links vom Kamin, auf dem drei Computerbildschirme stehen und den Raum mit Neonlicht erleuchten. Diesen Neonschimmer sehe ich jedes Mal, wenn ich eins meiner Pakete bei Cooper abhole. »Du bist doch so ein Computertyp, stimmt's?«

»Ich … ja, ich denke, das kann man derzeit wohl so sagen. Hast du Probleme mit deinem Laptop? Es gibt eine Reparaturwerkstatt drüben am Queensway.«

»Nein.« Ich gehe zum Computer und betrachte blinzelnd den großen Bildschirm in der Mitte. Er ist voller Zahlenreihen und Symbole, die für mich keinerlei Sinn ergeben. »Ich bin wegen dem Mann hier, nach dem ich suche, also dem … dem …«

»Wegen dem Gentleman, mit dem du es schon in der ganzen Stadt getrieben hast?«

Ich laufe rot an. »Ja, genau wegen dem. Ich habe die Bücher gelesen, die ich aus der Bibliothek geliehen habe. Im ersten stand, ich solle eine Suche im öffentlichen Verzeichnis durchführen. Aber es gibt so viele Jonahs in London, dass ich nicht weiß, wo ich anfangen soll. Deshalb habe ich mich gefragt, ob du mit deinen Computerkenntnissen vielleicht weißt, wie ich den Prozess beschleunigen kann?«

Cooper schüttelt den Kopf. »Ich fürchte, jetzt ist kein guter Zeitpunkt. Ich bin beschäftigt. Vielleicht kann ich in ein, zwei Tagen einen Blick darauf werfen.«

»Warum hast du mich reingelassen, wenn du mir nicht helfen willst?«

»Ich wusste noch nicht, um was du mich bitten würdest. Jetzt weiß ich es.«

»Ich habe keine Zeit, ein oder zwei Tage zu warten!«

Cooper verschränkt die Arme, sein Hemd spannt sich über den unverschämt breiten Schultern. »Warum nicht?«

»Äh, nun ja … ich denke, dass bei Chlamydien die Zeit sehr entscheidend ist. Ich meine, ich wurde natürlich sofort behandelt und bin jetzt …«

»Blitzsauber. Das hast du bereits erwähnt.«

Gott. »Ja, aber Jonah … er weiß es nicht. Und er sollte es unbedingt wissen. Das ist das *Verantwortungsvollste,* was ich in dieser Lage tun kann. Ich meine ja nur, du würdest es bestimmt auch schrecklich finden, wenn der kleine Cooper in Gefahr wäre und du hättest keinen blassen Schimmer!«

Entsetzt halte ich mir den Mund zu. Die Worte »der kleine Cooper« hängen in der Luft. Es ist entsetzlich.

»Na herrlich.« Der große Cooper kneift die Augen zusammen. »Okay. Ich denke, du solltest jetzt gehen. Tut mir leid, Delphie, aber ich habe wirklich zu tun.« Er geht zur Tür und öffnet sie.

»Bitte hilf mir heute. Dann stehe ich in deiner Schuld und tu alles, was du willst.«

»Ich brauche nichts.«

»Aber vielleicht irgendwann mal.«

Er grinst. »Was glaubst du denn, was ich jemals von dir brauchen könnte?«

Ich zucke mit den Schultern. »Eine Tasse Zucker? Ein paar Kerzen, falls es einen Stromausfall gibt?« Ich sehe mich in seinem Wohnzimmer um. »Du scheinst keine Kerzen zu haben. Ich habe jede Menge.«

»Ich brauche keinen Zucker, weil ich nicht mehr zwölf Jahre alt bin. Und in London gab es seit zwanzig Jahren keinen größeren Stromausfall mehr.«

Großer Gott, er ist einfach ein schrecklicher Mensch. Der allerschlimmste. Meint er seine Unhöflichkeit mir gegenüber persönlich, oder behandelt er alle Leute so? Nein. Das kann nicht sein. Wäre er immer so furchtbar, hätte er nicht ständig irgendwelche Frauen am Start.

Ich stoße ein lautes Schnaufen aus. »Na schön. Danke für gar nichts, Cooper. Wage es ja nicht, an meine Tür zu klopfen, wenn deine Waschmaschine mal kaputt ist und du eine Anlaufstelle brauchst, um deine Unterwäsche zu waschen.«

Warum habe ich gerade Unterwäsche gesagt? Warum sage ich überhaupt etwas? Es gibt viele Gründe dafür, weshalb ich mich lieber von anderen Menschen fernhalte, und meine Neigung zur Verbaldiarrhö gehört zu den fünf wichtigsten.

»Eine unerträgliche Aussicht, aber ich hoffe, dass ich es dann irgendwie allein schaffe.« Sein Handy summt, er zieht es aus der Tasche und wirft einen Blick aufs Display. Mit der anderen Hand deutet er auf die Tür. Wir sind hier eindeutig fertig.

»Du bist der unausstehlichste Typ, der mir je begegnet ist«, zische ich. Vor Wut und Frustration sitzt mir ein dicker Kloß im Hals. Was zum Teufel soll ich denn jetzt tun?

Ich drehe mich um und marschiere zur Tür, in der Hoffnung, dass Cooper eines Tages ein schreckliches Verlangen nach einer heißen Tasse Tee verspürt und sich dringend Milch borgen muss, woraufhin ich Nein sagen werde. Oder, noch besser, ich fülle eine Tasse mit abgelaufener Milch und gebe sie ihm. Bei dem Gedanken muss ich fast kichern. Ich will gerade die Tür hinter mir zuschlagen, als Cooper ruft: »Delphie, warte …«

Ich drehe mich zu ihm um und werfe ihm einen vernichtenden Blick zu. »Was?«

»Es gibt tatsächlich etwas, das du für mich tun könntest.« Mit gerunzelter Stirn starrt er auf sein Handy.

»Was denn?«

Cooper schließt kurz die Augen. »Ich … würdest du ein Foto mit mir machen?«

Ich verziehe das Gesicht. »Du willst ein Foto von mir?«

»Äh, ja. Ein … ein Selfie.«

Das Wort »Selfie« klingt seltsam aus seinem Mund, und ich würde meinen gesamten Besitz – was zugegebenermaßen nicht viel ist – darauf wetten, dass er es zum ersten Mal ausspricht. Seine Ohren laufen rosa an.

»Wozu willst du ein Selfie?« Ich starre ihn aus schmalen Augen an. »Ist das irgendein komischer Trick?« Ich stelle mir vor, wie er mein Gesicht auf das Foto eines nackten Körpers montiert und das Resultat im Internet veröffentlicht, nur um ein Arschloch zu sein.

»Es ist nichts Anrüchiges, versprochen. Und es geht ganz schnell. Willst du meine Hilfe oder nicht?«

Ich will seine Hilfe. Ich *brauche* seine Hilfe. »Na schön. Aber ich bin völlig verschwitzt.«

»Willst du dich kurz frisch machen oder so?«

»Äh. Okay? Ich meine, klar, kann ich machen.«

»Die Toilette ist da entlang.« Er zeigt mit dem Daumen auf eine Tür hinter ihm, die einen Spalt offen steht.

Leicht verwirrt schlurfe ich in Coopers Bad, das genauso kahl ist wie sein Wohnzimmer üppig. Auf keinen Fall werde ich sein Stück Seife benutzen, denn nur der Himmel weiß, was er damit gewaschen hat. Stattdessen lasse ich mir kühles Wasser in die hohlen Hände laufen und spritze es mir ins Gesicht. Öffne den Schrank unter dem Waschbecken und finde frische Handtücher in elegantem Anthrazit, eine kleine cremefarbene Schachtel mit der Aufschrift KONDOME – GEFÜHLSECHT in schicker Serifenschrift und eine ungeöffnete Flasche Handwaschmittel.

Mit einem der Handtücher tupfe ich mir das Gesicht trocken, gehe wieder raus und zeige auf meine sauberen Wangen. »Kein Schweiß mehr.«

Cooper antwortet nicht, sondern stellt sich einfach neben mich, Schulter an Schulter. Ich verlagere unbehaglich das Gewicht.

Er hebt das Handy. »Du musst lächeln«, sagt er.

Ich entblöße all meine Zähne.

»Ein echtes Lächeln, Delphie. Bist du dazu fähig?«

»Bist du es?«

»Es muss echt aussehen. Ich weiß nicht, denk doch einfach an deinen schönsten Moment oder so.«

Mein schönster Moment. Ich höre, wie Jonah zu mir sagt, er hätte das Gefühl, mich schon mal getroffen zu haben. Bei der Erinnerung muss ich lächeln, und rasch schießt Cooper ein paar Fotos.

»Du wirst sie doch aber nicht ins Internet stellen, oder?«, frage ich und beuge mich vor, um einen Blick auf die Schnappschüsse zu werfen.

»Warum in aller Welt sollte ich das tun?« Er schnaubt und steckt das Handy zurück in die Tasche. »Die werden bis heute Abend gelöscht, versprochen. Also …« Er zieht das Handy noch mal heraus und wirft einen Blick auf die Uhr. »Ich habe noch etwa dreißig Minuten Zeit, bevor ich losmuss. Wie kann ich dir helfen?«

Kapitel 10

Ich war noch nie in East London, und es gefällt mir nicht. Ich kenne mich in den fremden Straßen nicht aus, und alle Leute hier sehen aus, als wären sie unterwegs, um für irgendeine schräge Indie-Band mit einem Namen wie *Radiator Conspiracy* oder *Breakfast With Carl* vorzuspielen. Es besteht jedoch eine solide Chance, dass Jonah heute Abend hier ist, also kämpfe ich mein Unbehagen nieder.

Wie ich vermutet hatte, ist Cooper ein Computergenie. Zu meiner Überraschung hat er Zugang zu einer Art privater Polizeidatenbank, hat sich aber ärgerlicherweise geweigert, mir zu sagen, wie oder warum. Mittels dieser Datenbank hat er im Handumdrehen eine Liste von Jonah Ts unter dreißig Jahren in London erstellt. Die Suche in den sozialen Medien hat gezeigt, dass die meisten von ihnen nicht *mein* Jonah sind, aber einer war definitiv ein »Vielleicht«: Jonah Thompson. Seine Social-Media-Profile waren größtenteils privat oder völlig verjährt, aber wir haben ein Profilbild gefunden, das einen Mann im richtigen Alter und mit genau dem richtigen umbrabraunen Haar zeigt. Leider ist das Gesicht durch eine Sonnenbrille verdeckt, sodass ich mir nicht hundertprozentig sicher sein kann. Auf Instagram haben wir jedoch ein Foto gefunden, das sein Profil getaggt hat – auf einer wöchentlichen Musiktheaternacht in East London, die zufällig heute Abend stattfindet. Also ist der nächste logische Schritt, mich dort mal umzusehen, in der Hoffnung, dass er regelmäßig dabei ist. Zwar hat mein Jonah nicht gerade wie ein Mann gewirkt, der eine Musiktheater-Pianobar besucht, aber er sagte, er erwarte einen magischen Sommer in London … vielleicht ist es ja das, was er als magisch bezeichnet?

Wie dem auch sei – bei dem Gedanken, ihn wiederzusehen, schlägt mein Herz ein wenig schneller, und Wärme breitet sich in meinem Nacken und meiner Brust aus.

Ich entdecke ein Neonschild, das mir den Weg zu THE ORCHESTRA PIT weist, und steige eine rostige Treppe hinunter in einen Keller. Als ich die Tür öffne, werde ich von einer Wand aus Lärm, synthetischen Vape-Gerüchen, Discokugelgefunkel und Klimpermusik empfangen, die von einem Klavier in der Mitte des Raums stammt.

»Igitt«, brumme ich. »Was für eine Höllenlandschaft ist das hier, und was sollte jemand hier wollen, der so wunderbar ist wie Jonah?«

Ich schlurfe zur Bar und ziehe eine Grimasse, als sich eine Gruppe Frauen mit Federboas an mir vorbeidrängt und etwas Abfälliges über Andrew Lloyd Webber sagt.

Der Mann hinter dem Tresen trägt ein T-Shirt, das komplett aus roten Pailletten besteht. »Äh, hallo.« Ich winke verlegen.

»Dein Haar! Das ist so *Sound of Music!*« Der Mann presst sich entzückt eine Hand auf die Brust.

Verlegen streiche ich über meine Zöpfe. »Das habe ich nicht gesehen«, sage ich. »Ich mag keine Musicals.«

Der Mann lacht laut auf, als wäre das ein fantastischer Scherz. Als ich nicht in sein Lachen einstimme, verstummt er. »Shit. Dann brauchst du definitiv einen Drink.«

Ich nicke. »Allerdings. Ein Glas Weißwein wäre schön. Pinot grigio, bitte.«

»Wir bieten auf unserer Happy-Hour-Karte Cocktails zum halben Preis an – sie sind köstlich. Ich weiß das, weil ich sie selbst mixe. Und sie sind viel billiger als der Wein und knallen viel besser rein.« Er reicht mir eine Karte, auf der eine Reihe kompliziert aussehender Getränke abgebildet sind: Liza, Patti, Barbara, Idina und Bernadette.

Ich habe noch nie einen Cocktail getrunken. Aber halber Preis ist halber Preis.

»Cool.« Ich fahre mit dem Finger über die Liste. »Ich nehme eine Liza.«

»Gute Wahl.« Der Mann schnappt sich ein schickes Glas, das aussieht wie aus einem James-Bond-Film. »Du bist neu hier«, sagt er, während er eine obszöne Menge Wodka in einen Metallshaker schüttet. »Und du hasst Musicals. Also … warum?«

»Ich suche einen Mann«, erkläre ich und sehe mich um.

»Tja, also ich weiß nicht, ob das hier die beste Adresse dafür ist.« Er lacht und schiebt mir meinen Drink rüber, der mit einem gewundenen silbernen Strohhalm, einer klebrigen Maraschino-Kirsche und einem Cocktailschirmchen dekoriert ist. Ich kämpfe mich durch das ganze Brimborium und nehme einen zaghaften Schluck. Und sofort noch einen.

»Heilige Scheiße.«

»Nicht wahr? Ich habe einen Spritzer Apfelsäure hineingetan, um ihm das gewisse Bzzz zu verleihen.« Er wackelt mit den Fingern, als er *Bzzz* sagt.

Ich nehme einen weiteren Schluck und spüre, wie sich meine Glieder lockern. Am Klavier beginnt eine Frau ein Lied darüber zu singen, dass jemand seine Miete nicht bezahlen kann. Sie ist schrecklich schlecht, aber das scheint niemanden zu stören. Im Gegenteil, alle versammeln sich ums Klavier und singen mit. Seltsamer Schuppen. Ich bestelle einen weiteren Drink und wandere durch die Kellerbar, halte die Augen nach Jonah auf. Mehrere braunhaarige Männer stechen mir ins Auge, aber keiner ist der richtige. Ich schlendere durch die Bar und versuche vergeblich, den schrecklichen Gesang auszublenden. Im Vorbeigehen spähe ich in sämtliche Sitznischen. Kein Jonah.

Mein Handy vibriert. Ich ziehe es aus der Handtasche. Eine SMS von Merritt.

Bonjour, belle! Ich LIEBE diesen Laden! Ich war früher ständig dort. Du musst unbedingt *All That Jazz* für mich singen.

»Auf keinen Fall«, zische ich. »Ich bin hier, um Jonah zu finden.«

BITTE. Wenn ich dort wäre, würde ich es selbst tun. Aber ich kann es nicht. Weil ich tot bin. So tragisch. In meiner Blütezeit dahingerafft.

Ich drehe mich mit dem Gesicht zur Wand, damit die umstehenden Gäste nicht denken, dass ich mit mir selbst rede. »Ich kenne das Lied nicht mal. Und selbst wenn, würde ich mich niemals einfach hinstellen und vor anderen Leuten singen.«

Plötzlich sehe ich einen großen Mann mit jonahfarbenem Haar auf der anderen Seite des Klaviers. Schnell laufe ich in seine Richtung, aber er verschwindet in der Herrentoilette, bevor ich ihn erreiche.

»Verdammt!«

Während ich vor der Herrentoilette stehe und darauf warte, dass er fertig ist und wieder herauskommt, vibriert mein Handy wie wild.

All That Jazz! Ich bestehe darauf. Wenn du es nicht tust, ziehe ich dir einen Tag ab.

»Was zum Teufel? Das kannst du nicht machen!«

Ein Mann, der gerade aus der Toilette kommt, wirft mir einen herablassenden Blick zu. »Hab ich aber gerade, Süße«, sagt er.

»Du doch nicht!«, rufe ich ihm nach, aber er ist bereits in der Menge verschwunden. »Ich brauche keinen weiteren Tag«, sage ich zu Merritt. »Ich glaube, ich habe ihn gefunden.«

In diesem Moment verlässt der große Kerl mit den Jonah-Haaren das Badezimmer. Mir wird das Herz schwer. Dieser Mann ist ungefähr genauso groß wie Jonah und hat das gleiche Haar, aber sein Gesicht ist weniger markant, die Augen liegen viel enger beieinander und sind keineswegs kobaltblau.

»Heißt du Jonah Thompson?«, frage ich ihn.

»Nein.«

»Suchst du den Australier Jonah?«, fragt eine Federboa-Frau, die offenbar auf ihn gewartet hat, und legt ihm einen Arm um die Taille. »Er ist vor sechs Monaten zurück nach Sydney gegangen. Sein Visum ist ausgelaufen. Wir vermissen ihn. Er hatte den Jean Valjean echt krass gut drauf.«

»Moment … Jonah Thompson ist Australier? Mit australischem Akzent?«

Der Toilettentyp grinst. »Tja, den haben wohl die meisten Australier.«

Mein Jonah hatte einen britischen Akzent. Und er lebt derzeit in London. Mein Jonah ist also nicht Jonah Thompson. Verdammt noch mal. Ich dachte, ich hätte wenigstens einen ganzen Namen.

Als der Mann und die Federboa-Frau gehen und sich zu der Gruppe ums Klavier gesellen, summt mein Handy erneut, und ich höre die schwachen Klänge von *Jump Around* über dem Klaviergeklimper.

Sieht so aus, als wäre es doch Mist, einen ganzen Tag zu verlieren!

»Was soll das? Ich dachte, du willst mir helfen? Hör zu, mein Jonah ist nicht hier. Wahrscheinlich war er nie hier. Lass mich einfach nach Hause gehen, damit ich einen neuen Plan machen kann.« Ich halte mir beim Sprechen das Handy ans Ohr, damit niemand mich für seltsam hält.

Wenn ich schon nicht mehr lebe, dann lass mich stellvertretend leben. *All That Jazz,* oder du verlierst einen Tag.

»Ich kenne *All That Jazz* nicht.«

Jeder kennt *All That Jazz*.

Sie hat recht. Irgendwie kennt jeder *All That Jazz.* Durch Osmose oder so.

> Na los! Trau dich, Delphie. Willst du nicht wenigstens ein bisschen leben, solange du noch die Chance dazu hast?

»Aaaaargh.«

Ich schlurfe zurück an die Bar. »Einen Shot Tequila und noch einen Liza, bitte.«

»Hast du deinen Mann gefunden?«

Ich nicke und schütte den Tequila runter. »Es war der falsche.«

»Das kenne ich.« Fachmännisch mischt der Barkeeper den Cocktail und schiebt ihn zu mir rüber. »Der geht aufs Haus.«

Meine Augenbrauen schießen in die Höhe. »Wo ist der Haken?«

»Kein Haken.« Er zuckt mit den Schultern. »Du siehst nur aus, als hättest du es nötig.«

Ich nicke dankend, lege fünf Pfund Trinkgeld auf die Theke und gehe zum Klavier rüber. Der Pianist beendet gerade ein Lied, von dem sogar ich mit meiner kaum vorhandenen Erfahrung weiß, dass es aus *Hamilton* stammt.

Ich bahne mir einen Weg durch die Menge, die das Klavier umlagert, und beuge mich zum Pianisten vor. »Kann ich … kann ich eine Anfrage für *All That Jazz* stellen, bitte?«

Er verdreht die Augen. »Kein Sondheim? Oder wie wäre es mit Tesori? Oder … lieber Himmel, wenigstens ein *anderes* Lied von Kander und Ebb wäre eine schöne Abwechslung …«

Ich habe keine Ahnung, wovon er spricht.

»Name?«, fragt er schließlich verschnupft.

»Delphie Denise Bookham.«

»Ich brauche nur den Vornamen, aber gut!« Er reicht mir das Mikrofon. Ich nehme es mit zitternder Hand entgegen und kippe den Rest meines Cocktails runter.

Der Pianist beginnt zu spielen. Zitternd hebe ich das Mikrofon an meine Lippen.

Ich öffne den Mund. Nichts kommt heraus.

»Du musst singen!«, zischt der Pianist und spielt noch mal den gleichen Anfangsakkord.

Die Leute ringsum starren mich an, aber dann stellt sich der mit Pailletten besetzte Barkeeper neben mich und beginnt leise zu singen. Seine Stimme ist unfassbar schön. Er nickt mir aufmunternd zu. Aber trotz dieser unerwarteten Hilfe, trotz des Tequilas und Merritts Drohung, mir einen Tag wegzunehmen, kann ich mich nicht überwinden. Ich glaube, sogar meine *Ohren* schwitzen. Noch gestern bestand mein Lebensziel darin, mit so wenig Menschen wie möglich zu tun zu haben. Und jetzt stehe ich vor einem Haufen völlig Fremder und werde gezwungen, ein Lied zu singen, das ich nur so halbwegs kenne, für eine aufdringliche Jenseits-Therapeutin, die mich noch mal ordentlich auslachen will, bevor sie mich umbringt.

Gerade als ich denke, dass es nicht mehr schlimmer werden kann, entdecke ich eine Frau weiter hinten. Sie gehört zu dem Trupp mit den Federboas und ist eindeutig die Anführerin – ihre Alpha-Energie umgibt sie mit einer Art Aura.

Mir stockt der Atem, als mir dämmert, dass es sich bei der Frau um Gen handelt, meine ehemals beste Freundin, die zur Peinigerin wurde. Sie zeigt auf mich, sagt etwas zu ihren Freundinnen und grinst.

Galle steigt mir in die Kehle. Wie kann das sein? Warum ist sie hier? Mein Magen krampft, und ich fürchte, mir wird schlecht. Ich lasse das Mikrofon aufs Klavier fallen, wo es ein unharmonisches Klirren auf den Tasten erzeugt.

»Hey!«, schimpft der Pianist. »Das ist ein wertvolles Sennheiser 430!«

»T-tut mir leid«, rufe ich zurück, während ich zurückweiche.

Mein Kiefer krampft sich zusammen, als Gen auf mich zusteuert. Doch dann wird mir klar, dass die Frau gar nicht Gen ist. Nur irgendeine andere schlanke, selbstbewusst wirkende Frau mit blondem Haar, aber einem ganz anders geschnittenen Gesicht. Ich warte darauf, dass mein Herz aufhört zu rasen, aber es hört nicht auf. Der bloße Gedanke an Gen hat eine Woge Cortisol in mein Blut geschüttet. Mein Herz hämmert wie wild.

»Alles in Ordnung?«, höre ich den paillettenbesetzten Barkeeper fragen. Seine Stimme hört sich an, als wäre ich unter Wasser.

»Tut mir leid«, murmle ich noch mal. Dann wirble ich herum und renne aus der Kellerbar auf die belebte Straße hinaus, so schnell ich nur kann.

Ich höre nicht auf zu rennen, bis ich die Bushaltestelle erreiche.

Kapitel 11

Ich steige in Paddington aus dem Bus, und als mir die Sommerabendbrise um die Nase weht, wird mir klar, dass ich betrunken bin. Ich trinke nicht oft, also haben mich die Cocktails wirklich hart erwischt. Ich taumle an der Bibliothek vorbei und stolpere gefühlt alle dreißig Sekunden über meine eigenen Füße.

»Delphie? Delphie Bookham? Meine Güte, bist du das?« Ich sehe mich um und entdecke einen schlaksigen Mann, der auf mich zujoggt. Woher kennt er meinen Namen? Und warum rennt er hinter mir her?

Ich beschleunige und schaffe etwa zwei Meter, dann plumpse ich dank meiner mangelnden Koordination auf den Bürgersteig.

»Neeeeein!«

Mein Verfolger holt mich ein, ehe ich mich aufrappeln kann. Erleichtert stelle ich fest, dass sich der vermeintliche Angreifer im Schein einer Straßenlaterne als der Mann entpuppt, den ich heute Morgen in der Bibliothek kennengelernt habe. Der mir mit den Büchern geholfen hat.

»Du dumme Gans«, sagt er und streckt mir eine Hand entgegen, um mir aufzuhelfen.

Ich ignoriere die Hand, denn ich kann selbst aufstehen. Nur leider scheint die Welt zu torkeln.

»Ich bin's, Aled«, sagt der Mann und hält mir erneut die Hand hin.

Ich habe keine andere Wahl und greife danach. Er reißt mich in die Höhe, erstaunlich stark für einen so dünnen Kerl.

»Jetzt geht es mir wieder gut!«, sage ich und strahle ihn an. »Danke für die Hilfe. Alles Gute für dich und die Deinen!«

Ich gehe weiter, kollidiere mit einer Mauer, stolpere zurück und pralle gegen einen Poller. Das mit dem Geradeauslaufen klappt überhaupt nicht. Aled fängt mich auf und stützt mich.

»Wie weit hast du es denn? Ich begleite dich. Es sei denn, es ist mehr als ein zehnminütiger Fußmarsch, dann rufe ich uns ein Taxi. Ich komme gerade von meinem Crime Lovers Book Club in der Bibliothek«, er deutet mit dem Daumen auf das alte Bibliotheksgebäude, »und bin ehrlich gesagt ziemlich kaputt. Menschen sind verdammt anstrengend.«

Ich werfe ihm einen Seitenblick zu und zeige auf die andere Straßenseite. »Ich wohne da drüben. Und ich stimme dir zu, Menschen sind anstrengend.«

»Anstrengend, aber notwendig.«

Nicht unbedingt, will ich antworten. Es kommt eher so heraus: »Niiich unneding.« Aber Aled scheint es zu verstehen.

»Na komm. Bringen wir dich nach Hause, du olle Saufnase.«

Ich lasse mich von ihm in Richtung meines Wohnhauses ziehen und höre ihm nur mit halbem Ohr zu, als er mir mehr über die Bücher erzählt, die er mir heute mitgegeben hat, sowie über einige andere, die er mir empfiehlt. »*Und wie sie nachts schlafen* ist gerade ausgeliehen, aber ich merke es für dich vor, dann kannst du es innerhalb von sieben bis zehn Tagen in der Bibliothek abholen.«

»Wahrscheinlich bin ich in sieben bis zehn Tagen nicht mehr hier«, murmle ich. Das Desaster von heute Abend stimmt mich nicht gerade optimistisch.

»Fährst du in Urlaub?«

»So was in der Art.« Ich stelle fest, dass wir direkt vor meiner Haustür stehen. »Tschüs dann!«, rufe ich, aber Aled geht nicht.

»Warte. Musst du Treppen steigen, Delphie?«

»Nur eine einzige kleine Etage. Ich komme schon zurecht«, winke ich ab.

Er zieht eine Grimasse. »In dem Buch, über das wir gerade geredet haben, wurde das erste Mordopfer eine Treppe runtergestoßen, und die Polizei hat die Sache nicht mal untersucht, weil das Opfer zur Tatzeit genauso besoffen war wie du.«

Ich stoße einen kleinen Rülpser aus. »Wenn ich dich reinlasse, könntest *du* mich umbringen.«

Aled muss lachen. Er ist einer von denen, die das mit dem ganzen Körper tun. »Dafür bin ich nicht der Typ. Ich bin Veganer.«

Ich weiß nicht genau, was das damit zu tun haben soll, aber mir kommt er auch nicht wie der Typ dafür vor. Und selbst wenn er mich ermorden würde … vermutlich würde mich Merritt sofort wieder auf die Erde zurückschicken, um mich zu ihrer eigenen Unterhaltung zu demütigen.

Ich klopfe an die Haustür, bevor mir einfällt, dass ich einen Schlüssel habe, weil ich hier wohne.

»Gib mir deine Schlüssel, Liebes.« Aled kichert. Ich krame in meiner Handtasche herum und gebe sie ihm.

Er schließt die Tür auf, und ich stolpere in den Flur. Wir machen offenbar einen Höllenlärm, denn im nächsten Moment steckt Cooper den Kopf aus der Tür. Sein Haar ist nass, und er trägt einen strahlend weißen Bademantel, als käme er direkt aus dem Spa. Wie schafft er es, dass sein Bademantel so weiß bleibt? Meiner ist und bleibt grau, ganz gleich, wie viel Daz ich benutze. Cooper tritt auf den Flur, und ich winke ihm zu. »Entschuldigung! Entschuldige die Störung, Widerling Cooper!«

»Hallo«, sagt er, kommt eigenartig eilig in den Flur hinaus und baut sich vor Aled auf. »Wir kennen uns noch nicht.« Seine Stimme klingt tiefer als sonst.

»Ich bin Aled. Ihr lokaler Saufnasen-Lieferservice«, sagt Aled fröhlich zu Cooper und drückt mir die Schlüssel wieder in die Hand.

»Kennst du diesen Mann?« Cooper beugt sich nach unten und sucht meinen Blick auf seltsam intensive Weise. Mir dämmert, dass er glaubt, ich wäre so sturzbetrunken, dass Aled mich auf irgendeine Weise ausnutzen könnte. Es ärgert mich, dass er denkt, ich könne nicht auf mich selbst aufpassen, nur weil ich ein paar sehr starke Cocktails getrunken habe.

Ich hebe das Kinn. »Ja, eigentlich schon. Das ist Aled, mein bester Freund und Vertrauter«, sage ich zu Cooper und beende meinen Satz mit einem ordentlichen Schluckauf. »Ich kenne ihn sehr gut. Wirklich *sehr* gut.«

»Oh, verflixt!«, sagt Aled. »Okay, das ist unerwartet. Ich habe viele Freunde, aber im Moment keinen besten.« Er überlegt kurz. »Okay … ich akzeptiere das Angebot. Also beste Freunde. Wir reden morgen noch mal darüber, wenn du nüchtern bist. Vielleicht hast du es dir bis dahin anders überlegt. Das ist mir schon mal passiert, leider. Aber wenn du morgen immer noch so denkst, dann akzeptiere ich.«

Cooper sieht ungläubig erst Aled an, dann mich und dann wieder Aled. »Du hast Jonah also nicht gefunden?« Er nimmt meinen Arm und führt mich die Treppe zu meiner Wohnung hinauf, während Aled uns von der untersten Stufe aus beobachtet.

»Nö. Es war der falsche Typ. Seine Augen waren zu dicht beieinander.«

»Oh, wer ist Jonah?«, ruft Aled uns hinterher und folgt uns die Stufen hinauf.

»Du hast deinem besten Freund nicht von Jonah erzählt?«, fragt Cooper. Ich versuche meine Wohnungstür aufzuschließen und bekomme den Schlüssel nach zwei Fehlversuchen endlich ins Schloss.

»Jonah ist die vermisste Person, von der ich dir erzählt habe«, flüstere ich Aled zu.

»Oje, du armer Schatz. Kein Wunder, dass du dich so schwer betrunken hast. Die Sorge um einen vermissten geliebten Menschen ist so schwer zu ertragen.«

»Geliebter Mensch?« Cooper verzieht das Gesicht. »Ich dachte, Jonah wäre …«

Igitt. »Jaja«, unterbreche ich ihn. »Ach, endlich zu Hause. Es ist schön, wieder hier zu sein. So schön – zu Hause ist dort, wo das

Herz wohnt!« Ich drehe mich um und will Gute Nacht sagen, da sehe ich, wie Aled Cooper mit zusammengekniffenen Augen anstarrt.

»Du kommst mir sehr bekannt vor«, sinniert er. »Kenne ich dich?«

»Ich bin ganz sicher, dass wir uns nicht kennen«, antwortet Cooper knapp, dreht sich auf dem Absatz um, ohne sich zu verabschieden oder einen Blick zurückzuwerfen, und eilt die Treppe hinunter, vorbei an Aled und zurück in seine Wohnung.

»Vielleicht hat er einfach eins dieser Gesichter«, bemerkt Aled.

»Das Gesicht eines Widerlings, meinst du.«

»O nein, er hat ein ganz entzückendes Gesicht. Irgendwie grüblerisch, ein bisschen, als hätte Timothée Chalamet …«

»… einen Arschloch-Bruder!« Ich kichere.

»Genau!« Aled grinst und lehnt sich gegen das Geländer. »Du kommst jetzt zurecht, ja? Denn ich bin wirklich erschöpft. Aber ich melde mich morgen wegen der Sache mit den besten Freunden. Um zu sehen, ob du noch genauso denkst.«

Ich nicke in der Gewissheit, dass Aled meine Telefonnummer nicht hat und vor der Bibliothek ein Briefkasten steht, über den man seine Bücher zurückgeben kann. Ich muss ihn nie wiedersehen, wenn ich nicht will. »Ja, natürlich. Vielen Dank für deine Hilfe.«

»Es war mir ein Vergnügen.«

Ich schließe die Tür hinter mir und gehe fünf Schritte durch die offene Schlafzimmertür auf mein Bett zu, wo ich mich Gesicht voran zwischen zwei Kissen plumpsen lasse. Ich schlafe sofort ein.

Kapitel 12

Es ist bereits der dritte Tag. Ich wache schweißgebadet auf, nach einem schrecklichen Traum, in dem Gen und Ryan mich mit Sennheiser-Mikrofonen verprügeln und das Ganze live auf YouTube streamen.

»Das ist so kaputt, Delphie«, murmle ich und setze mich auf. Sofort befällt mich das entsetzliche Gefühl, dass mein Gehirn versucht, an den Augäpfeln vorbei aus dem Schädel zu fliehen. Ich nehme mein Handy zur Hand, um nachzusehen, wie spät es ist. Fünf Uhr morgens? Ekelhaft.

Eine Welle des Grauens breitet sich in mir aus. Normalerweise habe ich keinen besonderen Grund, mich schlecht zu fühlen – höchstens mal das, was mein Hausarzt folgendermaßen betitelt: *Ein allgemeines Unwohlsein, das sich durch gute Ernährung, regelmäßige Bewegung, Gesprächstherapie und 20 mg Fluoxetin täglich bessern wird.* Aber jetzt habe ich einen Riesenhaufen Gründe für Elend.

»Uuuuumpfh.« Ich stütze den Kopf in beide Hände. Dann fällt mir etwas ein. »Mr Yoon!« Mist. Ich war gestern Abend so betrunken, dass ich vergessen habe, nach seinem Herd und den Zigaretten zu sehen. Dass ich nicht verbrannt bin, ist schon mal vielversprechend, aber trotzdem … es hätte leicht etwas passieren können.

Langsam und vorsichtig krabble ich aus dem Bett und nehme Mr Yoons Schlüssel, der neben der Haustür hängt. So leise ich kann, betrete ich seine Wohnung, und sein leichtes Schnarchen zu hören ist Balsam für meine besorgte Seele. Das Wohnzimmer ist hell, aber kühl. Ich überprüfe Ofen und Aschenbecher. Beides in Ordnung. Das ist gut. Sehr gut.

Sämtliche Zigaretten im Aschenbecher sind ausgedrückt, aber er quillt fast über von Stummeln. Ich kann ihn nicht auswaschen, ohne zu riskieren, Mr Yoon zu wecken, also bringe ich ihn in die Küche, leere die Kippen in den Mülleimer und kauere mich hin, um aus dem Schrank einen neuen Aschenbecher herauszusuchen, damit ein sauberer bereitsteht, wenn er aufwacht.

Der Schrank ist vollgestopft mit *Zeug*, und ich mache mir eine geistige Notiz, ihn aufzuräumen, sobald ich dafür Zeit finde. Hinter einem Bilderrahmen entdecke ich einen zweiten Aschenbecher. So leise ich kann, schiebe ich den Bilderrahmen heraus, um an den Aschenbecher zu gelangen, lasse mich auf den Boden plumpsen und drehe den Rahmen in Richtung des Morgenlichts, das durch die Vorhänge fällt.

Donnerwetter! Ist das der junge Mr Yoon? Ja, definitiv. Er steht auf einer großen Bühne, hält in einer Hand eine Geige und einen Bogen, in der anderen einen Pokal. Ich versuche zu erkennen, was auf dem Pokal steht, aber es ist ein altes, körniges Foto. Auf jeden Fall spielt Mr Yoon Geige! Und er war so gut, dass er eine Auszeichnung erhalten hat. Ich frage mich, warum er mir das nie erzählt hat.

»Sehr cool, Mr Yoon«, flüstere ich und schiebe den Rahmen zurück in den Schrank, dann bringe ich den sauberen Aschenbecher zum Tisch. Neben der Duftwicke, die ich ihm letzte Woche mitgebracht habe, liegt eine riesige Tüte Fizzy Cola – Süßigkeiten, die ich ihm schon lange auszureden versuche. Wo zum Teufel hat er die schon wieder her? Hat er einen Dealer? Einen zwielichtigen Süßwarenhändler, der im Gebäude herumlungert und gegen Bares bunte Tüten rausrückt? Seufzend verlasse ich die Wohnung und schleiche zurück zu meiner eigenen. Als ich eintrete, rutsche ich fast auf einem Umschlag aus, der unter der Tür durchgeschoben wurde.

Ich hebe ihn auf, öffne ihn und finde darin zwei zusammengefaltete Papierbögen. Ich klappe einen davon auf, und mir wird ganz heiß. Es ist der Schwarz-Weiß-Ausdruck eines Fotos von Jonah. Des richtigen Jonah. Er ist noch schöner, als ich ihn in Erinnerung hatte, seine Augen funkeln hell, das Lächeln ist einladend und selbstbewusst. Ich schüttle den Kopf. Wer hat das unter meiner Tür durchgeschoben?

Ich klappe das andere Stück Papier auf – es ist eine mit schwarzer Tinte gekritzelte Notiz, die Schrift ist verschlungen und präzise.

Delphie, ich habe noch ein wenig weitergesucht, und der hier klingt wie der Mann, den du beschrieben hast. Leider kann ich aufgrund der Bildauflösung nicht feststellen, ob man seine Augen als »verträumt« bezeichnen kann, aber ansonsten glaube ich, dass er es sein könnte. Sein Name ist Jonah Truman. Seine sozialen Profile sind privat, und er nimmt keine Nachrichten an, aber nach einigen Nachforschungen habe ich herausgefunden, dass er Mitglied des Kensington Gardens Running Club ist. Sie laufen jeden Morgen um 7 Uhr. Ich hoffe, dass du ihn abpassen kannst, wenn es tatsächlich der Jonah ist, mit dem du es schon überall in der Stadt getrieben hast.

Mit freundlichen Grüßen
Cooper

O mein Gott! Er hat Jonah gefunden! Und Kensington Gardens? Das ist ja ganz in der Nähe. Wohnt er in Paddington? Notting Hill? War er die ganze Zeit in der Nähe, und ich hatte nicht die leiseste Ahnung? Wow.

»Jonah«, flüstere ich, schließe die Augen und stelle mir vor, wie sich seine Lippen auf meinen anfühlen würden. In Evermore hat er mich angesehen, als müsste ich nur ein Wort sagen. Wie in einem Film aus den 1940er-Jahren. *Jetzt küss mich, du Narr!* Aber dies ist die echte Welt. Sicherlich braucht diese Angelegenheit ein wenig

Vorlauf. Ich muss ihn wenigstens erst fragen, ob wir mal zusammen was trinken gehen wollen.

Ein Adrenalinstoß durchfährt mich bei dem Gedanken, in einer Bar zu sitzen, mir gegenüber Jonah, seine strahlend blauen Augen im Kerzenschein.

»Muahahaha!«, rufe ich. Vielleicht beobachtet Merritt mich ja gerade. »In nicht mal zwei Tagen! Ich wette, du kommst dir jetzt albern vor, weil du so schadenfroh warst.« Die Freude darüber, Jonah wiederzusehen, ganz zu schweigen von der großen Erleichterung darüber, dass ich es geschafft habe, mein Leben zu retten, vertreibt schlagartig meine Kopfschmerzen. Ich gehe schnurstracks unter die Dusche, wo ich mir gründlich die Zähne putze, denn obwohl es unwahrscheinlich ist, dass Jonah mich sofort küsst, scheint es mir am klügsten zu sein, mit allem zu rechnen.

Ich habe zwar jede Menge Klamotten, die für einen heißen Tag im Freien geeignet sind, aber kaum etwas davon ist zugleich a) zum Laufen geeignet (denn es ist anzunehmen, dass Jonah laufen wird) und b) verlockend genug, um in einem Mann den Wunsch zu wecken, mich zu einem Kaffee oder zum Abendessen einzuladen oder auch zu einem Spaziergang, der – hoffentlich recht schnell – zu einem lebensrettenden Kuss führen wird. Meine Kleidung ist eher praktisch. Mein übergroßes V&A-T-Shirt und Jeansshorts werden ihn wohl kaum hinter dem Ofen hervorlocken.

Hektisch durchstöbere ich meinen Kleiderschrank. Wie befürchtet finde ich nichts, was auch nur annähernd verlockend wäre. Aber dann kommt mir ein Geistesblitz. Die Tasche mit den Sachen, die Mum nicht mit in die Künstlerkommune genommen hat! Vielleicht ist da ja was Geeignetes drin? Alle fanden Mum verführerisch. Na ja, alle bis auf Dad, jedenfalls am Schluss.

Ich schleppe einen Küchenstuhl zu dem hohen Schrank neben der Eingangstür, klettere darauf und ziehe auf Zehenspitzen balancierend die Plastiktüte heraus. Sie ist viel schwerer als gedacht, fällt mir auf den Kopf und landet mit einem Knistern und einem vernehmlichen Plumps auf dem Boden. Ich plumpse direkt hinterher.

Hastig rapple ich mich auf und entknote eifrig die gelben Plastikschnüre am oberen Ende des Beutels. Als ich die Tüte öffne, schlägt mir ein Duft entgegen, der tausend Gefühle in mir weckt, Traurigkeit und Sehnsucht, Nostalgie und Wut. Mir wird ganz schwindlig davon. Ich ziehe ein rot-weißes, mit Herzen bedrucktes Baumwollkleid heraus. Wie kann es sein, dass diese Kleider immer noch nach Chanel N° 5 und Lenor und Nivea-Sonnencreme riechen? Genau wie Mum? Ich habe sie alle gewaschen, bevor ich sie weggepackt habe – eigentlich wollte ich sie in die Kleiderspende geben, aber irgendwie bin ich nie dazu gekommen.

Ich drücke das Kleid für eine Millisekunde an die Nase und werde für meine Idiotie mit einer Welle von Mum-Erinnerungen belohnt. Ich kann mich nicht entsinnen, dass sie jemals still gesessen hätte. Ständig ist sie von einem Zimmer ins andere gerannt, hat Hausarbeiten erledigt, Partys organisiert, mit Freunden telefoniert, hat mir und Gen bei den Hausaufgaben geholfen, weil Gens Mutter die ganze Zeit auf der Arbeit war. Meine Mutter ist unser Familienleben wie ein Projekt angegangen und hat alles gegeben, um es zu einem vollen Erfolg zu machen. Nachdem Dad ihr das Herz gebrochen hat, war in ihren Augen offenbar das ganze Projekt gescheitert. Nicht nur die Ehe, sondern ihr ganzes Leben, mich eingeschlossen.

Die nächsten sechs Monate war sie das reinste Wrack, schlief bis fünf Uhr nachmittags, trank um elf Uhr vormittags Cocktails und lag ständig laut schluchzend in der Badewanne. Als Gen und ich eines Tages nach der Schule nach Hause kamen und Mum ohnmächtig auf dem Sofa vorfanden, während auf dem Herd ein leerer Kochtopf vor sich hin glühte, habe ich Gen nicht mehr zu uns eingeladen. Ich konnte es nicht ertragen, dass sie mitbekam, wie trostlos mein Leben nach Dads Weggang geworden war. Als Mum sich endlich wieder berappelte, hatte Gen schon beschlossen, mich zu hassen. Und dann lernte Mum Gerard kennen und zog in die

Künstlerkommune in Texas, um sich wieder der Kunst zu widmen, die ihr vor meiner Geburt so wichtig gewesen war.

Die alten Klamotten sind so staubig, dass ich viermal hintereinander niesen muss. Als ich mich davon erholt habe, durchwühle ich die Tasche auf der Suche nach etwas, das für einen bedeutungsvollen Kuss im Park geeignet sein könnte.

Aha! Da ist es! Ich grabe das Outfit aus, das meine Mutter immer zum Laufen trug. Es ist allerdings viel knapper als in meiner Erinnerung. Ein cooles graues Sport-Bustier mit orangefarbenen Streifen an der Seite, dazu ein Paar passende Leggings. Meine Mutter ist schmaler als ich, aber vielleicht ist das ja sogar gut so. Wenn man sich an den Fernsehsendungen orientiert, scheint es, als wären enge Klamotten durchaus zielführend. Schnell ziehe ich mich um. Ich habe keinen Ganzkörperspiegel, um zu prüfen, ob die untere Hälfte gut aussieht, aber die Leggings scheint ganz gut zu passen. Ich betrachte meine obere Hälfte im Badezimmerspiegel. Meine Brüste quellen oben aus dem Bustier, aber ansonsten ist es ganz in Ordnung. Viel besser jedenfalls zum Laufen als alles andere, was ich habe.

Ich föhne mein Haar ein bisschen zurecht, binde es zu den üblichen Zöpfen und stecke sie mithilfe von zehn Haarklammern und einem Haufen Haarspray am Oberkopf fest. Dann tupfe ich etwas Concealer unter meine Augen, um die grauen Ringe zu verdecken, die die Cocktails gestern Nacht hinterlassen haben, was sich allerdings als vergebliche Liebesmüh erweist.

Ich schlüpfe in meine guten alten Nikes und verlasse das Haus.

Kapitel 13

Ich bin nicht sicher, ob ich je zuvor so früh das Haus verlassen habe. Die Straßen sind ohne all die ankommenden und abreisenden Touristen vom Bahnhof und den umliegenden Hotels viel ruhiger als gewohnt. Trotz der frühen Stunde ist es bereits sehr heiß, der Geruch von aufgeheiztem Asphalt liegt in der Luft. Ich bin dankbar für meine leichte Kleidung. Als ich die Straße überquere, winkt die Frau, die den kleinen Blumenladen neben dem Immobilienmakler betreibt. Ich drehe mich um, um zu sehen, wem sie zuwinkt, und stelle fest, dass sie *mich* meint. Zaghaft winke ich zurück, aber als ich näher komme, wirft sie mir einen seltsamen Blick zu. Eine Mischung aus Entsetzen und Belustigung. Genauso haben mich Gen und ihre Clique immer angesehen, wenn ich mich im Unterricht gemeldet habe, meist gefolgt von Kichern und manchmal von einem Kaugummi, der zielsicher in mein Haar flog (das war der Beginn meines täglichen Rituals der extrastraffen Zöpfe).

Ich werfe der Frau einen bösen Blick zu und schelte mich selbst dafür, dass ich es nicht besser weiß, als irgendwelchen Leuten zuzuwinken. Gereizt marschiere ich an den strahlend weißen Häuserzeilen vorbei und nehme eine Abkürzung durch eine hübsche gepflasterte Gasse. Es sind keine fünf Minuten Fußweg bis zu den Italienischen Gärten in Kensington Gardens, und als ich sie erreiche, bin ich beeindruckt. Verschnörkelte Springbrunnen verbreiten einen leichten Sprühnebel, in dem im hellen Sonnenlicht ein Miniatur-Regenbogen schimmert. Auf einer der vielen Statuen hockt ein Reiher. Oben auf dem Hügel zur Linken stellt ein Mann in unregelmäßigen Abständen grün gestreifte Liegestühle auf. Eine einsame Frau mit breitkrempigem Hut sitzt auf einer Holzbank und frühstückt ein Solero-Eis.

Kein Wunder, dass meine Mutter jeden Morgen herkam. Der Park ist friedlich und weitläufig, und es ist niemand da bis auf gelegentliche Spaziergänger mit Hunden und eine Handvoll Jogger. Ich frage mich, ob Mum in Texas immer noch joggt, und schiebe den Gedanken sofort wieder beiseite. Jetzt ist nicht der richtige Zeitpunkt, um an etwas anderes zu denken als die anstehende Aufgabe.

Okay, okay. Auf Coopers Zettel steht, dass Jonah jeden Morgen um sieben Uhr mit seiner Gruppe hier läuft. Ich ziehe mein Handy aus dem Bund der Lycra-Hose. Es ist 6:59 Uhr.

Ich habe keine Ahnung, durch welchen Eingang von Kensington Gardens Jonah kommen wird, also beschließe ich, dass es das Beste ist, einfach nur schnell zu gehen und mir das Joggen für den Moment aufzusparen, da ich ihn entdecke. Ich bin ziemlich sicher, dass ich allerhöchstens fünf Minuten lang richtig schnell laufen kann, und ich will sie nicht vorzeitig aufbrauchen.

Ich komme an einem sehr routiniert wirkenden Jogger vorbei. Er starrt mir auf die Brust.

»Kümmer dich um deine eigenen Angelegenheiten, Kollege«, fauche ich ihn an. Mir ist bewusst, dass meine fast aus dem Oberteil quellenden Brüste auf manche Leute anziehend wirken könnten, aber das gibt ihm nicht das Recht, mich so anzuglotzen. Der Mann wird rot und joggt an mir vorbei, blickt aber noch mal kurz zurück.

Ich schüttle den Kopf und gehe weiter, doch dann kommt eine Frau mit einem Kinderwagen an mir vorbei und starrt ebenfalls … allerdings nicht nur auf meine Brust; ihr Blick wandert von oben nach unten und dann wieder zurück.

»Kümmern Sie sich um Ihre eigenen Angelegenheiten!«, sage ich wieder, leicht empört über die Dreistigkeit dieser gaffenden

Leute, aber zugleich frage ich mich, ob dieses Laufoutfit wohl … ob es wirklich *so* heiß an mir aussieht?

Als drei weitere Parkbesucher die Augen nicht von mir lassen können, komme ich zu dem Schluss, dass mich meine Aufmachung offenbar in eine Sexbombe verwandelt hat.

Ich verspüre einen ungewohnten Rausch. Macht! Der einzige Mensch, der mich jemals angesehen hat, als wäre ich ein sexuelles Wesen, war Jonah. Und jetzt können *fünf Leute hintereinander* die Augen nicht von mir abwenden. Puh. So muss sich Gal Gadot jeden Tag fühlen.

Ich mache den Rücken gerade, und aus meiner anfänglichen Empörung und der darauf folgenden erfreulichen Erkenntnis wird ein Energieschub. Ich jogge langsam los. Das ist auch gut so, denn just in diesem Moment biegt ein gutes Stück vor mir eine Gruppe von etwa acht Leuten auf den Weg ein und sprintet Richtung Serpentine-See los.

Einer der Läufer dreht den Kopf und sagt etwas zu einem anderen. Ich erkenne die Form seines Kinns und weiß sofort, dass er es ist! Jonah! Das ist mein Jonah, der mit seiner Gruppe durch den Park läuft, genau wie Cooper es gesagt hat!

»Jonah!«, rufe ich, aber ich bin vierzig Meter entfernt, und er hört mich nicht. Ich beschleunige. Ich bin nicht gerade langsam, aber er ist richtig schnell. Dass mich fast jeder anstarrt, an dem ich vorbeikomme, ist nicht unbedingt förderlich für meine Konzentration. In diesem Outfit könnte ich mir meinen ersten Sexualpartner wahrscheinlich nach Belieben aussuchen. Aber natürlich will ich Jonah. Den süßesten, attraktivsten Mann, den ich je gesehen habe. Mein buchstäblicher Seelenverwandter!

Es ist schon seltsam. Ich hatte mich mit dem Gedanken abgefunden, niemals Sex zu haben, bis ich Jonah traf. Aber sobald er die Hände auf meine Arme legte, wollte ich unbedingt wissen, wie es wohl ist. Und auf diese Frage folgte natürlich Angst. Ich habe das noch nie gemacht. Wie soll ich es dann gut machen? Was, wenn ich alles falsch mache?

Ich glaube, ich gewinne an Boden, der Abstand zwischen mir und Jonah verringert sich langsam. Doch gerade als ich nahe genug bin, um erneut nach ihm zu rufen, rennt mir ein ganzer Haufen Hunde direkt vor die Füße, Leinen in verschiedenen Farben schleifen hinter ihnen über den Boden. Mein Fuß verheddert sich in einer davon, und ich stolpere.

»Uff.« Ich knalle auf den Boden und schürfe mir Knie und Handballen auf.

Benommen setze ich mich auf und kann nur entsetzt zusehen, wie sich Jonah immer weiter entfernt. Ich kämpfe mich auf die Beine und versuche, mich von den Leinen zu befreien, aber alle fünf Hunde stürzen sich auf mich, springen an mir hoch und lecken mir mit stinkigen Zungen übers Gesicht.

»Verschwindet, ihr kleinen Bestien!«, versuche ich sie wegzuscheuchen, aber dass ich mit ihnen spreche, begeistert sie nur noch mehr. Ich will Jonah hinterherjagen, versuchen, ihn einzuholen, aber ich kann die Hunde doch nicht einfach allein lassen.

Eine mitgenommen wirkende Hippie-Frau kommt auf mich zugerannt. Ich hebe das Leinengewirr auf und versuche, mich auf den Beinen zu halten, während der größte der Hunde, ein großer, flauschiger Bär, sein Bestes gibt, um mich wieder zu Fall zu bringen.

»Ich weiß nicht, wie das passieren konnte!«, keucht die Frau, als sie mich erreicht. Sie ist etwas jünger als ich, das dunkelblonde Haar fällt ihr in Wellen bis zur Taille, und sie trägt ein langes violettes Chiffonkleid und Flip-Flops. Ihr Akzent kommt mir osteuropäisch vor. »Ich bin Profi«, fährt sie fort und wischt sich den Schweiß von der Stirn. »Ich gehe jeden Morgen mit diesen fünf Hunden spazieren und habe noch nie ihre Leinen losgelassen! Meine Hand ist plötzlich einfach kraftlos geworden, so.« Sie lässt sie schlaff herabbaumeln, um ihren Schwächeanfall zu illustrieren. »Mir sind die Leinen aus der Hand gefallen, und die Hunde sind losgerannt. Es tut mir leid!«

»Schon okay«, sage ich mit hängenden Schultern, während ich

Jonah um die letzte Kurve zum Serpentine Lido biegen sehe. »Wenigstens ist den Hunden nichts passiert.«

Die Frau hat Tränen in den Augen – allerdings sind ihre Augen so rot gerändert, dass ich mich frage, ob sie nicht schon vor unserer Begegnung geweint hat. »Diese kleinen Verräter.« Kopfschüttelnd mustert sie die Hunde. »Seit *fünf Jahren* gehe ich mit ihnen spazieren, und bei der ersten Gelegenheit heißt es: *Auf Wiedersehen, wir sind dann mal weg.*«

»Wahrscheinlich waren sie einfach nur aufgeregt.«

»Ian, von dir bin ich am schwersten enttäuscht«, schimpft sie mit dem kleinsten der Hunde, einem winzigen grauen Chihuahua. »Du sollst doch der Vernünftige sein. Der Rudelführer! Na ja, wie auch immer.« Sie seufzt und sieht mich an. »Danke, dass du sie gefangen hast. In letzter Zeit scheinen alle vor mir wegzulaufen. Haha.« In ihrem Lachen liegt kein Funke Heiterkeit, und ich ahne, warum sie geweint hat. Sogar ich weiß, dass dies der Gesichtsausdruck einer erst kürzlich Verlassenen ist.

Zaghaft strecke ich eine Hand aus, um ihr über den Arm zu streicheln, aber dann frage ich mich, ob das nicht zu aufdringlich ist, streiche stattdessen nur kurz und unbeholfen über ihren Ärmel und senke verlegen den Blick.

Einer der Hunde pinkelt auf den Weg, der Strahl kommt meinen Turnschuhen gefährlich nahe. Ich japse auf, mache einen Satz zur Seite und gehe hinter einer Informationstafel in Deckung, die den See zeigt. Unwillkürlich werfe ich einen Blick darauf. Direkt in der Mitte der Tafel klebt ein Plakat, auf dem fröhliche Leute stolz Kohlezeichnungen in die Luft halten.

O mein Gott!

Ich gebe ein aufgeregtes Quietschen von mir.

Einer der fröhlichen Menschen auf dem Plakat ist Jonah.

Kapitel 14

Wie kann das sein? Ich sehe genauer hin. Ja! Es ist tatsächlich Jonah – er strahlt in die Kamera, zusammen mit sechs anderen Menschen. Manch ein Zyniker würde das sicherlich einen reinen Zufall nennen, und noch vor ein paar Tagen habe ich selbst zu diesen Zynikern gehört. Aber jetzt weiß ich, dass Seelenverwandtschaft wirklich existiert, und begreife, dass es ein Zeichen dafür ist, dass Jonah und ich füreinander bestimmt sind, genau wie Merritt gesagt hat. Ich überfliege den Text – es ist Werbung für einen wöchentlich stattfindenden Kurs fürs Aktzeichnen. Jonah zeichnet? *Ich zeichne auch!* Ich meine, ich habe es mal getan. Wie auch immer … Jonah ist auch an Kunst interessiert? Plötzlich sehe ich uns zusammen durch die riesigen Säle der National Gallery schlendern und uns darüber streiten, wer der wahre Star der postimpressionistischen Bewegung ist. Am Ende würde er sich meiner überlegenen Meinung beugen, mich bei einem Cézanne in den Arm nehmen und mich auf die Nase küssen.

Ich spüre den Druck von Pfoten an meinen Waden, drehe mich um und stelle fest, dass die Hundefrau und ihre ungestüme Schar immer noch da sind.

»Ich gehe jeden Tag an diesem Schild vorbei«, sagt die Frau und betrachtet das Plakat. »Und ich denke jedes Mal: *Ach du lieber Himmel! Der Typ ist wirklich was Besonderes.*« Ich erwarte, dass sie auf Jonah zeigt, aber stattdessen deutet sie auf den Mann neben ihm, einen Typen mit Glatze und schwarzem Rollkragenpullover.

»Ich hab schon überlegt, den Kurs zu besuchen. Aber ich kann nicht gut zeichnen.«

Ich zucke mit den Schultern. »Ich finde nicht, dass das eine Rolle spielt. Beim Zeichnen geht es doch hauptsächlich um den Akt des Zeichnens an sich. Darum, etwas aus dem Nichts zu erschaffen und wie sich das anfühlt. Am Anfang spielt es keine große Rolle, ob es gut ist oder nicht, weil …«

Ich verstumme. Welches Recht habe ich, über das Zeichnen zu sprechen? Ich habe es seit über zehn Jahren nicht mehr getan.

»Überlegst du etwa auch, mal hinzugehen?«

Der Kurs findet einmal pro Woche in Notting Hill statt – der nächste Termin ist morgen Abend! Es ist zwar nicht ideal, dass ich noch mal einen ganzen Tag verliere, aber wenigstens wird Jonah da sein und stillstehen. Und so heiß ich in diesem Retro-Laufoutfit auch aussehe … es kann nicht schaden, wenn ich bei unserer nächsten Begegnung weniger verschwitzt bin.

Ich nicke und mache mit dem Handy ein Foto von dem Plakat, mitsamt der Adresse.

Die Augen der Frau weiten sich. »Wenn du es machst, mach ich es auch. Wir könnten zusammen gehen und uns gegenseitig unterstützen. Ich finde es immer sehr nervenaufreibend, etwas ganz Neues anzufangen.«

Hastig schüttle ich den Kopf. »O nein … Nein, schon gut. Ich kann auch allein gehen. Ich will sowieso nicht richtig am Kurs teilnehmen. Ich muss dort nur mit jemandem sprechen.« *Und ihn dazu bringen, mich so schnell wie möglich zu küssen.*

»Lass uns doch bitte gemeinsam hingehen. Wir tun uns einfach zusammen.«

Das wird gerade echt unangenehm. »Ich … ich mache so was nicht«, sage ich, während ihre Hunde weiter an mir hochspringen und der kleinste versucht, an meinem Bein hochzuklettern.

»Warum nicht?« Die Frau legt den Kopf schief.

»Na ja … ich bin nicht gerade der Zusammentutyp.«

Die Frau runzelt die Stirn. »Was?«

»Ich hänge nicht einfach so mit Leuten ab. Vor allem nicht mit Fremden.«

Die Frau verzieht das Gesicht. »Wenn du dich nie mit jemandem triffst, können aus Fremden aber niemals Freunde werden.«

»Genau.«

Die Frau seufzt, zieht eine Plastiktüte aus der Tasche, sammelt einen Hundehaufen auf und verknotet die Tüte schnell und effizient. »Ich hätte gern mehr Freunde, aber in London ist das schwer, weißt du? All meine Freunde sind Hunde. Und manchmal sind sie keine besonders guten. Wie Ian, der trotz seines süßen Aussehens, wie du jetzt weißt, eine Art Machiavelli in Hundegestalt ist. Ich hatte Gant – er war mein Freund. Aber jetzt gibt es ihn nicht mehr.« Traurig lässt sie den Kopf hängen.

»O Gott. Er ist *gestorben?*«

»Nein. Er wurde von einer anderen Frau in den Bann gezogen.«

Ihr Gesichtsausdruck erinnert mich an irgendwas, aber ich kann nicht genau sagen, an was. Und dann fällt es mir ein. Sie sieht aus wie ich in Merritts *Dies war dein Leben*-Video. Völlig am Ende.

»Gut.« Ich stoße die Luft aus. »Lass uns einfach zusammen gehen.«

»Als Freunde?«

»Nein. Keine Freunde. Wir können zusammen hingehen, wenn du willst. Aber ich werde nicht am Kurs teilnehmen, also erwarte nicht, dass wir nach dem Kurs noch irgendwo hingehen oder so.«

»Für mich ist das völlig okay!« Lächelnd streckt sie mir die Hand entgegen. »Ich bin Frida.«

»Mein Name ist Delphie«, sage ich und schüttle ihr kurz die Hand.

Frida zögert, dann beugt sie sich vor und sagt mit gedämpfter Stimme: »Wenn wir Freundinnen wären, müsste ich es dir wahrscheinlich sagen. Also, diese Hose, darin hast du … wie nennt man das noch gleich in London? Ein *Caramel Slice?*«

Ein Karamellplättchen? Was? Ich folge ihrem Blick in meinen Schritt, und schlagartig wird mir klar, dass sie *Camel Toe* meint. *Das* also ist der Grund, warum mich alle anstarren. Großer Gott!

Wieder gehe ich hinter dem Schild in Deckung und versuche, den Stoff herauszuziehen, aber er ist extrem elastisch und schnappt sofort wieder in seine Position zurück.

»An meiner Mutter haben sie nie so ausgesehen«, klage ich und zerre noch mal am Stoff.

»Du hast wahrscheinlich dickere Schamlippen als sie. Weißt du, manche Schamlippen sind einfach größer. Das ist ganz natürlich und menschlich, mach dir nichts draus.«

Zutiefst beschämt weiche ich zurück, drehe mich um und presse die Hände fest auf meinen Schambereich. Ich will so schnell wie möglich nach Hause!

»Wir treffen uns morgen um fünf vor halb acht dort!«, ruft mir Frida hinterher. »Weil du jetzt wegläufst, ohne mir deine Telefonnummer zu geben!«

»Ja, okay!«, rufe ich und renne los, vorbei an den Brunnen und hinaus auf die Bayswater Road. Ich nehme die Hände aus dem Schritt und renne, so schnell ich kann, denn wenn ich stehen bleibe, werden alle das sehen, was sie überhaupt nichts angeht.

Als ich schließlich die Westbourne Hyde Road erreiche, werde ich langsamer und presse wieder die Hände in den Schritt. Als ich am großen Apothekenfenster vorbeikomme, steht Leanne dahinter und sieht mich an. Sie winkt mir kurz zu und runzelt dann die Stirn. Ich nicke nur kurz zur Begrüßung und schließe die Haustür auf. Hastig schlüpfe ich in den Flur … und sehe zu meiner Verstörung, wie sich eine dunkelhaarige Frau in Yogahose quasi um Cooper wickelt. Sie stehen auf seiner Türschwelle, eng aneinandergepresst, und es sieht nicht so aus, als wären sie in nächster Zeit mit ihrem morgendlichen Abschied fertig. Die Frau küsst Coopers Hals. Mit einem Stöhnen schmiegt er sich an sie und fährt mit den Zähnen leicht über ihr Ohrläppchen. Dann öffnet er die Augen und sieht mich.

Die zuschlagende Haustür schreckt die Frau auf, sie löst sich widerwillig von Cooper und winkt ihm zu. Als sie an mir vorbeigeht, sehe ich, dass ihr Blick ganz verschwommen ist, die Pupillen sind stark geweitet.

Cooper steht immer noch in seiner Tür. Ich will auf keinen Fall, dass er sieht, wie schlimm diese Jogginghose sitzt, also schiebe ich mich seitlich wie eine Krabbe über den Korridor und die Treppe hinauf.

»Delphie.«

Ach du meine Güte.

Cooper schlendert zur untersten Stufe. »Meine zusätzliche Recherche heute Morgen … waren die Informationen nützlich? War es der richtige Mann?«

Ich gehe weiter die Treppe hinauf und drehe mich so zu ihm, dass er nur meinen Hintern sieht. Nicht ideal, aber besser als die Alternative. »Oh, ja!«, rufe ich über die Schulter zu ihm runter. »Sein Name ist definitiv Jonah Truman. Vielen, vielen Dank dafür. Wirklich nett von dir. Ich treffe mich morgen Abend mit ihm, dann können wir endlich alles klären. Also dann! Tschüs!«

Ich hüpfe ein paar Stufen höher.

»Warte. Ich muss dich was fragen.«

Ich halte inne und drehe den Kopf so weit wie möglich zu ihm herum, ohne den Rest meines Körpers zu bewegen. Wie in *Der Exorzist*. »Was ist los?« Ich wünschte, er würde sich einfach verziehen. »Ich habe meine Anweisung für die Lebensmittellieferungen bereits online aktualisiert. Sie werden nicht mehr bei dir klingeln.«

Cooper kommt zwei Stufen höher. Oh, verflucht noch mal. Wenn er noch näher kommt, wird er *alles* sehen. Kurz entschlossen lasse ich mich auf die oberste Stufe plumpsen und ziehe die Knie an die Brust.

Cooper sieht müde aus, seine flauschigen Locken sind zerzaust, die Ringe unter seinen Augen dunkler als sonst. Ärgerlicherweise wirkt er dadurch irgendwie cooler. Wie ein Schlagzeuger in einer Band. Wenn ich die ganze Nacht durchvögeln würde, so wie er, sähe mein Gesicht ganz schlaff aus, und in den Augen hätte ich bestimmt jede Menge von diesen ekligen Krusten.

Zu seiner Ehrenrettung sei gesagt, dass Cooper nicht aufzufallen scheint, dass meine Brüste aus dem engen Top quellen, und selbst wenn er es bemerken sollte, so verkneift er sich jede abfällige Bemerkung.

»Es geht nicht um die Einkäufe.« Er verlagert das Gewicht auf den anderen Fuß. »Weißt du noch, wie du gesagt hast, du würdest alles für meine Hilfe tun?«

»Natürlich erinnere ich mich, es war ja erst gestern. Und ich habe ja schon für dein komisches Selfie mitposiert, also sind wir quitt.«

»Das Selfie war eine Gegenleistung für meine Hilfe bei der Suche nach allen Jonah Ts in London. Ich habe heute Morgen extra recherchiert und Infos über Jonah Truman und den Running Club ausgegraben, ergo schuldest du mir *eigentlich* wieder was.«

»Ergo? O Gott.«

»Ergo.«

Ich seufze. »Was willst du?«

Cooper mustert mich einen Moment lang. »Hast du heute Abend Zeit?«

Ich verschränke die Arme vor der Brust. »Sag mir, worum es geht, dann sage ich dir, ob ich Zeit habe.«

Cooper fährt mit dem Finger am Geländer auf und ab. »Also … *vielleicht* habe ich meinen Eltern erzählt, wir wären zusammen. Und jetzt wollen sie dich kennenlernen.« Er verzieht das Gesicht. »Heute Abend.«

»Ach du Scheiße. Was? Hat das irgendwas mit diesem Selfie zu tun?«

Er zuckt mit den Schultern. Ich verspüre ein kleines Aufflackern von Stolz bei dem Gedanken, dass er offenbar findet, ich sähe aus wie jemand, der seine Freundin sein könnte. Cooper ist ein Schwachkopf, ja, aber es lässt sich nicht leugnen, dass er objektiv gesehen ein attraktiver Mann ist, jedenfalls wenn man auf diesen ganzen French-Poet-meets-Cool-Rider-Scheiß steht. Die Frauen, die bei ihm ein und aus gehen, sehen alle viel, viel besser aus als ich.

Offenbar starre ich ihn ziemlich perplex an, denn Cooper räuspert sich. »Meine Eltern versuchen, mich mit ihrer Nachbarin Veronica zu verkuppeln. Ich brauchte jemanden, mit dem ich schnell ein Foto machen konnte, damit sie nicht mehr Amor spielen. Ich war verzweifelt, und du warst gerade da. Natürlich wärst du nicht meine erste Wahl gewesen, aber …«

»Fick dich!« Ich springe auf und setze mich sofort wieder hin, aus Angst, dass er mein *Caramel Slice* sieht. »Nein, ich hab heute Abend keine Zeit. Frag eine von den anderen.«

»Welche anderen?«

»Deine anderen Frauen? Die ganzen One-Night-Stands? Es gibt ein riesiges Büfett, aus dem du wählen kannst. Warum hast du nicht die Frau gefragt, die gerade gegangen ist?«

Cooper schüttelt den Kopf. »Weil ich meiner Mutter und meinem Vater *dein* Foto geschickt habe. Jetzt haben sie uns zu einem Spieleabend eingeladen, und wenn ich sage, dass du keine Zeit hast, laden sie stattdessen Veronica ein. Ehrlich gesagt kann ich sie nicht ausstehen, aber meine Eltern finden sie toll.«

»Ach ja? Vergiss es.« Ich krabble rückwärts auf meine Wohnung zu, den Hintern am Boden, damit Cooper nichts sieht.

»Was machst du denn da?« Er zieht die Augenbrauen zusammen, und über seiner Nase bildet sich eine steile Falte.

»Ich … ich mag Abwechslung. Immer nur laufen macht keinen Spaß.«

Cooper schüttelt ratlos den Kopf und lehnt sich gegen das Geländer. »Es ist dir wirklich egal, was andere Leute von dir denken, oder?«

Ich zucke mit den Schultern. »Meistens.«

»Wie machst du das?« Er kneift die Augen zusammen. »Man hat mir schon häufig gesagt, dass ich viel zu viel darum gebe, was die Leute über mich denken. Dass mich das hemmt.«

»Aber offensichtlich ist es dir egal, was *ich* über dich denke. Sonst wärst du nicht immer so unhöflich zu mir.«

Cooper zuckt mit den Schultern. »Ich bin nur unhöflich zu dir, weil du unhöflich zu mir bist.«

»Du hast mit dem Unhöflichsein angefangen.«

»Du erinnerst dich völlig falsch, Delphie. Mit dem hier«, er gestikuliert zwischen uns hin und her, »hast definitiv du angefangen.«

Ich schnaube. »Ich hab dafür jetzt keine Zeit! Ich muss mich wieder auf die Suche nach Jonah machen.«

Cooper fährt sich mit der Hand durchs Haar, und eine Haarsträhne fällt ihm vors Auge. »Tja, mir ist jedenfalls nicht egal, was meine Eltern über mich denken. Was soll ich ihnen denn sagen?«

Ich werfe die Hände in die Luft. »Ich weiß es nicht. Sag ihnen, dass du heute Abend andere Pläne hast, Trübsal blasen oder deine Scheißmusik spielen oder was auch immer du sonst so in deiner Freizeit machst.«

»Ich habe ihnen schon gesagt, dass ich Zeit habe, weil ich eigentlich zum Spieleabend gehen *wollte*. Nur ich. Aber dann haben sie dich mit eingeladen, und mir ist keine Ausrede eingefallen, die sie akzeptiert hätten, also … Ach, komm schon. Ich dachte, wir hätten hier eine Quid-pro-quo-Vereinbarung.«

»Ich bin nicht gerade die Sorte Frau, die man seinen Eltern vorstellt«, protestiere ich schwach. Genau genommen hatte ich noch nie einen Freund, dessen Eltern ich hätte kennenlernen können.

»Das ist mir natürlich klar, aber …«

»Fang noch mal von vorn an.«

»Entschuldigung.« Coopers Mundwinkel zuckt. »Das war wirklich unhöflich von mir. Aber es wäre nur dieses eine Mal. Nur um sie mir vom Hals zu schaffen. Und außerdem … wenn ich nicht wäre, würdest du nicht mal Jonahs Nachnamen kennen.«

Das ist wahr. In diesem Sinne hat Cooper vielleicht buchstäblich mein Leben gerettet. Und wenn es klappt und ich mein Leben von Merritt zurückbekomme … mir gefällt die Vorstellung, dass Cooper mir etwas schuldet. Vielleicht könnte ich im Winter seinen Kamin benutzen, wann immer ich will. Oder er könnte mir meine Pakete direkt zustellen, damit ich nicht die Treppe hinunterlaufen und riskieren muss, der gruseligen Mrs Ernestine zu begegnen. Oh, und vielleicht könnte er ein paar Schichten in der Apotheke für mich übernehmen? Ich würde gern sehen, ob er immer noch so arrogant ist, wenn er Mrs Wrens antibiotikaresistente Zehennagelentzündung ansehen musste – sie kommt alle zwei Wochen.

»Gut«, sage ich mit einem kühlen Lächeln. »Deal. Um wie viel Uhr brauchst du mich?«

Er holt sein Handy aus der engen Jeanstasche. »Gib mir deine Nummer. Ich spreche mit meinen Eltern und schicke dir eine Nachricht, sobald ich die genaue Zeit weiß.«

Mit einem Augenrollen diktiere ich ihm meine Nummer, dann lässt er mich endlich gehen. Zwanzig Minuten später vibriert mein Handy.

Ich warte um 19 Uhr im Flur auf dich. Bist du gegen irgendetwas allergisch? Beste Grüße, Cooper

Nur gegen dich, tippe ich kichernd. Dann lösche ich es und schreibe stattdessen: *Keine Allergien.*

Kapitel 15

Ich bin spät dran für Mr Yoon, also dusche ich schnell und streife mein treues altes T-Shirt und extraweite Shorts über. Noch während ich mich anziehe, summt mein Handy. Es ist eine Nicht-Merritt-Nachricht:

Delphie, hast du ernst gemeint, was du gestern Abend gesagt hast? Ich bin es übrigens, Aled.

Ich verziehe das Gesicht. Alle Erinnerungen daran, was ich gestern Abend gesagt habe und zu wem, haben sich bereits in die dunkleren Winkel meines Gehirns verzogen. Ich schiebe das Handy zurück in die Hosentasche und gehe nach nebenan.

Mr Yoon sitzt an seinem Küchentisch und arbeitet fleißig an einem Kreuzworträtsel. Im hellen Sonnenschein schimmert sein grobes graues Haar silbrig. Der frische Aschenbecher, den ich vorhin hingestellt habe, ist bereits mit drei Kippen gefüllt.

Ich denke an den Morgen, als ich die Geburtstagskarte von Mr Yoon erhielt. Trotz redlicher Bemühungen hatte ich es nicht geschafft, den ganzen Kuchen zu essen, also habe ich ihm ein Stück gebracht, um mich zu bedanken. Er hat das Stück in zwei Hälften geschnitten und mit mir geteilt, und wir saßen an seinem Küchentisch, ohne ein Wort zu sagen, aber irgendwie wussten wir, dass das, was gerade geschah, für uns beide wichtig war.

»Guten Morgen«, trillere ich und öffne den Kühlschrank, um

Milch herauszuholen. Er ist fast leer. Normalerweise ist Mr Yoon gut darin, sich ausreichend mit Lebensmitteln einzudecken, aber offensichtlich hat er völlig vergessen, seine Bestellung aufzugeben. Mir fällt der rote, runde Notrufknopf ins Auge, den er vor ein paar Jahren an der Küchenwand angebracht hat. Er ist von einer Firma namens *London Home Team*. Sollte er jemals in Schwierigkeiten geraten oder sich unwohl fühlen, kann er den roten Knopf drücken, und dann kommt jemand, um ihm zu helfen. Ich weiß nicht, ob es sich um einen privaten oder einen kommunalen Dienst handelt, aber auf jeden Fall notiere ich mir die Nummer auf der laminierten Karte neben dem Knopf. Vielleicht bieten sie einen Einkaufsservice an? Oder vielleicht könnte ganz grundsätzlich regelmäßig jemand kommen und Mr Yoon zur Hand gehen? Wenn alles schiefgeht und ich vielleicht schon bald nicht mehr da bin, muss ich dafür sorgen, dass er die Hilfe bekommt, die er offensichtlich so langsam braucht.

Ich mache uns Avocado-Toast, und als wir aufgegessen haben, gehe ich zu seinem Schrank und hole das gerahmte Foto heraus, das ich am Morgen entdeckt habe. Ich möchte Mr Yoon wissen lassen, wie supercool ich es finde, dass er mal so gut Geige spielen konnte, dass er sogar einen Preis gewonnen hat.

»Das ist fantastisch.« Ich lege das Bild vor ihm auf den Tisch. »Ich liebe den Klang von Geigen. Ich kann nicht fassen, dass Sie einen Preis gewonnen haben. Und was für eine riesige Bühne das ist! Sie müssen wahnsinnig gut gewesen sein.«

Mr Yoon starrt das Foto einen Moment lang an, dann verzerrt sich sein Gesicht. Zuerst sieht er traurig aus, dann entsetzlich wütend. Er öffnet ein paarmal den Mund, aber es kommt natürlich nichts heraus. Ich habe offensichtlich etwas sehr Falsches getan … bisher habe ich höchstens mal einen kurzen finsteren Blick von Mr Yoon geerntet, aber er war noch nie richtig wütend. Rasch greife ich nach dem Bild und will es in den Schrank zurücklegen, aber Mr Yoon ist schneller, fegt es mit einer Kraft vom Tisch, die man ihm in seinem Alter gar nicht mehr zutrauen würde. Der Rahmen kracht auf den Holzboden, das Glas zerspringt.

»Es tut mir so leid!«, stammle ich, nicht ganz sicher, was ich getan habe, um diese Reaktion zu provozieren. »Ich räume das gleich auf.«

Wütend schüttelt Mr Yoon den Kopf, die Lippen fest aufeinandergepresst. Mit zitternder Hand deutet er auf seine Tür, dann auf mich und dann wieder auf seine Tür.

»Sie … Sie wollen, dass ich gehe?«

Er nickt dreimal, die Mundwinkel nach unten gezogen. Es sieht aus wie die Kinderzeichnung eines traurigen Gesichts.

»Aber … wer räumt die … wenn Sie auf die Scherben treten, dann …«

Ich kann meinen Satz nicht beenden, weil Mr Yoon mit dem Fuß aufstampft und erneut auf die Tür zeigt, das Gesicht tiefrot vor Zorn.

Ich hebe die Hände. »Okay, okay, ich gehe ja schon. Setzen Sie sich einfach und holen Sie mal Luft. Ich gehe – liebe Güte!« Ich weiche zurück, bis ich aus seiner Wohnung raus bin, und verschwinde hastig in meiner eigenen. Meine Hände zittern vor Schreck.

Ich wanke zu meinem Sofa und setze mich.

Und dann tu ich etwas, das ich seit über zehn Jahren nicht mehr getan habe.

Ich weine.

Es dauert bestimmt zwanzig Minuten, bis ich mich wieder fange. Ich wische mir die Augen und atme tief und zittrig durch. Es ist alles in Ordnung. *Alles ist in Ordnung.* Das war nur ein Wutausbruch. Mr Yoon ist sauer auf mich, vielleicht weil ich neugierig bin, vielleicht weil ich ihn nie ausdrücklich gefragt habe, ob es in Ordnung ist, dass ich jeden Morgen zu ihm komme, um sein Frühstück zu machen und herumzuschnüffeln und mich in sein Leben einzumischen.

Ich schlurfe ins Bad, um mir Klopapier zu holen, mit dem ich mir die Nase putzen kann. Und da sitzt Merritt auf dem Badewannenrand, betrachtet sich im Spiegel und lächelt.

Das ist das Gruseligste, was ich je gesehen habe.

»Verdammt noch mal!«, schreie ich auf.

Merritt dreht sich zu mir um. »Wir haben keine richtigen Spiegel in Evermore«, sagt sie und streicht ihr T-Shirt glatt, auf dem steht: RESPECT ROMANTIC FICTION! »Manche Leute verlieren bei der Ankunft ihr Spiegelbild, deshalb würden Spiegel zu massiver Eifersucht unter den Toten führen, was wir natürlich nicht wollen. Aber Himmel, es ist so schön, mich mal wieder selbst zu sehen. Ich hatte vergessen, wie hinreißend meine Augen sind. Wow. Sieh sie dir an – sieh dir meine schönen Augen an!« Sie blickt kurz nach unten und dann mit einem demonstrativen Wimpernaufschlag wieder zu mir hoch.

»Was machst du denn hier?« Kopfschüttelnd greife ich nach dem Toilettenpapier, um mir die Nase zu putzen.

Merritt packt mich am Arm und zerrt mich ins Wohnzimmer. Verlegen sieht sie sich um und sagt mit gesenkter Stimme: »Die Sache ist die … wir haben da ein kleines Problemchen, Süße.«

»Wie bitte?«

»Ein Problemchen. Wir. Ich muss mich eine Weile mit dem Schreiben zurückhalten. Dieser Scheißkerl Eric hat gesehen, wie ich auf mein Handy geguckt habe, und wollte wissen, warum ich so viel darauf herumtippe. Ich habe gelogen und ihm gesagt, ich würde Tetris spielen. Aber ich konnte noch nie gut lügen, dafür ist mein Herz zu rein. Jedenfalls wurde er misstrauisch und hat angefangen, einen Haufen Fragen zu stellen. Ich versuche dich zu kontaktieren, sooft ich kann, aber …«

»Ich verstehe nicht, was du meinst. Warum ist es ein Problem, wenn du mich kontaktierst?«

Merritt beißt sich auf die Unterlippe und fingert am Ausschnitt ihres T-Shirts herum. »Weißt du noch, als wir uns das erste Mal trafen und ich sagte, ich würde *niemals* die Regeln von Evermore brechen? Ja, also … das war ein klitzekleiner Schwindel. Dich für zehn Tage hierher zurückzuschicken … das war nicht gerade, du weißt schon … offiziell abgesegnet.«

»Das verstehe ich nicht. Was ist mit der Franklin-Bellamy-Klausel?«

Merritt pustet die Luft aus. »Okay. Also, rein technisch gesehen soll die Klausel für etwas sehr Wichtiges verwendet werden. Zum Beispiel um Leben zu retten oder Katastrophen zu verhindern. Ich habe sie quasi ein klein wenig umgangen, damit du zu meiner Unterhaltung auf die Erde zurückgehen kannst. Ich meine, also … normalerweise ist es mir nicht erlaubt, mit Menschen auf der Erde zu kommunizieren. Aber ich habe mich in letzter Zeit so gelangweilt, und wie ich schon sagte, sind meine direkten Vorgesetzten im Urlaub, und du bist so eine Katastrophe, und es war lustig und romantisch, wie so ein richtiger Sophie-Kinsella-Roman und …«

»He! Ich bin keine Katastrophe! Was fällt dir ein?«

»Nicht körperlich, Delphie. Du bist verdammt süß. Aber gefühlsmäßig? WOW. Komm schon, du weißt es doch selbst. *Quelle horreur*. Das ist genau die Art Erzählung, auf die ich abfahre. So ein richtiger *fish out of water*. Ich kann nicht glauben, dass dir das nicht selbst klar ist.«

Ich verschränke die Arme. »Nein, ist es nicht.«

»Hmm. Der Punkt ist, dass die hohen Tiere auf keinen Fall etwas davon erfahren dürfen, weil …« Sie unterbricht sich und reißt die Augen weit auf. Plötzlich sieht sie aus, als würde sie sich wirklich fürchten.

»Weil was?«

»Sie würden mich mit Sicherheit feuern. Wenn das passiert, wird Eternity 4U nie in Gang kommen, dabei hat es so viel Potenzial. Und dann bist da noch du …«

»WAS IST MIT MIR?«

»Wenn sie es herausfinden und Jonah seine Lippen *nicht* auf deine presst, dann lassen sie dich vielleicht nicht mehr rein.«

»Wo rein. Evermore?«

»Ja.«

»Und wohin soll ich dann?«

Merritt zuckt mit den Schultern. »Wer zum Teufel weiß das schon? Sie halten den Scheiß streng unter Verschluss. Aber ich habe Gerüchte über einen Ort namens Nevermore gehört. Anscheinend sind dort akustische Liederkreise und die Herstellung von Erbsen-Hummus groß im Trend. Man munkelt, es sei vollkommen bildschirmfreie Zone. Es gibt nicht mal Fernseher.«

»Das klingt schrecklich.«

»Ich weiß. Und ich hörte Eric einmal einen Ort namens Clevermore erwähnen, an dem sie ausschließlich auf Altgriechisch kommunizieren und nur so zum Spaß ständig Prüfungen schreiben.«

»Mein Gott.«

»Und nach allem, was ich weiß, könnte das noch der beste Fall sein. Der Punkt ist, dass ich mich nicht mehr so oft melden kann, und ehrlich gesagt – je schneller du die Sache mit Jonah unter Dach und Fach bringst, desto besser. Dann kann ich den Kontakt abbrechen, und wir sind aus dem Schneider.«

Ich schüttle den Kopf. »Ist Jonah überhaupt mein Seelenverwandter, oder hast du mich in der Hinsicht auch belogen, damit ich dich unterhalte, nur weil dir auf der Arbeit langweilig ist?«

»Oh, das ist er auf jeden Fall!« Merritt winkt lässig ab. »Du musst also unbedingt weitermachen.«

Mein Seelenverwandter. Bei dem Gedanken wird mir warm ums Herz. Ein Mensch, der ganz für mich bestimmt ist.

»Warte«, sage ich. »Willst du mir immer noch einen Tag wegnehmen, weil ich nicht *All That Jazz* gesungen habe?«

Merritt schüttelt den Kopf. »Ich habe es überlegt, aber dann dachte ich mir, dass du es ja zumindest versucht hast. Und weißt du … der Versuch, etwas zu tun, was einem Angst macht, ist fast so gut, als wenn man es schafft. Aber ich wüsste es sehr zu schätzen, wenn du versuchst, das alles deutlich zu beschleunigen.«

»Ich treffe Jonah morgen Abend. Beim Zeichenkurs.«

Sie wackelt mit den Augenbrauen. »Jaaaa, das tust du. Hey, könntest du vielleicht mal die Haare offen lassen? Du hast so wunderschönes rotes Haar. Lass es frei! Mit den Zöpfen siehst du so streng aus. Eine Mischung aus Fräulein Knüppelkuh und einer russischen Ballerina, die sich durch den Schmerz tanzt. *Très rigide.*«

Ich schnaube. »Du hast gesagt, du solltest gar nicht hier sein?«

»Ja! Genau.« Merritt klatscht in die Hände. »Ich melde mich, sobald ich kann. In der Zwischenzeit viel Glück mit Jonah. Und im Ernst, Puppe … denk an die Zöpfe. Du musst dafür sorgen, dass er dich so schnell wie möglich küssen will, sonst …«

Mit einer entsetzlichen Geste fährt sie sich mit dem Daumen über die Kehle, bevor sie sich in einen irisierenden Schimmer verwandelt und verschwindet.

Kapitel 16

Ich rufe die Hausarztpraxis und das *London Home Team* an, aber niemand ist bereit, mir Auskunft zu erteilen, weil ich kein Familienmitglied bin. Ich überlege, ob ich zu Mr Yoon rübergehen und ihn bitten soll, eine Erklärung zu unterschreiben, in der ich als Kontaktperson eingetragen bin, und sie bei beiden Büros abzugeben. Aber dann fällt mir ein, dass a) Mr Yoon mich derzeit hasst und b) ich mich vielleicht sowieso ein bisschen zu sehr in sein Leben eingemischt habe und mich womöglich ein bisschen zurückziehen sollte.

Ich hasse es, wenn sich Leute in meine Angelegenheiten einmischen, und Mr Yoon ist mir von der Persönlichkeit her recht ähnlich. Ich verstehe seine Verärgerung über meine Schnüffelei sehr gut. Aber er ist nun mal das, was für mich in London einer Familie am nächsten kommt – fast ein Ersatzgroßvater –, und bei dem Gedanken, ihn verärgert zu haben, muss ich so heftig weinen wie seit … na ja, ehrlich gesagt ist es noch nicht so lange her. Am Ende beschließe ich, mich mit der Stadtverwaltung in Verbindung zu setzen und zu fragen, ob es dort jemanden gibt, der Mr Yoons Betreuung koordinieren könnte, damit er ein bisschen Abstand von mir bekommt, wenn er das möchte.

In meinem Schlafzimmer schalte ich den Ventilator ein und google Gen Hartley. Im Gegensatz zu Jonah gibt es unzählige Treffer. Ich klicke den obersten an, einen Zeitungsartikel. Auf dem Foto halten Gen Hartley und Ryan Sweeting einen dieser widerlichen, überdimensionierten Wohltätigkeitsschecks in die Höhe und strahlen in die Kamera. Ich überfliege den Text. *Gen und Ryan Hartley* – er hat ihren Namen angenommen? – *überreichen den Scheck für die Benefizveranstaltung ihrer neuen Partyplanungsfirma Sweethearts Events.*

Ich verdrehe die Augen und suche nach dem Artikeldatum. Er ist erst ein Jahr alt. Ich lese weiter:

> Gen und Ryan sind erst kürzlich in das Haus ihrer Kindheit im Westen Londons zurückgekehrt, nachdem sie zehn Jahre lang mit ihren beiden Kindern (Freya, 9, und George, 6) in New York gelebt haben. Sie haben endlich das Unternehmen gegründet, von dem sie schon immer geträumt haben, seit sie sich als Teenager an der Bayswater High School kennenlernten.

Ich runzle die Stirn. Sie ist zurück in London, nachdem sie in New York gelebt hat?

> Seit der Gründung ihres Unternehmens haben The Sweethearts – wie sie von ihren Freunden genannt werden – zahlreiche Wohltätigkeitsveranstaltungen geplant, unter anderem für so berühmte Persönlichkeiten wie Benedict Cumberbatch, Niall Horan von One Direction und Paul Hollywood von *The Great British Bake Off.*
>
> Über die Spendenaktion sagt Gen:
>
> »Seit Ryan und ich uns kennengelernt haben, wollten wir immer ein Unternehmen führen, das den Menschen Spaß und Freude bereitet und sich zugleich für die Wohltätigkeitsprojekte einsetzt, die uns beiden so viel bedeuten, damit wir der Welt etwas zurückgeben können. Wir freuen uns, wieder im Westen Londons ansässig zu sein, und hoffen, dass wir noch viele weitere Benefizpartys in unserer Ecke Londons und darüber hinaus planen können.

Igitt. Wäre dies eine echte Zeitung, würde ich sie in Brand stecken. Aber es ist ja nur das Internet, also zeige ich dem Bildschirm den Mittelfinger und starre ihn finster an. Wie schaffen es Gen und Ryan, die Leute so gut zu täuschen? Sie wollen der Welt also etwas zurückgeben? Ihnen war immer am wichtigsten, mich zu demütigen, um bei den anderen Schülern Ansehen zu gewinnen. Die anderen mochten die zwei zwar auch nicht, aber sie hatten zu viel Angst vor ihnen, um etwas gegen ihre Schreckensherrschaft zu unternehmen.

Ich klicke auf den Link zu Gens Instagram-Seite. Auf sämtlichen Bildern sieht sie strahlend glücklich aus, umgeben von ihren Freunden und zugegebenermaßen sehr süßen Kindern. Sie verbringt viel Zeit auf dem Land, besucht Literaturfestivals und unternimmt gemeinsam mit Ryan Ausritte. Ihr Haus, das in unserer Kindheit ein wenig heruntergekommen war, hat jetzt eine Fußbodenheizung und einen Satz Le-Creuset-Pfannen.

Ein winziger Teil meines Herzens freut sich, dass meine kleine Streberfreundin aus der Nachbarschaft alles erreicht hat, was sie immer wollte. Aber diese Freude wird sofort von Wut erstickt. Es ist einfach ungerecht, dass Gen und Ryan das alles haben, während ich …

Genau das habe, was *ich* immer wollte. Oder?

Wegen der unerbittlichen Hitze dusche ich um Viertel nach sechs zum dritten Mal an diesem Tag und ziehe ein leichtes ärmelloses Baumwollhemd und eine weite weiße Hose an. Ich trage etwas Concealer auf – mein Gesicht ist inzwischen leicht sonnenverbrannt – und ein paar Schichten wasserfeste Wimperntusche. Die Zöpfe wegzulassen bringe ich nicht über mich, aber ich nehme eine Schmetterlingshaarnadel, die meiner Mutter gehörte, und stecke damit meine Ponyfransen auf eine Seite. Sie sind schon wieder ein wenig feucht von meinem Schweiß.

Als ich am Fuß der Treppe ankomme, sehe ich Cooper, der wie immer ein schwarzes Hemd trägt, diesmal aber eine helle Jeans statt einer schwarzen. Er scheint nicht zu bemerken, dass ich mir überhaupt Mühe gegeben habe, und auf cinmal ist mir die Schmetterlingsnadel ein bisschen peinlich. Wortlos überreicht er mir eine Papiertüte von *Meyer's Pharmacy*.

Ich spähe hinein und erblicke eine Schachtel Canesten-Tabletten sowie einen Infozettel über Scheidenpilz. Auf der Rückseite steht mit blauer Tinte:

Liebe Delphie, ich habe dich heute Morgen durchs Ladenfenster gesehen, und du schienst Probleme mit deinem Schambereich zu haben. Mein erster Gedanke war ein Pilz, deshalb habe ich ein Medikament beigelegt, das sofort helfen müsste. Ich ziehe die Kosten von deinem Lohn ab. Wenn du beim Pinkeln ein Brennen verspüren solltest, würde ich vorschlagen, einen Termin beim Hausarzt zu vereinbaren, falls du an etwas leidest, das verschreibungspflichtige Medikamente erfordern könnte, zum Beispiel eine Harnwegsinfektion.
Ich hoffe, du hast weiterhin eine schöne arbeitsfreie Woche.
Mit den besten Wünschen, Leanne (von Meyer's Pharmacy)

Meine Wangen werden heiß. Hastig stopfe ich den Zettel zurück in die Papiertüte und dann das Ganze in meine Tasche.

Ich mustere Cooper von der Seite. »Hast du in die Tüte geguckt?«

»Natürlich nicht.«

»Hast du den Zettel gelesen?«

»Delphie, nichts ist uninteressanter für mich als deine medizinischen Angelegenheiten.« Er blickt auf die seriöse Uhr, die er an einem schwarzen Lederarmband ums Handgelenk trägt. »Wir sollten gehen, sonst kommen wir zu spät.«

Ich kneife die Augen zusammen und betrachte prüfend sein Gesicht. Aber er sieht nicht aus, als würde er mich anlügen, also nicke ich langsam. »Okay, gut. Bringen wir es hinter uns.«

Kapitel 17

Coopers Auto ist unordentlicher, als man es von jemandem erwarten würde, der einen solchen Stock im Hintern spazieren trägt. Auf dem Rücksitz stapeln sich Papiere und Bücher, im Fußraum liegen Kugelschreiber und Wasserflaschen verstreut.

Coopers Eltern leben im Norden Londons, und als wir losfahren, wird schnell klar, dass keiner von uns beiden ein Gespräch beginnen möchte. Also beuge ich mich vor und schalte das Radio ein. Es ist auf einen Sender namens *Jazz Noir* programmiert … war ja klar.

Cooper schaltet es sofort wieder aus.

Ich schalte es ein.

Er schaltet es aus.

Dann greifen wir beide gleichzeitig nach dem Knopf, und unsere Finger berühren sich. Ich zucke zurück, als hätte ich mich verbrannt. Er räuspert sich.

Als seine Hände wieder sicher am Lenkrad liegen und mir nicht mehr im Weg sind, drücke ich auf die Play-Taste des CD-Laufwerks und schnaube, als ich feststelle, dass der Song, der gerade im Radio lief, auch auf der CD zu hören ist. »Nicht gerade ein eklektischer Musikgeschmack, was?«, frage ich lässig.

»Einen eklektischen Musikgeschmack zu haben behaupten üblicherweise nur Leute, die nichts von Musik verstehen.«

»Oh, Verzeihung, Mr *Rolling Stone Magazine.*« Ich fange an, den kleinen Stapel CDs in dem winzigen Regal über der Stereoanlage zu durchstöbern, aber Cooper nimmt sie mir weg.

»Wir müssen ein paar Eckdaten abgleichen.«

O Gott. Wer in aller Welt redet denn so?

»Meine Eltern sind Amy und Malcolm. Sie sind sehr nett und sehr neugierig. Ich … nun, ich habe ihnen erzählt, dass wir uns vor drei Wochen kennengelernt haben, bei einem …« Er murmelt das Ende des Satzes leise in sich hinein, und ich verstehe kein Wort.

»Was hast du gesagt?«

»Bei einem Charlie-Parker-Tribut-Konzert.«

»Entschuldigung, wie bitte? Ich habe das nicht verstanden.«

»Du hast es sehr gut verstanden.«

Ich verspüre ein leises Aufflackern der Freude angesichts seines Unbehagens, aber ich sehe ihn ganz unschuldig an.

»Sie werden nicht erwarten, dass wir alles übereinander wissen, weil wir erst seit ein paar Wochen … *zusammen sind.* Aber lass uns bitte die Grundlagen abstimmen, damit es keine gröberen Fehler gibt.«

»Du zuerst.«

Cooper biegt auf den North Circular ein und wechselt sofort auf die Überholspur. Ich kurble mein Fenster hoch, damit ich ihn gut hören kann.

»Gut«, sagt er. »Ich arbeite von zu Hause aus als Programmierer. Ich schreibe Code, teste Code und so weiter. Ich bin dreiunddreißig Jahre alt. Ich höre gern Musik, trinke köstlichen Wein, lese Romane, erkunde London und …«

»Hast du das von *Guardian Soulmates* kopiert?«

»Und du?«, weicht er aus.

»Ich arbeite in *Meyer's Pharmacy* als Assistentin und bin siebenundzwanzig.«

»Und?«

»Und … das war's.«

»Das ist nicht der richtige Zeitpunkt für Scherze. So kann ich dich kaum meinen Eltern vorstellen: Das ist Delphie, sie arbeitet als Apothekenhelferin, ist siebenundzwanzig Jahre alt und – ach ja! – hat mit einem Mann namens Jonah, der jetzt verschwunden ist, in der ganzen Stadt herumgemacht.«

Ich winde mich unbehaglich und werfe ihm einen bösen Blick zu. Muss er schon wieder auf meiner unglücklichen Formulierung rumreiten?

»Im Ernst«, sagt er. »Erzähl mir etwas Echtes über dich.«

Die traurige Wahrheit ist, dass es nicht viel mehr zu erzählen gibt. Ich habe keine Hobbys. Ich bin kein Hobby-Mensch. Was tu ich denn schon außer arbeiten, mit Mr Yoon abhängen und fernsehen? Ich nehme an, man könnte sagen, dass ich gern zeichne. Na ja, zumindest habe ich es früher gern getan.

»Ich mag Kunst«, sage ich.

Cooper sieht mich kurz an, mit neuem Interesse. »Schön. Wer ist dein Lieblingsmaler?«

Ich lächle. »Modigliani. Definitiv Modigliani. Er hat so einen besonderen Blickwinkel. All diese lang gezogenen Linien, diese Melancholie.«

»Hast du das von der Website der Nationalgalerie kopiert und eingefügt?«

»Hast du deine Antworten von mir kopiert und eingefügt?«

»Ha! Ich mag Modigliani auch. *Frau mit rotem Haar* ist mein Favorit.«

»Künstler und rote Haare. Eine Obsession.«

»Ich verstehe es.« Er zuckt mit einer Schulter.

Ich mustere ihn von der Seite. Flirtet er etwa mit mir? Er blickt auf die Straße, das Gesicht ausdruckslos. Nein. Natürlich flirtet er nicht. Allein der Gedanke ist absurd.

Verlegen streiche ich über meine roten Haare.

Wir versinken für eine Weile in unseren eigenen Gedanken und biegen schließlich in eine Straße ein, die typisch nach Vorstadt aussieht. Cooper hält den Wagen an. »Verdammt. Ich dachte, wir hätten hier draußen noch ein bisschen Zeit, um uns zu besprechen, aber meine Mutter steht am Fenster und beobachtet uns.«

Ich blicke auf und sehe zwischen den Jalousien das Gesicht einer lächelnden Frau. Ich bin mir nicht sicher, aber ich glaube, sie wackelt mit den Augenbrauen.

Nach Coopers Akzent und seinem allgemeinen Auftreten zu urteilen hätte ich gedacht, dass seine Eltern in einem großen Stadthaus irgendwo in Hampstead oder Richmond wohnen. Aber wir parken im deutlich weniger schicken Barnet, in einer Straße, die wie der Inbegriff der Mittelklasse aussieht.

»Orientier dich einfach an mir.« Cooper klingt nervös, was mich ebenfalls nervös macht. Mhm, das Ganze scheint für ihn eine große Sache zu sein. Es ist ihm *wirklich* wichtig, was die Leute über ihn denken, und wahrscheinlich macht er sich jetzt in die Hose, weil er ausgerechnet mich mitbringen musste.

Ich hebe das Kinn und beschließe, diesen Spieleabend als Übung zu nutzen, für das Treffen mit Jonah und hoffentlich irgendwann das mit seinen Eltern. Ich werde das Gegenteil meines normalen Ichs sein. Nämlich verdammt bezaubernd.

Ich leiste großartige Arbeit. Ich habe Coopers Mutter Amy ein Kompliment für ihr Kleid gemacht und auch für ihren Prosecco. Sein Vater Malcolm hat gesagt, ich hätte einen ebenso festen Händedruck wie sein alter Freund Doug, der für seinen kräftigen Händedruck quasi berühmt sei. Am Spieleabend nimmt auch Coopers Onkel Lester teil, der viel älter ist als Malcolm und in den fünfzehn Minuten seit unserer Ankunft bereits drei Prosecco getrunken hat.

Wir sitzen zu fünft an einem großen rechteckigen Tisch am Fenster. Es gibt ein paar Schalen mit Chips und eine Schale mit Schokoladentrüffeln sowie einen Stapel Brettspiele, darunter *Operation* und *Pictionary*. In meinem Bauch flackert Aufregung auf. Als Kind habe ich immer gern *Pictionary* gespielt.

Während ich an meinem Prosecco nippe – wobei ich darauf achte, langsam zu trinken, weil ich gestern Abend schon mehr Alkohol getrunken habe als sonst in einem ganzen Jahr –, werfe ich einen Blick ins Wohnzimmer. Es ist von einer Wand zur anderen mit Büchern und Zeitungen vollgestopft, das Sofa ist groß und gemütlich, auf dem Boden liegt ein abgewetzter rosa Perserteppich. Das gefällt mir.

»Du bist nicht Coopers üblicher Typ!«, bemerkt Amy und schiebt mir eine Schale mit Chips zu. Ich nehme einen und knabbere ihn vorsichtig am Rand an. Er zerbricht in zwei Teile, von denen einer auf den Tisch fällt. Schnell hebe ich das abgebrochene Stück auf und schiebe es mir in den Mund. »Natürlich bist du schön, sie sind ja immer schön, aber trotzdem bist du ganz anders als seine bisherigen Freundinnen.«

»Was ist denn sein üblicher Typ?«

»Na ja, es war schon eine ganze Weile keine mehr da, aber … sie haben blitzschnell gewechselt und sahen irgendwie alle gleich aus.«

Cooper verdreht die Augen, und sein Vater kichert. »Wie hat Em diese Mädchen noch gleich beschrieben?«, fragt er.

Amy lacht. »Sie hat gesagt: Lauter Klone von Wednesday Addams, die für Chanel laufen.«

Ich lache und denke an die dunkelhaarige Frau auf Coopers Türschwelle. Die Beschreibung passt. »Wer ist Em?«

Amy sieht betroffen aus und wirft Cooper einen waidwunden Blick zu. »Du hast Delphie nichts von Em erzählt?«

Coopers Nasenlöcher weiten sich. Er leert sein Glas Wasser, als wäre es der Prosecco, den er wegen der Rückfahrt abgelehnt hat. »Schon gut«, sage ich, den Blick auf den Tisch gesenkt. »Er muss mir doch noch nicht alles erzählen! Wir kennen uns schließlich erst seit ein paar Wochen.«

»Em ist Coopers Zwillingsschwester«, sagt Malcolm leise. »*War*. Sie ist 2018 verstorben.«

Mir wird das Herz schwer vor Mitgefühl für Cooper. Für sie alle. »Es klingt, als hätte sie einen großartigen Sinn für Humor gehabt.«

»Oh, den hatte sie. Sie war wunderbar.« Amys Augen schimmern feucht. »Und verdammt klug. Klassenbeste auf dem Gymnasium, genau wie ihr Bruder, und ein Vollstipendium für das Trinity College. Der hier ist nach Oxford gegangen.« Sie zeigt mit dem Daumen auf Cooper.

»Was er vermutlich bei eurem Kennenlernen nach etwa zwei Sekunden erwähnt hat«, wirft Lester ein.

»Wenn ich sage, dass ich eine stolze Mutter war …«, sagt Amy laut genug, um Lester zu übertönen.

Cooper war auf dem Gymnasium *und* in Oxford? Das erklärt, weshalb ein Mann, dessen Familie aus dem Norden Londons stammt, so aristokratisch klingt.

»Es tut mir leid, dass du sie verloren hast«, sage ich zu Cooper.

Ich habe im Laufe der Jahre selbst schon ein paar Menschen verloren, aber noch nie an den Tod. Ich will mir nicht vorstellen, wie schmerzhaft das sein muss.

»Sie sind zusammen durch dick und dünn gegangen.« Malcolm seufzt und legt seinem Sohn eine Hand auf den Arm. »Em und Cooper, Cooper und Em.«

Cooper räuspert sich und entzieht sich sanft Malcolms Berührung. »Lasst uns nicht über Em reden«, sagt er betont munter. »Wir sind hier, damit ihr Delphie kennenlernt.«

»Natürlich, du hast recht, Liebling. Delphie. Erzähl uns alles über dich!« Amy reibt mir die Schulter. Ich zucke zurück, weil ich es nicht gewohnt bin, dass mich jemand anfasst. Aber Zusammenzucken sieht bescheuert aus, also überspiele ich es mit einem kleinen Shimmy.

Coopers Augen weiten sich. Er ist eindeutig nervös, weil die allgemeine Aufmerksamkeit auf mir liegt.

Scheiß drauf. Ich kann entzückend sein, wenn ich will. Ich öffne einfach den Mund und rede drauflos. »Ich arbeite in einer Apotheke in West London. Ich liebe es, in Kensington Gardens zu laufen, ich gehöre dort sogar einem Verein an. Ich mag auch gern …« Was machen reizende Frauen sonst noch so? Ich habe eine Vision von historischen Dramen, in denen alle Frauen kultiviert und gut ausgebildet sind. Eine dumme, völlig veraltete Vision, aber das Einzige, was mein Verstand mir in diesem Moment liefert. »Ich lese Gedichte und … häkle viel?«

»Da scheinst du ja selbst nicht ganz sicher zu sein«, grunzt Lester, dessen Worte verschliffen klingen, als wäre er bereits betrunken. Malcolm hingegen wirkt sehr erfreut über meine Antwort, er beugt sich vor und stützt den Kopf in beide Hände.

»Ich liebe Poesie. Lester hat auf meiner und Amys Hochzeit Byrons *Sie wandelt in Schönheit* vorgetragen. Oh, sag uns doch etwas auf, Delphie, ja?«

Ach, Mist. Warum habe ich das nur gesagt? Ich kenne keine Gedichte. *Keine.* Sie werden mich *sofort* als Schwindlerin entlarven. Cooper hat sich zu Recht Sorgen gemacht.

Er räuspert sich. »Wir wollen Delphie doch nicht in Verlegenheit bringen«, sagt er mit vorgetäuschter Fröhlichkeit.

»Delphie macht das sicherlich nichts aus!«, sagt Amy und tätschelt mich erneut. »Ich würde auch gern ein Gedicht hören. Das ist so romantisch. Eine Poesie-Lesung in unserem eigenen Wohnzimmer!«

Ich spüre mein Gesicht nicht mehr. Rasch kippe ich den Rest meines Proseccos runter und stehe auf. Meine Beine sind zittrig, und mir ist zumute, als stünde ich kurz vor einem akuten Panikanfall. Ich hole tief Luft.

Ein Gedicht … ein Gedicht … denk dir irgendwas aus, das sich wenigstens reimt, verdammt noch mal, Delphie.

»Yo, back up now and give a woman room. The fuse is … alit and I'm about to boom.«

Ich habe angefangen. Ich habe jetzt angefangen und kann nicht mehr zurück.

»Mercy, mercy – oh mercy me, my whole life feels like a cage. Yet on stage … I am free.«

Ich höre ein Schnauben. Coopers Augen sind weit aufgerissen, und er presst sich eine Hand vor den Mund, aber ich sehe seine Schultern zittern. Seine Eltern und Lester werfen ihm neugierige Blicke zu, scheinen aber nicht zu bemerken, dass ich gerade dabei bin, *Boom! Shake the Room* so anzupassen, dass es weniger nach Bop und mehr wie ein Gedicht klingt.

Als ich fertig bin, applaudieren sie ein wenig verwirrt. Cooper schließt sich an. Er hat es geschafft, mit dem Lachen aufzuhören, aber sein Gesicht ist immer noch leicht gerötet, und seine Augen funkeln auf eine Weise, wie ich es seit den ersten Wochen nach seinem Einzug nicht mehr gesehen habe.

»Wie interessant«, sagt Amy. »Das kannte ich noch gar nicht.«

»Wer ist der Dichter?«

»Ich glaube, er heißt William Smith«, antwortet Cooper mit ernster Miene. »Ein moderner Dichter mit einem sehr bedeutenden Werk. *Wild Wild West* gefällt mir persönlich am besten.«

»Donnerwetter«, sagt Malcolm. »Danke, dass du ihn uns vorgestellt hast, Delphie.«

»Die meisten von Coopers früheren Freundinnen würden Keats nicht erkennen, wenn er sie in den Hintern beißen würde.«

Ich lache aus vollem Herzen mit, denn auch ich weiß nichts über Keats.

»Ich bin nicht hergekommen, um mir Gedichte vortragen zu lassen.« Onkel Lester schenkt sich einen weiteren Drink ein. »Lasst uns spielen, verdammt.«

»Such du das Spiel aus, Delphie«, sagt Cooper, woraufhin seine Mutter ein so gerührtes Gesicht macht, als hätte er mir gerade eine Niere angeboten.

Ich nicke und betrachte den Stapel. »Pictionary«, verkünde ich meine Wahl.

Es ist Jahre her, dass ich das letzte Mal Pictionary gespielt habe, aber es weckt sofort den vertrauten Ehrgeiz in mir. Amy hat eine Staffelei in der Mitte des Raums aufgestellt, und natürlich spiele ich mit Cooper zusammen, der sich beim Zeichnen als totale Niete erweist. Amy, Lester und Malcolm stampfen uns förmlich in den Boden. Als ich mit dem Zeichnen an der Reihe bin, ist Cooper so frustriert, dass seine Stimme eine Oktave tiefer wird – ein erfolgloser Versuch, den Frust zu verbergen.

»Du schattierst? Ernsthaft, du *schattierst?* Delphie? Die Uhr tickt!«

»Der Grund, warum ich deine Zeichnungen nicht erraten konnte, Cooper, ist der, dass ihnen grundlegende Informationen fehlen«, antworte ich mit zusammengebissenen Zähnen. Wenn er es schafft, sich zusammenzureißen, werde ich ganz sicher nicht als Erste ausflippen.

»Es ist *Pictionary,* Delphie. Wir brauchen keine verdammten Schattierungen. Zeichne einfach das, was auf der Karte steht.«

»Ich zeichne doch, was auf der Karte steht, Cooper.« Ich mache ein wenig schneller, denn wir haben nur noch fünfzehn Sekunden, bis er »Überraschungsparty« erraten muss.

»Komm schon, na komm!« Cooper springt vom Sofa auf, seine Locken berühren fast die Decke.

»Bitte sei still, wenn du keinen Tipp abgeben willst, Cooper.«

»Also euer Sex ist bestimmt der Hammer«, sagt der inzwischen deutlich angeheiterte Lester und grinst von einem Ohr zum anderen. Alle ignorieren ihn geflissentlich.

Ich vollende das letzte Detail – das Objekt der Überraschungsparty –, ihr Mund öffnet sich zu einem Schrei. »So. Jetzt komm schon! Du erkennst doch wohl …«

»Oh … oh! Es ist eine Überraschung … eine Überraschungsparty!«, schreit Cooper, die Hände auf den Knien.

»Ja!«, juble ich und werfe triumphierend die Hände in die Luft.

Cooper durchquert mit wenigen Schritten den Raum und schließt mich begeistert in die Arme. Reflexartig versteife ich mich. Nicht offenkundig, aber so, dass zumindest er es merkt. Sofort weicht er zurück. Er sagt nicht, dass es ihm leidtut, weil das vor seiner Familie komisch aussehen würde, aber er zuckt kaum merklich entschuldigend mit den Schultern.

»Ich weiß nicht, warum du dich so freust«, sagt Lester. »Ihr habt trotzdem verloren.«

»Danke, Onkel Lester.«

»Herzlichen Glückwunsch«, sage ich mit einer kleinen Verbeugung. »Ihr seid würdige Sieger. Gutes Spiel.«

»Ich glaube eher, wir sind deshalb die Gewinner, weil wir dich heute Abend kennenlernen durften!«, sagt Amy und zieht mich ebenfalls in eine Umarmung. Diesmal bin ich darauf vorbereitet und zucke nicht zurück. Stattdessen schmelze ich förmlich in der Umarmung dahin. Ihre Bluse duftet dezent nach Baumwolle, und mich durchströmt tröstliche Geborgenheit. Sie streicht mir sanft über den Hinterkopf. Zu meiner Beschämung füllen sich meine Augen mit Tränen. Na toll. Ich habe seit über zehn Jahren nicht mehr geweint, und jetzt gehen mir zweimal am selben Tag die Schleusen auf?

Amy löst sich von mir und strahlt mich an, die Hände auf meinen Schultern. »Du kümmerst dich gut um ihn, ja? Er könnte ein bisschen Glück gebrauchen.«

»Mum«, bellt Cooper. »Mein Gott. Delphie und ich … es sind doch erst drei Wochen.«

Amy zuckt mit den Schultern. »Es ist nur … schön, dich mal wieder lächeln zu sehen, das ist alles.«

»Er lächelt so selten«, stimme ich ihr zu und tupfe mir verstohlen eine Träne aus dem Auge, bevor sie mir übers Gesicht rinnen kann.

Coopers Miene versteinert. Er fährt sich mit der Hand durch die Locken und wirft einen Blick auf seine Armbanduhr. »Vielleicht sollten wir so langsam mal aufbrechen.«

»Und es ist so ein schönes Lächeln«, fährt Amy fort, als hätte Cooper nichts gesagt. »Mach schon, Coop. Zeig uns allen dieses schöne Lächeln.«

»Ja, komm schon, Sohn«, fügt Malcolm hinzu. »Zeig deiner Mum dieses Killerlächeln. Dann kann sie davon zehren, und ich muss mir hoffentlich wenigstens eine Woche lang nicht mehr anhören, dass du vergessen hast, wie man lächelt.«

Amy wendet sich wieder Cooper zu, mit leicht verzweifelter, aber hoffnungsvoller Miene.

Cooper schließt kurz die Augen, als wäre er gerade liebend gern woanders. Ich denke daran, wie er mir an jenem Morgen, als ich ihn darum bat, die Musik leiser zu drehen, barsch sagte, ich solle mich verpissen. »Ja, Cooper, zeig uns deine schönen weißen Zähne.« Ich beuge mich vertraulich zu Malcolm hinüber. »Seine Zähne gefallen mir an ihm am allerbesten.«

»Wirklich?« Malcolm schnaubt. »Seine *Zähne?*«

Ich nicke. »Sie sind so gerade. Es ist faszinierend.«

»Jahrelange Kieferorthopädie«, sagt Amy. »Ich habe ihn zu all seinen Terminen begleitet.«

»Na schön!«, knurrt Cooper und setzt ein übertriebenes Lächeln auf, wie Wallace von *Wallace und Gromit.* Er hält es eine Sekunde lang, bevor sein Gesicht wieder in seine übliche Strenge zurückverfällt. Allerdings kommt es mir vor, als sei sein Blick etwas weicher geworden.

»Das ist ein Anfang, nehme ich an.« Amy kichert und begleitet uns zur Tür. »Es war so schön, dich kennenzulernen, Delphie.«

»Mich hat es auch sehr gefreut«, sage ich, und verwirrt stelle ich fest, dass ich nicht nur höflich bin. Es ist die Wahrheit.

Auf dem Heimweg denke ich an Mum und schreibe ihr eine Nachricht, um ihr mitzuteilen, dass ich morgen an einem Kurs für Aktzeichnen teilnehme. Nicht dass ich vorhätte, dort zu zeichnen, aber Amy und Cooper zusammen zu sehen hat mich daran erinnert, wie gern meine Mutter und ich früher gemeinsam gezeichnet haben. Als wir wieder in der Westbourne Hyde Road ankommen, hält mir Cooper die Autotür auf.

»Danke«, sage ich. »Wer schließt auf?«

Cooper zückt seinen Schlüssel aus der Jeanstasche und öffnet die Tür, dann geht er mir voran durch den Flur zu seiner Wohnung. An der Tür dreht er sich zu mir um. »Danke für deine Hilfe heute Abend.« Sein Blick wird ein wenig weicher. »Ich hatte mehr Spaß als erwartet. Und ich denke, das Thema Veronica sollte damit erst mal vom Tisch sein.«

Ich zucke mit den Schultern. »Es war ein netter Abend. Deine Eltern sind super.«

Er macht keine Anstalten, seine Tür zu öffnen.

»Es … es tut mir leid, das mit deiner Schwester«, sage ich. »Ich wusste nicht, dass du überhaupt eine hattest. In deiner Wohnung gibt es keine Fotos von ihr.«

Sein Gesicht spannt sich wieder an. »Woher solltest du auch wissen, dass ich eine Schwester habe?«

»Äh, ja, stimmt. Woher sollte ich das wissen?«

Er schluckt und schließt seine Tür auf. »Lassen wir es gut sein, ja? Ich würde sagen, wir sind jetzt quitt, Delphie. Ich habe dir einen Gefallen getan, du hast mir einen Gefallen getan. Quid pro quo.«

Sein Auftreten kühlt die Temperatur im Flur um mindestens ein Grad ab.

»Ja, wir sind quitt«, sage ich fröhlich.

»Ich hoffe, es läuft gut mit Jonah.«

»Ich hoffe, es läuft gut mit … deinem köstlichen Wein«, erwidere ich, weil mir nichts Besseres einfällt. »Man sieht sich, Cooper.«

Er antwortet nicht. Er verschwindet einfach in seiner Wohnung und schließt leise die Tür hinter sich.

Kapitel 18

Es ist der vierte Tag. Tag vier von zehn, und ich habe hier auf der Erde noch immer kein einziges Wort mit Jonah gewechselt, geschweige denn ihn dazu gebracht, mich zu küssen. Mein Magen dreht sich vor Angst, weil Merritts Uhr tickt, und wegen des Gedankens daran, was mir blüht, wenn ich es nicht schaffe. Ich muss heute Abend im Zeichenkurs eine Verbindung zu ihm aufbauen.

Ich setze mich im Bett auf, das Haar schweißnass, sehe auf mein Handy und stöhne auf, als es mir mitteilt, dass es heute noch heißer werden soll als gestern. Die ersten Tage der Hitzewelle waren ja noch ganz nett – es war schön, nach Monaten des grauen Himmels mal wieder die Sonne zu sehen. Aber jetzt wird es so langsam echt unangenehm, und ich sehne mich nach Regen.

Ich entdecke eine Nachricht von Mum und öffne sie eifrig, gespannt, wie sie auf die Nachricht reagieren wird, dass ich zu einem Kurs für Aktzeichnen gehe.

> Hier ist ein Bild von mir mit Larry, dem NYC-Kunstkurator. Er hat eine Galerie in Brooklyn und bewundert meine Arbeit sehr!

Bestimmt ist sie gerade einfach nur sehr beschäftigt.

Ich weiß nicht, ob Mr Yoon mich sehen will, aber als verantwortungsbewusste Nachbarin muss ich zumindest mal nachsehen. Nicht weil ich es wissen will. Jedenfalls nicht unbedingt. Ich sehe nur mal nach dem sehr betagten Mann nebenan, das ist alles.

Ich hole ein paar Eier und Speck aus dem Kühlschrank und nehme sie mit rüber, klopfe erst an, schließe dann auf und spähe durch die Tür. Mr Yoon sitzt mit einem Kreuzworträtsel an seinem Tisch, den Stift im Mund, die Zigarette in der Hand.

»Geben Sie mir ein Zeichen, wenn ich gehen soll«, rufe ich ihm zu. »Winken Sie oder stampfen Sie mit den Füßen – ich weiß, dass Sie das gut können.«

Mr Yoon wirft mir einen ausdruckslosen Blick zu, aber er sieht immerhin nicht mehr wütend aus, was ich als gutes Zeichen werte. Ich gehe schnurstracks in die Küche und stelle fest, dass er es nicht geschafft hat, das Geschirr abzuwaschen. Ich erledige das kurz und setze dann Wasser für die Eier auf.

Als ich eine warme, trockene Hand auf meiner bloßen Schulter spüre, gehe ich vor Schreck fast an die Decke. Es ist Mr Yoon, sein Blick ist viel weicher als eben noch. Er tätschelt mich zweimal und schenkt mir ein entschuldigendes Lächeln. Zu meiner eigenen Verblüffung möchte ich ihn instinktiv umarmen, aber ich will ihn nicht überfordern, also nicke ich nur. »Keine Sorge, es ist alles in Ordnung. Ich gehe mir selbst auch manchmal auf die Nerven.«

Während Mr Yoon sich wieder seinem Kreuzworträtsel widmet, schnuppere ich prüfend. Es riecht gar nicht gut. Ich glaube … ich glaube, es ist Mr Yoon. Vergisst er jetzt auch noch zu baden? Wie lange geht das schon so?

Heute ist es brütend heiß. Er kann doch nicht den ganzen Tag in seinem eigenen abgestandenen Schweiß sitzen.

Ich bereite unser Frühstück vor, und beim Essen sage ich beiläufig: »Bei dieser Hitze könnten Sie sicherlich ein kühles Bad brauchen. Es ist grausam heiß da draußen.«

Er nickt, und als wir mit dem Frühstück fertig sind, führe ich ihn ins Bad und sage ihm, dass ich die Augen zumache, während er in die Badewanne steigt. Er tut es, und ich schließe die Tür der begehbaren Badewanne hinter ihm. Sobald er sich hingesetzt hat – die Privatsphäre bleibt gewahrt –, drehe ich den Wasserhahn auf und gieße einen kräftigen Schwall Schaumbad für zusätzlichen Sichtschutz in die Wanne.

Ich stelle mich neben das Kopfende, nehme den Duschkopf und lasse Wasser über Mr Yoons Haar laufen. Als ich es gleich darauf schamponiere, seufzt er auf, und ich hoffe, es liegt daran, dass es sich angenehm anfühlt, und nicht daran, dass ich zu hart schrubbe. Bisher habe ich immer nur meine eigenen Haare gewaschen.

Falls sich Mr Yoon in irgendeiner Weise unwohl fühlt, lässt er es sich nicht anmerken, aber ich fühle mich auch oft unwohl, ohne es zu zeigen. Also versuche ich, ein lockeres Gespräch anzufangen, und erzähle ihm von gestern Abend.

»Und dann sagte mir Cooper, dass ich zu lange für die Schattierung brauche, also habe ich …«

Als ich Coopers Namen ausspreche, blickt Mr Yoon auf, den Kopf voll Schaum.

»Kennen Sie Cooper?«, frage ich ihn. »Haben Sie ihn schon mal im Haus getroffen?«

Mr Yoon nickt.

Ich senke die Stimme. »Er ist ein bisschen unausstehlich, oder?«

Mr Yoon nickt zweimal, und ich breche in schallendes Gelächter aus. »Oh, schön, Sie stimmen mir zu. Jedenfalls glaube ich, dass er nur neidisch auf meine überlegenen künstlerischen Fähigkeiten war. Wir haben das Spiel verloren, aber das war seine Schuld. Wäre ich mit Amy oder Malcolm in einem Team gewesen, hätten wir bestimmt gewonnen.«

Nachdem ich Mr Yoon das Haar ausgespült habe, nehme ich Waschlappen und Seife aus dem kleinen Holzregal über den Wasserhähnen. »Das werde ich auf keinen Fall tun, und ich bin ziemlich sicher, dass Sie das auch nicht wollen.« Ich reiche Mr Yoon den Waschlappen, und er nickt verständnisvoll.

Nachdem er aus dem Bad gestiegen und in einen sauberen Bademantel gehüllt ist, trockne ich ihm das Haar mit meinem Föhn, den ich aus meiner Wohnung geholt habe, und kämme es zu einem perfekten Seitenscheitel. Als ich ihm einen Spiegel bringe, betrachtet er sich lächelnd darin. Ich hole sein Deospray und tu so, als würde ich mich damit einsprühen. »Davon werden Sie heute wohl eine ganze Menge brauchen«, sage ich. Er nimmt mir das Deo ab und klopft mir auf den Arm. Ich lächle und erwidere das Klopfen. Da tätschelt er mich noch mal, wohl weil er vergessen hat, dass er eben damit angefangen hat. Ich erwidere es wieder und sage: »Wer zuerst aufhört zu tätscheln, hat verloren.« Mr Yoon tätschelt mich zurück, sein Mund öffnet sich zu einem stummen Lachen, aber er umklammert seinen Bauch, ganz als müsste er laut lachen, und ich bekomme einen Kicheranfall.

Gemeinsam zu lachen ist wunderbar – es lässt jede Verlegenheit verschwinden, weil man sich über dasselbe amüsiert. Ich hatte ganz vergessen, wie schön das ist.

Als ich in meine Wohnung zurückkehre, werfe ich noch mal einen Blick in die Tüte mit den Kleidern meiner Mutter und finde jede Menge knappe Kleider sowie einige glänzende Nylonhemden aus den Neunzigern. Außerdem entdecke ich einen hellbraunen Rock aus Wildleder. Er ist weich und hübsch, und wenn ich ihn anziehe, schmelze ich vermutlich in weniger als dreißig Sekunden zu einer Schweißpfütze zusammen. Ich lege ihn zurück.

Schließlich finde ich ein oberschenkellanges weißes Kleid mit Knopfleiste, übersät mit winzigen silbernen Gänseblümchen. Perfekt. Ich stelle mir vor, wie Jonah mich küsst und mit beiden Händen durch mein Haar fährt. Niemand kann mit den Fingern durch fest geflochtene, aufgesteckte Zöpfe fahren. Ich denke daran, wie Merritt sagte, mit offenem Haar würde ich besser aussehen, und ziehe sämtliche Haarnadeln heraus, sodass mein Haar in dicken Wellen über meine Schultern fällt.

Hmm. Ich finde nicht, dass ich anders aussehe als vorher.

Kapitel 19

»Dein Haar! Du bist Ophelia! Du bist die *aus dem Meer aufsteigende Venus!*«

Es dauert einen Moment, bis ich die Stimme der Frau aus dem Park erkenne. Genau wie ich hat auch sie sich bemüht, verführerisch auszusehen … jedenfalls nehme ich das an. Sie trägt ein helles Spitzenkleid mit langen Ärmeln, das bei jedem Schritt mitschwingt, und einen Blumenkranz auf dem Kopf.

Ich verlagere unbehaglich das Gewicht, als sich ein paar Gäste des nahe gelegenen Cafés zu uns umdrehen. Sie sehen nicht Ophelia oder irgendeine präraffaelitische Gestalt, sondern eine verlegene, verschwitzte rothaarige Frau in zu kurzem Kleid und schäbigen Turnschuhen.

»Pst!«, ermahne ich sie. Und dann: »Es tut mir so leid – ich glaube, du hast mir im Park deinen Namen gesagt, aber ich kann mich nicht mehr erinnern.«

»Ich bin Frida.«

Ich strecke ihr die Hand entgegen. »Ach ja. Ich bin Delphie.«

»Unsere Hände sind wie Suppe.«

»Wie bitte?«

»Unsere schwitzenden Hände, die sich aneinanderschmiegen. Fühlt sich an wie Suppe.«

»Hmm, ja.«

Pfui Teufel. Hastig wische ich mir die Hand am Kleid ab. Sie tut es mir gleich und grinst mich an, als hätte sie den Spaß ihres Lebens. Dann tätschelt sie ihre Tasche, ein geflicktes, mit Quasten besetztes Ungetüm. »Ich habe Bleistifte und Stifte mitgebracht. Hast du deine Sachen auch dabei?«

Ich schüttle den Kopf. »Oh, nein, nein, nein. Ich bin nicht hier, um zu zeichnen. Ich bin hier, um Jonah vom Plakat zu treffen. Den mit den blauen Augen.«

»Ah! Ich dachte, er wäre das Modell.«

Ich blinzle. Irgendwie ist mir diese Möglichkeit gar nicht in den Sinn gekommen. Ein Teilnehmer oder der Lehrer, ja, aber das *Modell?* Bitte nicht. Wie soll ich mich ihm denn vorstellen, wenn er nackt vor mir steht? Irgendwie nehmen die Probleme kein Ende.

Ich folge Frida in die Kneipe, und wir steigen die Treppe zum Veranstaltungsraum hinauf. Alle Fenster sind weit geöffnet, aber es ist trotzdem so heiß wie im Hades. Jemand hat einen Kreis aus Stühlen aufgebaut, vor denen Staffeleien stehen. In der Mitte des Kreises liegt ein Teppich, auf dem eine wunderschöne kurzhaarige Frau im Schneidersitz in einem Kimono sitzt.

»Willkommen, willkommen!« Es ist der glatzköpfige Mann vom Plakat. Der, für den Frida geschwärmt hat. Ich höre, wie sie neben mir ein leises, aufgeregtes Geräusch von sich gibt.

»Hallo!« Sie winkt den anderen Kursteilnehmern zu. Es ist eine bunt gemischte Truppe – einige sehen aus, als kämen sie direkt aus dem Büro, einer trägt eine Supermarktuniform, und dann ist da noch ein Mädchen im Teenageralter mit schwarz gefärbten, zu einem strengen Bob frisierten Haaren, die in beiden Nasenflügeln je einen Ring hat.

Frida setzt sich und nickt mir zu, damit ich es ihr gleichtue. »Komm schon, Delphie. Setz dich zu mir, damit wir uns anfreunden können.«

»Wo ist Jonah?«, frage ich den kahlen Mann, der sich als Claude vorstellt. »Ich bin eigentlich nur seinetwegen hier.«

Claude schaut auf seine Uhr. »Kat ist unser Modell für die erste Sitzung.« Er zeigt auf die schöne Frau auf dem Teppich. »Jonah steht in der zweiten Sitzung Modell.«

Er ist *wirklich* das Modell!

»Wann beginnt die zweite Sitzung, bitte?«

»In anderthalb Stunden.«

Ich nicke. Anderthalb Stunden. Das ist gar nichts, wenn die Alternative die Ewigkeit in Evermore ist.

Steif sitze ich vor der Staffelei. Während Claude noch damit beschäftigt ist, seine Stammgäste zu begrüßen, vibriert mein Handy.

> Ich weiß, dass ich gestern Abend wohl unhöflich war. Es tut mir leid.
> Alles Gute, Cooper

»Hast du gar kein Material dabei?«, fragt Claude, ehe ich antworten kann.

Ich schiebe das Handy zurück in meine Tasche. »Oh. Nein. Tut mir leid. Ich dachte nicht, dass ich … Ich bin nur gekommen, um … ähm … nein. Ich weiß nicht.«

»Was ist denn dein Medium? Holzkohle? Bleistift? Tinte? Ich glaube, wir haben irgendwo auch Acrylfarben, falls du malen willst, aber das Waschbecken funktioniert nicht, also ist das wahrscheinlich keine gute Idee.«

»Holzkohle?«, sage ich. Keine Ahnung, warum, ich habe noch nie mit Kohle gezeichnet. Aber vielleicht ist genau das ja der Grund. Ich erinnere mich nur allzu gut an meine Bleistiftzeichnung von Mr Taylor, an die körnigen Fotokopien, die überall in der Schule aufgehängt waren. Rasch stopfe ich die Erinnerung zurück in die verschlossene Kiste in meinem Gehirn und lächle Claude dankbar an, als er mir ein paar Blätter dünnes Papier und einen langen Kohlestift reicht.

»Okay, Leute.« Claude klatscht in die Hände wie ein Flamenco-Tänzer. »Wir machen heute eine Reihe von zehnminütigen Speed-Sessions, zwischen denen Kat die Pose wechselt. Dann folgt eine längere dreißigminütige Pose. Anschließend machen wir eine kurze Pause, bevor Jonah kommt und wir mit der zweiten Sitzung beginnen.«

Ich kann nicht fassen, dass ich Jonah in etwas über einer Stunde wiedersehen werde! Als ich mir vorstelle, wie wir uns wieder unterhalten, lächle ich in mich hinein. Wie er mich mit diesen freundlichen, liebenswürdigen Augen angesehen hat. Wie er meine Arme berührt hat. Als wäre es für ihn völlig in Ordnung, tot zu sein, solange er nur gemeinsam mit mir tot sein kann.

»Delphie?«, flüstert Frida neben mir.

Ich sehe auf und stelle fest, dass alle bereits mit dem Zeichnen begonnen haben. Kat ist aufgestanden und hat sich ausgezogen, die Arme wie zum Gebet erhoben. »Du warst in einem Tagtraum gefangen«, sagt Frida.

Ich nehme meine Holzkohle und drücke sie aufs Papier. Sie bricht sofort in zwei Hälften. Verdammt! Ich habe keine Ahnung, was ich machen soll. Ich lege eine der zerbrochenen Kohlehälften auf die Staffeleileiste und sehe zu Kat auf. Ihre Haut ist so makellos, als läge ein Instagram-Filter darüber. Man kann ihre Rippen sehen, aber sie ist nicht dünn. Sie hat einen schmalen Streifen Schamhaar, so ordentlich, als wäre er aufgezeichnet.

Mist. Jonah hat Kat nackt gesehen. Haben sie miteinander geschlafen? Bestimmt – wie soll es anders sein, wenn zwei genetisch derart gesegnete Menschen wie sie sich Woche für Woche nackt sehen.

»Delphie!« Wieder Frida. »Alles in Ordnung?«

Während ich in Gedanken versunken war, hat sie eine Zeichnung angefertigt, die gar nicht so übel ist. Ein kleiner Piepser ertönt, und Kat wechselt ihre Pose. Jetzt macht sie eine Art Spagat auf dem Boden und hält sich eine Hand ans Ohr, als würde sie auf ein weit entferntes Geräusch lauschen.

»Alles in Ordnung, keine Sorge!«, beruhige ich Frida, drücke die Kohle mit weniger Kraft aufs Papier und beginne, Kats Umrisse zu skizzieren.

Ehe ich mich's versehe, piept der Timer erneut, und Kat geht in die Hocke, die Hände auf den Knien, danach steht sie wieder auf und geht in eine Art Ninja-Haltung. Ich verfalle in Trance, nur der

Geruch von Kohlestaub und das Geräusch des Kratzens auf dem Papier dringen in mein Bewusstsein.

»Die Zeit ist um!«, ruft Claude. Ich blinzle, als wäre ich gerade aus einem langen Schlaf erwacht. Eine Flut von Gefühlen erfüllt mich – gute Gefühle, fast schon Euphorie. Mein Herz schlägt schnell, als hätte ich zu viel Kaffee getrunken.

Das war … ich habe seit dem Vorfall in der Schule nicht mehr gezeichnet. Gott, wie sehr habe ich es vermisst.

»Wow«, sagt Frida und beugt sich vor, um meine Zeichnung zu betrachten. Sie sieht auch die anderen Skizzen an und gibt begeisterte Laute von sich. »Du hast nicht gesagt, dass du Profi bist.« Sie hebt eine Hand und will offenbar, dass ich einschlage, aber ich tu so, als würde ich es nicht bemerken.

»Ich bin kein Profi.«

»Nein, ist sie nicht«, murmelt Claude hinter mir, unheimlich nah an meinem Hals. »Aber vielleicht könnte sie es sein … eines Tages.«

Frida reicht ihm meine Skizzen, und er begutachtet sie und gibt Kommentare zu Linien und kompositorischen Entscheidungen ab, die ich nicht alle verstehe. Ich weiß nur, dass es sich gut anfühlt. Was auch immer in diesem Moment geschieht, es fühlt sich gut an.

»Du arbeitest gut mit der weiblichen Form«, sagt Claude. »Und du hast in der zweiten Sitzung noch mehr Gelegenheit, mit Kat zu arbeiten, denn leider hat mir der liebe Jonah per SMS mitgeteilt, dass er es nicht schafft.«

Ich springe auf, meine Skizzen fallen zu Boden. »Was? Nein! Ich dachte, er sei das Modell für die zweite Sitzung? Ich bin nur hergekommen, um ihn zu sehen.«

Claude hebt beschwichtigend die Hände. »Es tut mir leid! Seit er letztes Jahr für David Hockney Modell gestanden hat, kommen viele Leute, nur um ihn zu sehen.« Er verdreht die Augen. »Aber beim Zeichnen sollte es um die Kunst gehen, nicht um das Modell! Das hier ist kein Popkonzert, weißt du?«

Frida neben mir schnaubt.

»Jonah hat für *Hockney* Modell gestanden?!«, quietsche ich. Ich liebe David Hockney. Er ist mein zweitliebster Künstler nach Modigliani. Und Jonah hat für ihn *Modell gestanden?* Wie hoch ist die Wahrscheinlichkeit für einen solchen Zufall?

Claude nickt, als wäre nichts dabei. »Jonah ist ein ausgezeichnetes Modell. Er nimmt die wunderbarsten Posen ein mit seinem Körper.«

Ich frage mich benommen, welche Posen Jonah wohl so einnehmen mag. Welche Posen kann *ich* mit meinem Körper einnehmen? Wird Jonah meinen Körper und meine Posen mögen?

Rasch schüttle ich den Kopf und zwinge mich dazu, mich auf das Wesentliche zu konzentrieren. Ich *muss* Jonah heute Abend sehen. Mir läuft die Zeit davon. »Du hast gesagt, er hat dir eine SMS geschickt, richtig? Ich muss mit ihm über … etwas sprechen. Kann ich bitte seine Nummer haben?«

Claude presst eine Hand auf seine Brust. »Meine Güte, nein. Ich kann die privaten Daten meiner Modelle nicht einfach an irgendwen weitergeben. Ihre Sicherheit ist für mich sehr wichtig.«

»Sicherheit? Ich will ihm doch nicht wehtun!«

»Das kann ich nicht wissen. Wie sollte ich?«

»Sie würde ihm *nie* etwas antun«, sagt Frida so empört, als würde sie mich schon ewig kennen.

»Ich bin seine … *Freundin*. Ich würde nie etwas tun, was ihn verletzen könnte, niemals. Bitte gib mir seine Nummer.«

»Wenn du wirklich seine Freundin wärst«, ruft Kat herüber, »hätte er dir sicher eine Nachricht geschickt, um dir von dem kurzfristigen Auftritt zu erzählen.«

Ein Auftritt? Was für ein Auftritt?

»Irgendeine exklusive Tanzveranstaltung im *Shard*«, fährt Kat fort. »Deshalb kann er heute Abend nicht kommen. Er war so aufgeregt deswegen. Ich nehme an, er hat all seinen Freunden eine Nachricht geschickt. Mir jedenfalls schon. Aber dir nicht. Du hast nicht mal seine Nummer. Also nehme ich mal stark an, dass du *nicht* seine Freundin bist.«

Kat. Man muss Kat einfach lieben. »Ja, ja«, sage ich, krame mein Handy hervor und zeige auf das leere schwarze Display. »Ah, da ist es ja! Das *Shard!* Tanzveranstaltung! Da ist die Nachricht! Um wie viel Uhr, schrieb er dir noch mal, fängt die Veranstaltung an?«

Kat öffnet den Mund, aber Claude ruft: »Kat! Sie lügt ganz eindeutig. Sag nichts.«

Kat macht eine Geste, als würde sie ihren Mund verschließen.

Ich eile zu ihr. »Kat, kannst du mir Jonahs Nummer geben? Ich bitte dich, von Frau zu Frau. Es ist wichtig.«

Kat zeigt auf den imaginären Reißverschluss an ihrem Mund.

»Okay«, sage ich.

Und es ist wirklich okay. Nicht ideal, aber es ist alles in Ordnung. Ich habe eine Spur. Er wird heute Abend im *Shard* sein.

Ich rolle meine Skizzen zusammen, stecke sie in meine Tasche und steuere entschlossen auf den Ausgang zu.

»Wir gehen schon?«, fragt Frida. »Aber wir haben doch für die ganzen zwei Stunden bezahlt!«

»Oh, du kannst gern bleiben!«, sage ich. »Aber ich muss noch woandershin.«

Diese Woche streikt die U-Bahn, also zücke ich mein Handy und rufe eine Mitfahr-App auf. Sie zeigt ein verfügbares Auto in zwei Minuten Entfernung an. Dann bin ich im *Shard* in … *in fünfzig Minuten?* Das ist ja eine Ewigkeit.

Frida ist mit rausgekommen, sie blickt über meine Schulter aufs Display. »Mit dem Taxi ist es doch viel zu teuer. Du könntest den Bus nehmen.«

»Ich habe keine Zeit«, sage ich und drücke die Buchungstaste.

»Ich komme mit«, verkündet Frida.

Rasch schüttle ich den Kopf. »Oh, nein. Nicht nötig. Ich dachte, du wolltest Claude um ein Date bitten?«

Frida zuckt mit den Schultern. »Ich habe das Gefühl, dass seine Persönlichkeit nicht mit dem Bild auf dem Plakat übereinstimmt, weißt du? Auf dem Plakat sieht er so vital aus. Aber im wirklichen

Leben kommt es mir vor, als hätte er einen dicken Stock Zeichenkohle dort, wo die Sonne nicht hinscheint.«

Als das Auto vorfährt, springe ich auf den Rücksitz. Frida – die meine höfliche Ablehnung ihrer Gesellschaft ignoriert – steigt auf der anderen Seite ein, schnallt sich an und zeigt mir ihren hochgereckten Daumen. »Das ist lustig.« Ihre Augen leuchten vor Aufregung. »Ich war noch nie im *Shard*. Ich habe immer zu Gant gesagt, dass wir mal hingehen sollten, und er hat immer gesagt: *Frida, gib Ruhe*. Ich rede wohl zu viel.«

»Gant klingt wie ein Blödmann«, murmle ich.

Frida zuckt mit den Schultern und wippt traurig mit dem Kopf, ihre goldenen Mondohrringe tanzen. »Er war gar nicht so übel.« Ihre Augen werden wieder feucht. Sie scheint wirklich untröstlich zu sein.

Gerade als wir losfahren, kommt Claude aus der Kneipe gerannt und läuft uns hinterher. »Du bist unmöglich und möglicherweise eine Gefahr für mein beliebtestes Modell«, schreit er durchs offene Fenster, seine schneidende Stimme scheppert in meinen Ohren. »Aber du hast großes künstlerisches Potenzial!«

Kapitel 20

Eine schnelle Google-Suche zeigt uns, dass es heute Abend nur eine Tanzveranstaltung im *Shard* gibt – eine Silent Disco in einem Veranstaltungsraum namens *The View. Silent Disco!* Von so was habe ich noch nie gehört.

Als wir den Aufzug betreten, presst Frida eine Hand auf ihre Brust. »Hier bin ich also endlich! Im weltberühmten *Shard.*«

Als wir Ebene 70 erreichen, öffnet sich der Aufzug mit einem leisen Zischen. Frida lässt erwartungsvoll die Schultern kreisen, während wir auf eine Reihe von Glastüren zugehen, hinter denen mindestens hundert Menschen in einem lila und rosa beleuchteten Raum tanzen. Alle tragen Kopfhörer. Aha! Sie hören bestimmt Musik, aber vermutlich Musik ihrer eigenen Wahl. Was für eine gute Idee! Nicht dass ich in letzter Zeit in irgendwelchen Clubs gewesen wäre, aber ich mag die Vorstellung, meinen eigenen persönlichen Soundtrack zu haben.

Vor der Glastür hält eine große, breite Frau mit Headset und Klemmbrett Wache. Hinter ihr steht ein Schild, das die Besucher auffordert, ihre Eintrittskarten bereitzuhalten. Wir haben keine Eintrittskarten. So ein Mist. Wenn ich der Frau erkläre, dass wir nur kurz rein- und rauswollen, um jemanden zu finden, lässt sie uns vielleicht einfach … rein?

Aber ihrem verärgert zusammengekniffenen Mund nach zu urteilen bezweifle ich, dass sie bereit ist, *irgendeine* Regel zu lockern. Als wir näher kommen, schüttelt sie verärgert den Kopf, mustert mein Kleidchen und dann Fridas Blumenkrone. »Ihr seid spät dran!«, zischt sie.

»Wie bitte?«

»Ihr solltet besser nicht so früh abhauen wie der letzte Kerl. Ist einfach mit einem Mädchen verschwunden, könnt ihr euch das vorstellen? So was von unprofessionell. Hat mich einfach mitten in der Scheiße sitzen lassen. Das war das letzte Mal, dass ich bei Maurice Alabaster anheuere.« Sie schnaubt verärgert. »Aber ich bin froh, dass er immerhin zwei von euch als Ersatz geschickt hat.«

Was will sie von uns? Wer ist Maurice Alabaster? Was denkt diese Frau denn, wer wir sind?

Ich öffne den Mund, um all diese Fragen auf sie abzufeuern, aber Frida schiebt sich hastig dazwischen. »Ja, er hat zwei geschickt«, echot sie, das Kinn hoch erhoben, während die Frau die Glastüren öffnet und uns in den Veranstaltungsraum führt. Hastig suche ich den Raum nach Jonah ab. Noch ist nichts zu sehen, aber es wird nicht lange dauern, in dieser Menge einen so großen und attraktiven Mann ausfindig zu machen.

»Ihr beide steht da drüben.« Die Frau zeigt auf ein rosa Podest. In jeder Ecke des Raums befindet sich ein solches Podium, und darauf sind Tänzer. Professionelle Tänzer. Professionelle Tänzerinnen und Tänzer, die *tanzen*. Und dann stelle ich fest, dass alle Tänzerinnen Blumenkronen tragen, die genauso aussehen wie die von Frida. Denkt diese Frau etwa, wir sind hier, um zu *tanzen?*

»Wo ist dein Kopfschmuck?«, fragt mich die Frau und verdreht auf eine Weise die Augen, dass mir klar wird, dass ihr jede Sekunde der Geduldsfaden reißt.

»Er wurde gestohlen!«, behauptet Frida, während ich fassungslos dastehe und nicht begreife, was hier passiert. »Auf der Straße – ja. Jemand hat ihn ihr vom Kopf gerissen. Ein schrumpeliger alter Mann war es. Er hatte langes silbernes Haar und hat schrecklich geschielt. Aber Delphie ist die wundervollste Tänzerin in ganz London. Es wird niemanden stören, dass sie keinen Blumenkranz trägt.«

Ich starre Frida verstohlen an. Wieso kann sie so gut lügen?

Die strenge Frau mustert mich von oben bis unten. »Gut«, sagt sie. »Aber ich werde eine Beschwerde bei Maurice einreichen. Ich erwarte, dass die Darsteller in Kostümen erscheinen.«

»Es tut uns so leid«, flötet Frida, während die Frau zurück zu den Glastüren schlendert. »Na, dann komm!«, sagt sie zu mir und zeigt auf das Podium. »Sie beobachtet uns immer noch.«

Ich folge Fridas Blick und sehe die strenge Frau, die wieder draußen steht, uns aber durch die Glastüren im Auge behält.

»Ich steige nicht auf ein Podium!«

»Nur so dürfen wir hier ohne Eintrittskarten rein.«

»Aber ich … ich kann nicht tanzen.«

»Jeder kann tanzen!«

»Es gibt keine Musik!«

Frida nimmt meine Hand und legt sie auf meine Brust. »Die Musik ist hier drin.«

Ich reiße meine Hand los. »Wie können die anderen Tänzer ohne Musik tanzen? Keiner trägt Kopfhörer!«

»Die Kopfhörer würden ihre Blumenkränze zerdrücken«, erwidert Frida, als wäre das ganz offensichtlich und ich ein bisschen dumm. »Komm schon. Vom Podium aus kannst du den ganzen Raum überblicken – so kannst du viel besser nach Jonah Ausschau halten.«

Das stimmt – von dort oben werde ich *alles* sehen können. Ich blicke zu der strengen Frau zurück. Sie gestikuliert wie wild durch das Glas, dass wir uns beeilen sollen.

Scheiße.

Ich folge Frida – die seltsam begierig darauf zu sein scheint, loszulegen – und steige so elegant wie möglich auf das Podium, um über das Meer von Körpern hinwegzublicken, die vor mir tanzen, und nach Jonahs bronzefarben glänzender Mähne Ausschau zu halten. Für einen Moment lenkt mich der Blick aus der riesigen Fensterfront ab. Ich sehe die Themse, die sich durchs abendliche London windet. Die Tower Bridge, die wie ein teures goldenes

Armband aussieht. Die Lichter von tausend Gebäuden, die allesamt blinken, als wüssten sie, dass jemand sie beobachtet. Das Licht der langsam versinkenden Sonne überzieht den krokusvioletten Himmel mit rosa Streifen. Von hier oben sieht alles so heiter aus. So *einfach*.

Mir fällt ein, dass Jonah etwas über die Magie Londons gesagt hat. Ich muss zugeben … aus diesem Blickwinkel sieht die Stadt wirklich verdammt magisch aus.

»Tanz, Delphie!« Frida stößt mir den Ellbogen in die Rippen und holt mich in die Gegenwart zurück. Sie lässt die Hüften kreisen und die Arme leicht schwingen, sodass die weiten Ärmel ihres Kleids zur Geltung kommen.

O du lieber Himmel. Ich beginne, zaghaft mit den Hüften zu wackeln und den einzigen Tanz zu tanzen, an den ich mich unter diesem enormen Druck erinnern kann, und das ist zu meiner Überraschung und Beschämung der Hand Jive aus *Grease*.

»Keine Panik«, murmele ich vor mich hin, schlage die Fäuste übereinander und schiebe meine Handflächen hin und her.

Ich scheine meine Sache ganz gut zu machen, denn die strenge Frau nickt knapp, bevor sie losmarschiert, wahrscheinlich um sich bei Maurice Soundso zu beschweren.

Scheiße … was passiert, wenn sie herausfindet, dass niemand uns geschickt hat? Dass wir nicht hierhergehören? Was, wenn wir rausgeschmissen werden, bevor ich Jonah auch nur Hallo sagen kann?

Einige Leute in der Menge drehen sich zu Frida und mir um, als wären wir wirklich professionelle Tänzer, die für sie tanzen. Ich werfe einen Blick auf Frida, die jetzt ebenfalls den Hand Jive tanzt, vielleicht aus Solidarität, vielleicht aber auch, weil es gut aussieht? Unter den Blicken so vieler fremder Leute rast mein Herz nervös los, und jede Zelle meines Körpers schreit mir zu, wegzulaufen und mich zu verstecken. Doch dann geht mir auf, dass es etwas Gutes hat, wenn die Leute mich anstarren, denn ich kann auch Jonah besser finden, wenn sein Gesicht mir zugewandt ist! Ich tanze schneller, damit es beeindruckender aussieht – Frida reißt die Augen auf, hält aber heldenhaft mit. Es funktioniert … immer mehr Leute drehen sich zu uns um, einige stupsen sich sogar gegenseitig an, und es kommt mir vor, als wären ihre Blicke voller Bewunderung. Innerhalb einer Minute oder so sehen uns fast alle an. Ich lächle in die Menge und tanze weiter, während ich mich nach Jonah umsehe. Aber ich kann ihn nirgends entdecken.

Verdammt noch mal. Er muss hier sein. Kat hat gesagt, dass er hier sein würde – dass er hier *arbeiten* würde. Er muss verdammt noch mal hier sein. Was soll ich denn jetzt tun?

Ich räuspere mich und rufe dann quer durch den Veranstaltungsraum: »Ich suche Jonah Truman!« Meine Stimme schallt durch den so eigenartig stillen Saal. »Jonah Truman!«, rufe ich erneut, noch lauter. »Bist du hier? Ich muss mit dir sprechen! Jonah Truman?«

Frida hört auf zu tanzen, holt tief Luft und schreit: »Jonaaaaaaaaaah!«

Das ist nicht die lustige, kokette, legere Stimmung, die ich mir für unser Treffen vorgestellt habe. Aber welche anderen Möglichkeiten bleiben mir? Ich kann doch nicht schon wieder umsonst hergekommen sein – die Zeit läuft mir davon!

Jetzt, da wir nicht mehr tanzen, beginnt sich die Menge abzuwenden. Mit einem frustrierten Seufzer klettere ich vom Podium. Wo zum Teufel ist er? Kat hat definitiv gesagt, er sei im *Shard!*

Mir dreht sich der Magen um bei dem Gedanken, dass ich ihn nie finden werde. Ich will nicht noch mal sterben. Ich will nicht in Evermore oder Nevermore oder im verdammten Clevermore enden. Ich habe diese eine Chance bekommen – wie vielen Menschen ist das vergönnt? Ich darf es nicht vermasseln.

Ich helfe Frida gerade vom Podium herunter und überlege fieberhaft, was ich jetzt tun soll, da kommt eine Frau mit Pixie Cut und in einem mit bunten Glitzersteinen besetzten Kleid auf uns zu. »Du kennst Jonah?«, fragt sie aufgeregt und starrt uns an. Ihr Akzent ist nordenglisch, ihre Stimme ein wenig heiser.

»Ja, ja, ich kenne ihn. Und du? Ist er hier? Wo ist er?«

Die Frau seufzt. »Ich *wünschte,* ich würde ihn kennen! Er war vor einer halben Stunde hier und hat genau dort getanzt, wo du warst.« Sie deutet auf das Podium.

Jonah war genau hier?

»Ich war auf dem Balkon und habe eine Zigarette geraucht«, fährt die Frau fort, »und da kommt er raus – zum Verschnaufen, hat er gesagt. Wir haben uns unterhalten, aber fünf Minuten später bekam er einen Anruf von dem Krankenhaus, in dem er ehrenamtlich arbeitet. Jemand war nicht zum Dienst erschienen, also musste er einspringen.«

Jonah arbeitet ehrenamtlich in einem Krankenhaus?

»Hat er gesagt, welches Krankenhaus?«, frage ich verzweifelt.

Die Frau schüttelt den Kopf. »Er hat nur gesagt, dass er die Kinder nicht im Stich lassen kann!«

Er arbeitet nicht nur ehrenamtlich in irgendeinem Krankenhaus, sondern in einem *Kinderkrankenhaus?* Lieber Himmel, Jonah ist ein viel besserer Mensch als ich. Wäre Merritt nicht so überzeugt davon, dass er mein Seelenverwandter ist, würde ich sagen, er ist *zu* gut für mich.

»Und er hat wirklich nicht gesagt, welches Krankenhaus? Oder wenigstens, in welche Ecke der Stadt er fährt?«

»Nö. Er ist einfach in die Nacht verschwunden, wie ein schöner und edler Superheld.«

»Entschuldigung, aber ich bezahle euch nicht dafür, mit den Gästen zu plaudern.«

Ich drehe mich um und sehe die Frau mit dem Headset, die uns anstarrt, knallrot vor Wut. Sie wirft die Hände in die Luft.

»So viel Unprofessionalität habe ich in meinem Leben noch nie erlebt. Ihr seid gefeuert. Bitte geht, und zwar sofort. Und wenn Maurice Alabaster noch bei Verstand ist, wird er euch ebenfalls feuern.«

Mit offenem Mund starre ich sie an. Mein Stolz ist seltsam verletzt, obwohl ich den Job, der mir gerade gekündigt wird, niemals hatte.

Frida stellt sich vor mich, die Arme vor der Brust verschränkt. »Sie können uns nicht feuern, denn wissen Sie was, Lady? Wir kündigen.«

Ich starre Frida mit großen Augen an, aber sie nimmt mich einfach an der Hand und zieht mich Richtung Ausgang. »Komm, Delphie. Diese Party ist sowieso sterbenslangweilig.«

Kapitel 21

Draußen fängt Frida an zu kichern. »Ich wollte schon immer mal sagen: ›Ich kündige!‹« Ihre Augen leuchten. »Aber als berufliche Gassigeherin hat man zu so was selten Gelegenheit. Haha! *Diese Party ist sowieso sterbenslangweilig* … ich kann nicht glauben, dass ich das wirklich gesagt habe!«

Ich muss über ihre Aufregung grinsen. Aber in mir tobt wilde Panik – ich habe Jonah schon wieder knapp verpasst, und die Chance, ihn zu finden, geht praktisch gegen null. Es gibt unzählige Krankenhäuser in London, und fast alle sind riesig.

Ich muss nach Hause und einen neuen Plan machen. Vielleicht kann ich Merritt überzeugen, mir einen Hinweis zu geben. Sie muss doch anerkennen, dass das Glück einfach nicht auf meiner Seite ist, obwohl ich alles gebe.

Wir laufen zur nächstgelegenen Bushaltestelle und müssen feststellen, dass die Warteschlange wegen des U-Bahn-Streiks mindestens dreißig Meter lang ist. Ein überfüllter Bus fährt vorbei, ohne überhaupt anzuhalten.

Ich öffne meine Carsharing-App und drücke den Knopf, trotz des Preises. Irgendwie hat die Scheu vor hohen Ausgaben nicht mehr die gleiche Bedeutung wie früher – ich habe nichts zu verlieren!

»Es tut mir leid, dass du Jonah nicht gefunden hast«, sagt Frida, als wir auf dem Rücksitz des herrlich klimatisierten Taxis sitzen. »Ich merke ja, wie toll du ihn findest. Du hast in unserem Zeichenkurs einen ganz schönen Wirbel gemacht. Ich frage mich, ob wir jetzt noch teilnehmen dürfen?«

»Es geht um viel, viel mehr als nur darum, dass ich ihn toll finde«, murmle ich. »Sonst würde ich nicht so einen Aufstand machen.«

»Oh. Ich wünschte, ich würde so etwas auch finden.« Frida lehnt sich zurück, die Arme hinter dem Kopf, und blickt kurz verträumt vor sich hin. »Aber es ist schwer, jemanden kennenzulernen. Ich dachte, in London würde ich jede Menge Leute treffen, aber alle sind immer so …« Sie macht ein paar roboterhafte Bewegungen. »Ich weiß nicht, sie starren auf den Boden, reden nicht mit mir, es ist fast, als wäre Blickkontakt verboten! Ich dachte, Claude aus dem Zeichenkurs wäre vielleicht ein netter Typ. Aber das war er nicht. Ich war sicher, Gant wäre mein Seelenverwandter. Aber er hat mich verlassen. Was soll ich denn jetzt tun?«

Ich denke an das, was Merritt mir in Evermore erzählt hat. »Ich hab mal gehört, wir hätten bis zu fünf Seelenverwandte.«

»Wer hat das gesagt?« Frida beugt sich vor. »War es Gwyneth Paltrow? Denn der traue ich nicht. Nie wieder werde ich Gwyneth Paltrow oder ihrem Magazin trauen.«

Ich lache. »Erzähl mir, was sie getan hat, um dich so wütend zu machen.«

»Ich will nicht darüber reden. Es ist zu erniedrigend.«

»Okay. Und nein, es war nicht Gwyneth Paltrow. Es war eine Frau, die ich kürzlich getroffen habe. Sie … nun, sie hat mich Jonah vorgestellt. Sie hat sofort begriffen, dass zwischen uns etwas Besonderes ist, und sie hat mir gesagt, ich soll daran festhalten.«

»Sie klingt sehr einfühlsam. Ich würde sie gern kennenlernen.«

»Glaub mir, du willst dieser Frau nicht begegnen.«

»Ich würde wohl alles tun, um die Liebe zu finden. Ich habe sogar etwas über Hexerei gelernt, und obwohl sie in vielerlei Hinsicht helfen kann … die wahre Liebe findet man nicht mit Hexerei. Das ist Sache des Schicksals.«

Früher hätte mich die selbstverständliche Art, mit der Frida über Hexerei redet, zutiefst abgeschreckt, aber wer bin ich schon, übernatürliche Vorstellungen infrage zu stellen? Ich bin eine Tote, die auf die Erde zurückgeschickt wurde. Statt also etwas dazu zu sagen, bitte ich sie, mir mehr über Gant zu erzählen. Sie sagt, dass sie zwei Jahre lang zusammen waren und er etwa einmal im Monat mit ihr Schluss gemacht hat, weil er an einem Tag überzeugt war, sie zu lieben, und am nächsten Tag dann daran zweifelte.

»Ich bin schon mein ganzes Leben lang Single«, sage ich, gerade als das Taxi in meine Straße einbiegt. »So schlimm ist es gar nicht. Für mich klingt es, als wäre es ein Segen, Gant los zu sein.«

»Mein Verstand weiß das, aber ich glaube, mein Herz braucht noch eine Weile.«

Als das Taxi hält, sehe ich, dass Aled an meiner Haustür lehnt und konzentriert auf sein Handy starrt. Wir steigen aus. »Aled!«, sage ich – zugleich schuldbewusst, weil ich nicht auf seine Nachricht geantwortet habe, und erschrocken, dass er deshalb bei mir zu Hause auftaucht. »Was machst du denn hier?«

Er winkt zur Begrüßung. »Du hast nicht auf meine Nachricht geantwortet. Ich habe mir Sorgen gemacht, dass du vielleicht zu viel getrunken hast oder dir was Schreckliches passiert ist.«

»Tut mir leid«, sage ich. »Aber hier bin ich. Lebendig!« *Wie lange noch? Wer weiß? Aber zumindest für den Augenblick.*

»Wer ist das?« Fridas Stimme klingt seltsam.

»Das ist Aled, er arbeitet in der Tyburnia-Bibliothek. Aled, das ist Frida, eine professionelle Hundeausführerin aus der Gegend.«

»Ich bin mit Delphie befreundet.« Frida streckt ihm die Hand entgegen.

»Ich auch!« Aled schnappt nach Luft, als wäre das ein unglaublicher Zufall, der dringend von Experten untersucht werden müsste.

»Danke für die Gesellschaft, Frida«, sage ich, schließe die Tür auf und trete ein. »Und dafür, dass du … du weißt schon, mit mir getanzt hast.«

»Mit Vergnügen.«

Frida und Aled folgen mir kurzerhand in den Hausflur. Erwarten sie, dass ich sie in meine Wohnung einlade? Ich lade *nie* jemanden in meine Wohnung ein. »DIESE PARTY IST SOWIESO STERBENSLANGWEILIG!«, schreit Frida, die Hände in die Hüften gestemmt. Aled schüttet sich aus vor Lachen, obwohl er keine Ahnung hat, worum es geht.

Cooper steckt den Kopf aus seiner Tür, um nachzusehen, was das für ein Lärm ist. Er mustert mich neugierig, als würde er mich nicht erkennen, dann schießen seine Augenbrauen in die Höhe, und er starrt mein Haar an. Ich erwarte fast, dass er eine unangenehme Bemerkung macht, aber stattdessen betrachtet er jetzt Aled und Frida. Er sieht verwirrt aus, aber das kann ich ihm nicht verdenken. Ich hatte noch nie Besuch.

»Entschuldige den Krach.« Frida kichert. »Wir waren im *Shard* und haben einen Mann gejagt, es war ein sehr lustiger Abend, und wir sind alle ein bisschen überdreht.«

»Habt ihr ihn gefunden?«, fragt Cooper, die Augenbrauen immer noch hochgezogen. Ich schüttle den Kopf und will mich gerade für seine Nachricht mit der Entschuldigung bedanken, da keucht Aled laut auf.

»Moment mal!« Er mustert Cooper mit zusammengekniffenen Augen. »Ich *wusste* doch, dass du mir bekannt vorkommst!«

Cooper lässt die Schultern sinken.

»Du bist R. L. Cooper!«

Ich verziehe das Gesicht. »Wer zum Teufel ist R. L. Cooper?«

»Ach, nur einer der besten Krimiautoren unserer Generation!« Aleds Stimme klingt schrill vor Aufregung. »Deine Bücher sind in der Bibliothek *immer* ausgeliehen. Aber es ist schon so lange kein neues mehr erschienen. Woran liegt das? Wow! DER R. L. Cooper persönlich. Sag mir bitte, R. L., wie bist du auf die Idee mit dem Bankraub in *Money Maims, Money Kills* gekommen? Das war genial. Woher beziehst du deine Inspiration?«

Cooper ist Schriftsteller? Ein Krimiautor? Ich dachte, er wäre Programmierer. Moment mal – hat er sich *so* Zugang zur Polizeidatenbank verschafft? Die meisten Krimiautoren haben Kontakte bei der Polizei, die ihnen bei der Recherche helfen – zumindest ist das so in einer meiner Lieblingssendungen im Fernsehen, *Murder in the Pretty Village*. Konnte er Jonah deshalb so schnell ausfindig machen?

Ich bemerke, dass Cooper unbehaglich das Gewicht verlagert … offensichtlich ist es ihm unangenehm, von Aled ausgefragt zu werden.

»Okay!« Ich gähne so übertrieben, dass selbst Aled es unmöglich ignorieren kann. »Ich muss jetzt wirklich los. Frida, kommst du von hier aus gut nach Hause?«

»Natürlich! Es sind nur fünf Minuten zu Fuß bis zur Edgware Road.«

»Die Edgware Road liegt auf meinem Weg!« Aled strahlt.

»Gehen wir zusammen?«, fragt Frida liebenswürdig. »Ich würde gern alles über die Bibliothek erfahren.«

Ich kann mir ein Lächeln nicht verkneifen. Mir ist unbegreiflich, warum Frida nicht viel mehr Freunde hat, ich habe noch nie jemanden getroffen, der sich unter neuen Leuten so wohlfühlt. Ich selbst hasse Small Talk, aber sie scheint ihn richtig zu genießen.

»Ich komme wieder!«, sagt Aled zu Cooper, während Frida ihn wegzieht. »Wir müssen dich für eine Veranstaltung in der Bibliothek vormerken lassen. Und Delphie, ich melde mich noch wegen der Sache mit den besten Freunden – glaub nicht, dass ich das vergessen habe!«

Als ich die Tür hinter Aled und Frida schließe, räuspert sich Cooper. »Danke. Ich bin schon lange nicht mehr erkannt worden.«

Ich gähne erneut. »Nichts zu danken.«

Er sieht aus, als wolle er noch etwas sagen, da knarrt es hinter mir, und Mrs Ernestine steckt ihr verkniffenes Gesicht aus der Tür. »Hier geht es ja zu wie auf dem verdammten Bahnhof«, keift sie. »Habt ihr denn alle kein Zuhause? Ich will meine Lasagne essen und *Breaking Bad* sehen, aber hier herrscht die ganze Zeit nichts als Lärm, und ständig schlägt jemand die verdammte Tür zu. Alles und jeder geht hier ein und aus, als wäre der Flur eine verfluchte Durchgangsstraße.«

Mrs Ernestine macht mir Angst. Ständig streitet sie sich mit irgendwem, ob draußen auf der Straße oder im Hausflur. Manchmal, wenn ich an ihrer Tür vorbeigehe, höre ich sie in ihrer Wohnung herumschreien. Außerdem hat sie tätowierte Fingerknöchel: NEVER AGAIN steht darauf. Ich ertappe mich oft bei der Frage, was das bedeutet, und jede Idee, die ich dazu habe, bestätigt mich in meinem Entschluss, ihr möglichst weiträumig aus dem Weg zu gehen.

»Tut mir leid, Mrs Ernestine«, sage ich höflich und neige leicht den Kopf.

»Ja, mir tut es auch sehr leid«, stimmt Cooper ein und neigt ebenfalls den Kopf.

Macht er sich über mich lustig?

Mrs Ernestine verdreht die Augen und zieht sich wieder zurück, starrt uns aber durch den Spalt böse an, bis die Tür ins Schloss fällt.

Cooper streckt die Hand nach mir aus, und ich bin fast sicher, dass er meine Wange berühren will – bei dem bloßen Gedanken geht mein Gesicht in Flammen auf –, aber stattdessen zupft er etwas aus meinem Haar und hält es hoch. Es ist ein gelbes Blütenblatt. Verlegen streiche ich mir über den Kopf. Es muss aus Fridas Blumenkranz stammen.

»Danke«, sage ich steif, mache auf dem Absatz kehrt, laufe die Treppen hoch zu meiner Wohnung und schlage die Tür hinter mir zu. Drinnen schnappe ich mir sofort meinen Laptop und gebe ein: *jonah truman tänzer shard.*

Immer noch nichts? Mein Gott.

»Warum bist du so verdammt schwer zu fassen, Jonah?«, schimpfe ich. »Mein Leben hängt von dir ab – buchstäblich.«

Ich sehe vor mir, wie Jonah mich anlächelt und mit der Hand durch sein schönes karamellfarbenes Haar fährt. *Ich bin die Mühe wert,* sagt er in meiner Vorstellung. Dann streiche ich ihm ebenfalls mit beiden Händen durchs Haar, und ein kleiner Freudenschauer mildert meine Angst.

»Merritt, du musst mir helfen«, murmle ich. »Siehst du denn nicht, dass ich tu, was ich kann? Bitte!«

Ich warte auf eine SMS, ihr Erscheinen, *irgendetwas*. Aber nichts passiert. Seufzend hole ich meine Skizzen aus der Tasche, lege sie auf den Küchentisch und stelle Salz- und Pfefferstreuer auf die Ecken, damit sie sich nicht wieder zusammenrollen. Behutsam berühre ich eine mit dem Finger – ein Porträt von Kat, in einem freien, fast nachlässigen Stil gezeichnet. Trotz allem wird mir eigenartig warm ums Herz. Es ist *wirklich* gut. Ich werfe einen Blick auf den Stapel Ölfarben, die schon ewig dort stehen, die zu öffnen ich mich aber noch nicht getraut habe. Kurz frage ich mich, wie mein Leben wohl ausgesehen hätte, wenn ich nie mit dem Malen und Zeichnen aufgehört hätte. Wäre ich jetzt auch in dieser Lage?

Ich schiebe den Gedanken beiseite.

Es klopft laut an der Tür.

Mein Herz macht einen Satz. Merritt? Allerdings passt es nicht zu ihr, sich durch so etwas Langweiliges wie Anklopfen anzukündigen.

Ich öffne die Tür. Cooper steht mit verschränkten Armen vor mir.

Ich seufze. »Wenn du irgendwas von mir willst, das auch nur im Entferntesten stressig ist, dann verfüge dich sofort wieder dorthin, wo du hergekommen bist. War ein schlimmer Tag.«

»Ich soll mich *verfügen?* Warum sprichst du so?«

Ich kneife die Augen zusammen. »Ehrlich gesagt weiß ich es selbst nicht. Ich glaube, es liegt an deinem förmlichen Auftreten. Deiner … du weißt schon, deiner Steifheit. Ich reagiere nur darauf.«

»Welche Steifheit?«

»Ach, komm schon, du wirst ja wohl wissen, was ich meine.« Ich gehe in meine Wohnung, und er folgt mir mit einem großen Schritt hinein und schließt die Tür hinter sich. »Ich würde sogar so weit gehen zu sagen, dass du es kultiviert hast.«

»So wie du deine Einsamer-Wolf-Masche. Und es *ist* eine Masche.«

»Du musst das ja wissen als jemand, der seinen Lebensunterhalt damit verdient, sich Sachen auszudenken.«

»Mache ich nicht mehr.« Cooper räuspert sich, geht quer durchs Zimmer und setzt sich unaufgefordert auf mein Sofa. Seine Jeans sind hochgekrempelt, die Socken gelb.

Ich werfe die Hände hoch. »Was willst du eigentlich hier? Ich versuche gerade, mich aus einer Lebenskrise zu befreien, ich habe keine Zeit dafür.«

»Verstehe. Kann ich helfen?«

Ich mustere ihn mit zusammengekniffenen Augen. Er würde seine Hilfe nur anbieten, wenn … »Ich soll dir also noch einen Gefallen tun?«

Er rutscht auf dem Sofa hin und her und fährt sich mit der Hand über den Kiefer. »Ja. Ich wollte dich eben schon fragen, aber du bist ja einfach weggerannt.«

Ich schnaube. »Ich habe nicht viel Zeit. Hast du mir nicht zugehört? Ich habe das eben schon mal gesagt.«

»So wie ich dir gesagt habe, dass ich keine Zeit habe, als du bei *mir* reingestürmt bist und darauf bestanden hast, dass ich *dir* helfe? Hör mal, es tut mir wirklich leid, dass ich neulich so unhöflich war. Meine Schwester … Darüber rede ich nicht. Niemals. Mit niemandem.«

Damit kriegt er mich. »Ich verstehe. Ich hätte nicht so neugierig sein sollen. Wie kann ich helfen?«

Cooper verzieht den Mund. »Meine Mutter …«

»Amy. Ja.«

»Sie möchte, dass du mit uns ins Aquarium gehst. Zusammen mit meiner Tante Beverley. Morgen früh.«

Ich ziehe eine Grimasse. »Tut mir leid, das geht nicht. Ich muss noch mal in den Park, um Jonah zu suchen.«

»Du hast ihn immer noch nicht getroffen?«

Ich schnaufe. »Es ist … kompliziert.«

Cooper neigt den Kopf zur Seite und schlägt die Beine übereinander. »Hast du mal die Möglichkeit in Betracht gezogen, dass er dir vielleicht absichtlich aus dem Weg geht?«

Ich runzle die Stirn. »Jonah ist nicht so.«

»Und doch …«

»War das alles, Cooper? Ich hab noch was zu erledigen.«

Cooper beugt sich vor. »Du brauchst doch sicher nur ein paar

Minuten, um Jonah über das … Problem zu informieren, oder? Und dann hättest du Zeit?«

Ich seufze. Wenn es doch nur so einfach wäre. Aber ich muss nicht nur einen Mann ausfindig machen, der es anscheinend nie lange an einem Ort aushält, sondern ich muss ihn auch dazu bringen, mich zu küssen. Ich kann jetzt nicht in einem Aquarium herumtrödeln.

»Vielleicht ein andermal, ja?« Ich überlege kurz, bevor ich doch meiner Neugier nachgebe. »Warum will denn eigentlich deine Mutter unbedingt, dass ich deine Tante kennenlerne?«

Cooper blickt auf seine Füße, die wie immer in Stiefeln stecken. Ein Schnürsenkel ist offen. »Sie, na ja, sie, äh … sie mochte dich. Aus irgendeinem mir unerfindlichen Grund mochte sie dich sogar sehr.«

»Der Himmel bewahre, dass irgendjemand meine Gesellschaft genießen könnte.«

Cooper seufzt. »Meine Tante Bev fliegt morgen Abend weg, sie macht eine Trekkingtour durch Nepal. Als Mum ihr erzählt hat, wie *nett* du bist, hat sie darauf bestanden, dich vorher noch kennenzulernen. Sie ist sehr aufdringlich – Mum hat ein bisschen Angst vor ihr. Wir alle, ehrlich gesagt.«

Mir wird ganz warm ums Herz, als ich höre, dass Amy mich sehr mochte. Ich mochte sie auch sehr gern. Es hat mir sogar gefallen, als sie mir über den Hinterkopf gestreichelt hat. Ich schlucke und verspüre ein seltsames Ziehen in der Brust. »Warum ausgerechnet das Aquarium?«

»Bev liebt dieses ganze Touristenzeug«, sagt er wegwerfend. »Und tropische Fische findet sie cool.«

Ich nicke. Tropische Fische *sind* cool. Und Amy wiederzusehen klingt schön. Wirklich schön. Aber ich kann nicht. Bei mir geht es gerade um Leben und Tod, und das Glück scheint nicht auf meiner Seite zu sein. Ich kann jetzt keine Zeit damit verschwenden, Meeresbewohner anzuglotzen. »Es tut mir leid«, sage ich und zucke bedauernd mit den Schultern. »Ich kann wirklich nicht.«

Cooper nickt rasch. »Ja, natürlich. Alles klar. Mum hat mich gebeten zu fragen, also habe ich, du weißt schon, gefragt. Wir treffen uns vorher auf einen Kaffee im Café Laurents, falls du es dir anders überlegst.«

Ich nicke. »Du musst das mal zubinden«, sage ich und zeige auf seinen offenen Schnürsenkel, und er macht rasch eine Schleife mit Doppelknoten und zieht ihn so fest zu, dass ich mich frage, ob er ihn wohl je wieder aufbekommen wird. »Also habe ich«, sage ich, nachdem er sich wieder aufgerichtet hat, »die ganze Zeit über dem besten Krimiautor unserer Generation gewohnt?«

»Oh, das war ich nie. Ich bin überhaupt kein Schriftsteller mehr.«

»Scheint ein ziemlich cooler Job zu sein. Wieso gibt man das auf, um Programmierer zu werden?«

Cooper deutet auf die Tür. »Ich sollte jetzt gehen.« Aber auf dem Weg nach draußen fällt sein Blick auf meine Akt-Skizzen auf dem Küchentisch, und er bleibt stehen. Scheiße.

»Die sind privat!«, sage ich schroff und eile zu ihm.

»Sie sind wunderschön«, murmelt er, beugt sich vor und betrachtet sie mit geneigtem Kopf ganz genau.

Ich winke ab. »Sie sind nicht besonders gut. Ich zeichne eigentlich nicht mehr.«

Cooper richtet sich wieder auf und sieht mich direkt an. »Sie sind wunderschön, Delphie«, sagt er mit verstörend sanfter, eindringlicher Stimme.

Ich schlucke und sehe auf meine Füße runter. »Danke«, murmle ich und spüre, wie sich ein Lächeln auf meine Lippen stiehlt.

»Also gut«, sagt Cooper, plötzlich wieder mit seiner ganz normalen, selbstbewussten Stimme. »Dann noch einen schönen Abend.«

Ich sehe ihm nach, als er meine Wohnung verlässt, und verspüre ein eigenartiges Kribbeln im Magen. Enttäuschung. Dann betrachte ich meine Skizzen und versuche, sie mit Coopers Augen zu sehen.

Vielleicht sind sie tatsächlich schön.

Ich hole das Handy aus der Tasche und schieße ein paar Fotos, um sie meiner Mutter zu schicken.

Kapitel 22

Statt krampfhaft zu raten, wo im Park Jonah sein könnte, beschließe ich, vor dem Serpentine Lido zu campieren, in der Hoffnung, dass seine Laufgruppe jeden Morgen die gleiche Strecke nimmt. Am Kiosk kaufe ich eine Flasche Wasser und setze mich auf eine Bank, von der aus ich den Weg in beide Richtungen gut im Blick behalten kann. Während ich warte, beobachte ich die Frühschwimmer und stelle mir vor, wie angenehm es sein muss, bei dieser irrsinnigen Hitze im kühlen Wasser zu sein. Ich entdecke ein älteres Paar am anderen Ende des großen Beckens, sie planschen kichernd herum wie Teenager. Ich frage mich, wie sie sich kennengelernt haben und ob sie sofort wussten, dass sie Seelenverwandte sind.

Mein Handy summt.

Ich schreibe dir das nur, weil meine Mutter darauf bestanden hat: Sie möchte, dass du weißt, dass wir uns um 9 Uhr bei Laurents treffen, falls du Zeit hast, mit uns einen Kaffee zu trinken, bevor wir zum Aquarium gehen. Beste Grüße, Cooper

Ich antworte ihm:

Ich sitze noch im Park und warte, aber nirgendwo eine Spur von Jonah. Ich sollte wohl lieber noch ein bisschen weiter warten, aber bitte richte deiner Mutter meinen Dank für die Einladung aus.

Ich drücke auf Senden.

Dann kann ich nicht widerstehen und tippe:

Beste Grüße? Du unterschreibst deine Textnachrichten mit »beste Grüße«?

Was schlägst du denn stattdessen vor?

Ich beiße mir auf die Unterlippe und denke nach.

Du musst dich eigentlich gar nicht förmlich abmelden. Ein entsprechendes Emoji reicht doch.

Ein paar Sekunden später …

🖕

Überrascht lache ich auf. Dann wird mir klar, dass ich nicht auf mein Handy starren sollte, wenn Jonah jeden Moment vorbeikommen kann. Ich antworte mit

👎

und stecke das Handy weg.

Nachdem eine Stunde verstrichen ist, ohne dass Jonah aufgetaucht ist, überlege ich, ob ich lieber woanders warten sollte. Aber was, wenn er genau in dem Moment vorbeikommt, wenn ich weg bin?

Nach zwei Stunden schließlich rufe ich im Kensington Leisure Centre an und erfahre, dass die Laufrunde wegen der bedrohlich steigenden Temperaturen für den Rest der Woche abgesagt wurde. Als ich die Empfangsdame bitte, mir bitte, *bitte* Jonahs Kontaktdaten zu geben, reagiert sie ganz ähnlich wie Claude beim Zeichenkurs – als wäre es eine gewaltige Unverschämtheit von mir, sie auch nur darum zu bitten.

Niedergeschlagen mache ich mich auf den Rückweg, mir ist schwindlig vor lauter Panik, meine Achselhöhlen triefen vor Schweiß, und mein Herz ist bleischwer. Was soll ich denn jetzt bloß tun?

»Merriiiiittttt, hilf miiiir!«, flüstere ich und weiß schon, dass sie nicht antworten wird, wo auch immer sie sich gerade rumtreibt. Ich denke an Kat aus dem Zeichenkurs. Es kam mir vor, als hätte sie mir mehr verraten, wenn Claude sie nicht aufgehalten hätte. Könnte ich vielleicht Kat aufspüren? Aber wie? Über sie weiß ich noch weniger als über Jonah.

Ich laufe die Craven Road hinunter und stöhne gequält vor mich hin, zücke mein Handy und google *kat nacktmodell london.*

Großer Fehler. Wow, es gibt so viele *heiße Cougars in meiner Gegend.*

»Delphie! Du bist gekommen!«

Aus meiner nicht jugendfreien Onlinesuche gerissen, reiße ich den Kopf hoch und sehe Cooper, seine Mutter Amy und eine perfekt gerundete Frau vor dem Laurents-Café sitzen und Eiskaffee trinken. Oh, verdammt. Er hat mir doch gesagt, dass sie sich hier treffen. Ich hätte einen anderen Weg nach Hause nehmen sollen.

»Hallo!« Ich winke ihnen höflich zu. »Ich bin eigentlich gerade auf dem Weg nach …«

»Ich freue mich so sehr, dass du gekommen bist!« Amy springt auf und zieht mich in eine feste Umarmung, und eigenartigerweise beruhigt sich mein rasender Herzschlag ein wenig. »Ich war so enttäuscht, als Cooper sagte, dass du es nicht schaffst. Aber ich wusste, dass du vorbeikommen würdest, wenn wir noch ein bisschen länger warten!«

»Ich habe eigentlich nicht …« Ich will ihr sagen, dass ich ganz vergessen hatte, dass sie hier im Café sind, aber Amy drückt mir sanft die Hand gegen den Hinterkopf, und ich verstumme.

Sobald Amy mich loslässt, werde ich sofort von der anderen Frau in eine vollbusige Umarmung gezogen. Ihr Parfum duftet herrlich dezent nach Zedernholz, ihre nackten Arme kleben an meinen nackten Armen. Das muss die »aufdringliche« Tante Bev sein. »Schön, dich kennenzulernen«, sage ich, das Gesicht in ihrer Halsbeuge vergraben.

»Mein liebes Mädchen!«, ruft Bev, entlässt mich aus ihrer Umarmung und mustert mich, als wäre ich eine gute Freundin, die sie seit Jahren nicht mehr gesehen hat. »Wie wunderbar! Als Amy mir erzählte, dass du unseren ewig griesgrämigen Jungen zum Lachen gebracht hast, habe ich sofort gesagt: *Großer Gott, das muss ich mir sofort ansehen!* Er war in den letzten Jahren so unglaublich miesepetrig. Wir alle haben ihn gebeten, eine Therapie zu machen, aber er glaubt natürlich, alles besser zu wissen als ältere und viel, viel *weisere* Leute. Aber vielleicht hat er ja die ganze Zeit nur *Liebe* gebraucht.«

»Wir sind erst seit ein paar Wochen zusammen, Bev.« Seufzend trinkt Cooper seinen Kaffee aus.

Bev schnaubt. »Ich und dein Onkel Jerry – Gott hab ihn selig – wussten innerhalb einer halben Sekunde, dass wir uns lieben. Zeit spielt keine Rolle. Was zählt, ist die Chemie!«

Ich starre Cooper mit großen Augen an, aber er weicht meinem Blick aus, das Entsetzen über die Indiskretion seiner Tante färbt seine Wangen rot. Ich kann nicht anders, ich kichere angesichts seines offensichtlichen Unbehagens. Nichts zerstört das sorgfältig gepflegte lässige Auftreten eines Menschen schneller als die Gegenwart der Menschen, die ihn aufgezogen haben.

»Nehmen wir uns ein Taxi zum Aquarium?«

Ich ziehe eine Grimasse. Ich muss dringend nach Hause gehen und mir einen neuen Plan ausdenken. Aber Amy freut sich aufrichtig, mich zu sehen. Bev wuselt fröhlich herum und erzählt mir aufgeregt von ihrem Lieblingsfisch. Und dann ist da noch Cooper, der mich fast schon flehend ansieht. Er möchte eindeutig sehr gern, dass seine Mutter glücklich ist. Das verstehe ich so gut. Nachdem Dad meine Mum verlassen hat, hätte ich alles für ihr Lächeln gegeben.

»Wir bleiben nicht lange«, murmelt Cooper dicht an meinem Ohr. »Und dann schulde ich dir was. *Mal wieder.*«

Vermutlich erreiche ich in der nächsten halben Stunde sowieso nicht viel. Und wenn wir dann zurück sind, kann Cooper mir helfen. Vielleicht ist es für ihn mit seinen Computerkenntnissen ein Kinderspiel, Kat aufzuspüren … die mir vielleicht Jonahs Nummer gibt, wenn ich sie lange genug anflehe.

»Also gut«, sage ich fröhlich. »Aber ich muss erst mal nach Hause und duschen, ich bin ganz schön verschwitzt.«

»Oh, dusch später.« Bev lacht. »Wir sind doch unter Freunden.«

»Willkommen im Schwitzclub!«, sagt Amy und legt einen Arm um mich.

»Sweaty Bettys, vereinigt euch!«, fügt Bev hinzu, hakt sich bei mir ein und winkt mit einer geübten Bewegung ein Taxi herbei.

»Lasst mich da bloß raus«, sagt Cooper und hält sich demonstrativ die Nase zu, während wir alle vier ins Taxi steigen.

Ich war noch nie im London Aquarium und habe mir immer vorgestellt, es sei ruhig und leer. Nichts als schummriges Licht und Fisch-Nerds, die sich mit gedämpften Stimmen unterhalten. Ich habe mich *gewaltig* geirrt. Im London Aquarium ist es höllisch laut, überall drängen sich schreiende Leute, viele drücken das ganze Gesicht oder ihre Handys gegen die Glasscheiben. Bev führt uns rasch in einen Bereich, der sich *Syngnathidae*-Abteilung nennt, und erleichtert stelle ich fest, dass es hier viel ruhiger ist. Die Becken sind mit winzigen, stacheligen Kreaturen gefüllt, nicht so auffällig wie die Haie und Quallen, aber trotzdem magisch.

»Sie sind kleiner, als ich dachte«, sage ich und neige den Kopf, um mir die Seepferdchen näher anzusehen. »Aber wunderschön. Wie lauter kleine Schmuckstücke.«

»Ich kann nicht fassen, dass sie lebendig sind«, sagt Amy. »Dass sie *atmen.*«

»Aha«, ruft Bev und deutet auf eine Informationstafel neben dem Becken. »Das *Hippocampus histrix* – oder das Dornige Seepferdchen, unter diesem Namen ist es bekannter – lebt sein ganzes Leben lang mit einem festen Partner zusammen! Wann immer ich früher mit Cooper und Em hier war, rannten sie sofort hierher, haben sich vor das Becken gesetzt und ihre kleinen Finger ineinander verhakt, so wie die Seepferdchen es mit ihren Schwänzen tun.«

Ich werfe Cooper einen Blick zu. Er starrt hoch konzentriert ein Schild an der Wand an, auf dem »NOTAUSGANG« steht.

»Seht euch die beiden da an! Sie schlingen gerade ihre Schwänze umeinander!« Amy zeigt auf eine Koralle, neben der ich tatsächlich zwei winzige Seepferdchen entdecke, deren Schwänzchen ineinander verschlungen sind.

»Wir müssen unbedingt ein Foto machen«, sagt Bev entschlossen. »Cooper, Darling. Delphie. Kommt her. Stellt euch hierher. Oh, und küsst euch! Küsst euch neben den Seepferdchen. Wie romantisch!«

Amy zieht Cooper vom Schild weg und zum Becken rüber, und Bev schnappt sich mich und zerrt mich so energisch mit sich, dass ich fast stolpere.

»Nein, kein Foto«, protestiert Cooper. »Prägen wir uns den Moment doch einfach gut ein, okay?«

»Ja!«, stimme ich ein. »Ich bin dafür. Außerdem wollen wir den anderen Besuchern doch nicht im Weg stehen.«

Bev zieht einen Schmollmund. »Seid nicht albern, hier ist doch kaum jemand außer uns.« Sie tritt zurück und hebt ihr Handy. »Na kommt schon. Küsst euch bei den Seepferdchen. Ihr werdet es mir bei eurer Hochzeit noch danken.«

Cooper blickt finster drein, er hat die Schultern so weit hochgezogen, wie ich es noch nie gesehen habe. Panisch sehe ich mich um. Ich kann ihn nicht küssen, nicht mal zum Schein. Was, wenn genau in dem Moment zufällig Jonah hier auftaucht? Das wäre nicht der beste Einstieg für uns.

Amy kichert. »Bev, lass sie in Ruhe.«

Ich atme auf. *Danke, Amy.* Aber dann überlegt es sich Amy anders. »Ihr müsst euch nicht küssen, wenn es euch in der Öffentlichkeit unangenehm ist. Aber vielleicht könntet ihr euch für das Foto gegenseitig in die Augen sehen?«

»Ja, und haltet euch an den Händen! Stellt euch einander gegenüber und haltet euch an den Händen!«

Lieber Himmel.

»Bringen wir es einfach hinter uns«, murmelt Cooper gedämpft.

Ich seufze, und wir wenden uns einander zu.

»Haltet euch an den Händen!«, ruft Bev.

»Du hast recht, sie ist wirklich aufdringlich«, flüstere ich. Cooper greift nach meinen Händen, und ich ziehe sie rasch weg.

Er kneift sich in den Nasenrücken. »Sie ist nicht aufzuhalten, wenn sie sich erst mal etwas in den Kopf gesetzt hat. Ich habe es mein ganzes Leben lang immer wieder versucht. Die Einzige, die sie manchmal bremsen konnte, war Em.«

Ich sehe Bev an und öffne schon den Mund, um ihr zu sagen, dass das Ganze lächerlich ist und sie uns nicht dazu zwingen kann, für ein romantisches Foto vor dem Seepferdchen-Becken zu posieren. Doch dann sehe ich Amy. Sie steht neben Bev und lächelt, als hätte sie schon lange nicht mehr solchen Spaß gehabt.

»Na, dann schießt mal euer Foto«, sage ich so höflich wie möglich, zwinge mir ein Lächeln aufs Gesicht und sehe zu Cooper hoch. Er greift wieder nach meinen Händen. Dann, so langsam, dass ich fast nicht ganz sicher bin, ob es wirklich passiert, streicht er mit dem Zeigefinger über meine Handfläche. Ich schlucke und sehe ihn böse an. Seine Miene verändert sich nicht. Vielleicht war es keine Absicht.

Meine Nasenflügel weiten sich vor Schreck über die Empfindungen, die Coopers Berührung in mir auslöst. Nach der langen Zeit bin ich menschliche Nähe offenbar so wenig gewohnt, dass selbst die zufällige Berührung von jemandem, den ich nicht leiden kann, Schauer über meinen Rücken jagt.

»Drei! Zwei! Eins!«, zählt Bev runter.

Cooper und ich sehen uns an, und ich bemerke, dass das schimmernde Licht des Aquariums seine Augen funkeln lässt.

»Oh, Mist … im falschen Moment abgedrückt«, klagt Bev. »Lasst es mich noch mal versuchen.«

Cooper sieht mich weiter unbeirrt an. Kitzelnd rinnt mir Schweiß über den Nacken.

»Verflixt«, sage ich leise, das aufgesetzte Lächeln immer noch auf dem Gesicht. Es ist so heiß hier drinnen. Ich wünschte, Bev würde sich beeilen.

»Oh, wartet mal, meine Lieben. Ich glaube, jetzt habe ich den Knopf für den Taschenrechner gedrückt.«

»Ist es nicht der Knopf da?« Amy tippt aufs Display. »Ach, verdammt. Was habe ich denn jetzt gemacht?«

Der Raum füllt sich mit den blechernen Klängen von Roberta Flacks *Killing Me Softly.*

»Amy, du hast Spotify eingeschaltet. Ihr zwei, nicht bewegen! Posiert weiter. Oh! Aha! *Hier* ist das Kameradingsbums.«

»Töte mich jetzt, sanft oder nicht«, murmle ich Cooper zu.

Cooper presst die Lippen zusammen, so fest, dass sie die Farbe verlieren. Was für ein seltsames Lächeln. Ich blinzle. Geht es ihm gut?

Seine Schultern beginnen zu zittern. Dann öffnet er den Mund, beugt sich vor und fängt schallend an zu lachen.

Erschrocken zucke ich zusammen und schlage die Hände vors Gesicht. Aber dann sehe ich diesen steifen, ewig hochmütigen Mann an, der so ungeniert lacht, und muss selbst kichern. Cooper schnauft, was mich noch mehr aus der Reserve lockt, und ehe ich mich's versehe, krümmen wir uns beide derart vor Lachen, dass wir kaum noch Luft bekommen.

Aus den Augenwinkeln sehe ich einen Lichtblitz.

»Ich sagte doch, sie bringt ihn zum Lachen«, sagt Amy.

»Das hätte ich nie geglaubt.« Bev lacht. »Aber es ist wahr! Und jetzt habe ich den fotografischen Beweis!«

Nachdem wir das restliche Aquarium besichtigt haben, gehe ich auf die Toilette. Als ich danach auf die Waschbecken zusteuere, sehe ich, dass einer der Spiegel mit Lippenstift beschmiert ist – so aufdringlich orange, dass er nur von Merritt stammen kann.

Amüsieren wir uns gut im Aquarium, ja? Da musst du dich schon mehr anstrengen, Babe. Du hast noch fünf Tage, um Jonah zu finden, dann muss ich dich zurück ins Land der Toten holen! Du hast einen Vertrag unterschrieben!!!

Ich zucke zusammen. Sie hat ja recht. Ich mache mir hier einfach eine schöne Zeit, dabei bin ich schon viel zu lange hier. Fünf Tage sind nur noch so wenig.

»Dann hilf mir doch endlich!«, schreie ich frustriert, sehr zum Schreck einer Frau, die gerade aus einer der Kabinen kommt. Über den Spiegel mustert sie mich argwöhnisch. Ich drehe das kalte Wasser voll auf und kühle meine Handgelenke unter dem Wasserstrahl. »Ich bin ja bereit, mich mehr anzustrengen, glaub mir«, rufe ich Merritt zu … wo immer sie sein mag. »Aber ich stecke fest. Ich weiß nicht, was ich tun soll! Wenn wir zurück sind, wird Cooper mir helfen, Kat zu suchen, aber ansonsten bin ich ratlos und weiß nicht weiter. Ich habe Angst. Also wirf mir einen Knochen zu.« Ich warte auf eine Antwort.

Nichts. Sie ist natürlich längst wieder weg.

»Schön. Wirklich schön. Danke, Merritt.«

Seufzend tupfe ich mir kaltes Wasser auf die heißen, schweißverklebten Wangen. Ich habe alles versucht – Internet, *The Orchestra Pit,* Park, Zeichenkurs und *Shard!* Aber ich hatte nichts als Pech und bin überall auf lächerliche Hindernisse gestoßen. Ich denke darüber nach, was Cooper gestern Abend gesagt hat – dass Jonah mir vielleicht absichtlich aus dem Weg geht. Aber das ist nicht möglich. Er weiß nicht mal, dass es mich gibt. Oder doch?

Ein wenig abgekühlt, drehe ich den Wasserhahn zu und bemerke dabei ein kleines Logo auf dem Rand des Waschbeckens: LONDON ALABASTER. Etwas flackert in meinem Gehirn auf, erst ein kleines Knistern, dann ein Blitz. Ich habe quasi eine Vision von der gereizten Frau gestern Abend im *Shard,* die mich fragt, ob Maurice Alabaster uns zum Tanzen geschickt habe, und erklärt, sie wolle sich bei Maurice Alabaster beschweren. Dann erinnere ich mich daran, wie das Mädchen in dem mit Glitzersteinen besetzten Kleid sagte, Jonah habe direkt vor mir auf demselben Podium getanzt. Hmmm. Ob Maurice Alabaster Jonahs Manager oder Agent ist oder etwas in der Art?

Hastig trockne ich mir die Hände mit einem Papiertuch ab und greife zum Handy. Aha! Maurice Alabaster, Talent- und Casting-Agentur! Ich blättere schnell durch die Liste der Tänzer, und – o mein Gott – da ist er! Ein Schwarz-Weiß-Foto von Jonah, gut aussehend und freundlich, genau wie in Evermore. Unter dem Bild steht allerdings nicht Jonah Truman, sondern Jonah Electric. Hm. Ein Künstlername? Ist das der Grund, weshalb ich ihn bei meinen Internetrecherchen nicht gefunden habe?

Ich überfliege seinen Lebenslauf und reiße die Augen auf. Jonah ist Schauspieler und Tänzer und erst letztes Jahr auf einer Kreuzfahrt an der Côte d'Azur in einer Produktion von *Cats* aufgetreten. Kurz stelle ich ihn mir in einem pelzigen Outfit vor, mit aufgemalten Schnurrhaaren, und schiebe das Bild dann hastig in die Schublade des Verderbens. Scrolle zurück zu seinem Porträt, um seine warmen, funkelnden Augen zu bewundern.

Jonah – Schauspieler, Tänzer, Retter meines Lebens, Seelenverwandter.

Ich werfe noch einen Blick auf die Lippenstiftnotiz am Spiegel und tippe dann eine Nachricht ein:

> Cooper, ich habe eine vielversprechende Spur gefunden und muss los. Bitte sag Amy und Bev, dass es mir leidtut.

Wenn ich Jonah finde, würde ich wirklich gern wieder mit ihnen abhängen. Aber wenn ich Jonah *nicht* finde, hänge ich mit niemandem mehr ab außer mit Merritt und den Toten, mit denen sie mich über ihre seltsame Partnervermittlung verkuppelt.

Cooper antwortet sofort mit

> 👍

… dem schlimmsten, aber effizientesten aller Emojis. Immerhin eine kleine Verbesserung gegenüber *Beste Grüße, Cooper.*

»Vielleicht brauche ich deine Hilfe ja doch nicht!«, rufe ich Merritt zu. »Vielleicht schaffe ich es auch ganz allein.«

Dann fliege ich die Treppe des Aquariums hinunter und rase an Touristen und Fischfreaks vorbei in die Sonne.

Kapitel 23

Wow, meine gesamte Kollektion Abstract 23 ist ausverkauft! Und das noch vor Ausstellungsbeginn!

Das ist großartig, Mum. Herzlichen Glückwunsch! Hast du meine Zeichnung gesehen? Stimmt etwas mit deinem Handy nicht? Ich versuche ständig anzurufen, aber es geht niemand ran.

Ich verlasse generell nur ungern meine kleine Ecke im Westen Londons, aber kein Viertel meide ich so gründlich wie Soho. Soho ist das schmuddeligste, schäbigste und selbstgefälligste Viertel der ganzen Stadt. Die Bürgersteige sind viel zu schmal, die Leute, die sich dort herumtreiben, sind allesamt unausstehlich und die Straßen eine solche Explosion von seltsamen Geräuschen, Gerüchen und Farben, dass man sich danach eine Stunde lang in einen abgedunkelten Raum legen muss, um wieder runterzukommen.

Zu meinem Leidwesen befindet sich das Büro von Maurice Alabasters Talent- und Casting-Agentur über einer Bar in der Old Compton Street, mitten im schlimmsten Getümmel. Aber ich habe keine andere Wahl, als dort hinzugehen. Nicht nach den Katastrophen der letzten Tage und angesichts von Merritts Weigerung, mir mehr Informationen zukommen zu lassen.

Links von der Bar entdecke ich eine Backsteinwand mit einer glänzenden schwarzen Tür und einer kleinen Sprechanlage und fahre mit dem Finger über die Namen und Tasten. Aha! Da ist sie ja. Maurice Alabaster, Talent- und Casting-Agentur. Ich klingle, und sofort sagt eine weibliche Stimme: »Name.«

»Delphie. Delphie Bookham.«

»Einen Moment … Sie stehen nicht auf meiner Liste? Haben Sie Ihre Teilnahme am Callback online bestätigt? Ich fürchte, das System hatte eine kleine Panne.«

»Ich bin hier, um mit Maurice Alabaster zu sprechen. Ich bin auf der Suche nach Jonah Truman – ich meine, Jonah Electric, unter dem Namen kennen Sie ihn wahrscheinlich –, und ich habe gehofft, Maurice könnte mir helfen.«

Die Frau seufzt. »Heute macht Maurice nur den Callback, für andere Anliegen hat er keine Zeit. Sie können ihm gern eine E-Mail schicken. Auf Wiedersehen.«

Es klickt. Verdammt noch mal. Das hier ist viel zu dringend für eine E-Mail.

Ich werde von einer jungen Brünetten aus dem Weg geschoben, die auf die Klingel drückt.

»Name?«, kommt die Stimme aus der Sprechanlage.

»Ich bin wegen des Callbacks hier. Ellie Damson, der Termin um fünfzehn Uhr dreißig.«

Der Summer ertönt, und die junge Frau geht hinein. Ich schlüpfe schnell hinter ihr hinein und folge ihr verstohlen die Treppe hinauf in eine schäbig aussehende Bürolobby. Die Wände sind mit gerahmten Schwarz-Weiß-Fotos tapeziert, die genauso aussehen wie das von Jonah auf der Website.

»Dort entlang.« Die Frau am Empfang deutet mit dem Daumen in einen mit braunem Teppich ausgelegten Korridor und blickt kaum zu mir oder Ellie-Damson-fünfzehn-Uhr-dreißig-Termin auf. Eine Tür öffnet sich knarrend, und ein weißhaariger Mann mit Schnauzbart steckt den Kopf hindurch. Sein Gesicht ist zerfurcht und braun gebrannt, die grauen Augen wirken gelangweilt. Ich habe sein Bild auf der Website gesehen, es ist Maurice Alabaster persönlich. »Rachel Calloway?«, ruft er mit einem angeödeten Seufzer und blickt auf einen Zettel in seiner Hand. »Fünfzehn zwanzig?«

Niemand antwortet.

»Rachel Calloway?«, wiederholt der Mann ein wenig lauter. Ellie Damson und eine andere Brünette sehen einander kopfschüttelnd an, und eine der beiden schnalzt missbilligend.

»Rachel Calloway, letzter Aufruf?«

Bevor ich noch mal darüber nachdenken kann, springe ich auf. »Das bin ich!«, behaupte ich. »Ja, Rachel Calloway ist mein Name!«

Maurice Alabaster bittet mich in ein kleines, dreieckig geschnittenes Büro und nimmt hinter einem Schreibtisch Platz, auf dem ein alter, grauer Laptop auf Stapeln von Papieren und Fotos ruht, an denen bunte Post-its kleben. An der Wand hinter ihm hängen lauter Fotos von Maurice, die Arme um Menschen geschlungen, die ich vage aus alten Fernsehsendungen kenne. Jedes Bild ist mit einem Autogramm versehen.

»Ich kann mich nicht erinnern, dich beim ersten Casting gesehen zu haben, Rachel.« Maurice setzt eine große eckige Brille auf und blinzelt in seinen Laptop. »Hast du deine Haare seitdem gefärbt? Die Produktionsfirma hat mich ausdrücklich nach Brünetten gefragt.«

Ach ja. Rachel Calloway. Er denkt, ich sei Rachel Calloway. Ich will ihm gerade erklären, dass ich eigentlich Delphie Bookham bin und es mir sehr leidtut, dass ich mich unter falschem Vorwand eingeschlichen habe, aber dass ich unbedingt Jonah Truman/Electric finden muss … aber dann erinnere ich mich an Claudes Reaktion im Zeichenkurs. Er ist sofort in den Beschützermodus übergegangen – als wäre ich gefährlich oder so. Hmm. Ich will auf keinen Fall, dass das noch mal passiert. Und es würde mir auch nichts helfen – Maurice wäre nicht mehr im Geschäft, wenn er die Daten seiner Kunden einfach so rausgeben würde, vor allem an jemanden, der sich unter falschem Namen in sein Büro geschlichen hat.

Ich habe das alles nicht gut durchdacht. Ich habe mich allein darauf konzentriert, hier reinzukommen, und jetzt …

»Ja, ich habe mir die Haare gefärbt«, erkläre ich mit so fester Stimme, wie es geht. »Aber ich kann sie zurückfärben, kein Problem.«

Maurice brummt und wühlt in seinen Papieren. Ich sehe mich um und entdecke einen Aktenschrank in der Ecke. Ich wette, dort bewahrt er seine Kundenakten auf. Also gut. Der Plan steht: Ich muss Maurice irgendwie aus dem Zimmer kriegen. Dann kann ich mich zum Aktenschrank schleichen und Jonahs Akte und all seine Kontaktdaten mitnehmen.

»Also, wie du ja weißt, geht es um die Rolle der neuen Polizistin bei *Murder in the Pretty Village,* und …«

Kurz vergesse ich alles andere. Ich liebe *Murder in the Pretty Village!* Die Serie ist fester Bestandteil des britischen Fernsehprogramms und läuft schon seit Jahren! Bevor mein Vater uns verließ, haben er und meine Mutter es jeden Sonntagabend gesehen.

»Und deshalb wollen wir heute ein wenig mehr über euch erfahren. Diejenigen, die für einen dritten Callback ausgewählt werden, nehmen an einem Treffen mit den Produzenten der Show teil. Klingt das gut?«

Ich nicke schnell. Maurice nimmt einen Schluck grünen Saft aus einem halb leeren Glas und zieht eine Grimasse. Dann lehnt er sich in seinem abgenutzten Bürostuhl zurück. Der Stuhl quietscht unter seinem Gewicht, und er gibt ein leises »Ah« von sich. Er sieht nicht aus, als wollte er sich in nächster Zeit bewegen, aber ich muss ihn irgendwie dazu kriegen, mich kurz im Büro allein zu lassen.

»Ich sehe, du warst an der RADA – sehr schön«, stellt Maurice mit Blick auf den Lebenslauf von Rachel Calloway fest. »Hast du deinen Monolog vorbereitet?«

Mein Blick huscht angespannt hin und her, als wäre es möglich, dass irgendwo Anweisungen hängen, was zum Teufel ich in dieser Situation tun soll.

Maurice' Blick wird ein wenig sanfter. »Nervös? Es ist ja eine ziemlich wichtige Rolle.« Er beugt sich vor und senkt die Stimme. »Nun, meine Liebe, ich habe einen kleinen Tipp für dich. Wir suchen jemanden, der wirklich *wütend* werden kann, und zwar ohne Hemmungen. PC Buttersby hat ein ordentliches Temperament, und alle, die ich bis jetzt gesehen habe …« Er fuchtelt mit den Händen durch die Luft. »Sie waren alle ein bisschen zu … subtil. Ich weiß, dass das bei HBO und im amerikanischen Prestige-Fernsehen gerade Trend ist, aber dies ist ein britisches Sonntagabend-Drama, und ich suche jemanden, der keine Angst hat, einfach … loszulegen.« Er lächelt. »Hilft das?«

Nein, Maurice. Nein, das hilft kein bisschen. Es würde sehr viel mehr helfen, wenn du verschwindest, damit ich an deinen Aktenschrank gehen und den einzigen Menschen auf der Welt finden kann, der in der Lage ist, mein Leben zu retten. Ich brauche mehr Zeit. Eine gute Idee.

»Leg los.« Maurice nickt mir zu.

Ich hole tief Luft. »Ääääh … mal sehen. Ähm … Na-na, na, na, na-na-na. Na-na, na, na, na-na. Getting jiggy wit' it«, bricht es aus mir hervor, ehe ich den Mund schließen kann.

Delphie, warum? Warum wirfst du unter großem Stress immer sofort mit Will Smith um dich? Maurice will einen Monolog. Nicht das hier, was auch immer das ist! Er wird dich rausschmeißen.

Scheiße. Okay. Wütend. Er sagte, er will Wut sehen. Ich kann wütend sein. Ich bin immer wütend! Ich runzle die Stirn und verschränke die Arme vor der Brust. Denke an die nervtötenden Leute, die ständig sagen: *Wow. Einfach … wow.* Daran, wie schrecklich es ist, dass Mr Yoon keine Familie um sich hat. An das Reinigen der Käsereibe. Wie schrecklich die Sekundarschule war. Dass meine Mutter mich nie zurückruft. Ich denke an all diese schlimmen Dinge, aber zu meinem Entsetzen weckt es keine Wut in mir, sondern treibt mir Tränen in die Augen. Verzweifelt wische ich sie weg. Ich bin lächerlich. Ich bin völlig lächerlich, und das hier wird niemals funktionieren! Ich sollte gehen, nach Hause fahren und auf Merritt warten. Mein Schicksal einfach akzeptieren. Es ist unvermeidlich.

Maurice seufzt, als würde er das nicht zum ersten Mal sehen. »Lass uns gleich noch mal auf den Monolog zurückkommen.« Er tippt auf den Laptop-Bildschirm. »Hier steht, du hast Schauspiel und Tanz bei Pauline LaRue Toussaint studiert! Wunderbar. Pauline und ich kennen uns schon sehr lange. Eine so liebe Frau.«

Ich will mich gerade dafür entschuldigen, dass ich seine Zeit verschwende, als ich plötzlich bemerke, dass sich hinter Maurice' Kopf etwas Ungeheuerliches abspielt: Auf einem gerahmten Foto von Maurice und einer noch sehr jungen Judi Dench erscheinen Wörter in der gleichen schwarzen Handschrift wie Judi Denchs Autogramm. Ich erschrecke. Merritt? Ich lese den hingekritzelten Satz:

Kipp den grünen Saft um!

Sie versucht mir zu helfen! Na endlich! Mein Blick fällt auf das Glas auf Maurice' Schreibtisch. Na klar! Wenn ich es so umkippe, dass der Saft ihn erwischt, verlässt er das Büro, um sich zu säubern, und ich kann an den Aktenschrank herankommen!

»Ja!« Ich strahle ihn an. »Pauline De La Roo, Croissant. Sie hat mir beigebracht, wie man das macht.«

Ich lege los und tanze den ersten Tanz, der mir einfällt, und weil er gestern Abend so gut ankam, ist es mal wieder der Hand Jive. Maurice starrt mich mit offenem Mund an, während ich mit ausgelassen kreisenden Hüften und Schultern quer durch das Büro auf ihn zutanze und mitten aus der Bewegung heraus den Arm ausstrecke. Der grüne Saft ergießt sich über seine Brust.

Er gibt einen Schrei von sich, springt vom Stuhl auf und blickt bestürzt auf sein besudeltes Hemd.

»Es tut mir so leid!«, sage ich, aber er hört mich gar nicht, denn er schießt bereits aus dem Büro. Ich höre nur noch, wie er etwas darüber murmelt, dass das Hemd ein Geschenk von Sir Anthony Hopkins sei.

Yes! Yes, yes! Ich eile zum Aktenschrank.

Scheiße. Die Schublade rührt sich nicht. Sie ist verschlossen. Nein! Der Schlüssel. Ich brauche den Schlüssel! Ich eile zu Maurice' Schreibtisch, öffne die oberste Schublade und wühle darin herum. Kein Schlüssel. Ich versuche es in den unteren beiden Schubladen. Nichts.

»Kannst du mir noch mal helfen, Merritt?«, murmle ich und sehe mich um, ob es irgendwo an der Wand einen Schlüsselhaken gibt. Nada. Ich stöbere auf dem unordentlichen Schreibtisch herum und bemerke grüne Saftspritzer auf dem Laptop-Bildschirm.

»Scheiße. Komm schon, Schlüssel!«, knurre ich.

O nein. Ich höre Maurice' Stimme vor der Bürotür. Er kommt zurück! Und dann, ohne dass ich ihn auch nur berührt habe, fliegt ein blauer Pappordner vom Schreibtisch auf den Boden. »Merritt?!«, flüstere ich, hebe den Ordner auf und entdecke einen pinken Post-it-Zettel, der an einer Ecke klebt. Ich blinzle. Auf den Zettel ist Jonahs Name gekritzelt und noch etwas anderes, das ich nicht entziffern kann, weil die Tür aufgeht und Maurice hereinkommt, der sein Hemd mit einem riesigen Küchenhandtuch abtupft. Ich rupfe das Post-it ab und stecke es schnell in meinen BH. »Es tut mir wirklich sehr leid, Mr Alabaster«, sage ich, renne an ihm vorbei und notiere mir im Geiste, ihm so bald wie möglich Geld für die Reinigung zu schicken.

Draußen auf der Straße lehne ich den Kopf an die Backsteinmauer des Nachbarhauses und komme erst mal wieder zu Atem. Dann greife ich in meinen BH und ziehe das rosafarbene Post-it heraus, starre es voller Hoffnung an.

Jonah Electric
Derwent-Manor-Jahresgala

Ganz unten auf das Post-it ist ein Datum gekritzelt. Es ist übermorgen.

Bingo.

Kapitel 21

Sobald ich zu Hause bin, schnappe ich mir meinen Laptop und suche nach der Derwent-Manor-Jahresgala. Ich werde auf eine Website weitergeleitet, die sehr professionell und geheimnisvoll aussieht, drücke auf die ENTER-Taste und gelange auf eine Veranstaltungsseite mit einer Bildergalerie des glamourösesten Hauses, das ich je gesehen habe. Darunter steht in eleganter Schrift eine Beschreibung der Veranstaltung:

> Treffen Sie Lady Derwent bei ihrer jährlichen Spendengala im prächtigen Ballsaal von Derwent Manor. Das diesjährige Thema lautet: »Paare im Lauf der Geschichte«. Wir hoffen sehr, die Extravaganz des letzten Jahrs noch zu übertreffen und eine Rekordsumme für die diesjährige Wohltätigkeitsorganisation sammeln zu können: Schluss mit Mobbing.

Wow! Jonah muss ein unglaublicher Tänzer sein, wenn er bei einer so noblen Veranstaltung auftritt. Kurz schließe ich die Augen und stelle mir Jonah und mich auf einer Gala in einem Ballsaal vor, wie wir über einen polierten Parkettboden schweben. Kein Hand Jive.

Ich scrolle nach unten und zucke zusammen, als ich den Preis für die Eintrittskarten sehe: 1500 Pfund pro Person. »Fuck.«

Ich könnte an meine Ersparnisse gehen. Geld bedeutet nichts mehr, wenn ich tot bin. Ich klicke auf die Schaltfläche TICKETS KAUFEN.

Diese Veranstaltung ist leider ausverkauft.

Neiiiiiin. Ich vergrabe das Gesicht in den Armen und unterdrücke einen Schrei. Ich werde auf Schritt und Tritt ausgebremst, aber ich muss *unbedingt* zu dieser Gala! Rasch klicke ich auf die Facebook-Veranstaltungsseite und schreibe einen Kommentar:

Hallo zusammen! Ich habe mich gefragt, ob jemand noch eine Karte für die Gala abzugeben hat? Ich möchte so gern hingehen und brauche nur ein Ticket, ich komme allein! Bitte per Kommentar oder DM Bescheid sagen, wer helfen kann.

Ich erhalte sofort drei Kommentare. Einer stammt von einer Frau namens Gloria Montpellier, die schreibt: *Keine Singles. Es ist eine Veranstaltung für Paare, also brauchst du einen Partner.* Danach ein Kommentar von einem Mann mit einem Wasserfallfoto als Profilbild – einfach nur drei lachende Emojis. Die letzte Antwort kommt von dem Organisator.

Oh, es tut mir so leid. Wir sind ausverkauft, und die Tickets sind nicht übertragbar. Sie können gern über unsere Website spenden und sich auf die Mailingliste setzen lassen, dann informieren wir Sie zeitnah über die Gala im nächsten Jahr.

»Nächstes Jahr bin ich bei der Gala ganz bestimmt nicht dabei!«, schreie ich den Bildschirm an, schlage den Laptopdeckel zu und reibe mir die Schläfen. Müdigkeit überrollt mich. Ich glaube nicht, dass in meinem Leben je zuvor so viel auf einmal passiert ist. Es ist furchtbar anstrengend.

Grummelnd klappe ich den Laptop wieder auf und google nach Jonah, sowohl unter dem echten als auch seinem Künstlernamen, wobei ich die Suche auf die letzten vierundzwanzig Stunden einschränke, nur falls sich etwas Neues ergeben hat. Nichts! Für jemanden, der sich so viel in London herumtreibt, ist Jonah ein digitaler Einsiedler.

»Merritt?«, schreie ich. »Bist du da? Ich bin völlig verloren! Ich glaube, ich schaffe das nicht.«

Ich warte, aber es kommt keine Antwort. Ich versuche es noch mal.

»Ich war übrigens sehr dankbar, dass du mir gesagt hast, ich solle den Saft umkippen! Aber ich bin schon wieder an einem toten Punkt angelangt. Und nein, das soll kein Wortspiel sein.«

Hoffnungsvoll lauschend schleiche ich ins Wohnzimmer, falls sie dort auftaucht, und dann ins Bad, wo der Spiegel steht. Fehlanzeige. Keine Spur.

Schmollend betrachte ich mich im Spiegel. In den letzten Tagen bin ich ein bisschen braun geworden. Es lässt meine Augen hell und klar wirken, und die Sommersprossen auf meiner Nase sind deutlicher zu sehen.

Wenn ich ein zweites Mal sterbe, sehe ich wenigstens etwas besser aus als beim ersten Mal, denke ich grimmig.

Ich hatte wirklich großes Glück, dass ich ohne Eintrittskarte in die Silent Disco gekommen bin … aber eine schicke Gala in einem Landhaus? Ich hätte nicht die leiseste Ahnung, wie ich das anfangen soll.

Es sei denn … So plötzlich, als wäre es mit Copy-and-paste in mein Gehirn eingefügt worden, erinnere ich mich an Aleds Frage zu dem Banküberfall in einem von Coopers Büchern. Wenn Cooper eine plausible Geschichte über die Infiltration einer Bank schreiben kann, dann fällt ihm doch ganz bestimmt auch ein, wie man sich unbemerkt in, sagen wir, eine schicke Wohltätigkeitsgala in einem Landhaus einschleichen kann?

Und außerdem kann man dort nur als Paar rein.

Ich zücke mein Handy und schreibe:

ICH BRAUCHE DEINE HILFE.

Die Klingel an der Apothekentür bimmelt fröhlich, als ich am nächsten Morgen hineinstürme. Jan springt erschrocken auf – sie sieht sich gerade die Broadway-Verfilmung von *Hamilton* an – und atmet erleichtert auf, als sie sieht, dass ich es bin und kein verzweifelter Kunde, der dringend etwas gegen Durchfall braucht. Das kommt deutlich häufiger vor, als uns allen lieb ist.

»Wie fühlst du dich, Liebes?«, fragt sie voller Mitleid. »Leanne hat mir gesagt, du hast … du weißt schon …« Ihr Blick zuckt zu meinem Schritt runter. Sie spricht nicht weiter, wofür ich ihr sehr dankbar bin.

»Eventuell Scheidenpilz!«, ruft Leanne und steckt den Kopf hinter der Trennwand heraus. Ihre Stimme hallt durch den ganzen Laden. Eine ältere Frau, die bei den Luffa-Schwämmen herumstöbert, mustert mich von Kopf bis Fuß. »Apfelessig, meine Liebe. Eine Gallone Apfelessig.«

»Mir geht es … gut. Sehr gut«, sage ich zu Leanne und zaubere ein Lächeln auf mein Gesicht. »Vielen Dank für deine Hilfe.«

Sie kommt hinter dem Tresen hervor und stemmt die Hände in die Hüften. »Du verhältst dich anders.«

»Ach ja?« Ich zucke mit den Schultern. »Ich glaube nicht.«

»Du bist … was ist los mit dir? Irgendwas stimmt nicht.«

»Warte mal«, sagt Jan fasziniert. »Sie ist einfach nur *nett*.«

»O mein Gott, das ist es. Sie ist nett!«, stimmt Leanne ihr zu. Sie klingt, als wäre der bloße Gedanke schon absurd. »Was ist passiert?« Sie kommt hinter dem Tresen hervor und legt den Handrücken auf meine Stirn, als wolle sie meine Temperatur fühlen.

»He!« Ich schiebe sie weg.

»Ganz im Ernst, was ist denn los?«

Ich frage mich, was sie tun würden, wenn ich ihnen sage, dass ich so nett bin, weil ich Hilfe brauche, um eine schicke Gala zu infiltrieren, damit ich einen Mann finden kann, der mich innerhalb der nächsten vier Tage küssen muss, weil ich sonst ein zweites Mal sterbe und im Jenseits lande, wo ich vielleicht bis in alle Ewigkeit als Versuchskaninchen für die Partnervermittlung einer Verrückten dienen muss.

»Ich gehe zu einer Kostümparty und brauche eure Hilfe.«

Die Worte fühlen sich völlig fremd auf meiner Zunge an. Nie hätte ich erwartet, einen solchen Satz jemals laut auszusprechen.

»Thema?«, haucht Leanne und presst die Hand mit den neongrünen Nägeln gegen ihre Brust.

»Berühmte Paare im Laufe der Geschichte.«

»Ah, ja, ein Klassiker. An was hast du gedacht?«

»Ich brauche ein Kostüm, das teuer aussieht, aber nicht wirklich teuer ist. Die anderen Gäste dort sind verdammt schick, und ich möchte nicht unangenehm auffallen.«

»Oh, wie wäre es mit Céline Dion und René Angélil?«, schlägt Jan aufgeregt vor. »*Sehr* glamourös.«

Ich schüttle den Kopf. »Ich bin nicht sicher, ob der Mann, mit dem ich gehe, als René durchgeht.«

»Ein Mann, ja?« Leanne zieht eine Augenbraue hoch.

»Nur ein Freund. Na ja, eigentlich nicht mal das.«

»Wie wäre es mit Barbra Streisand und James Brolin?«, schlägt Jan vor. »Du könntest eine schöne Hochsteckfrisur tragen wie Barbra in *Funny Girl!*«

»Schon besser, aber … ich bin mir nicht sicher, ob sie gut erkennbar sind.«

»Du willst, dass es gut erkennbar ist?«

»Ich möchte gut aussehen, aber nicht zu auffällig. Nichts zu Ausgefallenes – ich will einfach aussehen, als ob ich dazugehörte.«

»Okay, also dann eher etwas schlichter. Nun, dann vielleicht Gatsby und Daisy. Du kannst etwas Glitzerndes tragen und deinen nicht so tollen Freund in einen Smoking stecken. Und zack.«

Ich nicke. »Das klingt machbar.«

Mit gerunzelter Stirn versuche ich, mich meiner letzten Party zu entsinnen. Aber ich erinnere mich nicht, und das ist wohl auch gut so … die Partys, die ich im Fernsehen gesehen habe, kommen mir vor wie ein Albtraum. All diese fröhlichen Menschen, Massen von Fingerfood, Small Talk, DJs …

Leanne zückt ihr Handy und ruft die Kalender-App auf. »Wie viel Zeit habe ich, um das Kostüm zu entwerfen? Ich mache es zum Selbstkostenpreis, aber natürlich dauert es trotzdem seine Zeit, dann kommen noch die Anproben dazu, und du willst bestimmt noch die eine oder andere Verzierung.«

»O nein, du verstehst nicht.« Ich verziehe das Gesicht. »Die Gala ist am Donnerstagabend.«

»*Diesen* Donnerstagabend? Also morgen?«

Ich nicke.

Leanne schüttelt den Kopf. »Das geht einfach nicht. Keine Chance, dass ich das bis morgen schaffe. Mein Gott, Delphie. Ich brauche doch eine Vorwarnung. Du kannst nicht einfach hier reinstürmen und völlig aus dem Nichts spektakuläre Kostüme verlangen!«

Ich ziehe eine Grimasse. Sie hat recht. »Tut mir leid«, sage ich. »Kennst du einen anständigen Kostümverleih, wo ich mir etwas leihen könnte?«

Leanne rümpft die Nase. »Nein, das kann ich nicht zulassen. Alles Brauchbare wird bereits weg sein, und sie verwenden fürchterliche Stoffe. Ich hab mal ein Meerjungfrauenkostüm gemietet, und da war ein *Floh* im BH. Nein, nein. Du würdest dich den ganzen Abend kratzen, und das geht nicht auf einer so noblen Veranstaltung.«

»Hm«, macht Jan nachdenklich und packt ein Fläschchen Butterblumen-Hustensaft für einen Kunden ein, der sich empört über den Mangel an aufmerksamer Bedienung beklagt.

»Was denn, Mum?«

»Erinnerst du dich an das Kleid, das du zum siebzigsten Geburtstag deiner Großmutter Diane getragen hast? Das graue Seidenkleid mit den … Dingern.« Sie deutet auf ihre Schultern.

»Die aufgesetzten Ärmel?« Leanne tippt sich nachdenklich ans Kinn.

»Du warst damals etwas kräftiger als jetzt, also würde es Delphie wahrscheinlich passen, und ihr beide seid ungefähr gleich groß.«

Leanne schließt die Augen. »Es braucht Fransen und ein bisschen Glanz«, murmelt sie. »Die Ärmel könnte ich so lassen, ja, und dann die Federn von … Und die Haare könnten …« Sie öffnet die Augen, mustert mich dreimal von oben bis unten, dreht mich herum, um mich von allen Seiten zu betrachten, und nickt schließlich. »Um wie viel Uhr musst du morgen los?«

Ich denke über den Plan nach, den ich gemeinsam mit Cooper geschmiedet habe. »Wir wollen um siebzehn Uhr fahren, die Gala beginnt um neunzehn Uhr.«

»In dem Fall musst du um zwei Uhr hier sein.«

»Um zwei? Ha! Machst du Witze? Ich brauche doch keine drei Stunden, um mich fertig zu machen!«

»Ich nehme an, du brauchst Hilfe mit deinem Glam?«

»Meinem Glam?«

»Haare und Make-up.« Jan spitzt die Lippen und bedenkt mich mit einem etwas klugscheißerischen Blick. »Bist du etwa nicht auf Instagram, Delphie? Sämtliche Filmstars haben Glam-Teams und alles Mögliche.«

Ich schüttle den Kopf. »Ich bin nicht auf Instagram. Zu viele Videos mit Leuten, die auf irgendwelche Wörter zeigen.«

Ich erwähne nicht, dass ich mich mal bei Instagram angemeldet und ein Selfie gepostet habe, das nur ein Like erhalten hat – von einem US-Marinearzt, der mir später eine Nachricht schickte und fragte, ob ich seinen Schwanz bewerten wolle. Kurz darauf habe ich die App gelöscht.

Leanne und Jan wechseln einen Blick.

»Überlass das einfach mir«, sagt Leanne. »Seid um vierzehn Uhr hier.«

»Oh, und bevor du gehst … das hier ist für dich gekommen«, sagt Jan und reicht mir ein Exemplar von *Money Maims, Money Kills* von R. L. Cooper.

»Du hast meine Post geöffnet?« Ich schnalze vorwurfsvoll mit der Zunge.

»Ich dachte, es wäre für mich. Du lässt dir doch sonst nie was liefern. Ich wusste gar nicht, dass du dich für Krimis interessierst!«

»Tu ich auch nicht.«

Aber ich war neugierig geworden wegen Aleds Aufregung, als er Cooper getroffen hat, und ich konnte auf keinen Fall riskieren, dass das Paket versehentlich an Coopers Wohnung geschickt wurde und er erfuhr, dass ich sein Buch bestellt hatte.

Ich stecke den Roman tief in meine Tasche und werfe einen Blick auf die Uhr an der Wand. »Scheiße. Ich muss jetzt wirklich los. Ich habe mich für eine Maniküre angemeldet!«

»Eine *Maniküre?* Wer bist du eigentlich?«, ruft Leanne mir hinterher, als ich aus der Apotheke stürme.

Dasselbe habe ich mich auch schon gefragt.

Kapitel 25

Heute ist der siebte Tag von Merritts zehntägigem Ultimatum. Das *muss* der Tag sein, an dem ich endlich meinen Seelenverwandten persönlich treffe. Es *muss* der Tag sein, an dem ich Merritts Schicksal in Evermore rette und, tja, mein eigenes Leben. Inmitten der Panik verspüre ich eine eigenartige, winzige Ahnung, dass vielleicht alles genau so hat passieren sollen. Dass das Schicksal nicht will, dass ich Jonah in einem Park, in einem Zeichenkurs oder in einer Silent Disco wiedersehe. Es will, dass ich ihn vor einer großartigen und unbestreitbar romantischen Kulisse treffe. Und was könnte romantischer sein als ein opulenter Ballsaal? Zugegeben, es werden eine Menge anderer Leute dort sein, das ist nicht ideal. Aber es wird Champagner geben und spektakuläre Beleuchtung und bestimmt auch schmissige Orchestermusik.

Gestern Abend habe ich Mr Yoon gesagt, dass ich für den kommenden Abend eine Essenslieferung arrangiert habe und er nur an die Tür gehen müsse. Ich sagte ihm, ich käme erst nach dem Schlafengehen nach Hause, und wir würden uns dann am nächsten Morgen beim Frühstück sehen. Als Antwort schrieb er mir einen Zettel, auf dem stand: »Geh, sei jung und hab Spaß!«, was mich ein wenig traurig stimmte, obwohl ich nicht genau sagen könnte, warum.

Als ich zur Apotheke gehe, steckt Cooper seinen Kopf durch die Tür.

»Wie machst du das eigentlich?«, frage ich. »Wusstest du genau, wann ich im Flur sein würde? Hast du alle paar Minuten deinen

Kopf rausgestreckt, nur zur Sicherheit? Oder, warte mal … hast du eine Kamera?« Argwöhnisch mustere ich die Decke.

»Du bist nicht gerade leichtfüßig, Delphie.« Cooper stützt sich mit einer Hand am oberen Rand des Türrahmens ab. »Man hört dich im ganzen Erdgeschoss.«

»Wirklich?«

Er deutet mit einem Nicken auf die gegenüberliegende Tür. »Mrs Ernestine sagt, sie weiß immer, wann du rausgehst, weil es sich anhört wie eine Elefantenherde auf dem Weg durch die Serengeti.«

»Gibt es einen Grund für diese Interaktion?«

Cooper runzelt die Stirn, und ich habe sofort ein schlechtes Gewissen, weil ich so schnippisch reagiere, und notiere mir innerlich, dass ich mich ändern will, wenn ich am Leben bleiben darf. Cooper war überraschenderweise bereit, mir zu helfen, selbst als ich ihm sagte, dass er wahrscheinlich mit zu der Gala kommen muss – ein ganz schön großer Gefallen, vor allem so kurzfristig. Ich sollte versuchen, netter zu ihm zu sein.

»Ist alles in Ordnung?«, frage ich etwas milder.

»Ich wollte dir nur die hier leihen«, sagt Cooper. »Ich wusste nicht mehr, wo in meiner Wohnung sie stecken, hab sie aber schließlich ganz hinten in einem Schrank gefunden.« Er reicht mir eine große rote Schmuckschatulle, auf deren Oberseite in Silber das Wort CARTIER aufgedruckt ist. Aus der Nähe betrachtet ist die Schatulle abgenutzt und verblasst und hat Flecken, als wäre sie sehr oft geöffnet worden.

Ich öffne sie und erschrecke. Es befindet sich ein Paar riesige Ohrringe darin, wunderschön zu einer dreieckigen Form verschlungen und mit Diamanten und Perlen besetzt. »Die gehörten Em«, erklärt Cooper. »Sie hat sie bei einem der Nachlassverkäufe gekauft, zu denen sie so gern ging. Ich weiß das, weil sie immer wieder erzählt hat, wie stolz sie ist, sie so günstig ergattert zu haben. Sie stammen aus dem Jahr 1922, was, wie du sicher weißt, genau das Jahr ist, in dem *Der große Gatsby* spielt.«

Ich hatte nicht die geringste Ahnung. Auf jeden Fall sind die Ohrringe unglaublich, so etwas habe ich noch nie gesehen. »Du … Bist du ganz sicher, dass du sie mir leihen willst?« Diese Ohrringe müssen für Cooper einen unglaublichen sentimentalen Wert haben, und er kennt mich nicht gut genug, um sicher zu sein, dass ich nicht einen verlieren werde (was, seien wir ehrlich, nicht ganz undenkbar ist).

Er winkt ab. »Nichts weiter als gute Tarnung. Niemand wird erwarten, dass du dich auf die Party geschmuggelt hast, wenn du so große Diamantohrringe trägst.«

»Diese Diamanten sind *echt?*«, quietsche ich.

»Natürlich sind sie das. Cartier verarbeitet keine kubischen Zirkonia.«

»Heilige Scheiße. Die müssen doch wahnsinnig wertvoll sein …«

»Wertvoll genug jedenfalls, dass ich es zu schätzen wüsste, wenn du gut darauf achtest, ja.«

Ich stelle mir vor, wie ich auf der Party herumlaufe und mir die ganze Zeit die Ohren festhalte, damit die Ohrringe nicht herausfallen.

»Sie sind so schwer«, murmle ich, wiege sie in den Händen und beobachte fasziniert, wie sie im Licht schimmern.

»Deine Ohrläppchen sehen stabil genug aus«, antwortet er. »Ich bin sicher, du kommst damit klar.«

»Ich fasse das mal als Kompliment auf.«

»So war es gemeint.«

»Weißt du, Cooper, das ist das erste Mal, dass du was Nettes zu mir gesagt hast.«

Cooper schüttelt den Kopf. »Als ich dir das erste Mal ein Paket in deine Wohnung gebracht habe, sagte ich dir, dass mir dein Kaktus gefällt.«

»Du erinnerst dich daran?«

»Ich erinnere mich an alles, Delphie.«

Seine Augen funkeln, und er betrachtet mich mit einem beunruhigenden Blick … eine Sekunde länger, als noch höflich wäre. Ich denke ans Aquarium und daran, wie sein Zeigefinger über meine Hand gestrichen hat.

»Wie auch immer!«, rufe ich munter. »Ich muss los!« Ich halte die Ohrringe hoch. »Ich muss ein bisschen Ohrenkrafttraining machen, um mit diesen bösen Jungs fertigzuwerden. Ob es wohl Miniatur-Kettlebells für Ohrläppchen gibt? Haha.«

Cooper zieht eine Augenbraue hoch.

Ich winke ihm zu, mache auf dem Absatz kehrt und sehe zu, dass ich wegkomme.

Als ich in der Apotheke ankomme, hält Leanne ein Paar golden besprühte Engelsflügel in die Höhe, ein Strahlen auf ihrem faltenlosen Gesicht.

»Ich dachte, wir haben Daisy und Gatsby gesagt!«

»Vertraust du mir nicht? Nach all den Jahren?«

»Nein!«, sage ich und mustere Jan, die gerade drei verschiedene beheizte Haar-Apparate an die Wand angeschlossen hat.

»Soso. Sie hat bekommen, was sie wollte, und das war's jetzt mit ihrer neuen Liebenswürdigkeit. Ich wusste, es ist zu schön, um von Dauer zu sein.«

»Ich bin mir nur nicht sicher wegen der Engelsflügel. Ich sagte doch, ich will nicht auffallen!«

»Du sollst doch die Flügel nicht tragen, du Quatschkopf. Ich rupfe nur einige Federn aus und verwende sie als Verzierung. Aber ich muss erst sehen, wie das Kleid an dir aussieht, ehe ich entscheide, welche Federn ich nehme und wo ich sie anbringe.«

»Oh.«

»Ja«, antwortet Leanne. *»Oh.«* Dann klatscht sie in die Hände. »Na los, Mum.« Sie mustert mich von oben bis unten. »Wir haben viel Arbeit vor uns.«

Es hat drei quälend lange Stunden gedauert. Leanne hat darauf bestanden, mich in Shapewear zu zwängen, die angeblich noch nie getragen wurde (allerdings hat sie, als sie das sagte, verdächtig zu

Jan rübergeschielt). Jan hat mein Haar um eine Metallzange gewickelt, mit der sie im Schneckentempo hantierte und viermal meinem Auge gefährlich nahe kam. Und dann hat Leanne eine volle Viertelstunde damit verbracht, mir einzelne künstliche Wimpern anzukleben, um einen *Katzenblick* zu erzielen, und wäre fast durchgedreht, weil ich meine Wimpern nicht ruhig genug hielt.

»Spielt das denn überhaupt eine Rolle?«, fragte ich, woraufhin sie dringend kurz *an die frische Luft gehen* musste.

Als sie fertig sind, treten Leanne und Jan zurück und stoßen sich lächelnd gegenseitig an.

»Geh in den Blutdruckraum und sieh es dir an«, fordert mich Jan auf.

Ich gehe in die Blutdruckkabine und ziehe die Schranktür auf, auf deren Innenseite ein IKEA-Spiegel geklebt ist. Es dauert einen Moment, bis ich erkenne, dass die Frau im Spiegel *ich* bin. Ich, Delphie Bookham. Ich sehe … verdammt unglaublich aus. Das Kleid schmiegt sich an meinen Körper, als wäre es für mich maßgeschneidert worden. Die silbernen Fransen schwingen bei jeder Bewegung. Leanne hat Engelsflügelfedern mit goldenen Spitzen auf die Ärmel geklebt, es sieht dramatisch und glamourös aus. Mein Haar ist bis in die Spitzen gleichmäßig gewellt, hinter die Ohren frisiert und über eine Schulter drapiert, sodass Ems unglaubliche Vintage-Ohrringe voll zur Geltung kommen.

»Ich hatte nicht genug Zeit, um dir richtige Wasserwellen zu machen, aber ich habe mir ein YouTube-Tutorial darüber angeschaut, wie man den Effekt mit einer Zange hinbekommt«, sagt Jan, hebt ihr Handy und schießt Fotos von meinem Haar. »Das Ergebnis ist ziemlich super geworden! Vielleicht probiere ich es auch mal aus. Ich wette, Dan im Feinkostladen könnte nicht mehr wegsehen.«

Ich beuge mich vor, um einen näheren Blick auf mein Gesicht zu werfen. Meine Haut sieht klar und strahlend aus, die Sommersprossen auf meiner Nase lockern das strenge Augen-Make-up auf. Meine Lippen sind in einem glänzenden Burgunderrot geschminkt, das in dem blassen Pflaumenrouge auf meinen Wangenknochen ein Echo findet.

»Wie hast du es geschafft, dass meine Augen so groß wirken?«, japse ich. »Ich sehe aus wie meine Mum.«

»Nur ein paar Tricks«, sagt Leanne bescheiden. »Deine Augen sind ja sowieso schon riesig.«

Tränen schießen mir in die riesigen Augen.

»Wag es ja nicht«, zischt Leanne, springt herbei und klopft mir mit den flachen Händen warnend auf die Wangen.

»Ich … ich …« Ich würge an dem riesigen Kloß in meinem Hals. »Ich danke euch beiden.« Ich sehe sie an. »Ihr hättet das nicht tun müssen und … ihr habt es einfach getan. Ohne jede Gegenleistung.«

»Tja, sagen wir einfach, die erste *und* die zweite Runde gehen auf dich.«

Wenn das hier funktioniert und ich mein Leben zurückbekomme, gehen alle Drinks auf mich, die Leanne und Jan haben wollen. Und zwar für immer. Ich werde jede Woche mit ihnen in den Pub gehen.

Ich sage ihnen das, und Jan tut so, als würde sie in Ohnmacht fallen.

»Geh schon. Geh schon, sonst kommst du zu spät«, scheucht Leanne mich grinsend zur Tür hinaus. Ich bedanke mich noch mal bei ihnen, bevor ich die Apotheke verlasse.

Als ich über die Straße gehe, breitet sich ein strahlendes Lächeln auf meinem Gesicht aus. Es ist unmöglich, dass Jonah mich *nicht* küssen will, wenn er mich so sieht. Völlig undenkbar.

Ich überlege, wie es sich wohl anfühlt, ihn zu küssen. Weich bestimmt. Und süß. Wie Schokoladenmousse. Dann fällt mir ein, dass ich bisher nur einen Menschen geküsst habe. Und das ging furchtbar schief. Scheiße … was, wenn es an mir lag? Wenn Jonny Terry in Wirklichkeit ein großartiger Küsser war und es *meinetwegen* so unbeholfen und schlabberig geraten ist? Bei dem Gedanken krampft sich mein Magen zusammen.

Was, wenn ich überhaupt nicht küssen kann und Jonah das irgendwie spürt, wenn ich auf ihn zukomme? Wenn ihn das abschreckt?

Ich verdränge den Gedanken und versuche mich auf die Erinnerung daran zu konzentrieren, wie Jonah mich in Evermore angesehen hat. Auf die tiefe Ruhe, die ich in seiner Gegenwart empfand.

Ich schaffe das. Merritt hat nicht gesagt, dass es der perfekteste Kuss der Welt sein muss. Er muss mich einfach nur küssen.

Es wird schon gut gehen.

Es *muss* gut gehen.

Kapitel 26

Ich warte bei seinem Auto auf Cooper, hole mein Handy heraus und google *gala knigge* in der Hoffnung auf ein paar nützliche Tipps.

»Delphie.«

Ich sehe auf und erblicke Cooper. Er trägt einen perfekt geschnittenen schwarzen Smoking, sein sonst so zerzaustes Haar ist ordentlich und glänzt. Jetzt sieht er aus, als hätte Timothée Chalamet einen extrem großen, extrem grüblerischen, extrem *gut aussehenden* Arsch von Bruder. Bei meinem Anblick macht er große Augen, sein Blick wandert über mein Kleid und dann langsam über mein Gesicht. Er leckt sich leicht über die Lippen. Ich erwarte, dass er mir ein Kompliment macht, aber stattdessen fährt er sich mit der Hand übers Kinn und merkt an: »Ich dachte, in den 1920er-Jahren trug man Federn als Kopfschmuck und nicht auf den Schultern?«

»Alles klar, Miranda Priestly.«

»Wer ist Miranda Priestly?«

Ich verdrehe die Augen. »Schöner Smoking. Ich bin überrascht und beeindruckt, dass du es geschafft hast, so spät noch einen zu leihen, der dir passt.« Wir steigen ins Auto, und ich sehe, dass die Stifte und Flaschen, die bei unserer letzten Fahrt noch im Auto herumflogen, verschwunden sind. Am Rückspiegel hängt ein brandneuer Lufterfrischer mit der Note *Clean Tuscan Leather.* Ich beuge mich vor und schnuppere daran. Gar nicht übel. Ziemlich angenehm sogar.

Cooper verzieht das Gesicht. »Der Smoking gehört mir«, sagt er in einem Ton, als wäre es selbstverständlich, dass ein Mann stets einen Smoking parat hat.

»Oh, Verzeihung. Ich vergaß, dass du ein berühmter Schriftsteller bist, der wahrscheinlich zu vielen wichtigen Veranstaltungen für berühmte Schriftsteller geht, wo man dir Zucker in den Hintern bläst und dir Preise verleiht.«

»Deine Sicht auf das Leben eines Autors ist reichlich verzerrt. Meistens habe ich allein vor dem Computer gesessen, vor mich hin gegrübelt und gelegentlich eine Pause gemacht, um an die Tür zu gehen oder mir ein weiteres Heißgetränk zu machen, das ich eigentlich gar nicht wollte.«

»Also so ziemlich dasselbe Leben, das du jetzt hast? Nur ohne dass dabei am Ende ein Buch rauskommt?«

»Du bist wirklich gut darin, dir immer die gemeinste denkbare Bemerkung einfallen zu lassen.«

Ich zucke mit den Schultern und richte meine Ärmel, weil eine der Federn in meine Haut pikt. »Kennst du das, wenn jemand etwas Fieses zu dir sagt und dir in dem Moment keine passende Antwort einfällt? Und wenn du dann nachts wach liegst, dir eine ebenso gemeine Antwort ausdenkst und dich immer mehr über dich selbst ärgerst, weil du es in der Situation nicht gesagt hast?«

»Natürlich.«

»Tja, auf die Art habe ich so ziemlich meine gesamte Schulzeit rumgebracht. Aber dann habe ich die Fähigkeit entwickelt, sofort zu reagieren, wenn mich jemand ärgert. Und du ärgerst mich ständig. Gut, dass ich Übung habe.«

»Eine hohe Kunst«, sagt Cooper und schaltet einen Gang hoch, als wir die Stadt hinter uns lassen.

»Ich sollte es in meinen Lebenslauf schreiben.«

»Leistungskurse, Abschlussprüfung und Diplom in scharfzüngigen Repliken.«

»Geprüfte Meisterin in der Disziplin, ein Miststück zu sein.« Ich kichere. »Aber mal im Ernst – Aled war so begeistert, dich kennenzulernen. Ich glaube, wenn ich etwas könnte, das andere Leute so begeistert, würde ich nie wieder damit aufhören wollen. Vermisst du es nicht?«

»Ich vermisse es sehr.«

»Also warum …«

»Warum sind alle Farbkästen in deiner Wohnung ungeöffnet?« Er wirft mir einen Blick zu, und ich kapiere den Wink mit dem Zaunpfahl und halte den Mund.

Als wir weiterfahren, bemerke ich links von uns ein Feld mit Kühen und Schafen. »Kühe und Schafe!«, gurre ich.

»Hast du die Stadt noch nie verlassen?«

»Ich war mal in Barnet …«

»Du meinst den Besuch bei meinen Eltern? War das etwa das *einzige* Mal, dass du London verlassen hast?«

»Ich bin mal allein nach Griechenland gereist. Aber abgesehen davon hatte ich nie das Bedürfnis zu reisen. Bayswater bietet mir alles, was ich brauche.«

»Du bist nie mit deiner Familie ins Ausland gefahren? Mit deinen Freunden verreist?«

»Meine Mutter lebt in Marfa«, vertraue ich ihm an.

»Marfa? Wo ist das?«

»Eine Wüstenstadt in Texas. Sie lebt dort mit ihrem Freund Gerard.«

»Was macht sie dort?«

»Sie ist Künstlerin.«

»Das ist cool. Bist du oft zu Besuch?«

Ich schüttle den Kopf. Als meine Mutter nach Marfa ging, sagte sie, dass sie mir nach den Prüfungen ein Flugticket besorgen würde, damit ich es mir mal ansehen und überlegen könne, ihr hinterherzuziehen. Aber als ich mit der Schule fertig war, befand meine Mutter, dass es vielleicht sinnvoller wäre, wenn ich mich um die Wohnung in London kümmerte, erklärte mir, das Wetter in Marfa sei sowieso viel zu heiß für mich, und die Bewohner der Kommune seien allesamt schon über vierzig, sodass ich mich wahrscheinlich unwohl und fehl am Platz fühlen würde.

»Ich war noch nie da«, sage ich. »Viel zu heiß für mich.«

Meine Stimme klingt offenbar seltsam – Cooper wirft mir einen raschen Blick zu, in seinen Augen blitzt Mitgefühl auf.

»Keine große Sache«, sage ich fröhlich. »Sie ist glücklich, und das freut mich. Das freut mich wirklich sehr. Aber egal! Lass uns nicht darüber reden. Langweiliges Thema.«

Cooper räuspert sich. »Okay. Also keine Ferienausflüge? Junggesellinnenabschiede? Hochzeiten in Italien?«

»Hochzeiten in Italien? Ha!« Ich schüttle den Kopf. »Daran war ich nie interessiert. Ich finde Hochzeiten eher langweilig, und Reisen halte ich für Geldverschwendung.« Ich lasse unter den Tisch fallen, dass ich noch nie auf einer Hochzeit war, schon gar nicht in Italien.

Obwohl ich so viel Überzeugungskraft in meine Stimme lege wie möglich, klingt es selbst in meinen eigenen Ohren dünn. Das ist seltsam, denn ich habe immer ein völlig ungestörtes Leben *gewollt.* Warum also kribbelt jetzt Enttäuschung in meiner Brust?

»Da draußen gibt es so viel zu sehen«, murmelt Cooper. »So viele Erfahrungen zu machen.«

»Ja, danke für das Feedback, Michael Palin. Wie wäre es mit ein bisschen Musik?« Ich warte nicht auf seine Antwort, sondern schalte kurzerhand London Pop FM ein und drehe die Lautstärke voll auf.

Duckett's Edge sieht genauso aus wie eins der malerischen Dörfer in *Murder in the Pretty Village.* Die Häuser sind riesig, die Dächer strohgedeckt und die glänzenden Türen in klassischen Farben gestrichen. Die Straßen sind kurvenreich und voller von Blüten überquellenden Blumenkästen. Cooper hält auf dem Parkplatz eines Pubs namens *Bee and Bonnet* und stellt den Motor ab.

»Warst du schon mal hier?«, frage ich, steige aus dem Auto und strecke mich. Die Sonne steht schon deutlich tiefer am Himmel und wirft einen sanften goldenen Schimmer auf uns. Ich fummle an meinem Kleid herum, um es zu glätten, lockere die Federn auf und greife in das kleine Seidentäschchen, das Leanne mir geliehen hat.

»Nein.« Cooper schließt die Wagentür ab und klopft seine Smokinghose ab. »Aber ich habe mir online die Karte der Umgebung angesehen, und der Pub ist fußläufig nur fünfzehn Minuten von Derwent Manor entfernt.«

»Fünfzehn Minuten?« Ich verziehe das Gesicht und beäuge die etwas zu kleinen High Heels, in die mich Leanne gezwängt hat. »Ich weiß nicht, ob es dir aufgefallen ist, aber ich trage sonst niemals Absätze. Nie. Es ist brüllend heiß. Und ich sehe im Augenblick so perfekt aus, wie es mir eben möglich ist. Wenn ich ins Schwitzen komme, ist das schlagartig vorbei.«

»Es sind fünfzehn Minuten, nicht fünfzehn Meilen. Und du hast doch dieses kleine Puderdöschen gegen den Schweiß.«

Er sagt nichts darüber, ob ich perfekt aussehe oder nicht. Als ich ihn vorhin im Flur getroffen habe, hat er *überhaupt* nichts über mein Aussehen gesagt, obwohl ich weiß, dass ich noch nie besser ausgesehen habe als jetzt.

Ich ziehe mein Handy aus der Handtasche. Das italienische Restaurant in der Kensington Park Road hat mich benachrichtigt, dass die Bestellung von Mr Yoon geliefert worden ist. Fabelhaft. Dann bemerke ich die Uhrzeit. »Warte – eine Viertelstunde? Wir kommen zu spät! Wir wollen doch unauffällig sein? Wenn wir zu spät sind, fällt doch garantiert auf, dass wir nicht eingeladen sind!«

»Mein Plan sieht vor, dass wir fünfzehn Minuten zu spät kommen.«

»Ach ja?«

»Auch wenn du dir das Leben eines Schriftstellers ganz falsch vorstellst, hattest du in einem Punkt recht: Ich habe zwei Dagger Awards gewonnen.«

»Ich habe keine Ahnung, was das bedeutet.«

»Es bedeutet, dass ich Bücher über Raubüberfälle schreibe, die bei meinen Kollegen Respekt und Bewunderung finden. Ohne Eintrittskarte auf eine Wohltätigkeitsgala zu kommen ist für mich kein Problem.«

Hmm. Ich bin mir nicht sicher, ob ich ihm glaube.

»Wir sind in null Komma nichts da«, sagt er zuversichtlich, und wir laufen über den Parkplatz der Kneipe und machen uns auf den Weg.

Meine Ferse blutet. Wir befinden uns auf einem scheinbar nicht enden wollenden Feldweg und werden von einem einsamen Schaf verfolgt, das uns ab und zu anblökt, als wolle es uns mitteilen, dass wir in die völlig falsche Richtung gehen.

»Bist du sicher, dass wir richtig sind?«, frage ich, nicht zum ersten Mal.

Cooper bleibt stehen und reibt sich mit der Hand über den Kiefer. »Bitte hör auf, mich das ständig zu fragen. Ich habe alles wieder und wieder überprüft. Himmel, ich habe fast den ganzen gestrigen Tag damit verbracht, mich zu vergewissern, dass es funktioniert.«

»Hast du das?«, frage ich erstaunt. »Den ganzen Tag?«

»Habe ich«, erwidert er verärgert. »Das habe ich dir doch gesagt. Das hier ist der einzige Weg, ungesehen zum hinteren Teil von Derwent Manor zu gelangen. Und dann erzähle ich dir den Rest des Plans.«

»Ich verstehe nicht, warum du es mir nicht einfach schon jetzt sagen willst. Was ist, wenn es kein guter Plan ist und ich Anpassungen vornehmen muss? Ich möchte, dass du begreifst, wie wichtig es ist, dass es funktioniert!«

Er kommt auf mich zu, bis seine Nase nur noch wenige Zentimeter von meiner entfernt ist. Mir fällt auf, dass seine dunkelgrünen Augen mit winzigen olivgrünen Pünktchen gesprenkelt sind. Bei ihrem Funkeln muss ich unwillkürlich an einen Smaragd denken. »Weil du, Delphie«, sagt er leise, »keine Gelegenheit für eine zynische Bemerkung auslässt und viel, *viel* zu viele Fragen stellst.«

Sein Blick wandert forschend über mein Gesicht. »Hast du jemals einen Raubüberfall geplant?«

»Nein«, sage ich und bemerke, dass er sich rasiert hat. Er trägt immer noch Bartstoppeln, aber sie sind kürzer und wirken viel gepflegter.

»Ich hingegen schon viele.« Er zupft an seiner Fliege.

»Aber fiktiv. Nicht real.«

»Kannst du nicht einfach mal ein bisschen Vertrauen haben?«

Ich blinzle.

Vertrauen. Hm.

In Ermangelung einer angemessenen zynischen Antwort nicke ich nur stumm.

»Gut.«

»Gut.«

»*Gut.*« Sein Blick verweilt noch einen Moment auf meinem Gesicht, bevor er sich auf dem Absatz umdreht und weiter den Feldweg entlangläuft. Ich folge ihm humpelnd, das verirrte Schaf trottet hinter uns her.

Bald darauf biegen wir um eine Ecke, und die Rückseite von Derwent Manor kommt in Sicht. Das Anwesen ist noch riesiger, als es auf den Bildern im Internet wirkt.

»Wow«, hauche ich. »Das ist ja unfassbar wunderschön. Und so alt! Ich frage mich, ob es hier spukt. Ich frage mich, ob Lady Derwent in einem Himmelbett schläft. Ob es wohl eine Spülküche gibt?«

Cooper achtet nicht auf mich und schreitet zielstrebig auf einen hohen, schwarzen, gusseisernen Zaun zu, der die gesamte Rückseite des Gebäudes umschließt. Ich will ihn gerade fragen, wie wir seiner Meinung nach über den Zaun kommen, da fängt er an, leise die Eisenstäbe zu zählen. »Ungefähr einhundertfünfzig Gitterstäbe weiter links sollte sich ein Schloss befinden«, murmelt er vor sich hin.

Gemeinsam zählen wir die Stäbe ab. Kurz vor Stab Nummer hundertfünfzig werden die Gitterstäbe etwas dicker, und in einem befindet sich tatsächlich ein kleines rostiges Schlüsselloch.

»Ein geheimes Tor!« Ich bin völlig verzaubert. Ich glaube, so fühlt es sich vielleicht an, Spaß zu haben.

Cooper greift in seine Jackeninnentasche und holt ein Schweizer Taschenmesser heraus, klappt ein schmales Irgendwas aus und führt es geschickt in das Schlüsselloch ein. Dann wackelt er damit hin und her und schiebt dabei die Zunge leicht zwischen die Zähne.

»Du knackst das Schloss!«, rufe ich, gegen meinen Willen beeindruckt.

»Willst du jetzt etwa alles kommentieren?« Er wirft mir einen spöttischen Blick zu, bevor er das Taschenmesser ein letztes Mal kräftig dreht. Dann schiebt er das Tor auf. Die Scharniere öffnen sich mit einem Geräusch, das vermuten lässt, dass dieses Tor seit ungefähr einem Jahrhundert nicht mehr angerührt wurde.

»Wir müssen dich leider zurücklassen«, sage ich zu dem Schaf, das hinter uns steht. »Wir würden dich gern mitnehmen, aber es ist zu gefährlich.«

Cooper wendet sich ebenfalls an das Schaf. »Danke, dass du uns geholfen hast, so weit zu kommen«, sagt er mit ernster Miene. »Aber dein Gestank würde zu viel Misstrauen erregen.«

»Wir werden dich nie vergessen.« Ich strecke die Hand aus, um dem Schaf den Kopf zu tätscheln, entscheide mich aber dagegen, denn Cooper hat recht, was den Gestank angeht. Dieser Geruch ist sicher nicht das geeignete Parfum, wenn man den Mann seiner Träume für sich gewinnen will.

»Auf Wiedersehen, Special Agent Balthazar«, sagt Cooper und neigt feierlich den Kopf.

Special Agent Balthazar? Ich lache so laut auf, dass ich mich selbst darüber erschrecke, und dem Schaf geht es offenbar nicht anders, denn es setzt in genau demselben Moment einen Haufen ab.

»Jetzt komm schon, Delphie«, rügt mich Cooper, als wäre nicht er es, der hier herumalbert. »Dieser Staatsstreich ist noch lange nicht vollendet.« Seine Augen glitzern vergnügt, seine Wangen sind leicht gerötet. Hat … hat er etwa Spaß?

Wir klettern einen kleinen, grasbewachsenen Hang empor bis zu einem Nebengebäude, das mit dem Haupthaus verbunden ist. Cooper greift in die Innentasche seines Smokings und holt ein gefaltetes Stück Papier heraus, das er aufklappt. Es sieht aus wie eine Blaupause.

»Ist das Derwent Manor?«, keuche ich. »Du hast *Pläne* ausgedruckt?«

»Natürlich. Woher würde ich sonst wissen, dass es hier ein Plumpsklo gibt?« Er reicht mir den Gebäudeplan, steigt auf einen Stein nahe der Mauer des Nebengebäudes und späht durch ein Fenster nach drinnen. »Ich brauche einen Stein.«

Endlich eine Aufgabe für mich. Ich sehe mich um, nehme prüfend zwei Steine in die Hand, werfe sie wieder weg und entscheide mich dann für einen großen runden Stein, der schwerer ist als die anderen.

»Guter Stein.« Cooper nickt anerkennend, springt herunter und nimmt ihn in beide Hände. »Ich werde ihn gleich durch dieses Fenster werfen. Laut dem letzten Brandschutzbericht von Derwent Manor gibt es direkt links neben dem Fenster einen Feueralarm. Ich löse ihn aus, alle werden das Gebäude verlassen, und wir mischen uns unter die Gäste. Ich wette, dass keiner ein zweites Mal nach Tickets fragen wird. Du und ich, wir schlendern einfach mit allen anderen hinein, als wären wir von Anfang an dabei gewesen.«

Ich grinse. »Ich bin beeindruckt, Cooper.«

»Wir dürfen nicht ruhen, bis wir das erste Glas Champagner in der Hand halten. Dann wissen wir, dass wir die Veranstaltung erfolgreich infiltriert haben.«

»Und ich kann endlich, *endlich* Jonah suchen!«

Er nickt, das Gesicht plötzlich wieder ernst. Dann tritt er zurück und wirft den Stein mit viel mehr Kraft durchs Fenster, als ich persönlich für nötig halte.

Kapitel 27

Das Glas zersplittert so laut, dass es ganz bestimmt jeder im Haus gehört hat.

»Scheiße, Cooper! Das war verdammt laut. Was, wenn …«

»Im Saal drüben spielt eine zehnköpfige Swing-Band«, beruhigt mich Cooper, läuft zurück zum Plumpsklo und steckt vorsichtig den Arm durchs Fenster nach drinnen. »Das hat niemand gehört.« Blinzelnd tastet er an der Innenwand herum, dann leuchten seine Augen auf. »Ich hab's! Also gut. Wenn das Ding losjault, gehen wir nach vorn und mischen uns unter die Leute. Bist du bereit?«

Ich nicke heftig, mein Herz beginnt zu rasen. »Ich bin bereit!«

Cooper betätigt den Feuermelder, und eine hohe Sirene ertönt. Sie ist so laut, dass ich zu spüren glaube, wie sie mir in Brust und Bauch vibriert.

Gemeinsam marschieren wir um das Gebäude herum – schnell, aber ohne zu rennen. Einen kühlen Kopf zu bewahren ist schwieriger, als ich dachte. Innerlich bin ich in Panik, aber nach außen hin muss ich Selbstbewusstsein ausstrahlen. *Seht nur, ich gehöre hierher! Ich spaziere hier ganz gelassen umher, weil das hier ein völlig normaler Teil meines glamourösen Lebens ist!*

Ich sehe Cooper an und schreie auf, als ich sehe, dass ihm Blut von der Hand tropft. »Cooper!«

»Was? Wurden wir entdeckt?«

»Nein! Aber du blutest ja!«

Er blickt auf seine Hand hinunter. »Tatsächlich.«

»Es blutet wirklich sehr stark. Da muss noch eine Scherbe im Fensterrahmen gewesen sein.«

»Delphie, greif in meine Innentasche«, weist er an. »Darin ist ein Taschentuch. Ich will kein Blut auf meinen Smoking bekommen.«

Eilig öffne ich seine Smokingjacke, wühle in der Innentasche herum und ertaste alles Mögliche, aber keinen Stoff. »Ich kann es nicht finden.«

»Die andere Seite. Versuch die andere Seite.«

Ich gehorche und stehe jetzt so dicht vor Cooper, dass ich die Konturen seiner Brust durch den weißen Baumwollstoff seines Hemds erkennen kann. Ich rieche seine Seife. Mein Herz beginnt heftig zu klopfen. Es muss das Blut sein. Normalerweise macht mir der Anblick nichts aus, aber vermutlich ist es einfach die ganze Situation. Ich habe im letzten Jahr nur mit insgesamt vier Menschen gesprochen – für mich ist das alles ganz schön viel auf einmal.

»Da ist auch kein Taschentuch drin!«

»Verdammt. Ich muss es vergessen haben.« Cooper taumelt leicht – wegen des Blutverlusts oder vor Überraschung, weil *er*, Cooper, etwas vergessen hat? Könnte beides sein.

Die Wunde blutet wirklich sehr stark. So stark, dass wir in ein paar Minuten ein ernsthaftes Problem haben werden.

Der Feueralarm verstummt, und wir hören die Gäste vor dem Haus.

»Lass uns einfach reingehen, okay? Wir müssen uns um deine Verletzung kümmern. Ist doch egal, ob sie uns auf die Schliche kommen. Ich will nicht, dass wir beide wegen dieser Sache sterben.«

»Was? Wieso sterben? Es wird jeden Moment aufhören.«

»Benutzen wir deine Anzugjacke, um die Blutung zu stillen.«

»Dann ist meine Jacke voller Blut!«

»Wen kümmert das denn jetzt? Für jemanden, der in Oxford studiert hat, bist du manchmal echt ein bisschen dumm.«

Ich drücke Cooper ins Gras. Er sieht zwar nicht so aus, als würde er gleich ohnmächtig werden, aber ich gehe lieber auf Nummer sicher, statt plötzlich unter seiner massigen Brust zerquetscht zu werden. Dann kommt mir ein Geistesblitz. Ich greife noch mal in seine Innentasche und hole das Schweizer Armeemesser heraus. Hebe mein Kleid, schneide einen Schlitz in einen Beinling der Shapewear und reiße einen Stoffstreifen vom Oberschenkel ab. Rasch knie ich mich neben Cooper und wickle den Streifen so fest um seine Hand, wie ich nur kann.

»Es funktioniert«, flüstere ich. Coopers Hand bleibt beeindruckend ruhig, dafür zittert meine umso heftiger. »Tut es weh?«

»Nein. Aber wir kommen zu spät. Dann funktioniert der Trick nicht mehr.«

»Ist doch jetzt egal.«

Ich halte den Stoff so lange fest, bis die Blutung nachlässt. Dann schnappe ich mir wieder das Schweizer Taschenmesser und reiße auch den anderen Beinling ab. Dabei bemerke ich, dass Cooper meine Beine anstarrt, seine Augen sind fast schwarz. »Ja, einige von uns haben Fleisch auf den Knochen«, sage ich schnippisch.

Mein Herz beginnt wieder heftig zu pochen. Ich ignoriere es, wickle den frischen Stoff um Coopers Hand und binde ihn fest zusammen. »So«, sage ich. »Sieht aus wie ein schicker schwarzer Verband.«

Cooper steht auf und begutachtet seine Hand, bevor sein Blick auf meine Oberschenkel fällt. Zwei leichte muffinartige Wülste quellen aus der Shapewear, wo ich etwas herausgerissen habe.

»*Jonah* mag etwas kräftigere Beine«, behaupte ich und ziehe mein Kleid wieder nach unten.

Ich höre, wie das Stimmengewirr auf der Vorderseite des Gebäudes leiser wird. Cooper hört es ebenfalls.

»Sie gehen wieder rein«, sagt er. »Komm schon! Beeil dich.«

Als wir die Vorderseite des Anwesens erreichen, verschwinden gerade die letzten Paare in der großen Säulenhalle des Gebäudes.

»Scheiße. Scheiße, neiiiiiin«, murmle ich, als ein Typ, der mit einem Walkie-Talkie in der Hand am Eingang steht, uns misstrauisch beäugt, als wir näher kommen.

»Cool bleiben«, sagt Cooper und schreitet zielstrebig auf den Mann zu.

»Haben Sie Ihre Tickets dabei?«, wird er gefragt.

»Natürlich nicht«, erwidert Cooper wie aus der Pistole geschossen, so herrisch, wie ich ihn seit langer Zeit kenne. »Unsere Handys sind in unseren Manteltaschen, die sich natürlich im Haus befinden. Wie ärgerlich, wenn ein Feueralarm eine solche Gala stört.«

»Mäntel?«, fragt der Mann. »Bei dieser Hitze?«

Cooper bemerkt seinen Fauxpas, und seine Augen weiten sich erschrocken. Er ist es ganz offenbar nicht gewohnt, Fehler zu machen. Ich muss den Türsteher vom Mantelthema ablenken, das nur böse enden kann. Zum Glück weiß ich, was zu tun ist. Ich habe reichlich alte Filme gesehen, in denen Frauen ihre weiblichen Reize einsetzen, um einen Feind zu entwaffnen. Das werde ich ausprobieren.

Ich trete vor Cooper und lächle den Türsteher an. Mir ist außerordentlich bewusst, dass ich gerade so gut aussehe wie noch nie zuvor. Ich klimpere mit den Wimper-Extensions, öffne die schimmernden Lippen … und dann fällt mir schlagartig wieder ein, dass ich noch nie in meinem Leben geflirtet habe, denn ich habe keinen blassen Schimmer, was ich jetzt tun soll.

»Du bist … sehr attraktiv im Gesicht …«, rede ich einfach drauflos und versaue es sofort.

»Wie bitte?«

»Und ich mag deine … Knöpfe.« Ich fahre mit der Hand über die Knöpfe seines schwarzen Hemds. Wow! Ein weit entfernter Teil meines Verstands brüllt mir zu, dass ich sofort damit aufhören soll, aber ich kann mich nicht mehr bremsen. »Es sind glänzende Knöpfe. Ich mag glänzende Sachen.« Ich zwinkere dem Mann zu.

Ja, ich *zwinkere.*

Cooper drängt sich dazwischen. »Haha. Bitte verzeihen Sie. Wir haben vielleicht schon ein bisschen zu viel Gratis-Champagner getrunken. Sie wissen ja, wie das ist …«

»Zu viel Gratis-Champagner? Nein, mein Freund, komischerweise weiß ich nicht, wie das ist.« Der Türsteher mustert uns mit zusammengekniffenen Augen, und ich gehe fest davon aus, dass wir jetzt auffliegen, aber da wandert sein Blick zu meinen Knien hinunter, und er sieht Cooper an. Ich folge seinem Blick. Cooper versucht gerade angestrengt, seine Locken zu glätten, die nach dem ganzen Debakel in alle Richtungen stehen.

Der Türsteher nickt langsam und lacht leise in sich hinein. »Ah, deshalb wart ihr also um die Ecke verschwunden, was? Ein kleines Techtelmechtel? Meine Frau mag es auch gern im Freien.«

Wie bitte? Ich blicke auf meine Knie runter und sehe grüne Grasflecke. Bestimmt stammen sie von dem Moment, als ich mich hingekniet habe, um Coopers Hand zu verbinden. Er denkt, wir hätten …

Ich beuge mich vor. »Dann sind deine Frau und ich wohl Seelenverwandte!« Ich kichere. »Aber ich habe jetzt *solchen* Durst. Weißt du …«

»Natürlich, meine Liebe.« Der Mann winkt uns durch. »Gehen Sie rein und holen Sie sich einen Drink – Sie haben es sich redlich verdient.«

Igitt. Pfui Teufel!

Ich ergreife Coopers Arm und ziehe ihn mit mir in die Lobby, wo ein Kellner steht, ein Tablett mit Kristallsektflöten in der Hand. Cooper nimmt zwei davon vom Tablett, reicht mir eines und stößt mit mir an.

»Glänzende Dinge gefallen dir also?«, fragt er, und seine Mundwinkel zucken belustigt. »Das ist ja interessant.«

Ich stürze meinen Champagner runter und nehme mir direkt einen neuen. »Lass uns nie wieder darüber reden.«

Kapitel 28

Derwent Manor ist überwältigend und einschüchternd. Als Cooper und ich den opulenten Ballsaal betreten, komme ich aus dem Staunen nicht mehr heraus. Die Kronleuchter sind größer als mein Badezimmer, die Wände in einem so dunklen Blau gestrichen, dass sie fast schwarz wirken. Hunderte von vergoldeten Rahmen präsentieren atemberaubende Ölgemälde. Heilige Scheiße, ist das da drüben etwa ein Tizian?

Auf einem breiten Podest spielen ein Pianist und eine Swing-Band den *Mambo Italiano* von Rosemary Clooney, während die Gäste tanzen, Champagner schlürfen und sich so entspannt unterhalten, als würden sie die luxuriöse Umgebung gar nicht wahrnehmen. Ich sehe mich um, entdecke aber keine professionellen Tänzer. Vielleicht machen sie sich noch fertig, wärmen sich irgendwo auf? Aber dann frage ich mich, wozu die Veranstalter Profis engagieren sollten, wenn die Gäste schon von sich aus so eifrig tanzen.

Cooper stupst mich an und zeigt auf einen anderen Gatsby mit seiner Daisy, und ich entdecke ein weiteres Paar, das an einem Tisch mit der Eisskulptur eines pausbäckigen, ein dickes Märchenbuch lesenden Engels steht und sich unterhält. Neben den Daisys und Gatsbys erkenne ich noch Adam und Eva, Justin und Britney, Elton John und David Furnish sowie Julia Child mit ihrem Paul Cushing Child …

»Wo steckt er bloß?«, murmle ich, stelle mich auf die Zehenspitzen und suche nach Jonah. »Ich muss ihn finden. Je länger wir hier sind, desto größer das Risiko, dass wir rausgeschmissen werden. Vielleicht ist er ja in einem Hinterzimmer oder so.«

Cooper nippt an seinem Champagner und scheint sich in dieser Umgebung völlig heimisch zu fühlen. Eine Elizabeth Taylor kommt vorbei und mustert ihn von oben bis unten. Schenkt ihm ein kleines kokettes Grinsen. Cooper prostet ihr zu, seine Augen glänzen wölfisch.

»Ich gehe jetzt Jonah suchen«, sage ich.

Den Blick immer noch auf Elizabeth Taylor gerichtet, nickt er geistesabwesend. »Frohe Jagd.«

Ich werde wütend. »Ich bin nicht auf der Jagd«, sage ich und verlagere unbehaglich das Gewicht, weil sich das zerrissene Elasthan aufgerollt hat und unangenehm in meine Oberschenkel kneift. »Ich erfülle nur meine Pflicht gegenüber einem armen Mann mit einer Geschlechtskrankheit! Ist dir jemals in den Sinn gekommen, dass einige von uns nicht nur einfach einen Menschen nach dem anderen flachlegen wollen, ohne überhaupt ihre Namen zu kennen?«

Cooper blinzelt und starrt auf mich herab, seine Ohren werden rot. »Ich bin sicher, Jonah wird sehr erfreut sein, dich zu sehen, Delphie. Du siehst gut aus heute. Sehr gut.«

Ich presse beide Hände auf meine Brust und tu so, als würde ich gleich in Ohnmacht fallen. »*Gut! Sehr gut!* Was für ein wunderbares Kompliment, Cooper. Danke, dass du mein Selbstvertrauen gestärkt hast. Bei solchen Schmeicheleien ist es kein Wunder, dass die Frauen dich unwiderstehlich finden.«

Himmel. Es ist mir sowieso egal, was er denkt. Wahrscheinlich hat er sich nur bereit erklärt, mir zu helfen, weil er darauf hofft, heute Abend irgendein perverses, kostümiertes reiches Mädchen abzuschleppen. Ich kippe den Rest meines Champagners runter, nehme Cooper das Glas aus der Hand und leere auch das bis auf den letzten Tropfen. Dann gebe ich ihm die leeren Gläser und marschiere quer durch den Ballsaal, um Jonah zu suchen.

Ich habe inzwischen schon acht oder neun kleine Grüppchen belauert und versucht herauszufinden, ob Jonah darunter ist. Bisher hatte ich kein Glück. Es macht die Sache auch nicht gerade leichter, dass viele Gäste Perücken tragen. Was, wenn Jonah angeheuert wurde, um kostümiert zu tanzen? Dann habe ich keine Chance, ihn zu finden!

Nein. Bleib positiv. Du bist schon so weit gekommen, Delphie. Er ist hier. Er muss hier sein. Und sobald du ihn gefunden hast, wird alles gut.

Ich schnappe mir ein Glas Champagner von einem Tablett und ein zweites für Jonah … falls ich ihn finde. Dann mache ich mich auf den Weg zum Flur, um nachzusehen, ob es hier irgendwo eine Künstlergarderobe gibt. Aber gerade als ich den Ballsaal verlassen will, hört die Band auf zu spielen. Jemand klopft an ein Mikrofon, gefolgt von dem trällernden Klang einer Stimme, bei der sich mir der Magen umdreht. Es ist eine Stimme, die ich in meinem ganzen Leben nie wieder hören wollte.

Ich drehe mich um. Der Raum scheint zu schwanken, aber ich weiß nicht, ob es am Champagner liegt oder am Schock.

Auf der Bühne steht Gen Hartley, natürlich als Marilyn Monroe verkleidet – sie trägt das rosa Kleid aus *Gentlemen Prefer Blondes*. Neben ihr steht Ryan Sweeting, etwas fülliger als früher, aber immer noch gut aussehend, vor allem als Joe DiMaggio in seiner alten Baseballkleidung. Ich atme tief durch und versuche mich zu beruhigen, aber beim Klang ihrer Stimme, schön und melodisch, ist mir zumute, als würde jemand mit einer Kelle mein Inneres Stück für Stück herausschöpfen.

»Mir war es eine große Ehre, diese Veranstaltung heute Abend im Namen von Lady Derwent zu moderieren, die … irgendwo da draußen ist!« Gen schirmt die Augen gegen die grellen Lichter ab und blickt über die Menge hinweg. Sie winkt, und das Publikum applaudiert für Lady Derwent, wo auch immer sie sein mag. »Wie immer haben Lady Derwent und ich heute Abend einen besonders verdienstvollen Zweck ausgewählt, den wir alle unterstützen wollen. *Schluss mit Mobbing* hilft bei der Ausbildung und Unterstützung von Lehrern, damit sie unsere Kinder besser vor Mobbing schützen können – das heute dank der sozialen Medien so weit verbreitet ist wie nie zuvor.«

Eine Wohltätigkeitsorganisation gegen Mobbing? Meine hochgezogenen Schultern sinken ein wenig herab. Ist das Gens Art, Wiedergutmachung zu leisten? Fühlt sie sich schuldig für das, was sie mir angetan hat?

»Ich habe selbst während meiner Zeit an der Highschool in West London traumatische Erfahrungen erlitten«, redet Gen weiter. »Streiche, Ausgrenzung, psychologische Kriegsführung. Es ging so weit, dass ich schließlich die Stadt verließ. Erst vor Kurzem habe ich den Mut gefasst, hierher zurückzukehren, als sich die Gelegenheit bot, mein geliebtes Elternhaus zu kaufen. Es war eine Herausforderung, zurückzukommen, gemeinsam mit meinem Mann und unseren zwei kleinen Kindern. Aber ich wusste immer, dass ich hierhergehöre.«

Ryan reibt seiner Frau mitfühlend die Schulter und nickt.

Soll das ein Witz sein? Sie benutzt *meine* Geschichte, um sich bei diesen Leuten einzuschmeicheln? Um sie glauben zu lassen, sie sei früher mal selbst Opfer gewesen? *Sie* war die Mobberin. *Sie* hat andere ausgeschlossen und ihnen übel mitgespielt.

Der Saal scheint zu schwanken. Ich darf mich von diesen Gefühlen nicht überwältigen lassen. Rasch blicke ich auf meine Hände hinunter und versuche, mich auf die hübsch lackierten Nägel zu konzentrieren.

Aber ich kann nichts tun, um Gen nicht mehr zu hören, die klingt, als hätte sie in ihrem ganzen Leben noch nie etwas falsch gemacht.

»Wir setzen das Unterhaltungsprogramm mit Auftritten von John dem Zauberer und Elbow dem singenden Hund fort. Folgen Sie bitte den Links auf Ihren digitalen Eintrittskarten zur Spendenseite und geben Sie, so viel Sie können. Wir verkünden in einer Stunde die endgültige Summe. Verehrte Gäste, wir würden uns freuen, wenn dies unsere bisher erfolgreichste Gala wird. Für die Kinder. Wenn *Sie* also Mobbing hassen, beweisen Sie es!«

Das Publikum applaudiert begeistert, und ich weiß nicht, ob es das Adrenalin ist oder einfach nur die Anstrengung der wilden letzten Tage, aber plötzlich durchzuckt mich ein Energieblitz. So etwas habe ich noch nie zuvor erlebt. Die Haare auf meinen Armen kribbeln, mein Herz pocht mir in den Ohren wie Trommelschlag, der mich zum Kampf antreibt. Wie kann sie es wagen? Wie kann sie es *wagen?* Ich marschiere schnurstracks auf die Bühne zu. Ich *will,* dass sie mich sieht. Denn sie weiß, dass ich weiß, was für eine Lügnerin sie ist. Sie soll kapieren, dass nicht jeder hier auf ihr Getue und ihre zuckersüße Stimme hereinfällt.

Gen entdeckt mich und reißt die Augen auf. Sie stupst Ryan an, und als er mich erblickt, kneift er die Augen zusammen, als könne er mich nicht sofort zuordnen.

Wie können sie es wagen, da oben zu stehen und von Solidarität zu reden, nachdem sie mir das Leben zur Hölle gemacht haben? Wie kann es sein, dass sie imstande sind, sich so sehr zu verstellen?

Die Wut lodert so heiß in mir, dass es mich nicht wundern würde, wenn meine Augen rot glühen würden wie in einem Science-Fiction-Film. Ich marschiere geradewegs zur Bühne.

»Delphie Bookham?« Ihr fällt die Kinnlade herunter, als sie mich von oben bis unten mustert. »Ich kann es nicht glauben …«

»Oh, halt den Mund, Gen.« Mein Herz hämmert wie wild. Die Energie, die durch meine Glieder rast, verleiht mir das Gefühl, ich könnte mit bloßen Händen einen Lastwagen heben. Mein Kopf ist voller Erinnerungen an die Schule – eine düstere Montage wie in Merritts Video.

»Delphie!«, zischt Gen. »Was machst …«

»Ich habe gesagt, du sollst den Mund halten«, fauche ich, und das nahe Mikrofon lässt meine Worte im ganzen Ballsaal widerhallen. Es gibt eine schrille Rückkopplung, und das Hintergrundraunen der Gespräche verstummt. Eine unbehagliche Stille senkt sich über die Gala. Mir treten Tränen in die Augen, aber ich blinzle sie rasch weg. Ich werde verdammt noch mal nicht vor diesen beiden Menschen weinen.

»Mobbing ruiniert Leben, sagst du?« Meine Stimme zittert trotz des Champagners, der mir Mut verleiht. »Du hast mich schikaniert! Du hast *mein* Leben ruiniert. Was ich dir getan habe?« Ich schüttle den Kopf. »Ich weiß es immer noch nicht, verdammt noch mal.« Ich trete näher an Gen heran und senke die Stimme. »Was habe ich dir denn getan? Ich war mal deine beste Freundin. Und du hast mich behandelt, als würdest du mich hassen. Warum?«

Gen macht eine Bewegung auf mich zu. Sie will das Mikrofon ausschalten, das unser Gespräch in den ganzen Saal trägt, aber ich bekomme einen Schreck; denke, sie wolle mich schubsen oder mir etwas in die Haare werfen. Instinktiv hebe ich eines meiner noch vollen Gläser und schütte es ihr ins Gesicht. Es ist ein Reflex, um mich zu verteidigen, aber mir wird sofort klar, dass es nicht nötig war. Gen steht reglos da und blinzelt, der Champagner läuft ihr übers Gesicht und tropft ihr aufs Kleid. Vor Wut bleckt sie die Zähne. Ich stelle das Glas auf den Boden und öffne den Mund … aber das alkoholgeschwängerte Adrenalin, das eben noch zornentbrannt durch meine Adern raste, hat sich verflüchtigt. Ich habe ihr nichts mehr zu sagen.

Ich drehe mich um und sehe, dass alle uns anstarren. Cooper steht in der Mitte des Saals, neben Elizabeth Taylor, die Lippen zu einer dünnen Linie zusammengepresst.

Und dann sehe ich hinter ihm die strahlend blauen Augen, an die ich ständig denken muss, seit dem Tag, da ich sie zum ersten Mal sah.

Er trägt ein schwarz-weiß kariertes Flanellhemd und eine kakifarbene Chinohose. Es ist eindeutig ein Kostüm, aber ich weiß nicht, wen er darstellt. Selbst in so einem hässlichen Outfit sieht er immer noch lächerlich gut aus, sein Haar ist perfekt frisiert, die Schultern sind wunderbar breit. Er mustert mich neugierig, den Kopf schief gelegt.

Merritt sagte, dass die Erinnerungen irrtümlicher Besucher Evermores ausgelöscht werden, sobald sie auf die Erde zurückkehren. Ich muss ihm sagen, wer ich bin.

Ich gehe zu ihm.

Kapitel 29

Ich habe ihn gefunden. Ich stehe vor ihm. Wir sind in einem kleinen Lagerraum, gleich neben dem großen Ballsaal. Er wirkte überrascht, als ich ihn bat, mit mir zu kommen, aber er hat es trotzdem getan. Für ihn bin ich eine völlig Fremde. Mir wird flau im Magen.

Er sieht sich im Lagerraum um. In den Regalen stehen Kerzen und Kerzenständer, Glühbirnen in allen Größen und Formen und ein paar reparaturbedürftige Kronleuchter.

»Ein ganzer Raum nur für Licht-Utensilien«, bemerke ich mit leicht zittriger Stimme.

»Ein Bild wie aus *How the Other Half Live*«, antwortet er und richtet seine Aufmerksamkeit wieder auf mich.

»Mein Name ist Delphie«, sage ich.

»Jonah.« Er streckt die Hand aus, um meine zu schütteln. Mir wird warm ums Herz bei der Berührung und der Erinnerung daran, wie wir in Evermore einfach nur dastanden und uns an den Händen hielten, als wäre es die natürlichste Sache der Welt.

Er lächelt. Es scheint ihm nicht viel auszumachen, dass ich ihn von der Party weggeschleppt habe. Ich frage mich, was er wohl gerade denken mag. Ich sollte mich wohl erklären.

»Bist du heute Abend hier, um zu tanzen?«, frage ich jedoch stattdessen. »Hast du einen Auftritt?«

Er runzelt die Stirn. »Woher weißt du, dass ich Tänzer bin?«

»Oh! Ja, also … Jemand hat es draußen im Ballsaal erwähnt. So ein Typ. Er sagte, ihr hättet denselben Agenten …«

»Also ein weiteres Alabaster-Desaster, was?« Er lacht. »Sorry. Ein Scherz – mit meinem Agenten ist es in letzter Zeit ziemlich … schwierig. Nein, ich bin inoffiziell hier. Als Begleitung.«

Oh! Maurice muss den Post-it-Zettel zur Erinnerung geschrieben haben, dass Jonah heute Abend nirgendwo gebucht werden kann, nicht zur Erinnerung an einen Job. »Wen stellst du denn eigentlich dar?«, frage ich.

Jonah lacht und streicht sich ein paar Fussel von der flanellhemdbedeckten Brust. »Das ist eher eine Nischenreferenz, um ehrlich zu sein. Hast du den Film *Beetlejuice* gesehen?«

Ich schüttle den Kopf.

»Ein Tim-Burton-Film aus den Achtzigern. Ich liebe ihn. Als das Mädchen, mit dem ich hier bin, mich einlud, sie heute Abend hierher zu begleiten, habe ich vorgeschlagen, dass wir uns als Adam und Barbara aus dem Film verkleiden. Wie ich schon sagte … eine Nischenreferenz.«

»Das … das Mädchen, mit dem du hier bist?«

»Ja. Es ist noch ziemlich frisch, aber es läuft gut, denke ich! Ich … warum wolltest du mich eigentlich sprechen? Ich bin neugierig. Es kommt nicht jeden Tag vor, dass mich eine mysteriöse Daisy Gatsby in einen Raum voller Licht-Utensilien zieht.«

»Ja, tut mir leid, dass ich dich hierher verschleppt habe wie eine völlige Spinnerin. Aber da draußen ist so viel los. Du musst das alles sehr seltsam finden.«

Er lacht leise. »Du hast ziemlich wütend gewirkt, ich wollte dir den Wunsch nicht abschlagen. Außerdem bin ich neugierig.« Er lehnt sich an die Wand. »Warum wolltest du mit mir reden?«

Weil er perfekt ist. Perfekt und sanft und seelenverwandt. Ich atme tief ein und öffne den Mund, um zu erklären, warum ich mit ihm sprechen muss. Aber dann halte ich inne. Obwohl ich seit Tagen praktisch an nichts anderes denke als an dieses Gespräch, habe ich keine Ahnung, wie ich überhaupt auch nur *anfangen* soll. Wie zum Teufel redet man über etwas so Großes, so Wichtiges? Ich kann ihm ja nicht mal sagen, dass wir uns schon mal getroffen haben und er sich nur deshalb nicht mehr daran erinnert, weil wir beide tot waren. Aber ich kann auch nicht zu langsam starten, denn ich habe schrecklich lange gebraucht, um ihn zu finden, und mir bleibt keine Zeit mehr, ihn erst mal ein bisschen besser kennenzulernen. Ich will nur, dass er mich küsst. So schnell wie möglich. Später kann ich ihm dann alles noch mal in Ruhe erklären – vielleicht haben wir dann sogar unser erstes Date …

Ich hebe das Kinn und schaue Jonah direkt in die Augen. Ich sehe heute Abend mehr als *gut, sehr gut* aus. Ich sehe hübsch aus. Vielleicht sogar schön. Und wenn Jonah mich frisch gestorben in Nachthemd und gurkengrünen Socken bereits anziehend fand, dann wird es ihm ja wohl ganz bestimmt nichts ausmachen, wenn ich ihn einfach, also, na ja, küsse.

Wenn es ein guter Kuss ist, was trotz meiner mangelnden Erfahrung der Fall sein wird, weil wir *Seelenverwandte* sind, wird er mich zurückküssen. Es wird instinktiv geschehen, und es wird ganz anders sein als der schreckliche Kuss mit Jonny Terry damals, als ich achtzehn war. Und … na ja, darüber muss ich nicht weiter nachdenken. Ich will nur, dass er mich *zurückküsst*. Das ist es, was Merritt wollte. Dass er mich küsst. Das hat oberste Priorität.

Okay, ich habe meine Entscheidung getroffen. Es hat keinen Sinn, noch länger zu warten. Ich strecke die Hände aus und ergreife die seinen, so wie in Evermore. Verwirrt runzle ich die Stirn, als ich feststellen muss: Der Funke, der meinen Körper bei unserer ersten Berührung entflammt hat, ist nicht mehr da. Dann sehe ich Jonah in die Augen, und mir wird ganz flau im Magen. Er sieht nicht interessiert aus wie bei unserer Begegnung im Wartezimmer. Stattdessen blickt er nervös nach links und rechts, als würde er nach einem Fluchtweg oder Hilfe Ausschau halten.

Ich sehe auf unsere Hände hinunter und stelle fest, dass seine einfach schlaff in meinen hängen. Ich lasse sie los.

»Ähm … es tut mir leid«, sage ich schnell. »Ich dachte … Ich dachte, wir hätten … und ich wollte nur …« Ich verstumme.

Jonah zupft am Kragen seines Flanellhemds herum. »Du bist sehr hübsch. Unglaublich hübsch sogar. Aber wie ich schon sagte, ich bin mit Begleitung hier. Sie ist drüben im Ballsaal …« Er unterbricht sich selbst und blickt sehnsüchtig zur Tür. Mein Herz beginnt vor Panik zu rasen. Er darf nicht gehen! Wenn er geht, ist alles vorbei!

»Nein! Bleib! Deine Verabredung kann warten, es ist wichtig!«

»Wie bitte?« Auf einmal klingt er schroff.

Warum habe ich das gesagt? Und warum ist meine Stimme auf einmal so hoch und gepresst? Ich klinge völlig bescheuert.

Jonahs Augen weiten sich. Sieht er etwa verängstigt aus? So ein Mist. Nein. Ich will ihn nicht erschrecken. Ich muss noch mal von vorn anfangen. Einen anderen Ansatz versuchen. Eine sanftere, weniger seltsame, weniger angetrunkene Annäherung.

Er weicht vor mir zurück.

Ich brauche mehr Zeit mit ihm. Er muss mich kennenlernen. Aber ich *habe* nicht mehr Zeit, wenn er nicht …

»Küss mich einfach!«, rufe ich panisch und beuge mich vor. Er weicht aus, und meine Lippen treffen ins Nichts.

Erschrocken sieht Jonah sich um, tastet hinter sich nach der Tür, reißt sie auf und rennt rückwärts auf den Korridor und zurück in den Ballsaal.

»Jonah, nein!«, rufe ich. »Du verstehst das nicht! Lass es mich dir erklären!« Ich folge ihm und stolpere mit meinen blöden Absätzen. Hastig ziehe ich die Schuhe aus und renne ihm hinterher. Ich darf ihn nicht verlieren. Nicht schon wieder. Ich habe keine Zeit mehr!

Ich jage ihm in den Ballsaal hinterher. Die Band spielt gerade ein schwärmerisches Lied von Harry Connick Jr., dazu wirbeln die schönen Gäste elegant übers Parkett. Jonah verschwindet in der Menge. Nein, nein, nein. Ich darf ihn nicht verlieren! Es war so schwer, ihn zu finden. Das ist meine einzige Chance!

»Jonah!«, schreie ich, und meine Stimme gerät zu einem Kreischen, so markerschütternd, dass die Band aufhört zu spielen.

»Nicht schon wieder dieses Mädchen«, murmelt jemand neben mir. Die Menge lichtet sich, und da steht Jonah mitten auf der Tanzfläche. Ich eile zu ihm. Die anderen Gäste beobachten uns.

»Ich … ich weiß nicht, was du willst, aber was immer es ist, ich bin nicht interessiert.« Er hält die Handflächen hoch, als wolle er mich beschwichtigen.

»Doch, bist du«, sage ich. »Lass es mich erklären …«

»Ja, vielleicht ein andermal.« Er weicht einen Schritt zurück.

»Wir haben keine Zeit dafür!« Frustriert reiße ich die Arme hoch. »Du bist nie da, wo du sein sollst! Du bist nicht beim Zeichenkurs aufgetaucht, und als ich dann beim *Shard* war …« Ich unterbreche mich, als ich sehe, dass Jonah mich mit offenem Mund anstarrt. Er sieht zutiefst erschüttert aus. Die hübsche dunkelhaarige Frau im geblümten Kleid, die neben ihm steht, greift nach seiner Hand und sieht mich neugierig an.

»*Neeeiiiin*«, murmle ich … eigentlich ist es eher ein Wimmern.

Mist. Ich mache alles noch viel, viel schlimmer.

»Was ist denn hier los?« Es ist Gen. Ihr Kleid ist noch fleckig, aber ansonsten ist sie schon wieder trocken, die Haare sitzen perfekt wie immer. »Alles in Ordnung, Jonah?«

Sie kennt ihn?

»Woher kennt ihr beiden euch?« Stirnrunzelnd sehe ich zwischen den beiden hin und her.

Gen runzelt ebenfalls die Stirn. »Jonah ist ein guter Freund von mir. Er hat auf vielen meiner Veranstaltungen getanzt.«

»Ich habe es zweimal überprüft, und sie steht definitiv nicht auf der Liste.« Ryan kommt herbeigestapft und zeigt auf das iPad in seiner Hand. »Sie ist eine Provoziererin«, fügt er hinzu. »Sagt man das so, Babe? Provoziererin? Oder heißt es Provokatiererin?«

Gen ignoriert ihn. Mit einer eleganten Handbewegung gibt sie der Band ein Zeichen, weiterzuspielen, und scheucht die Umstehenden sanft ein Stück zurück. Jonah starrt mich an, das schöne Gesicht von Verwirrung gezeichnet. Seine Begleiterin drückt ihm die Hand.

Meine Augen füllen sich wieder mit Tränen. Wütend wische ich sie weg. Am Rande meines Blickfelds sehe ich Cooper auf mich zukommen.

»Bist du hier, um dich an mir zu rächen?«, fragt Gen und mustert mich mit umwölkter Stirn. »Lass das mal hinter dir und verzeih mir endlich! Ich war in der Schule eine Idiotin. Und Ryan war auch ein Blödmann. Wir hatten uns verirrt. Wir mussten erst mal unseren Weg wiederfinden. Die Highschool ist der reinste Dschungel.«

»Du hast benutzt, was du mir angetan hast, und es auf der Bühne so verdreht, als wärst *du* ein Opfer gewesen! Übernimm dafür die Verantwortung, Gen.«

»Ich unterstütze *Schluss mit Mobbing!* Ich *übernehme* Verantwortung!«

»Du hast dich nie bei mir gemeldet. All die Jahre hättest du dich mal bei mir melden können. Dich entschuldigen.« Meine Stimme bricht. »Warum hast du das nicht getan?«

Plötzlich sieht sie müde aus. Für einen Moment wird meine Abwehr schwächer, und ich sehe das Mädchen vor mir, mit dem ich früher gespielt habe. Das Mädchen, das mir seine Rollschuhe geliehen hat, als meine kaputt waren. Die Freundin, mit der ich bis zwei Uhr morgens gekichert habe, wenn sie bei mir übernachtet hat. Und ich erinnere mich an das Mädchen, das ich selbst einst war, unerschrocken und offen.

Sie stößt die Luft aus. »Um ehrlich zu sein, hatte ich völlig vergessen, dass du überhaupt existierst, Delphie. Und überhaupt … ich war damals zu allen scheiße, nicht nur zu dir.«

»Babe, so schlimm waren wir gar nicht«, behauptet Ryan und rückt seine enge Baseballhose zurecht. »Zumindest erinnere ich mich nicht dran, dass wir's gewesen wären. Aber ich erinnere mich auch nicht so genau. Du bist Delphie, oder? Die Rothaarige? Du hast diese Zeichnung gemacht?« Er kichert, und Gen stößt ihm mit dem Ellbogen in die Rippen.

»Du hast es *vergessen?*«, stammle ich. »Du hast vergessen, dass es mich gibt?«

Es ist wie ein Schlag in die Magengrube.

Ich habe seit meinem letzten Schultag *jeden Tag* an Gen und Ryan gedacht.

Ich blicke zwischen den beiden hin und her. Gens Handy summt, und sie holt es aus ihrer kleinen silbernen Tasche, wirft einen kurzen Blick darauf und sieht wieder mich an. »Ich muss den nächsten Akt ankündigen. Verzeihst du uns?«

Ich öffne den Mund, aber es kommt wieder nichts heraus. Ich bin leer. Völlig fertig. Ich drehe mich um, um mich bei Jonah zu entschuldigen, um zu versuchen, alles wieder in Ordnung zu bringen, aber er ist schon verschwunden. Wahrscheinlich hat er sich in Sicherheit gebracht oder ist weggegangen, um diese andere Frau zu küssen, nicht mich.

Cooper taucht neben mir auf. »Gehen wir, Delphie?«, fragt er lässig und nimmt meinen Arm. »Mir ist langweilig.«

Gen schnappt nach Luft. »Oh, wow, Sie sind doch R. L. Cooper?« Sie strahlt ihn an, als wäre unser Gespräch nur noch eine ferne Erinnerung. »Ich bin Gen – Gen Hartley. Wir haben uns vor zwei Jahren beim Harrogate Festival kennengelernt, ich habe zusammen mit dem Autor Peter Johnson eine Wohltätigkeitsveranstaltung für den Royal Literary Fund geleitet.«

»Ich erinnere mich leider nicht«, erwidert Cooper und wirft ihr das Lächeln zu, bei dem die Frauen offenbar reihenweise in Ohnmacht fallen. Auch Gen ist dagegen nicht immun. Sie läuft rot an, kurz zuckt ihre Zungenspitze über die Lippen.

»Natürlich nicht, Sie sind dort von so vielen Leuten umschwärmt worden.« Sie beißt sich auf die Unterlippe. »Oh, könnte ich vielleicht schnell ein Foto für Instagram machen?« Sie reicht Ryan ihr Handy und zischt ihm zu, er solle ein Foto machen. Er nickt stumm. Offenbar führt er immer noch jeden ihrer Befehle klaglos aus, genau wie früher.

Cooper schüttelt den Kopf. Sein Lächeln wird noch breiter, er senkt die Stimme und beugt sich zu ihr vor. »Meine Güte, ich fühle mich so geschmeichelt, Gemma, aber ich fürchte, ich würde mir lieber die Augäpfel auskratzen, als noch einen Moment länger mit dir zu reden. Habt einen schönen Abend, ihr zwei.« Er nickt Ryan zu, der zur Antwort einen Daumen hebt. »Na komm, Delphie. Lass uns gehen.«

Kapitel 30

Erst als wir draußen sind, merke ich, dass ich meine Schuhe in Derwent Manor vergessen habe. Zum Glück sind die grasbewachsenen Feldwege dank der Hitzewelle staubtrocken. Trotzdem macht es mich nervös … mittlerweile ist die Sonne untergegangen, und es ist stockdunkel. Ich könnte in alles Mögliche reintreten.

Cooper beleuchtet mit seiner Handy-Taschenlampe den Weg. »Geht es dir gut?«, fragt er, als wir an dem Feld vorbeikommen, auf dem jetzt keine Schafe mehr stehen.

Nein, ich glaube nicht.

Nicht wegen Gen und Ryan, so schlimm diese Begegnung auch war, sondern weil ich bei der Aufgabe, die Merritt mir gegeben hat, vollkommen versagt habe. Ich habe ihn verloren. Ich habe Jonah verloren. Er hat mich angesehen, als hätte er Angst vor mir. Er hat mich nicht geküsst. Er wird mich niemals küssen. Das heißt, ich habe nicht nur die potenzielle Liebe meines Lebens verloren, sondern werde obendrein in drei Tagen erneut sterben. Ich konnte meinem Leben nie viel abgewinnen, aber die letzten Tage haben alles auf den Kopf gestellt, was ich zu wissen glaubte. Es war unglaublich stressig und seltsam und beängstigend und überwältigend … und doch habe ich mich lebendiger gefühlt, als ich es je für möglich gehalten hätte.

»Alles in Ordnung«, sage ich, obwohl mir schon wieder Tränen in die Augen steigen. Was soll denn aus Mr Yoon werden?

»So langsam fange ich an zu glauben, dass es bei der Suche nach diesem Jonah um mehr ging als nur darum, ihn über eine Geschlechtskrankheit zu informieren?«

»Es gab nie eine Geschlechtskrankheit!« Als unter meinem nackten Fuß ein kleiner Zweig bricht, zucke ich zusammen. »Ich habe nie … Ich habe das nur gesagt, weil ich dich nicht kannte. Weißt du, ich dachte, da wäre etwas zwischen Jonah und mir … und ich brauchte es … ich brauchte *ihn,* um …« Ich verstumme. Es ist zu schwierig, das zu erklären, besonders jemandem wie Cooper. Ich seufze schwer. »Ich hab es einfach versaut, so wie alles andere auch.«

»Ist bestimmt halb so schlimm.«

»Cooper, ich habe gerade einen Mann quer durch einen vollen Ballsaal verfolgt und uns beide vor aller Leute Augen blamiert.«

»Ich bin sicher, dass er von deiner Entschlossenheit geschmeichelt war.«

»Ach, bitte.«

Coopers Stimme wird leiser. »Manchmal, wenn Menschen gehen wollen, ist es am besten, sie einfach gehen zu lassen.«

»Ich will nicht darüber reden«, sage ich und wische mir eine weitere ungebetene Träne weg. »Und schon gar nicht mit dir. Ich will einfach nur nach Hause.«

»Verstehe.«

In elendem Schweigen trotten wir weiter den Feldweg entlang, als plötzlich ein seltsames Rauschen von oben zu vernehmen ist. Wir bleiben stehen und blicken in den Himmel. Für unsere Neugier werden wir mit einem gewaltigen Regenguss mitten ins Gesicht belohnt. Ein Blitz erhellt unsere erschrockenen Gesichter, unvermittelt gefolgt von einem Donnergrollen. Ernsthaft? *Jetzt* auf einmal brechen Regen, Donner und Blitz über die Welt herein, verdammt noch mal? Es ist der heißeste Sommer seit Beginn der Wetteraufzeichnungen, es hat einen ganzen Monat lang nicht geregnet. Aber sobald ich mitten auf einem Feldweg stehe, barfuß, niedergeschlagen, beschämt und dem Tod geweiht, *dann* auf einmal kommt der lang ersehnte Regen?

Ich lache. Ich lache und weine und schüttle den Kopf. »Perfekt!«, schreie ich über das Tosen des Donners hinweg in den Himmel. »Ehrlich. Was für ein verdammt grandioses Timing!«

»Delphie, komm schon!«, schreit Cooper, dessen Haare bereits durchnässt sind. »Steh da nicht so blöd rum!«

Ich sehe auf meine Füße hinunter. Der Regen hat den zuvor ausgetrockneten Boden unter mir bereits aufgeweicht. Ich hebe einen Fuß. Es quietscht feucht.

»Komm schon, wir sind sonst gleich völlig durchweicht.«

Ich kann die Augen nicht von meinen Füßen lassen. In drei Tagen sterbe ich sowieso. Was macht es schon, wenn ich durchnässt werde oder in diesem Regen ertrinke? Es ist buchstäblich nichts mehr wichtig.

Cooper kommt auf mich zu. »Ich trage dich zurück zum Auto, okay?«

Ich zucke halbherzig mit den Schultern und erwarte irgendwie, dass er mich hochhebt, als würde ich nichts wiegen, und mich an seine Brust gedrückt mit sich trägt. Aber nein, das tut er nicht. Er hebt mich ohne jede Mühe hoch, ja, aber er wirft mich über seine Schulter, als wäre ich ein Sack Kartoffeln – und nach dieser ganzen Scheiße fühle ich mich ehrlich gesagt auch wie einer. Als Cooper abrupt losläuft, schlägt mein Kopf gegen seinen Hintern.

»Cooper! Lass mich wieder runter!«, schreie ich, denn das ist selbst für mich eine zu große Demütigung. Aber Regen und Donner sind zu laut, er hört mich nicht. Ich frage mich kurz, ob ich einen blauen Fleck bekommen werde … Coopers Hintern ist etwas runder als der Durchschnitt, aber er besteht anscheinend nur aus Muskeln. Es ist, als würde mein Kopf gegen einen Basketball prallen.

Ich gebe nach und lasse mich einfach baumeln, und schon bald sind wir wieder auf dem Parkplatz, wo Cooper mich vor dem Auto auf die Füße stellt. Er greift in seine Innentasche, um die Schlüssel herauszuholen, dann in die andere Innentasche. Fördert das Schweizer Taschenmesser, die Baupläne und eine Brieftasche zutage. Dann zieht er seine Smokingjacke aus und kramt in seinen Hosentaschen.

»Scheiße«, bellt er. »Mein Autoschlüssel. Er muss herausgefallen sein, als du nach meinem Taschentuch gesucht hast. Hast du ihn nicht fallen hören?«

»War ja klar, dass du jetzt mir die Schuld gibst«, rufe ich, während mir der Regen die Wimperntusche direkt in die Augen spült. Ich hebe die Hände und versuche, mein Gesicht zu schützen. »Du kannst sie ebenso gut selbst verloren haben. Nimm einfach das Taschenmesser, um die Autotür zu entriegeln. Beim Tor hat es doch auch funktioniert!«

Cooper starrt mich an, eine nasse Haarsträhne fällt ihm ins Auge. Er wischt sie weg. »Geht nicht. Das ist ein Spezialschloss. Es ist so gebaut, dass es unmöglich geknackt werden kann.«

Sein Jackett hat er über die Schulter gehängt, und das Smokinghemd ist so nass, dass es durchsichtig an seinem Oberkörper klebt, der so kräftig zu sein scheint wie sein Hintern. Ich kann den Blick nicht abwenden. Mein Mund fühlt sich trocken an. Ich spüre den Regen auf meinen Lippen und fange etwas davon mit der Zunge auf. Cooper starrt mich einen Moment lang an, keuchend, Regen tropft von seinen Wimpern.

»Der Pub«, sagt er plötzlich und deutet auf die warmen gelben Lichter des *Bee and Bonnet.* Ohne zu fragen, hebt er mich wieder hoch, wirft mich über die Schulter und rennt los Richtung Pub, und mein Kopf prallt erneut gegen seinen völlig durchnässten Hintern. Verdammt noch mal.

Cooper reißt die Kneipentür auf und lässt mich drinnen auf die Füße plumpsen.

»Verdammte Scheiße«, rufe ich dramatisch. Nur dass wir jetzt nicht mehr im Regen stehen und es im Pub sehr, sehr ruhig ist. Aus dem Radio ertönt die sanfte Stimme von Adele, und im ganzen Lokal halten sich nur drei andere Gäste auf – ein leicht feuchtes grauhaariges Ehepaar und ihr grauer Mops.

Der Barkeeper betrachtet die Pfütze, die wir auf dem Steinboden hinterlassen, und seufzt. Er nimmt ein nicht mehr ganz trockenes Handtuch vom Haken, das aussieht, als hätten es vor uns das grauhaarige Paar und ihr Hund benutzt. Cooper schnappt es sich und rubbelt sich Haare und Gesicht damit trocken, bevor er es mir reicht. Ich tue dasselbe und lege das Handtuch auf den Boden, um mir die Füße abzutrocknen und gleichzeitig unsere Regenpfütze aufzusaugen. Dann reiche ich es dem Barkeeper zurück, der es wieder an den Haken hängt … für die nächsten nassen Gäste, nehme ich an.

»Haben Sie noch Zimmer frei?«, fragt Cooper.

»Zimmer?« Ich verziehe das Gesicht. »Ich will nicht hierbleiben. Ruf doch irgendwen an, der sich um dein Auto kümmert. Oder wir nehmen ein Taxi? Ich will einfach nur nach Hause.«

Cooper schnaubt. »Ich hätte kein gutes Gefühl dabei, jemanden darum zu bitten, bei diesem Unwetter zu fahren. Du etwa?« Er sieht mich so vorwurfsvoll an, als hätte ich ihm gerade vorgeschlagen, in eine Tüte zu scheißen und sie seiner Mutter zu schicken.

Er hat recht. Da draußen herrscht der reinste Weltuntergang. Ich will definitiv nicht, dass jemand unseretwegen ins Auto steigen muss. Ich schüttle den Kopf.

»Hör zu«, sagt Cooper, sein Blick wird ein wenig sanfter. »Wir warten das Unwetter hier ab, und morgen früh rufe ich einen Freund an. Er hat den Ersatzschlüssel für das Auto.«

Uns bleibt wohl keine andere Wahl.

Ich sehe zum Barkeeper auf. »Was er gesagt hat. Wir brauchen zwei Zimmer.«

»Kein Problem«, sagt er und deutet auf das leere Lokal. »Also, was wollt ihr zwei trinken?«

»Alkohol«, sagt Cooper unverblümt.

»Und zwar reichlich«, füge ich hinzu und vergrabe meinen nassen Kopf in den Händen.

Für einen Pub ist der Laden gar nicht so übel – es ist gemütlich, die Stühle sind weich, der Alkohol nur halb so teuer wie in London. Cooper und ich haben uns in einer Ecke neben einer vollgestopften Galeriewand niedergelassen, die lauter Ölgemälde von Frauen präsentiert, jedes in einem anderen Stil – ein abstrakter Akt, eine impressionistische Frau in einem wilden Garten, ein Porträt im klassischen Renaissancestil. Cooper trinkt Whisky pur – war ja klar –, ich Wodka-Martini ohne Oliven. Die Drinks werden mit einem sehr alten, sehr süßen, möglicherweise bereits abgelaufenen Wermut zubereitet, denn wie der Barkeeper sagte: *Das hier ist nicht das verdammte Chiltern Firehouse.*

Ich hole ein paar Haarnadeln aus meiner Tasche und flechte mir das nasse Haar zur üblichen Frisur.

Eine junge, auffallend hübsche Frau in Jeansshorts kommt herein und geht an unserem Tisch vorbei. Ich erwarte, dass Cooper ihren koketten Blick erwidert, aber er reagiert nicht, spielt nur mit einem Bierdeckel, die Stirn gerunzelt.

»Geht es dir gut?«, frage ich. »Da ist gerade eine sehr heiße Frau vorbeigelaufen, und du scheinst es nicht mal bemerkt zu haben.«

»Ich bin kein Casanova, weißt du.«

Ich ziehe eine Braue hoch. »Sag das der Schlange von Frauen vor deiner Wohnung.«

Cooper schüttelt den Kopf. »Der Mensch braucht Gesellschaft.«

»Klar«, sage ich mit einem Augenrollen. »*Gesellschaft.*«

Da sieht er mich ernst an. »Ich nehme an, du hast dich noch nie einsam gefühlt. Sonst wärst du nicht so voreingenommen Menschen gegenüber, die alles tun, um dieses Gefühl zu vermeiden.« Er seufzt leise. »Selbst wenn es nicht funktioniert.«

»Tut mir leid.« Unsere Blicke treffen sich. »Das wusste ich nicht.«

Er reißt eine Ecke von seinem Bierdeckel ab. Ich sehe zu, wie er damit herumfummelt, und komme mir wegen meiner Bemerkung blöd vor. Inzwischen sollte ich ihn wirklich besser kennen.

»Also …«, beginne ich, verstumme dann aber wieder.

»Was? Sprich weiter.«

»Warum hast du keine Freundin? Wenn man einsam ist, wäre es doch besser, irgendwen immerhin regelmäßig zu sehen.«

Cooper legt den Bierdeckelfetzen weg. »Weil ich noch nie jemanden getroffen habe, bei dem ich das Gefühl hatte …«

»Oh, Scheiße!«, schreie ich plötzlich, und mein Herz rast los. »Ich kann heute Abend nicht nach Mr Yoon sehen.«

»Warum solltest du denn nach Mr Yoon sehen?«

»Ich kontrolliere, ob er abends seine Zigaretten richtig ausgedrückt hat und den Herd ausschaltet – du weißt schon.«

»Hat er schon mal seine Zigaretten brennen lassen?«

»Na ja, nein, bisher nicht. Aber sein Gedächtnis ist nicht mehr das beste. Er ist im Lauf des letzten Jahrs ziemlich vergesslich geworden.«

»Mr Yoon kommt schon zurecht«, sagt Cooper und trinkt einen Schluck Whisky. »Das Alter mag sich allmählich bemerkbar machen, ja, aber der Mann ist schlauer als wir beide zusammen.«

»Woher willst du das wissen?«

»Weil ich ihn noch nie beim Pokern schlagen konnte.«

Ich runzle die Stirn. »Du spielst mit Mr Yoon Karten?«

Cooper nickt und dreht seinen Bierdeckel zwischen den Fingern. »An drei Nachmittagen die Woche. Mittagessen und eine Runde Poker.«

»Du kochst ihm Essen?«

»Ich *besorge* was zum Essen. Er wüsste meine Kochkünste nicht zu schätzen.«

»Warte … bist *du* etwa derjenige, der ihn von diesen Cola-Bonbons mit Kohlensäure abhängig gemacht hat?«

Cooper lacht. »Ich habe sie ihm mal mitgebracht, er hat sie verschlungen, also habe ich sie wieder mitgebracht.«

Ich atme tief durch. »Du darfst ihm das Zeug nicht kaufen. Es ist nicht gut für ihn.«

»Delphie, er ist weit über achtzig. Lass ihm etwas Freude.«

»Ich will nur, dass es ihm gut geht.« Ich beiße mir auf die Lippe und frage mich, wie es ihm ergehen wird, wenn ich nicht mehr da bin. »Hör zu.« Ich lehne mich näher zu Cooper. »Mr Yoon ist auf der Warteliste für eine Beurteilung, ob ihm zusätzliche Betreuung gezahlt wird. Er braucht sie. Aber die Warteliste ist lang.«

»Oh. Das wusste ich nicht.«

»Ja. Und ich wollte mich um ihn kümmern, bis das geklärt ist, aber wenn ich aus irgendeinem Grund … du weißt schon …«

»Was?«

»Na ja, wenn ich … irgendwie verhindert sein sollte oder so …«

Cooper lehnt sich zurück, ein amüsiertes Zucken umspielt seine Mundwinkel. »Warum um alles in der Welt solltest du verhindert sein, Delphie?«

Ich schnaufe. »Es ist rein hypothetisch, okay? Ich muss nur wissen, dass sich jemand um Mr Yoon kümmert, falls mir etwas zustoßen sollte.«

Cooper fixiert mich so eindringlich, als würde er versuchen, einen Blick in mein Gehirn zu werfen. »Er ist dir wirklich wichtig, oder?«

Ich sehe weg und trinke einen großen Schluck Martini. »Ich möchte nur, dass er, du weißt schon, versorgt ist.«

»Okay. Für den unwahrscheinlichen Fall deiner Verhinderung schwöre ich feierlich, mich darum zu kümmern, dass für Mr Yoon gesorgt ist.«

Ich sehe Cooper wieder in die Augen, und mir wird warm vor Erleichterung und Alkohol. »Wirklich, das tust du? Ich meine … das würdest du tun? Für den, äh, sehr unwahrscheinlichen Fall, dass ich …«

»Für Mr Yoon wird gesorgt«, versichert er mir und fügt hinzu: »Er hat wirklich Glück, dass er dich hat.«

Angesichts dieses Versprechens entspannen sich meine Schultern, wenn auch nicht so sehr, wie ich es mir erhofft hätte. Tatsache ist leider, dass mir nur noch drei Tage auf Erden bleiben und ich hier mit meinem Nachbarn festsitze – auch wenn er zugegebenermaßen nicht *ganz* so widerwärtig ist, wie ich mal dachte –, statt meinen buchstäblichen Seelenverwandten zu küssen, dessen Kuss mein Leben retten würde.

Aber was würde ich an meinen letzten drei Tagen tun, wenn ich *nicht* in dieser Situation *wäre?* Wenn ich nicht von Merritt auf diese lächerliche Mission geschickt worden wäre? Wahrscheinlich säße ich zu Hause in der Wohnung, in der ich geboren wurde. Ich würde auf mein neu erworbenes Skizzenbuch und die Stifte starren und tausend Gründe erfinden, um sie nicht zu benutzen. Ich würde mir Dokumentarfilme über wahre Verbrechen ansehen, in denen unschuldige Frauen verarscht werden, und zwar ausgerechnet von den Menschen, die sie lieben – ein deprimierend umfangreiches Genre. Ich würde zu Mr Yoon gehen und zur Arbeit, und wahrscheinlich würde ich es weiterhin vermeiden, mit Leanne und Jan über irgendwas zu reden, was über die Arbeit hinausgeht.

Aber hauptsächlich wäre ich allein. Ich würde mich verstecken. Mein Leben wäre eine Abfolge von immer gleichen Tagen, genau wie auf Merritts Video. Es würde wahrscheinlich nicht mehr viele schlimme Momente geben. Aber es gäbe definitiv auch keine besten Momente.

Die Erkenntnis trifft mich wie ein Tritt in den Magen.

Ich habe es vergeudet.

Ich habe mein Leben vergeudet.

Ich entschuldige mich bei Cooper und nehme mein Handy mit auf die Damentoilette, um meine Mutter anzurufen.

Sie geht nicht dran.

Kapitel 31

»Nein, nein, nein. Auf keinen Fall.«

Hilflos sieht sich der Barkeeper in der Kneipe um. Ich folge seinem Blick und bin erstaunt, dass sich das Lokal offenbar unbemerkt mit Leuten gefüllt hat, während Cooper und ich in der Ecke saßen. »Ich habe nicht erwartet, dass es so voll wird«, sagt er. »Es wurden viele Leute vom Regen überrascht, und fast alle wollen ein Zimmer. Seid ihr zwei nicht ein Paar?«

»Nein«, erklärt Cooper.

»So was von kein Paar«, sage ich gleichzeitig. »Deshalb haben wir um *zwei* Zimmer gebeten.«

Der Barkeeper zuckt mit den Schultern. »Ihr müsst euch leider trotzdem ein Zimmer teilen. Die anderen haben jetzt schon bezahlt.«

»Verdammt.«

Cooper gluckst plötzlich in sich hinein.

»Findest du das etwa witzig?« Ich verschränke die Arme vor der Brust.

»Es erinnert mich an …« Er spürt meine Gereiztheit und verzichtet darauf, seinen Satz zu beenden. »An gar nichts. Mach dir keine Sorgen. Es ist ein Doppelbett. Wir schlafen einfach so, dass einer mit den Füßen zum Kopfende liegt oder so.«

Die Sache kann echt nicht noch schlimmer werden.

»Es ist ein *kleines* Doppelbett«, sagt der Barkeeper entschuldigend.

Ich starre Cooper finster an. »Ich bin kein Arsch, ich werde dich nicht zwingen, auf dem Boden zu schlafen, aber du fasst mich besser nicht an, Kollege.«

Cooper tritt so dicht an mich heran, dass seine Brust fast gegen meine stößt. Sein Blick wandert über mein Haar, meine Augen und meine Nase und ruht einen Moment auf meinen Lippen, bevor er mir wieder in die Augen blickt. Ein leichtes Lächeln huscht über sein Gesicht. »Nicht mal, wenn du mich darum anflehst, Delphie.«

Das Grinsen des Barkeepers erlischt, als ich ihm einen eisigen Blick zuwerfe. Ich strecke die Hand aus, und er beeilt sich, mir den Schlüssel zu geben.

Im Zimmer muss ich feststellen, dass *klein* noch eine sehr wohlwollende Beschreibung war. Dieses Bett ist kaum größer als ein Einzelbett. Immerhin ist die Einrichtung nett – weiße Baumwollbettwäsche und eine hübsche silberne Damasttapete. Allein würde ich hier gern eine Nacht verbringen. Aber ich bin nicht allein.

»Soll ich zuerst duschen oder du?«, frage ich und ziehe eine Grimasse angesichts meiner schmutzigen Füße und des immer noch feuchten Kleids. Es ist zwar perfekt für eine schicke Party, aber darin zu schlafen wird die Hölle. Ich öffne den Kleiderschrank, stelle erfreut fest, dass es ein paar zusätzliche Laken gibt, und beschließe, mich einfach in eins davon einzuwickeln, als provisorisches Nachthemd, dann laufe ich nicht Gefahr, mir mit einer verirrten Feder das Auge auszustechen. »Am besten fängst du an«, sage ich. »Ich muss noch meine Zöpfe aufmachen.«

Wortlos verschwindet Cooper im Bad. Ich höre das Rauschen der Dusche, unter der Tür quillt duftender Dampf hervor. Ungebeten steigt in mir das Bild auf, wie er nackt unter der Dusche steht. Bah. Der Dampf macht den Raum noch wärmer. Als ich das Fenster öffnen will, brauche ich drei Anläufe, weil der Griff klemmt.

Ich lege auf einer Bettseite die Kissen ans Fußende, kauere mich vorsichtig auf die Bettkante und warte ungeduldig darauf, dass Cooper fertig ist, damit ich mir diesen Tag abspülen kann. Als er schließlich in einem Dampfschleier auftaucht, nur ein Handtuch um die Hüften geschlungen, schlucke ich so übertrieben schwer wie eine Cartoonfigur. Seine Arme sind muskulös, der Oberkörper so durchtrainiert, wie ich fast schon vermutet hatte, und mit schimmernden Wassertropfen besetzt. Ich habe noch nie einen nackten Mann aus der Nähe gesehen, und – oh, heiliger Strohsack. Wie kann jemand mit dem Gesicht eines mürrischen Englischprofessors den Körper eines Dothraki haben? Ich frage mich, wie es wohl ist, wenn man unter seiner Kleidung *so* aussieht. Wahrscheinlich geben sich deshalb bei ihm die Frauen die Klinke in die Hand – er will diese Pracht jemandem zeigen. Ich pfeife leise durch die Zähne.

Cooper erstarrt. Mit einem überraschten Grinsen mustert er mich, während ich ihn mustere. Er hebt eine Augenbraue.

»Mein Interesse ist rein wissenschaftlich«, stoße ich hervor. »Ich habe noch nie einen nackten Mann aus der Nähe gesehen und bin natürlich ein wenig neugierig.«

»Was ist mit Jonah? Hat er seine Kleidung angelassen, während ihr es in der ganzen Stadt miteinander getrieben habt?«

Mist. Mein Gehirn hat eine Fehlfunktion. »Heißes Wasser für mich!«, sage ich zusammenhanglos, verschwinde im Bad und lehne mich mit dem Rücken an die geschlossene Tür, um Luft zu holen.

Ich steige aus der Dusche und gehe zu Cooper, um ihm die Ohrringe wiederzugeben. Er liegt bereits im Bett, die Füße am Kopfende.

Das zusätzliche Laken bewährt sich ganz gut als Nachthemd – ich habe es zweimal um mich gewickelt und oben festgesteckt, und ich fühle mich so sicher darin, als wäre es festgenäht.

»Bitte sehr.« Ich drücke ihm den Schmuck in die Hand. »Danke, dass du sie mir geliehen hast.« Ich massiere meine Ohrläppchen, die sich anfühlen, als wären sie durch das Gewicht mindestens ein paar Millimeter länger geworden.

Cooper steckt die Ohrringe in die Innentasche seiner Jacke, die neben ihm am Bettpfosten hängt. »Das mit Jonah tut mir leid«, sagt er und verschränkt die Hände hinter dem Kopf. Sein behelfsmäßiger Shapewear-Verband ist verschwunden und durch ein Pflaster ersetzt, das er vermutlich im Erste-Hilfe-Kasten im Badezimmerschrank gefunden hat.

Ich gehe zum Fenster, um die Jalousie zu schließen, muss aber feststellen, dass sie klemmt. Als ich kräftiger ziehe, wallt eine Staubwolke auf. Ich beschließe, es dabei zu belassen. Der Regen hat die Luft zwar etwas abgekühlt, aber es ist immer noch wahnsinnig heiß, und niemand bis auf die hohen Bäume ringsum kann ins Zimmer blicken.

»Sein Kostüm war ein bisschen schräg.«

»Mir hat es gefallen«, sage ich leise.

Mir gefällt alles an Jonah. Oder zumindest dachte ich das. Aber die funkelnde, magische Verbindung zwischen uns, die ich in Evermore gespürt habe, hat sich auf der Gala völlig verändert.

Ich schalte die Nachttischlampe aus. Hell scheint der Vollmond ins Zimmer und wirft einen silbrigen Schein auf alles, auch auf Cooper, der aussieht, als wäre er aus Platin gemeißelt.

Rasch wende ich den Blick ab und lege mich ins Bett, so nah am Rand, wie es nur möglich ist, ohne rauszufallen.

Eine Brise lässt draußen vor dem Fenster die Blätter rascheln und weht den Duft von nassem Laub und frischer, vom Regen gereinigter Luft mit sich. Ich bin erstaunt, wie wunderbar es riecht – nach Weite, Geißblatt und Erde. So etwas kenne ich aus London nicht. Und selbst wenn sie in Evermore eine Diptyque-Filiale mit tausend ausgefallenen Düften haben, *so* kann nur die Erde riechen. Ich atme tief ein und versuche, mir den Duft genau einzuprägen.

»Weinst du?«, durchbricht Coopers leise Stimme die Stille.

»Nein. Kein bisschen.«

Cooper regt sich, und dann greift er nach meiner Hand. Ich keuche vor Schreck auf. Aber ich ziehe die Hand nicht weg. Irgendwie kann ich es nicht.

Meine Tränen versiegen.

Bestimmt fünf Minuten lang verharren wir so, schweigend, halten uns einfach nur bewegungslos an der Hand. Gerade frage ich mich, ob Cooper eingeschlafen ist, als er unendlich langsam mit dem Daumen über meine Daumenwurzel kreist. Er braucht volle fünfzehn Sekunden, um einen Kreis zu vollenden. Ein Blitz der Begierde durchzuckt meine Magengrube, was mich so erschüttert, dass ich zusammenzucke und mein Fuß irgendwie in Coopers Gesicht gerät.

»Scheiße!«, knurrt Cooper. Er lässt meine Hand los und setzt sich auf. Ich richte mich ebenfalls auf und sehe, dass er beide Hände auf seine Nase presst. »Das war doch Absicht.«

»War es nicht!«

Er lässt die Hände sinken und sieht mir in die Augen. »Und ob.«

Bei seiner empörten Miene muss ich lachen. »Es war ein Unfall«, bringe ich kichernd heraus und beuge mich vor, um ihn mir genauer anzusehen. »Du blutest ja nicht mal!«

»Hmmm. Na ja … du hast mich ja gewarnt, ich solle dich bloß nicht anfassen«, murmelt er, und seine Stimme klingt plötzlich ganz leicht.

»Nicht mal, wenn ich dich darum anflehe«, antworte ich. Meine Stimme ist ganz heiser geworden.

Da bemerke ich, dass seine Augen völlig schwarz aussehen. Als hätten seine Pupillen die Iris verschluckt. Mein Atem beschleunigt sich.

»Wir haben viel Spaß miteinander, oder?«, sagt er leise. »Du und ich.«

Ich denke daran, wie nervig ich ihn finde. Wie frustrierend. Wie oft ich abends im Bett noch darüber nachdenke, was ich ihm Schlagfertiges entgegenschleudern könnte, nur um zu sehen, wie seine Mundwinkel belustigt zucken.

»Ja«, flüstere ich, und mein Herzschlag beschleunigt sich.

Cooper neigt den Kopf zur Seite, streckt eine Hand aus und wickelt sanft eine meiner Haarsträhnen um den Finger. »Jonah ist ein verdammter Idiot«, sagt er heiser.

Ich stoße die Luft aus. Mir wird wahnsinnig heiß. »Na ja, ich habe mich Jonah gegenüber schon sehr seltsam verhalten. Ihn quasi in einen Lagerraum verschleppt und so. Völlig idiotisch. Sehr dumm von mir. Ich hätte es langsam angehen sollen. Aber ach je, leider war die Zeit nicht auf meiner Seite.«

Warum spreche ich so schnell? Warum sage ich etwas so Albernes wie *ach je?*

Coopers Blick wird sanft. Er lässt mein Haar los und hebt mein Kinn mit Finger und Daumen an, bis das Mondlicht auf mein Gesicht fällt. Dann beugt er sich vor und legt behutsam seine Lippen auf meine.

Es fühlt sich … O Gott. *So* sollte es sich nicht anfühlen.

Er löst sich von meinen Lippen und starrt mich eindringlich an, sein Atem beschleunigt sich hörbar. Dann kniet er sich aufs Bett, legt einen Arm um mich und zieht mich grob ebenfalls hoch auf die Knie, unsere Oberkörper sind ganz dicht beieinander.

Ich schlucke. »Ist … ist es, weil du einsam bist?«, frage ich und erröte. »Weil ich nämlich …«

»Nein, Delphie. Heute ist der erste Tag seit fünf Jahren, an dem ich mich nicht einsam fühle. Nicht ein bisschen.«

Er packt mein Gesicht mit beiden Händen und küsst mich erneut, seine Zunge dringt sanft in meinen Mund vor. Mir ist zumute, als würde ich mich auflösen, mein ganzer Körper pulsiert im Takt meines immer schnelleren Herzschlags. Ich erwidere den Kuss, schlinge beide Arme um Coopers Hals, fahre ihm mit einer Hand durch die dunklen Locken und mit der anderen über seinen Arm, der sich unter meinen Fingern so fest und stark anfühlt. Ich drücke zu und gebe ein Geräusch von mir, das ich, glaube ich, noch nie zuvor gemacht habe – halb Keuchen, halb Quietschen.

»Ich dachte, du hasst mich«, murmelt Cooper und fährt mit dem Mund über meinen Hals. Seine Unterlippe ist samtweich.

»Tu ich ja auch«, hauche ich und lege den Kopf zurück, denn was immer er da gerade macht, es fühlt sich an wie Magie. »Aber du hasst mich auch, also …«

»Ich verabscheue dich, Delphie«, stöhnt Cooper in meinen Mund. Mein Körper übernimmt die Kontrolle, und ich küsse ihn fester, meine Zunge erforscht seine. Ich spüre, wie hart er ist, und mir wird schwindlig vor erwartungsvoller Vorfreude.

Schwer atmend richte ich mich auf. »Ich … ich …«

»Was denn?«, fragt Cooper und beugt sich vor, um mich auf die Schulter, aufs Ohrläppchen und dann wieder auf den Mund zu küssen.

»Ich habe das noch nie gemacht«, platze ich heraus.

Cooper sieht mich an, seine Brust hebt und senkt sich rasch. »Was gemacht?«

»Ich bin noch Jungfrau«, sage ich. Und dann fange ich an zu lachen. Weil es so albern klingt und weil es mir ein bisschen peinlich ist. Ich weiß, dass es mir nicht peinlich sein muss, Vergangenheits-Delphie war nun mal davon überzeugt, so sei es besser. Aber jetzt hat sich alles geändert. Und ich werde in zwei Tagen sterben. Und wenn es sich *so* anfühlt, im Mondlicht einen abscheulichen, aber heißen Mann zu küssen, dann war es verdammt idiotisch, diesem Erlebnis aus dem Weg zu gehen. Und ja, mit meinem Nachbarn zu schlafen ist wahrscheinlich eine schreckliche Idee … aber wen kümmert das schon? In zwei Tagen bin ich weg und werde ihn niemals wiedersehen, und ihn kümmert das wahrscheinlich nicht besonders. Er ist an One-Night-Stands gewöhnt. Quasi ein Experte.

Cooper stellt mir keine Fragen. Er fragt nicht nach Jonah und macht auch keine Bemerkung darüber, dass wir es doch angeblich schon überall in der Stadt miteinander getrieben hätten. Stattdessen sieht er mir direkt in die Augen. »Möchtest du, dass ich aufhöre? Dann sag es einfach.«

»Willst du … willst *du* denn aufhören?«, frage ich und zupfe an dem Laken, in das ich eingewickelt bin. »Weil ich nämlich … na ja, ich habe keine Ahnung, was ich mache. Wie man es macht. Ich meine, technisch gesehen *weiß* ich es, klar. Aber in Sachen Feldforschung gibt es einen erheblichen Mangel. Wir können also jetzt auch aufhören. Also wenn du willst.«

Cooper schluckt, den Blick unverwandt auf mich gerichtet. »Ich würde mir eher die Augen ausstechen, als damit aufzuhören, was auch immer das hier ist«, sagt er, was mir ein weiteres Lachen entlockt. »Aber es liegt ganz in deiner Hand. Wir tun, was immer du willst, Delphie.«

Ich betrachte sein Gesicht im silbrigen Mondlicht. Denke daran, wie er gerade mein Haar um seinen Finger gewickelt hat. Es war das Erotischste, was ich jemals erlebt habe.

Ich habe buchstäblich nichts mehr zu verlieren – und was ich auch mache, ich habe keine Konsequenzen mehr dafür zu erwarten.

Trotz der merkwürdigen Situation spüre ich, wie die Spannung in meinen Schultern nachlässt. Ich vertraue Cooper. Bei ihm bin ich sicher, und zu meiner Überraschung fühle ich mich nicht unwohl oder peinlich berührt. Ich bin auf wunderbare Weise aufgeregt.

»Ja. Ich will es«, sage ich fest, und mein Atem stockt kurz vor Vorfreude. »Ich möchte wirklich … ich möchte wissen, wie es ist.«

»Dann lass es mich dir zeigen«, flüstert Cooper mir ins Ohr und zieht mich wieder zu sich.

Kapitel 32

Mein erstes Mal tut nicht so weh, wie ich dachte. Es ist ein Gefühl, als würde ich ihn ganz fest umschließen, und es ist ungewohnt, aber gut. Wirklich verdammt gut. Unter Coopers forschenden Händen verwandelt sich mein Körper von einem Quell der Angst und Scham in eine Art lebendiges Stromnetzwerk, durchströmt von Elektrizität. Als er in mich eindringt, hebe ich ihm die Hüften entgegen und fühle mich mit jedem Stoß wohler, bis ich es bin, die das Tempo beschleunigt.

Als Cooper kommt, drückt er mich so fest an sich, dass ich seinen donnernden Herzschlag in meiner ganzen Brust spüre. Wir liegen zusammen auf dem Bett, atemlos und benommen.

Cooper stützt sich auf einen Ellbogen und grinst mich an. »Wow.«

Ich nicke und warte darauf, dass ich wieder mehr sehe als nur blendend helle Sterne. »Wow.« Ich lache auf.

Cooper stimmt leise ein und fragt dann: »Warum lachst du?«

»Ich hätte nie gedacht, dass der erste Mann, mit dem ich schlafe, ausgerechnet der Nachbar von unten ist, der mir sagt, ich solle mich verpissen, wenn ich ihn um sechs Uhr morgens bitte, seine Musik leiser zu stellen.«

Cooper runzelt die Stirn. »Hm? Das habe ich nie getan.«

Ich stoße ihn träge mit der Schulter an. »Doch, hast du. Vor fünf Jahren. Am Morgen nach Halloween. Ich erinnere mich, dass in deinem Fenster Kürbisse brannten. Du hattest eine Party, glaube ich?«

Cooper holt tief Luft. »Ich kann mich nicht erinnern, das zu dir gesagt zu haben.«

»Warst du noch betrunken?«

Er schüttelt den Kopf. »Nein. Das war der Morgen, an dem Em gestorben ist. Mein Kopf war … *ich* war ganz woanders.« Er streichelt meine Schulter, und ich bekomme am ganzen Arm eine Gänsehaut. »Deine Haut ist so hell wie Porzellan.«

»Wie ein Teller also?«

»Wie ein Figürchen. Aber sexy. Ein heißes Figürchen.«

Ich zucke mit den Schultern. »Ich bin eine Wohnungskatze.«

»Ich hätte auch nicht gedacht, dass das jemals passieren würde«, sagt er. »Obwohl ich weiß, dass du mich attraktiv findest.«

»Ach ja? Wie kommst du denn darauf?«

Er lacht. »Am ersten Heiligabend nach meinem Einzug habe ich versehentlich eins deiner Pakete geöffnet – eine Schachtel mit Farben, glaube ich. Ich habe sie dir hochgebracht. Du warst sichtlich schlecht drauf, und auf dem Tisch stand eine offene Flasche Sherry.«

Die alte Flasche Weihnachtssherry, die ich im Schrank gefunden hatte. Ich bin an jenem Abend sehr traurig gewesen. Einsam.

»Scheiße. Was habe ich zu dir gesagt?«

Coopers Augen funkeln. »Du hast zu mir gesagt, ich wäre attraktiv im Gesicht. Ich hatte es fast vergessen, bis du vorhin genau dasselbe zu dem Türsteher gesagt hast.«

Ich vergrabe den Kopf in meinen Händen. »Oh, wow.«

»Es hat mir gefallen.« Er lacht. »Ich habe geantwortet, dass ich dich hübsch im Gesicht finde. Aber dann hast du gesagt, ich solle verschwinden, weil du ein einsamer Wolf wärst, unfähig zu lieben oder geliebt zu werden. So in etwa. Du hast mir gesagt, ich solle gehen, also bin ich gegangen.«

»Ich schäme mich schrecklich.«

»Ich dachte, es sei dir egal, was die Leute von dir denken.«

»Die meisten Leute. Nicht alle Leute.«

Er lächelt.

Ich setze mich auf. »Ich glaube nicht, dass ich einschlafen kann.«

»Ich auch nicht. Willst du was trinken?« Cooper reckt sich wie eine Meerkatze und späht zum Wasserkocher rüber. »Es gibt … Tee. Nur Tee.«

»Tee ist perfekt.«

Cooper steht auf und wickelt sich das andere Bettlaken um die Taille. Ich schiebe die Kissen ans Kopfteil, lehne mich dagegen und beobachte, wie er Wasser zum Kochen bringt und Teebeutel in die großen gelben Tassen hängt.

»Zucker?«

»Was bin ich, zwölf Jahre alt?«, frage ich in meiner besten Cooper-Imitation. »Zwei Stück, bitte.« Was soll's – die Gesundheit meiner Zähne spielt sowieso bald keine Rolle mehr.

Cooper reicht mir den Becher, ich nehme einen Schluck und atme zufrieden auf. »Gutes Gebräu.«

»Wie ich schon sagte, das Leben eines Autors besteht darin, Heißgetränke zu konsumieren, während man sich panisch fragt, was man als Nächstes schreiben soll. Ich habe jede Menge Übung.« Cooper klettert aufs Fußende mir gegenüber. Ich knipse die Nachttischlampe an und betrachte sein Gesicht. Die Wangen haben Farbe bekommen, seine Lippen sind gut durchblutet und röter als sonst.

»Warum bist du kein Schriftsteller mehr? Hat es dich gelangweilt?«

Cooper blickt in seine Tasse und zieht die Nase hoch. »Nein. Nach Ems Tod habe ich aufgehört zu schreiben. Es ist, als hätte mein Gehirn einfach vergessen, wie es geht.« Er stößt ein freudloses Lachen aus. »Da halfen auch keine Heißgetränke mehr. Sobald ich mich vor den Computer setzte, hat sich mein Herz vollkommen leer angefühlt. Als wäre nichts von Bedeutung, wenn ich nicht mit Em darüber reden kann.«

»Hat sie deine Bücher gelesen?«

Er nickt. »Die ersten Entwürfe all meiner Bücher. Krimis waren eigentlich nicht ihr Ding, aber sie war die Erste, die mich als Autor ernst nahm, noch bevor ich einen Agenten oder einen Vertrag hatte. Sie hat alles gelesen und mir ihre Anmerkungen geschickt. Gute Anmerkungen. Manchmal harsch, aber immer nützlich. Sie war so viel einsichtiger, als man ihr auf den ersten Blick zugetraut hätte. Sie ist der Grund, weshalb es in meinem ersten Buch eine Liebesgeschichte gibt. Sie sagte, niemand würde sich einen Dreck um einen Bankräuber scheren, der nichts zu verlieren hat. Es sei denn, er würde jemanden lieben.«

»Sie klingt klug.«

Cooper lächelt traurig. »Sie war brillant. Ich glaube, du hättest sie gemocht.«

»Wie ist sie …?«

»Ein Blutgerinnsel in der Lunge. Sie war gerade aus L. A. zurückgeflogen, sie war dort auf einem Kongress. Und offenbar hat sie dann eine tiefe Venenthrombose bekommen. Die Ärzte sagten, es ging schnell und war schmerzlos. Immerhin.«

Ich schüttle den Kopf. »Ich weiß nicht, wie man jemals über so etwas hinwegkommen soll.«

»Man kommt nicht darüber hinweg. Ich zumindest nicht. Und ich werde auch niemals darüber hinwegkommen. Em und ich waren immer zusammen, vom Moment unserer Geburt an. Selbst wenn wir nicht zusammen waren, waren wir es, verstehst du? Ich habe sie immer gespürt. Wenn sie aufgeregt war oder traurig oder wütend, ich habe es gespürt, und sie hat immer gespürt, wie es mir gerade geht.«

»Wusstest du … wusstest du es, als sie gestorben ist? Hast du es gespürt?«

Er nickt. »Ich war auf einer Party. Dieser Halloween-Party. Gegen sechs Uhr morgens hatte ich … dieses Gefühl. Mein Herz hat geflattert, und auf einmal hat mich Traurigkeit durchströmt, von Kopf bis Fuß. Eine so schreckliche Traurigkeit, dass ich davon aufgewacht bin. Ich habe sofort versucht, Em anzurufen, aber sie ging natürlich nicht dran. Ich wusste, dass es schräg ist, zu glauben, ihr sei etwas zugestoßen, aber ich konnte nicht wieder einschlafen.

Also habe ich meinen Plattenspieler so laut wie möglich aufgedreht und versucht, die schrecklichen Gedanken abzuschütteln. Und da musst dann wohl du an die Tür geklopft haben? Ich kann mich nicht mehr genau erinnern. Aber ja, ich wusste es. Ich wusste, dass etwas fehlt.«

Ich stelle den Becher ab und nehme seine Hand, umschließe sie mit beiden Händen. »Wo auch immer sie ist, ich wette, es geht ihr gut.«

Cooper lacht traurig. »Das erste Jahr nach Ems Tod habe ich sie überall gesehen – auf der Straße, irgendwo im Hintergrund irgendwelcher Filme, in meinen Träumen. Und wenn ich dann merkte, dass mein Verstand mir nur einen Streich gespielt hat, war es, als würde mich der Verlust erneut treffen. Mum wollte, dass wir einen Hellseher holen, ist das zu fassen? Wenn Menschen das Herz bricht, verlieren sie wohl zugleich auch oft den Verstand.«

»Du glaubst also definitiv nicht an ein Leben nach dem Tod?«

»Ha! Nein. Nein, definitiv nicht.«

»Früher habe ich auch nicht daran geglaubt«, murmle ich.

Er sieht mich an. »Was hat sich geändert?«

Wenn ich es ihm erzähle, wird er denken, ich sei ziemlich schräg. Es *ist* ja auch ziemlich schräg. Ich presse die Lippen zusammen.

»Ich, äh, ich habe diese unglaubliche Sendung namens *The Ghost Whisperer* gesehen?«, sage ich trocken. »Das hat mich voll überzeugt.«

Cooper lacht laut und schüttelt den Kopf. »Morbid, Delphie. Echt morbid.«

»Kann ich noch eine Tasse Tee haben?«, frage ich und reiche ihm meine Tasse. »Diesmal mit drei Stück Zucker?«

Die nächste Stunde verbringen wir einander gegenüber, lang ausgestreckt auf dem kleinen Doppelbett, und reden über alles und nichts.

Cooper erzählt mir von einer Lesung bei *Waterstones,* zu der nur ein einziger Gast kam – eine Frau, die sich auf der Suche nach einem Platz zum Ausruhen ihrer vom Hallux schmerzenden Füße dorthin verirrt hatte. Ich erzähle ihm vom Zeichenkurs und Kats lustiger Spagat-Pose und davon, wie ich mit zehn Jahren unbedingt einen Spitznamen haben wollte und deshalb allen Lehrern sagte, sie sollten mich ab sofort Lil D nennen. Damals habe ich ihre Weigerung partout nicht verstanden.

Ich erzähle ihm, wie sehr ich meine Mutter vermisse. Er erzählt mir, dass er sich fühlt, als sei sein Herz gebrochen. Als könne er es mit Freunden und Familie und Büchern und Leben und Freude zwar notdürftig flicken, aber ohne Em würde es nie wieder richtig heil werden.

Als er nach Gen und Ryan fragt, wechsle ich schnell das Thema. Ich will nicht mehr an sie denken. Stattdessen erzähle ich ihm von meinen fünf Lieblingssendungen und davon, dass das Licht vor meinem Fenster in den letzten Augusttagen um acht Uhr abends so perfekt fliederfarben ist, dass es mir jedes Mal den Atem raubt. Ich frage ihn, was das Beste war, das ihm je passiert ist, und er erzählt mir, dass er Em beigebracht hat, Fahrrad zu fahren, und wie sie den ganzen Sommer ihres zehnten Lebensjahrs damit verbracht haben, mit ihren Großeltern durch den Hyde Park zu sausen, im Serpentine-See zu schwimmen, Eis zu essen und Taschenbücher zu lesen – *Gänsehaut* für ihn, Judy Blume für sie.

Zwischen den Gesprächen grinsen wir uns an und kichern, weil die Sonne langsam aufgeht und wir noch gar nicht geschlafen haben. Aber wir haben beide keine Lust darauf.

»Komm her«, befiehlt Cooper.

Gehorsam krabbele ich übers Bett und quietsche auf, als er mich auf seinen Schoß zieht und mir das Laken runterrutscht. Das strahlend goldene Licht der Morgendämmerung fällt auf meine bloßen Brüste.

Cooper schwelgt förmlich in dem Anblick. »Fuck, du bist wunderschön.«

»Halt die Klappe.«

»Auf keinen Fall.«

Ich kneife die Augen zusammen. »Versuch es ja nicht mit deinen Sprüchen bei mir.«

Er bewegt sich unter mir, und ich spüre, wie hart er ist. Von plötzlichem Mut beseelt, schiebe ich eine Hand unter sein Laken und berühre ihn. Beiße mir unwillkürlich auf die Lippe. Als ich die Hand bewege, pulsiert er wie zur Antwort. Cooper legt den Kopf zurück. *»Mein Gott.«* Seine Stimme ist rau und so tief, dass ich es in meinem Bauch vibrieren fühle.

Er holt ein Kondom aus seiner Brieftasche und zieht es über. Ich setze mich rittlings auf ihn, senke mich auf seinen Schwanz hinunter und keuche auf, als er mich ausfüllt.

Vorsichtig beginne ich mich zu bewegen, erst langsam, dann immer schneller, bis ich meinen Rhythmus gefunden habe. Cooper beobachtet mich, seine Augen sind dunkel wie Kohle. Ich beobachte ihn dabei, wie er mich beobachtet, und die Intensität dieses Augenblicks, die helle Sonne auf unseren Gesichtern, unseren Körpern, lässt mein Herz heftig pochen. Adrenalin durchströmt mich.

Cooper legt die Handfläche an meine Brust und streicht mit dem Mittelfinger sanft über die Brustwarze. Hebt den Kopf und nimmt sie ganz leicht zwischen seine Zähne.

»O mein Gott.« Die herrlichsten Gefühle rasen in einer Woge durch meinen Unterleib.

Cooper reagiert darauf, indem er mich abwirft und auf den Rücken dreht, mir die Arme über dem Kopf festhält und so tief in mich eindringt, dass ich nach Luft schnappe. Wir finden einen neuen Rhythmus, und Cooper stöhnt bei jedem Stoß in mich immer wieder: »Fuck.«

»O mein Gott«, schreie ich, als der Funke in meinem Bauch meinen ganzen Körper entzündet und Flammen der Lust durch jedes Körperglied schießen. Ich bin nur noch Fleisch und Nässe und pure elektrische Energie.

Cooper stöhnt, presst die Stirn an meine, sieht mich unverwandt an. Er *sieht* mich.

Wir halten den Atem an. Cooper leckt sich über die volle Unterlippe. Ich starre ihn an und stelle fest, dass es die schönste Unterlippe ist, die ich je gesehen habe. Warum ist mir das nie zuvor aufgefallen?

Cooper starrt mich an, als wäre ich die erste Frau seines Lebens, und in seinen Augen flackert es. Natürlich weiß ich, dass ich eine von vielen bin. Aber ich mag es trotzdem viel zu sehr, wenn er mich so ansieht.

Verdammt.

Alles ist völlig aus dem Ruder gelaufen.

Kapitel 33

Es stellt sich heraus, dass womöglich all die Jahre eine Schlampe in mir gesteckt hat, die nur auf die Gelegenheit gewartet hat, zu erblühen. Denn sobald Coopers Freund den Autoschlüssel vorbeigebracht hat und wir zurück nach London fahren, kann ich an nichts anderes mehr denken als daran, wieder Sex zu haben. Und zwar mit ihm. Es ist das Einzige, was mich a) von meinem in zwei Tagen bevorstehenden Tod ablenkt und mich b) über das tiefe Bedauern hinwegtröstet, dass ich es nicht früher ausprobiert habe.

Unterwegs hält Cooper hinter einer Hecke auf einer stillen Landstraße an, schiebt den Autositz zurück und bringt mich mit seiner Zunge wieder zum Höhepunkt. Aber ich brauche mehr, und als wir uns unserem Haus nähern, frage ich ihn, ob wir mal Doggy ausprobieren können, woraufhin er sagt, na klar, aber wir sollten wohl besser erst mal duschen. Daraufhin frage ich, ob wir zusammen duschen können. Er antwortet, wir könnten alles tun, was ich will. Ich fühle mich kühn und verschwende keinen Gedanken an irgendwelche Konsequenzen. So ist das wohl, wenn man dem Tod geweiht ist.

Wir biegen kichernd in die Westbourne Hyde Road ein, verstummen aber abrupt, als wir den Krankenwagen vor dem Gebäude sehen. Zwei Sanitäter rollen jemanden durch die Vordertür hinaus. Ich sehe sofort, dass es Mr Yoon ist, eine Sauerstoffmaske auf dem Gesicht. Gab es ein Feuer? Hat er seine Zigarette brennen lassen?

Ich springe aus dem Wagen, noch bevor er ganz zum Stillstand gekommen ist, und laufe zu Mr Yoon, der gerade in den hinteren

Teil des Krankenwagens geladen wird. »Mr Yoon!«, rufe ich. »Was ist passiert? Geht es Ihnen gut?«

»Sind Sie ein Familienmitglied?«, fragt der Sanitäter, der mich kaum eines Blickes würdigt.

»Ich … nein. Ich bin seine Nachbarin. Wir sind Freunde.« Ich will in den Krankenwagen klettern, aber der Sanitäter hält mich auf.

»Nur Familienmitglieder können im Krankenwagen mitfahren. Wir sind dann im UCLH, okay?«

Mr Yoon streckt mir die Hand entgegen.

»Ich komme hinterher, so schnell ich kann!«, rufe ich ihm zu, während ein anderer Sanitäter ihm Kabel auf die Brust klebt. Mr Yoons Gesicht ist feucht. Ich glaube, er weint. O nein!

»Cooper!« Ich drehe mich um. Cooper steht hinter mir und blickt in den Krankenwagen, sein Gesicht ist blass. »Komm«, sagt er. »Steig wieder ins Auto.«

Im Krankenhaus eilen wir schnurstracks zur Rezeption und bitten um Informationen über einen frisch eingelieferten Mr Yoon. Die Frau tippt auf ihrem Computer und fragt nach seinem Vornamen.

»Ich weiß es nicht«, sage ich. »Wie kann es sein, dass ich das nicht weiß?« Ich wende mich an Cooper. »Kennst du seinen vollen Namen?«

Er schüttelt den Kopf. »Er war einfach immer Mr Yoon, solange ich ihn kenne.«

»Y-O-O-N«, buchstabiere ich der Empfangsdame. »Er wurde in Korea geboren und lebt jetzt in Bayswater, wenn das hilft?«

»Yoon. Da hab ich ihn«, sagt die Empfangsdame. »Es kommt bald jemand und bringt Sie auf den neuesten Stand.«

»O Gott.« Ich drehe mich zu Cooper um.

»Es wird alles gut«, sagt er, nennt der Empfangsdame meinen Namen, nimmt mich am Arm und führt mich in den Wartebereich, wo wir zwei freie Plätze finden, neben einem Jungen mit blutender Stirn und einer Frau mit einem schrecklich stillen Kleinkind.

Schweigend warten wir, bis schließlich eine große Frau in grünem Kittel mit einem Stethoskop um den Hals meinen Namen ruft. Cooper ergreift meine Hand, aber es fühlt sich nicht richtig an, also ziehe ich sie wieder zurück. Die Frau winkt uns in einen Seitengang.

»Sie sind Nachbarn von Mr Yoon, ja?«

»Ja«, sage ich. Meine Stimme zittert.

»Ich bin Dr. Chizimu. Wir führen gerade einige Tests durch, weil es danach aussah, als hätte Mr Yoon ein kardiales Ereignis erlitten.«

»O Gott. O nein. Kann ich ihn sehen?«

Die Frau hebt beschwichtigend die Hände. »Es sieht alles danach aus, als hätte er einen sehr schmerzhaften Gastritis-Anfall gehabt, der eine Panikattacke auslöste.«

Eine Panikattacke? Und er war ganz allein. O mein Gott. »Bitte lassen Sie mich zu ihm.«

»Normalerweise erlauben wir nur Familienmitgliedern, Patienten zu sehen.«

»Sie *ist* seine Familie«, mischt sich Cooper ein. »Sie sieht jeden Morgen nach ihm, macht ihm Frühstück und vergewissert sich, dass er alles hat, was er braucht.«

Ich nicke. »Bitte lassen Sie mich zu ihm.«

»Okay«, willigt die Ärztin ein. »Aber keine Aufregung. Er braucht Ruhe. Also nur Sie.« Sie zeigt auf mich.

»Ich warte hier draußen«, sagt Cooper und deutet mit dem Kinn auf die Rezeption.

Ich folge der Ärztin in ein Zimmer mit Glaswänden, und dort finde ich Mr Yoon, halb sitzend, halb liegend und mit Kabeln förmlich umwickelt. Er sieht müde aus, aber ansonsten genau wie immer.

»Mr Yoon!«, rufe ich und reiße mich schnell zusammen, weil ich viel zu aufgeregt klinge. Setze mich an sein Bett und umfasse seinen Daumen … im Handrücken steckt eine Kanüle. Mr Yoon lächelt mich an und rollt mit den Augen, als wolle er sich entschuldigen.

»Es tut mir so leid, dass ich gestern Abend nicht da war. Ich habe mit Cooper in Duckett's Edge festgesteckt und …«

Mr Yoon lacht leise, seine Schultern zucken.

»Sie *lachen?*« Ich starre ihn an. »Okay. Das ist eigentlich ein gutes Zeichen. Ein sehr gutes. Lachen Sie weiter. Aber nicht zu doll. Die Ärztin hat gesagt, Sie dürfen sich nicht aufregen. Hören Sie auf, so mit den Schultern zu wackeln.«

Mr Yoon hebt die freie Hand und ballt sie zur Faust – das Zeichen, das er immer gemacht hat, wenn er einen Bleistift suchte, bevor ich ihm eine Schachtel mit hundert Stück mitgebracht habe.

»Möchten Sie etwas schreiben?«, frage ich.

Er nickt. Ich gehe zum Schwesternzimmer und bitte um Stift und Papier in der Erwartung, dass die Krankenschwester gereizt reagiert, weil sie bestimmt Wichtigeres zu tun hat, aber sie lächelt mich an, beugt sich über einen Schreibtisch und reicht mir einen Kugelschreiber sowie ein frisches Notizbuch mit Ringbindung, so selbstverständlich, als würden die Leute hier ständig nach Stiften und Papier fragen.

Ich kehre zu Mr Yoon zurück. Er versucht, sich im Bett aufzurichten. Ich helfe ihm und rücke die Kissen so zurecht, dass sein alter Rücken gestützt wird. Er blinzelt langsam, und mir fällt ein, dass er wahrscheinlich Beruhigungsmittel bekommen hat. Dann greift er nach dem Stift. Seine Buchstaben sind ordentlich und gleichmäßig, aber zittrig.

Du siehst lebendig aus.

Ich spüre, wie ich erröte. Wahrscheinlich sehe ich aus, als hätte ich in kurzer Zeit sehr viel Sex gehabt.

»Ich fasse das mal als Kompliment auf?«, sage ich zweifelnd. »Ich wusste nicht, dass ich vorher nicht lebendig ausgesehen habe, aber … danke.«

Mr Yoon lächelt und schreibt:

Es ist schön, dich glücklich zu sehen.

Meine Brust schmerzt bei dem Gedanken, dass mein Glück nur vorübergehend ist. Jonah wird mich niemals freiwillig küssen, und Merritt ist offenbar völlig von der Bildfläche verschwunden. Mein Schicksal ist besiegelt.

Schon bald schlummert Mr Yoon ein, seine Monitore piepsen gleichmäßig. Ich schlucke schwer, und Trauer überflutet mich bei dem Gedanken, dass Mr Yoon keine Familie hat. Keine Freunde. Nur mich. Und wenn ich nicht mehr bin, wer außer Cooper ist dann noch für ihn da? Wer wird Zeuge seines Lebens gewesen sein, wird sich nach seinem Tod noch an ihn erinnern?

Behutsam nehme ich Mr Yoon Stift und Papier aus der Hand. Sehe mich um, aber noch kommt niemand und sagt mir, dass ich gehen soll. Ich beuge mich vor und beginne spontan, einfach weil mir danach ist, die Umrisse von Mr Yoons Gesicht zu skizzieren. Meine angespannten Schultern lockern sich, und schon bald verliere ich mich in all den Linien und Falten, den langen Ohrläppchen, den schmalen, lächelnden Lippen und dem kleinen Rasierschnitt an seinem freundlichen runden Kinn. Als die Ärztin wieder auftaucht, werfe ich einen Blick auf die Uhr und stelle fest, dass bereits vierzig Minuten vergangen sind.

»Miss Bookham, wir müssen bei Mr Yoon noch einige Tests durchführen, um ganz sicherzugehen, aber wenn Sie möchten, können Sie gern morgen früh wiederkommen. Wenn die Tests nichts Unerwartetes ergeben, wird er wahrscheinlich morgen nach einer umfassenden Untersuchung durch einen Herz-Thorax-Spezialisten nach Hause entlassen.«

Morgen also. Ich nicke, stoße die Luft aus und lege Papier und Stift auf Mr Yoons Nachttisch.

»Wenn Sie ihn etwas fragen wollen, schreibt er Ihnen die Antworten auf«, sage ich. »Ich habe drei Jahre gebraucht, um das herauszufinden.«

Die Ärztin lächelt und betrachtet meine Zeichnung. Ihre Augenbrauen schießen in die Höhe. »Die ist ausgezeichnet. Machen Sie das beruflich?«

»Gott, nein.« Ich werde knallrot. »Ha!« Ich klappe das Blatt mit der Zeichnung um, sodass die Seite oben ist, auf die Mr Yoon geschrieben hat, ich sähe lebendig aus. Die Ärztin liest es und wirft mir einen neugierigen Blick zu, und auf einmal wird mir flau im Magen. Ich werde in weniger als zwei Tagen sterben und habe keine Ahnung, wie es passieren wird. Ich meine, ich werde mich auf keinen Fall wieder an einem Burger verschlucken. Aber wie sterbe ich dann? Wird es schmerzhaft sein? Werde ich genau hier enden, wo Mr Yoon jetzt ist, umgeben von einem Team aus Experten, die sich bemühen, ein Leben zu retten, das bereits für Evermore reserviert ist?

Ich schiebe die düsteren Gedanken weg. »Ich komme morgen wieder!«, sage ich fröhlich und wende mich zum Gehen. »Sie haben meine Nummer. Bitte rufen Sie mich an, wenn sich etwas ändert.«

Ich laufe in den Wartebereich der Notaufnahme und sehe Cooper, der zusammengekauert dasitzt, unruhig mit der glänzenden Schuhspitze auf den Boden klopft und das Handy in den Händen dreht. Sobald er mich sieht, springt er auf, Panik in den Augen.

»Hast du meine Nachricht nicht bekommen?«, frage ich.

Er blickt auf sein Handy und schüttelt den Kopf.

»Ich habe eine geschickt. Der Empfang scheint hier schlecht zu sein. Mr Yoon geht es gut. Es war eine Panikattacke, ausgelöst durch eine Gastritis, aber es geht ihm gut. Er ist bald wieder gesund.«

Cooper atmet auf und zieht mich in eine Umarmung, eine Hand an meinem Hinterkopf. Ich schließe die Augen und spüre, wie sich Ruhe in meinem Körper ausbreitet. All die Zeit, in der ich ständig schmerzhaft verspannt war, mein Kiefer starr und verkrampft … wäre etwa schon immer das Heilmittel dagegen gewesen, dass sich einfach ein menschlicher Körper an meinen presst?

Sein menschlicher Körper.

Ich seufze tief. Alles wäre so viel einfacher, wenn *Cooper* mein buchstäblicher Seelenverwandter auf Erden wäre. Ich habe ihn schon eine Trillion Mal geküsst – mein Leben wäre schon eine Trillion Mal gerettet worden.

Coopers Zeigefinger wandert von meinem Haar in meinen Nacken, und ich löse mich erschauernd aus seiner Umarmung und rufe mich selbst zur Ordnung. Mitten in der Notaufnahme erotische Gedanken über seinen Nachbarn zu pflegen kommt mir auf gleich mehrfache Weise falsch vor. »Gehen wir.«

Als wir schließlich im Hausflur vor seiner Tür stehen, starren wir einander an wie zwei Idioten.

»Ich …«, murmelt Cooper und sieht zu seiner Tür.

»Danke für …« Ich verstumme und zucke mit den Schultern, eine verrutschte Feder an meiner Schulter stößt gegen meine Wange.

»Es tut mir leid, dass …«

Mrs Ernestines Tür öffnet sich knarrend, und sie steckt den Kopf heraus, in der Hand einen knallroten Apfel. Sie beißt hinein und kaut lautstark, ehe sie loszetert: »Wenn keiner von euch seinen verdammten Satz beenden will, dann verzieht euch endlich und lasst mich in Ruhe *Better Call Saul* weitersehen. Himmel noch mal!«

Cooper entschuldigt sich und schenkt ihr sein charmantes Lächeln, aber es hat keinerlei Wirkung auf Mrs Ernestine. Ich werfe einen raschen Blick auf ihr NEVER-AGAIN-Tattoo und frage mich, ob es sie vielleicht daran erinnern soll, nie wieder jemanden zu ermorden.

Ich will es nicht herausfinden, also winke ich Cooper zum Abschied, und wir beide tun, was sie sagt, und verziehen uns in unsere jeweiligen Wohnungen. Hinter uns bleiben lauter unvollendete Sätze in der Luft zurück.

Kapitel 34

Hey Darling! Sorry, dass ich deinen Anruf verpasst hab. Hier geht es drunter und drüber. Ich hoffe, es geht dir gut!

Ich hänge Leannes Kleid auf, bevor ich unter die Dusche gehe. Dort holt mich meine Erkenntnis wieder ein: Ich werde in zwei Tagen erneut sterben, und zwar um sechs Uhr abends, aber ich habe keinen Schimmer, wie es geschehen wird.

Es könnte auf alle möglichen Weisen passieren. Ich werde diesmal nicht ersticken, denn seit dem letzten Mal kaue und schlucke ich mein Essen so langsam und bedächtig, dass ich doppelt so lange brauche wie früher (positiv daran ist, dass sich meine Verdauung erheblich verbessert hat). Ich könnte die Treppe runterfallen. Auf einem nassen Badezimmerboden ausrutschen. Es könnte eine Gasexplosion geben. Oder Mum ruft mich zurück, und vor lauter Schreck erleide ich einen Herzanfall. Im Grunde lebe ich gerade *Final Destination*.

Unendlich vorsichtig steige ich aus der Dusche und gehe mit winzigen Trippelschritten ins Schlafzimmer. Es könnte sein, dass ich die Straße entlanglaufe und mir eine Klimaanlage auf den Kopf fällt. Oder ich plumpse in einen Gully, weil ich zu sehr darauf konzentriert bin, nicht zu sterben, um den offenen Gully zu sehen.

Scheiße. Ich könnte ermordet werden. Zum Beispiel von Mrs Ernestine. Und dann entdeckt sie womöglich all meine Bücher darüber, wie man eine Leiche versteckt, und niemand würde mich je finden.

»Merritt!«, rufe ich verzweifelt und wickle mich fest in meinen Morgenmantel. »Merritt, bitte sag mir, wie es passieren wird! Wie werde ich sterben?«

Ein heftiger Windstoß lässt meine Vorhänge flattern, und da steht sie am Fußende meines Betts, in einem kurzen, weißen, mit Kirschen bedruckten Kleid. Erst blass und durchscheinend und schillernd, dann nimmt sie zusehends feste Gestalt an.

»Du hast mich gehört!«, rufe ich.

»Was habe ich dir gesagt?«

Ich knirsche mit den Zähnen. »Es tut mir leid, ich weiß, dass ich dich nicht kontaktieren soll, aber ich drehe so langsam echt durch. Wirst du mich ermorden lassen? Wird Mrs Ernestine mich umbringen? Denn ich sage dir, sie wäre dazu ganz sicher imstande.«

Merritt sieht sich panisch um. »Jedes Mal, wenn du nach mir rufst, piept mein Handy. Ein Piepen für jeden Satz! Wir haben in Evermore keinen Lautlosmodus, also bringt mich das echt in Schwierigkeiten. Du musst damit aufhören! Sie denken, ich wäre gerade auf dem Klo. Ich bin ziemlich sicher, dass Eric draußen auf mich wartet, um mich zu überrumpeln, und dann kann alles Mögliche passieren, Delphie.«

»Muss man in Evermore immer noch aufs Klo?«, frage ich erstaunt. »Das ist irgendwie unfair.«

»Das war's also?«, fragt sie, ohne auf meine Frage einzugehen. »Du gibst Jonah einfach so auf? *Pas fantastique!*«

»Was soll ich denn sonst tun, Merritt? Er war ziemlich deutlich. Er hat eine Freundin. Er hatte Angst vor mir.«

»In *Twilight* war Bella buchstäblich in Lebensgefahr, weil nicht nur Edward, sondern seine ganze Familie *und* sogar seine Feinde scharf darauf waren, ihr Blut zu trinken. Und Familie und Feinde hatte er eine ganze Menge. Trotzdem hat sie nicht aufgegeben, und sie haben zueinandergefunden, denn sie sind *Seelenverwandte*. Und du? Es gibt *ein* persönliches Treffen, das nicht so läuft, wie du es dir vorgestellt hast, und Schluss? Alles aus und vorbei? Vielleicht ist es bei dir und Jonah nicht die klassische Liebe auf den ersten

Blick – eher ein langsam stärker werdender Brand wie bei Josh und Lucy in *Küss mich, Mistkerl.* Aber wenn du die erste Flamme nicht entfachst, gibt es auch kein Feuer.«

»Das hier ist kein Liebesroman, Merritt. Es ist mein Leben. Und er kann mich nicht leiden. Ich weiß, du hast gesagt, er sei mein Seelenverwandter, aber …« Ich sehe Jonah vor mir, die Abneigung in seinen Augen. Oder, um genau zu sein: die Furcht.

»Immer diese lästige Angst vor Ablehnung. Du würdest buchstäblich lieber *sterben,* als dich noch ein einziges Mal verwundbar zu machen? Dann bist du ein hoffnungsloser Trottel. Stell dir nur vor, Bridget Jones hätte sich nie verletzlich gezeigt. Sie wäre wahrscheinlich in einer toxischen Ehe mit Daniel Cleaver gelandet! Liebe Güte!«

Ich runzle die Stirn. »Ich habe mich *sehr* angreifbar gemacht. Ich bin auf ein Podium gestiegen und habe getanzt. Ich habe ganz Kensington Gardens den Umriss meiner Schamlippen gezeigt. Ich habe für eine Rolle in *Murder in the Pretty Village* vorgesprochen. Ich bin dem Paar begegnet, das mir die Schulzeit zur Hölle gemacht hat, und stand auch diesmal vor allen Leuten als Idiotin da. Es ist alles schiefgegangen, Merritt! Wenn ich noch zwei Tage auf Erden habe, will ich sie nicht damit verbringen, mich für etwas abzurackern, das so gut wie keine Aussicht auf Erfolg hat. Und es weiter bei Jonah zu versuchen *hat* keine Aussicht auf Erfolg, es wäre nur eine weitere Demütigung. Diese Woche war ein einziger Albtraum.«

Merritt schüttelt den Kopf. »Ein einziger Albtraum? Ist das so, wirklich? Die *ganze* Woche? Denk noch mal drüber nach, Babe.«

Ich blinzle. »Ich …« Auf einmal wird mir bewusst, dass ich in dieser Woche zwar oft frustriert und wütend war, aber auch nervös, aufgeregt, amüsiert und voller Vorfreude. Manchmal vielleicht sogar fast glücklich. »Eventuell nicht die ganze Woche …«

Sie verschränkt die Arme vor der Brust. »Wenn du die Sache mit Jonah sowieso aufgeben willst, warum kommst du dann nicht einfach jetzt gleich mit mir zurück? Bevor Eric rausfindet, was ich getan habe, und mich verpfeift? So weißt du wenigstens, dass du in Evermore landest und nicht irgendwo anders.«

Ich denke an Mr Yoon, der morgen jemanden braucht, der ihn wieder nach Hause bringt. Ich muss Cooper aufschreiben, was alles zu tun ist. Mich bei der Stadtverwaltung darum bemühen, dass Mr Yoons Begutachtung bald erledigt wird.

»Ich … ich kann nicht. Es sind nur noch zwei Tage, und ich habe noch so viel zu erledigen. Ich muss, du weißt schon, meine Angelegenheiten in Ordnung bringen. Bitte. Nur noch zwei Tage. Ich verspreche, dich nicht mehr zu kontaktieren. Und wenn ich zurückkomme, bin ich dein Versuchskaninchen, so, wie wir es vereinbart haben.«

»Super. Das ist echt großartig, Delphie, denn gestern ist dieser Typ angekommen, der sich so sehr nach Liebe sehnt.« Sie schnippt mit den Fingern, und vor meinem Kleiderschrank erscheint eine Art Hologramm eines gut aussehenden Fünfzigjährigen in Wollpulli. »Er heißt Roger Pecker und war zu Lebzeiten Farmer. Und er war richtig scharf auf die Landwirtschaft. Geradezu *besessen davon*. Besonders gern erklärt er im Detail, welche Vorteile ein Meißelpflug gegenüber einem Scharpflug hat. Man sollte meinen, zu dem Thema gäbe es nicht viel zu sagen, aber da belehrt er einen schnell eines Besseren. Er ist seit zwanzig Jahren alleinstehend und wird dir sicher gern *alles* über sich erzählen. Darauf kannst du dich also freuen, wenn du Jonah nicht küsst und dein verdammtes Leben rettest.«

»Du scheinst sauer auf mich zu sein. Ich dachte, du *wolltest* ein Meerschweinchen für deine Tests?«

Merritt blickt auf ihre Füße. »Ich wollte ein Happy End. Ich wollte …« Sie verstummt und stampft mit dem Fuß auf.

Ich schüttle den Kopf. »Happy Ends gibt es im wahren Leben nicht. Und du arbeitest mit Toten, das ist dir doch klar, oder?«

Merritt starrt mich finster an, dreht einen der vielen Ringe an ihren Fingern und beißt sich auf die Unterlippe.

Es klopft an meiner Tür. Merritt zuckt zusammen. Wow, sie ist wirklich nervös.

»Zwei Tage«, sage ich und lege die Hände zusammen. »Ich dachte, du hast es drauf, diese Typen an der Nase rumzuführen, auch diesen Eric? Du schaffst das schon. Ich habe meinen Frieden mit allem gemacht. Ich gehe sogar mit Roger Pecker aus, kein Ding.«

Merritt sieht aus, als wolle sie noch etwas sagen, aber dann breitet sie verärgert die Hände aus und hebt das Kinn. »Bitte versuch es einfach weiter, Delphie. Und nein, ich kann nicht versprechen, dass Mrs Ernestine dich nicht ermordet, also nimm dich besser in Acht!«

Das ist bestimmt ein Witz.

Oder?

Bevor ich fragen kann, schimmert sie auf und ist zurück in Evermore.

Ich öffne die Tür und sehe Cooper dort stehen, mit feuchtem Haar und einem schwarzen T-Shirt mit einem Foto, auf dem Jack Nicholson Helen Hunt küsst. Darunter steht: GOOD TIMES, NOODLE SALAD.

»Hübsch«, sage ich und zeige auf seine Brust.

»Es war ein Geschenk.«

»Gefällt mir. Bist du …«

»Also, ich habe nachgedacht …«

Wir lachen. Ich atme tief durch. »Wie kann ich dir helfen, Cooper?«

»Du könntest mir erlauben, dich heute Abend zum Essen auszuführen.«

»Wie bitte?«

»Heute Abend. Abendessen. Mit mir.« Er tippt mit dem Daumen auf seine Brust.

Ich streiche mir das Haar hinters Ohr. »Du meinst … wie ein Date?«

»Das meine ich.«

»Ich dachte, du datest niemanden?«

»Tu ich auch nicht.«

Ich grinse. Ich hatte noch nie ein Date. Und das letzte Mal, dass ich in London essen gegangen bin, war 2015, da war ich in Paddington in einer Filiale von *Chicken Cottage.* Ich denke an das, was Mr Yoon gesagt hat: *Es ist schön, dich glücklich zu sehen.*

Ich habe vielleicht keinen Einfluss darauf, wie lange ich am Leben bleibe. Aber ich habe einen gewissen Einfluss darauf, wie viel Leben ich in die mir verbleibenden Tage packe. Wie viel Glück ich erlebe. Ich habe jetzt nichts mehr zu verlieren.

Ich nicke. »Okay, ja. Du darfst mich zum Essen ausführen.«

Dann lächelt er, und die kleine Lücke zwischen seinen Vorderzähnen blitzt auf. Es ist ein echtes Lächeln. Ein wundervolles Lächeln. Ein ganz und gar nicht widerwärtiges Lächeln. Ich denke an das erste Mal, als ich ihn unten im Flur getroffen habe, kurz nach seinem Einzug. Als er sich mit diesen funkelnden Augen vor mir verbeugte. Wie flau mir plötzlich im Magen wurde, als hätte sich auf einmal eine ganz ferne, eigentlich undenkbare Möglichkeit aufgetan. Als er mir dann an jenem Novembermorgen sagte, ich solle mich verpissen, bin ich mir wie eine Idiotin vorgekommen, weil ich überhaupt jemals an so etwas gedacht hatte. Aber jetzt weiß ich, dass er so reagiert hat, weil gerade seine geliebte Zwillingsschwester gestorben war. *Natürlich* hat er mir, einer genervten Nachbarin, die an seine Tür klopfte und sich über seine Musik beschwerte, zornig gesagt, ich solle mich verpissen. Aber über die Gründe seines Verhaltens habe ich damals nicht nachgedacht. Ich dachte nur, dass dieser Mann alles bestätigte, was ich über Menschen zu wissen glaubte: Sie waren schrecklich.

Ich frage mich, was geschehen wäre, wenn ich später noch mal versucht hätte, mich mit ihm zu unterhalten. Ob wir uns dann in einer ähnlichen Situation wiedergefunden hätten wie jetzt, nur mit mehr Zeit, um zu sehen, was dabei herauskommt.

»Wir sehen uns um sieben«, sagt Cooper, bevor er sich auf dem Absatz umdreht und zurück in den Flur schreitet.

Ich werde es wohl nie erfahren.

Kapitel 35

Vor ein paar Jahren habe ich in einem seltenen Anflug von hoffnungsvollem Selbstvertrauen in einer Boutique in der Westbourne Grove das aufreizendste und schönste Kleid gekauft, das ich je gesehen habe. Erst später in meiner Wohnung wurde mir klar, dass ich es nirgendwo tragen konnte. Selbst wenn es einen Anlass dafür gegeben hätte, wäre es viel zu glamourös und aufreizend für jemanden wie mich. Seitdem hängt es ungetragen in meinem Kleiderschrank. Aber heute Abend beschließe ich, dieses hellgrüne Kleid mit dem Schlitz anzuziehen, weil ich buchstäblich nichts mehr zu verlieren habe. Wenn ich mich schon in die letzten beiden Tage meines Lebens stürze, dann so richtig.

Obwohl die Hitzewelle endlich vorbei ist, ist es immer noch warm, also binde ich mein Haar mit einem schwarzen Band zurück und bürste es kräftig durch, bis sich die Wellen aufplustern und der Pferdeschwanz richtig voluminös wird. Das sieht cool aus, finde ich. Wegen der Blasen an den Fersen finde ich nur ein Paar Schuhe, das ich tragen kann – silberne Flip-Flops, die ich letzten Sommer gekauft habe. Sie passen zwar nicht unbedingt zum Kleid, aber wenigstens kann ich darin bequem laufen.

Ich trage eine getönte Feuchtigkeitscreme auf und den glänzenden Lippenbalsam, den Leanne mir für die Gala geliehen hat.

Cooper hat vor unserer Verabredung noch einen Termin, also werde ich ihn vor dem Restaurant treffen. Ich habe keine Ahnung, was mich erwartet, schließlich ist es mein erstes Date. Als ich die

Straße hinunterlaufe, umgeben von anderen Sommerspaziergängern, bin ich auf eine ganz neue Art nervös. Es fühlt sich nicht scheußlich an wie sonst, kein dumpfer Schrecken, sondern eher ein sanftes, helles Funkeln.

Ich war noch nie in Chelsea, also navigiere ich per Handy zum Restaurant – es ist ein Lokal namens *Concept and Caramel.* Als ich bei dem unauffälligen Gebäude mit den verdunkelten Fenstern ankomme, sehe ich auf der gegenüberliegenden Straßenseite drei Teenager sitzen. Zwei von ihnen, ein Mädchen und ein Junge, lachen über die Dritte, ein jünger aussehendes Mädchen mit Hasenzähnen und Aknenarben.

Ich bleibe stehen und beobachte, wie das ältere Mädchen den Jungen anstupst, als wolle es sagen: »*Pass mal auf*«, und dann einen riesigen Klumpen rosa Kaugummi aus dem Mund nimmt und ihn dem jüngeren Mädchen mit einem Schlag auf den Kopf knallt, den ich bis zur anderen Straßenseite hören kann. Genau wie Gen und Ryan damals. Man sollte meinen, Teenager würden sich neue, interessantere Methoden ausdenken, um sich gegenseitig zu schikanieren, aber manches ändert sich wohl nie.

Bevor ich mich's versehe, marschiere ich auch schon über die Straße. Das ältere Mädchen lacht über den »Scherz«, während der Junge mit dem Handy ein Foto schießt. Das jüngere Mädchen hat Tränen in den Augen. Ich würde darauf wetten, dass es nicht ihr erstes Zusammentreffen mit diesen Mobbern ist.

»He, ihr Mistkröten«, sage ich zu den beiden älteren Teenagern. Sie starren mich mit weit aufgerissenen Augen an, als stünde Beyoncé persönlich vor ihnen. Um ehrlich zu sein, sehe ich heute Abend tatsächlich ziemlich gut aus. »Wow«, sagt der Junge.

»Alles okay?«, frage ich das jüngere Mädchen. Sie nickt energisch, aber es ist offensichtlich, dass gar nichts okay ist.

»Du bist eine Loserin«, sage ich und zeige auf das ältere Mädchen. »Und du bist ein Loser«, sage ich zu dem Jungen. »Und wisst ihr was? Ihr werdet immer Loser sein. Auf anderen Leuten rumzutrampeln, weil es euch selbst an Talent, Persönlichkeit oder Charisma mangelt, fühlt sich für den Moment vielleicht gut an, aber es bringt euch gar nichts.«

Das ältere Mädchen kichert.

»Ach!«, sagt das jüngere Mädchen mit zitternder Stimme. »Das sind meine Freunde. Sie haben nur einen Scherz gemacht.«

»Das sind nicht deine Freunde«, sage ich zu ihr, und mir tut das Herz weh, weil sie versucht, es herunterzuspielen – eine Taktik, die ich nur allzu gut kenne. »Das sind ein paar miese Arschgeigen, die dich zum Spaß schikanieren. Steh für dich selbst ein, verdammt noch mal!«

Ihr Kinn zittert leicht. »Schreien Sie mich nicht an.«

»Hey! Delphie! Hi!« Ich drehe mich um und sehe, wie Cooper mir vom Restaurant auf der anderen Straßenseite aus zuwinkt. »Alles okay?«

Ich blinzle und schlucke meinen Ärger hinunter. »Nur noch eine Sekunde«, rufe ich zurück. »Tut mir leid, dass ich geschrien habe«, sage ich zu dem Mädchen und zeige auf den Kaugummi in ihrem Haar. »Mit Olivenöl geht das wieder raus. Du musst nichts abschneiden.«

Jetzt bebt auch mein eigenes Kinn.

Das jüngere Mädchen starrt mich nur entgeistert an. Die beiden älteren Teenager kichern, aber sie klingen nervös.

»Versucht, netter zu sein«, sage ich seufzend zu ihnen. Mit einem letzten strengen Blick drehe ich mich auf dem Absatz um und gehe zu Cooper rüber.

Bevor ich darüber nachdenken kann, was gerade passiert ist und wie ich mich fühle, empfängt uns im Restaurant ein Mann in neongrünem Samtoverall und mit einem Schnurrbart, dessen Enden sich nach oben biegen.

»Ihr Lieben, ich bin Sullivan und heute euer Oberkellner – willkommen bei *Concept and Caramel: The Experience.*«

Ich werfe Cooper einen Seitenblick zu. Er schluckt nervös, während wir durch einen Korridor in einen großen weißen Raum geführt werden, in dem cool aussehende Leute an großen weißen Tischen sitzen. Einige lecken ihre Teller ab, andere essen mit den Fingern, die meisten lachen und kreischen. Die Kellner tragen samtene Jumpsuits in Neonfarben. So also sieht es heutzutage in den Restaurants aus? Aus Fernsehen und Film hatte ich einen ganz anderen Eindruck.

Wir werden an einen Tisch in der hintersten Ecke geführt, wo der Oberkellner uns einen zauberhaften Abend wünscht, bevor er sich wieder ins Getümmel stürzt. An seine Stelle tritt eine Kellnerin in Rosa, die uns fragt, was wir trinken möchten. Sie trägt Kontaktlinsen in der gleichen Farbe wie ihr Overall, und ich merke erst, dass ich sie anstarre, als Cooper sich räuspert. »Delphie, was möchtest du trinken?«

»Hmm …«, sage ich verwirrt. »Haben Sie auch Liza-Cocktails?«

Die Kellnerin verzieht fragend das Gesicht.

Ich denke zurück an *The Orchestra Pit* und den Barkeeper mit den Pailletten. »Ich glaube, es ist Wodka mit Apple Sour und etwas anderem, an das ich mich nicht erinnern kann.«

»Genau das haben wir nicht, aber etwas Ähnliches. Einen Cocktail auf Wodka- und Apfelbasis.«

»Okay, ja. Das wäre schön, danke.«

»Und du, Kumpel?«, fragt sie Cooper, der vermutlich noch nie in seinem Leben mit *Kumpel* angesprochen wurde.

»Bourbon mit Eis«, sagt er.

»Wir machen einen Hard Seltzer auf Bourbon-Basis mit Schokoladen- und Trüffelschaumdeckel«, schlägt sie vor.

Er schüttelt den Kopf. »Nur Bourbon, danke.«

Sie nickt mit enttäuschtem Blick, reicht uns zwei Speisekarten und verschwindet Richtung Bar. Ich sehe mich um und stelle verblüfft fest, dass das Paar am Nebentisch sich gegenseitig eine Art zuckerhaltigen Schleim von den Fingern schleckt.

»Es tut mir so leid«, sagt Cooper erstickt. »Ich habe nach Restaurants mit künstlerischem Ambiente gegoogelt, und das hier stand ganz oben. Als ich gesehen habe, dass *Karamell* im Namen steht, habe ich spontan reserviert, weil ich weiß, wie sehr du Zucker magst.« Er mustert das Paar neben uns mit großen Augen.

»Schon in Ordnung«, sage ich mit einem lässigen Schulterzucken.

»Es ist aber irgendwie schrecklich …«

»Ja. Wirklich furchtbar.« Ich lache, was auch Cooper zum Lachen bringt, bis wir uns beide kichernd umsehen und uns darüber amüsieren, wie seltsam der Laden ist.

Die Kellnerin bringt unsere Getränke (meins ist unglaublich lecker), und wir bestellen Vorspeisen – Cooper nimmt Miso-Kabeljau und ich Pilzpastete.

»Also«, sagt Cooper, als die Kellnerin wieder verschwunden ist. »Was war das da draußen?«

Hitze steigt mir in die Wangen. »Äh … ich habe gerade gesehen, wie dieses Mädchen gemobbt wurde, und … du weißt schon. Das hat mich irgendwie aufgeregt. In der Schule …«

Er zieht eine Grimasse. »Die Frau von der Gala.«

Ich sehe ihm in die Augen. »Ja. Sie hat mir das Leben zur Hölle gemacht. Sie und ihr Freund. Oder jetzt vielmehr Ehemann.«

»Der Idiot mit dem Baseballtrikot?«

Ich nicke.

»Tut mir leid. Ich wurde in der Schule ein bisschen gehänselt, aber nicht so schlimm, dass ich mich noch daran erinnern könnte. Ich kann mir gar nicht vorstellen …«

Ich schütte meinen Drink runter und signalisiere der Kellnerin, dass ich noch einen möchte. »Es hat mich sehr lange beschäftigt. Zu lange, um ehrlich zu sein.«

Cooper verzieht den Mund und nippt an seinem Drink. Er ist … heller als sonst – statt des üblichen Schwarz trägt er ein hellblaues Leinenhemd. Er sieht … Die ganze Zeit habe ich quasi direkt über ihm gewohnt, und jetzt …

Nein, denk nicht darüber nach. Heute Abend wollt ihr einfach nur Spaß haben.

»Hast du mal eine Therapie in Betracht gezogen?«, fragt er. »Ich will so was eigentlich gar nicht raten, aber Em hat darauf geschworen, und …«

Ich denke an meine Hausärztin, und mir sträubt sich sprichwörtlich das Fell, als ich mich daran erinnere, wie sie mir sagte, sie sei davon überzeugt, dass ich davon sehr profitieren würde. Allein beim Gedanken daran, vor einem völligen fremden Menschen meine Gefühle auszubreiten, will ich mich übergeben. »Hast *du* mal eine Therapie in Betracht gezogen?«, schieße ich zurück.

Zu meiner Überraschung nickt er und lacht leise. »Ich … Das war der Termin, den ich gerade hatte. Meine erste Sitzung. Ich dachte, es wäre an der Zeit, mich mit Ems Tod auseinanderzusetzen und darüber nachzudenken, wie ich irgendwann wieder schreiben könnte. Ich weiß, wie sehr sie sich darüber aufregen würde, dass ich damit aufgehört habe.«

Meine Augenbrauen zucken nach oben. »Oh. Das ist toll, Cooper. Supertoll. Hattest du das schon länger vor?«

Er schüttelt den Kopf. »Ich habe die Stunde nach unserem Besuch bei meinen Eltern gebucht.«

»Warum ausgerechnet dann?«

Er blickt auf sein Glas runter. »Ich glaube, an diesem Abend habe ich zum ersten Mal nach Ems Tod wieder richtig gelacht. Es fühlte sich an wie … es war eine so große Erleichterung. Ich wollte mehr davon.«

Mir stockt der Atem, als mir klar wird, dass es vielleicht nicht gerade rücksichtsvoll von mir ist, mich mit Cooper einzulassen – einem Mann, der immer noch mit dem Verlust seiner Schwester zu kämpfen hat –, wenn ich in ein paar Tagen ebenfalls sterbe. Aber andererseits … wir kennen uns ja kaum. Er wird wahrscheinlich ein bisschen traurig sein, aber er hat schon viel Schlimmeres erlebt. Und noch ist alles ziemlich zwanglos, oder? Ein rein sexuelles Techtelmechtel? Er wird schon klarkommen. Oder?

»Ich habe dich an diesem Abend zum Lachen gebracht!«, sage ich stolz, um mich von meinen düsteren Gedanken abzulenken.

»Das hast du. Ich bin dir sehr dankbar dafür.«

»Ach, dafür doch nicht.« Ich zucke mit den Schultern und erröte wieder. »Das ist eben meine natürliche Begabung.«

»Eine von vielen«, sagt er mit so tiefer Stimme, dass mir ein Schauer über den Rücken rinnt. Ja. Auf jeden Fall eine rein sexuelle Angelegenheit.

Die Kellnerin kommt und stellt meine Vorspeise vor mir ab, dazu einen Topf Farbe und einen Pinsel.

»Also«, sagt sie, »das sieht vielleicht aus wie Farbe, aber es ist ein essbares Coulis, das perfekt zu Ihrer Vorspeise passt.« Sie stellt einen quadratischen weißen Teller daneben. »Malen Sie mit der Sauce auf Ihren Teller, wie es Ihnen gefällt. Ich bin ein Fan von dicken, abstrakten Klecksen, manche Gäste hingegen bevorzugen eine schlichte Grundierung, andere einen pointillistischen Auftrag.«

Ich sehe den leeren Teller an, den Farbtopf, dann den anderen Teller mit meiner Pastete. Blicke zu Cooper rüber, vor dem ein ähnliches Arrangement steht, nur mit Fisch. Seine Farbe ist von einem zweifelhaften Grün. Brokkoli, behauptet die Kellnerin.

»Aber … warum?«, frage ich, aufrichtig neugierig.

»Wie bitte?« Die Kellnerin blinzelt.

»Warum habt ihr die Sauce nicht schon draufgeschüttet?«

Sie starrt uns an. »Weil es darum geht, damit zu malen?«

»Ja, aber warum?«, will Cooper wissen.

Die Frau schüttelt den Kopf. »Weil der Teller die Leinwand ist«, erklärt sie ganz langsam, als wären wir ein bisschen begriffsstutzig.

»Hat noch nie jemand gefragt, warum?«, frage ich.

Sie schüttelt den Kopf, bevor sie sich zurückzieht und uns neugierig mustert.

»Es tut mir echt leid.« Cooper lacht. »Der Laden hatte gute Bewertungen im Internet, also hoffen wir mal, dass das Essen wirklich lecker ist und wir nur ein paar Trottel sind, die das Konzept von *Concept and Caramel* nicht ganz raffen.«

»Das auf jeden Fall. Ich meine … dass du ein Trottel bist, weiß ich ganz genau.« Ich nehme den Farbtopf in die Hand und kippe seinen Inhalt über mein Essen. Es spritzt unschön bis zum Tellerrand.

Cooper räuspert sich. »Und du nennst dich eine Künstlerin.«

»Ich habe mich nie als Künstler bezeichnet.«

»Solltest du aber. Diese Zeichnungen …«

Ich schüttle den Kopf. »Eigentlich zeichne ich nicht mehr.«

»Hast du keine Freude daran?«

»Doch, eigentlich schon. Ich hatte nur …« Unbeholfen verstumme ich. Ich hatte was? Ich hatte in der Schule ein unschönes Erlebnis und habe daraufhin das Zeichnen aufgegeben? Etwas, das ich mehr geliebt habe als alles andere?

Ich trinke einen Schluck Wasser.

Cooper lächelt. »Wenn du jemals eine Ausstellung machst, bin ich der Erste von vielen, der etwas kauft.« Er schiebt sich etwas Miso-Kabeljau in den Mund und schluckt ihn runter. Wartet darauf, dass ich einen Bissen von meiner Pastete nehme. Sie ist klumpig, und die Sauce sieht nicht nur aus wie Farbe, sie schmeckt auch so.

»McDonald's?«, flüstert er, und ein Lächeln tanzt in seinen Augen.

Ich nicke. »Ja, bitte.«

Kapitel 36

Wir steigen in Paddington aus dem Taxi und kommen an einem Pub vorbei. Im Außenbereich sitzen Leute und singen für einen Mann in der Mitte *Happy Birthday*. Er ist ganz rot im Gesicht. Vor ihm steht ein kleiner, mit Kerzen besteckter Victoria Sponge Cake.

Der Mann sieht aus, als würde es ihn sehr verlegen machen, im Mittelpunkt der Aufmerksamkeit zu stehen, aber zugleich wirkt er überglücklich. All diese Menschen, die ihn feiern und ihn voller Liebe oder zumindest tief empfundener Sympathie ansehen. Das muss ein schönes Gefühl sein.

Cooper und ich nehmen unsere Burger mit und schlendern die Craven Road hinunter nach Hause, vorbei an lauter weißen Häuserzeilen.

»Ich weiß, wie man einer Frau einen schönen Abend bereitet, oder?« Er hebt die Augenbrauen und nimmt einen riesigen Bissen von seinem Viertelpfünder.

»Ich habe null Vergleiche!« Ich trinke einen Schluck Milchshake. »Das war mein erstes Date.«

Cooper bleibt stehen. »Ernsthaft?«

Ich nicke und verziehe das Gesicht. »Erstes Date, einziges Date.«

Letztes Date.

»Das ist Romantik vom Feinsten!« Er lacht und greift in seine Papiertüte, holt ein paar Fritten heraus und reicht mir eine.

»Das muss ich dir wohl einfach glauben.«

Wir gehen weiter und erreichen unser Wohnhaus, sein Blick

wird ernst. »Ich fühle mich geehrt, dein erstes Date gewesen zu sein, Delphie. Und ich …«

Er kommt nicht dazu, seinen Satz zu beenden … auf der Eingangstreppe sitzt eine Frau und beobachtet uns. Ich erkenne sie sofort als eine der Frauen, die ich aus seiner Wohnung habe kommen sehen – eine unglaublich schöne, langbeinige Brünette mit einem kleinen Hut, der an eine Spinne erinnert. Wednesday Addams, die für Chanel läuft, wie Coopers Schwester sagte.

»Lara!«, sagt Cooper. »Was machst du denn hier?«

Lara steht auf und klopft ihren langen weinroten Rock ab. Beißt sich auf die Unterlippe und wirft Cooper ein wissendes Lächeln zu. »Ich war gerade in der Gegend, da bist du mir in den Sinn gekommen, und ich dachte, ich frage mal, ob du zum Spielen rauskommen magst.« Sie streift mich mit einem beiläufigen Blick, und ich ärgere mich über mich selbst, weil ich beleidigt bin, dass sie nicht mal in Betracht zu ziehen scheint, dass Cooper und ich ein Date haben. Denn im Ernst … warum sollte sie?

Ich trinke noch einen Schluck von meinem Milchshake, und es entsteht ein lautes Rülpsgeräusch, weil er leer ist.

»Ich habe gerade ein Date, Lara«, sagt Cooper sanft.

Lara sieht ihn ebenso überrascht an wie ich. »Du? Ein Date? Ha!«

»Ja, ein Date.« Cooper lacht. »Aber es war schön, dich zu treffen.«

Ich denke an das letzte Mal, als ich sie zusammen gesehen habe, vor ein paar Monaten, als sie sich im Flur küssten; Cooper, verschlafen und mit nassen Haaren, hat verrufen ausgesehen und keinesfalls wie jemand, der Nein dazu sagt, wenn eine solche Frau ihn fragt, ob er *spielen* möchte.

Cooper ergreift meine Hand und führt mich an der erstaunt dreinblickenden Lara vorbei ins Haus.

Kaum sind wir in seiner Wohnung, lässt er die McDonald's-Tüte auf den Tisch plumpsen und drückt mich gegen die Wand. Er packt mein Gesicht und gibt mir den langsamsten, tiefsten Kuss der Welt, presst sich so heftig an mich, dass ich kaum noch atmen kann.

Plötzlich hält er inne und fährt sich mit den Zähnen über die Unterlippe. »Das will ich tun, seit ich gesehen habe, wie du dir diese Teenager vor *Concept and Caramel* vorgenommen hast.«

Ich erwidere den Kuss, erforsche mit der Zunge seinen Mund. Es fühlt sich an, als würde ich dahinschmelzen wie ein Schokoladenpudding in Menschengestalt. Ich sehe ihn an. »Das will ich tun, seit du mir erzählt hast, dass du Restaurants mit künstlerischem Ambiente gegoogelt hast.«

Er streicht mir über die Schulter und keucht auf, als der Seidenriemen meines Kleides herunterrutscht und auf einmal der Ansatz meiner Brust freiliegt. Er beugt sich vor und küsst meine bloße Haut, dann küsst er sich an meinem Hals entlang und fährt mit den Zähnen über meinen Kiefer. Hungrig öffne ich seine Jeans und greife hinein, spüre ihn heiß in meiner Hand.

»Mein Gott, Delphie«, flüstert er, streicht meinen Oberschenkel hinauf, hebt mein Kleid an und fährt mit dem Daumen leicht über mein Höschen, genau an der Stelle, an der ich mich nach ihm sehne. Wir berühren uns, vollständig bekleidet, und sehen uns dabei in die Augen. Und aus irgendeinem Grund ist es in diesem Moment das Erotischste, was ich mir nur vorstellen kann.

»Wie fühlt sich das an?«, murmelt er, während er mein Höschen zur Seite schiebt und einen Finger in mich gleiten lässt. Unwillkürlich streichle ich ihn schneller. Er passt sich meinem Tempo an, wir atmen schwer. Ich lehne den Kopf an die Wand. Er blickt mich unverwandt an, unterbricht den Blickkontakt nur für einen Sekundenbruchteil, als ich mir über die Lippen lecke. Wir kommen im Abstand von wenigen Sekunden, und meine Beine drohen unter mir nachzugeben. Cooper schlingt den Arm um meine Taille, damit ich nicht falle.

»Mein Gott.« Er schüttelt den Kopf.

»Ich weiß«, sage ich, und mir ist, als würde mein Körper Funken sprühen.

Cooper geht auf die Toilette, und ich sitze auf dem Sofa und ringe immer noch nach Luft, ein träges Lächeln auf den Lippen und eingehüllt in einen Kokon aus Seligkeit.

Mein Handy am anderen Ende des Zimmers summt. *Jump Around.*

»Ich liebe dieses Lied«, ruft Cooper aus dem Bad, während ich mit rasendem Herzen zu meiner Tasche eile. Ich öffne die Nachricht.

Ist das Teil deines Plans, Jonah zu küssen?

Die Worte schimmern und lösen sich in nichts auf. Ich sehe mich um. Beobachtet sie mich etwa? *»Hast du etwa gerade zugesehen?«*, zische ich.

Das Handy summt erneut.

Igitt, natürlich nicht. Aber ich erkenne ein postkoitales Glühen, wenn ich es sehe.

»Stopp! Wie auch immer. Ich bin mir nicht sicher, ob ich noch auf dich hören sollte«, flüstere ich und werfe einen Blick auf die Badezimmertür. »Inzwischen bin ich ziemlich sicher, dass Jonah nicht mein Seelenverwandter ist.«

Seelenverwandtschaft ist hier nicht mehr das Thema, Delphie!
Solltest du dich nicht lieber darum kümmern, dein Leben zu retten?

Finster starre ich aufs Display. Ich habe nicht vor, meine letzten zwei Tage auf Erden damit zu vergeuden, mir noch mehr Demütigung, Traurigkeit und Unbehagen einzuhandeln. Kurz entschlossen schalte ich das Handy aus und stopfe es zurück in die Tasche.

Cooper steckt den Kopf aus dem Bad. »Willst du duschen?«, fragt er mit einem wölfischen Grinsen und streckt mir einladend die Hand hin.

»Ja«, sage ich und schlüpfe aus meinem Kleid. »Ja, sehr gern sogar.«

Ich liege in Coopers Bett, den Kopf an seiner Brust. Er fährt mit seinem Zeigefinger meinen Arm auf und ab. Ich seufze.

»Was hast du?«

Ich drehe mich auf die Seite und stütze den Kopf in eine Hand. »Vorhin auf dem Rückweg haben vor einem Pub ein paar Leute *Happy Birthday* für ihren Freund gesungen.«

»Ich habe sie gesehen.«

»Der Gedanke an Partys und dergleichen ist für mich ein Albtraum.«

»Wirklich? Warum?«

Ich blinzle. »Na ja …« *Weil noch nie jemand eine Party für mich geschmissen hat und ich immer wusste, dass es auch niemals passieren wird?* »Du weißt schon, diese ganze performative Fröhlichkeit. Igitt.«

»Das ist eine düstere Perspektive auf Partys, Delphie.«

»Vielleicht bin ich ein düsterer Mensch.«

»Ich sehe dich. Du bist kein düsterer Mensch. Himmel, nein. Wenn deine Seele eine Farbe hätte, dann leuchtend gelb. Wie eine Sonnenblume.«

Ich lache. »Das ist unglaublich kitschig, Cooper. Bist du sicher, dass du Schriftsteller bist?«

Cooper tut so, als würde er mich finster anstarren. »Ich nehme alles zurück. Dein Herz ist hohl und grau wie eine alte Blechdose.«

Lachend setze ich mich im Bett auf. »Was ich damit sagen wollte, war, dass ich heute Abend diese Leute gesehen habe, die *Happy Birthday* gesungen haben, und auf einmal habe ich es begriffen. Diese Gäste, Freunde, Familie, was auch immer … sie sind Zeugen des Lebens dieses Mannes. Die Tatsache, dass sie dort waren, um zu sehen, wie er ein Jahr älter wird – eigentlich ein völlig nichtiger Anlass –, bedeutet, dass sie an ihn denken. Und dass man sich an ihn erinnern wird. Auch wenn er nicht mehr da ist. Weil es, du weißt schon, Zeugen für sein Leben gab.«

»Ich bin nicht sicher, ob ich das verstehe.«

Ich seufze. »Mr Yoon hat sich wieder erholt, ja. Aber er ist schon alt. Und vielleicht geht es ihm nicht mehr lange gut. Und weißt du, solange ich ihn kenne, verbarrikadiert er sich in dieser Wohnung – ich weiß nicht, warum, aber er tut es. Wenn er heute Morgen gestorben wäre … wer wären dann die Zeugen seines Lebens gewesen? Wer wäre zu seiner Beerdigung gekommen? Du und ich. Und wir kannten ihn nicht mal besonders gut. Und lieber Himmel, bald werde ich …«

»Was wirst du?«

Ich sehe Cooper an. Seine dunklen Augen funkeln, auf seinem Gesicht liegt ein Lächeln. Er scheint mich tatsächlich zu mögen. Nicht nur wegen des Sex. Wieder frage ich mich, ob es ihn sehr treffen wird, wenn ich nicht mehr da bin. Wird er mich vermissen? Sicherlich nicht so sehr, dass es unfair wäre, noch zwei Tage mit ihm zu verbringen, oder? Ich meine, vielleicht wird er eine Woche lang an mich denken oder so, aber es wäre nicht so wie damals, als er Em verloren hat – jemanden, den er wirklich kannte und der ihm sehr wichtig war. Ich nehme an, dass er mit der Hilfe von Lara und all den anderen Frauen, die ich im Lauf der Jahre bei ihm gesehen habe, schnell über mich hinwegkommen würde.

»Mr Yoon braucht mehr Zeugen«, sage ich. »Mehr Menschen, die ihn kennen. Menschen, die sich an ihn erinnern werden. Die nach ihm sehen.«

»Er hat uns.«

»Das reicht nicht.« Ich beiße mir auf die Lippe. »Es muss Leute geben, die im Fall des Falles für uns einspringen.« Ich klopfe mit der flachen Hand auf mein Knie und kneife die Augen zusammen, als sich ein Plan abzuzeichnen beginnt.

»Also ein Ersatz für den Notfall?«

»Ja …« Ich nicke entschlossen und setze mich aufrechter hin. »Genau das. Ich will eine Party für Mr Yoon geben. Nichts Großes. Nur um ihn ein bisschen vorzustellen. Du weißt schon.«

»Ihn ein bisschen vorstellen? Er ist achtundachtzig Jahre alt und scheint gern allein zu sein.«

»Sechsundachtzig. Und ist das wirklich so? Können wir da ganz sicher sein? Ich meine, ich habe mein ganzes Leben lang Leute weggestoßen. Es war meine eigene Entscheidung, aber jetzt …« Meine Stimme bebt. Ich reiße mich zusammen. »Selbst wenn Mr Yoon sich wünschen würde, dass es Menschen gibt, die sich an die wichtigen Ereignisse seines Lebens erinnern … inzwischen ist es schon fast zu spät. Er ist so vergesslich geworden, er kann nicht sprechen, er wird gebrechlich. Er hat so viel versäumt.«

»Er wirkte auf mich immer sehr zufrieden.«

»Die Party ist am Sonntag.« *Mein letzter Tag auf Erden.*

Cooper lacht ungläubig. »Du willst *übermorgen* eine Party für unseren sechsundachtzigjährigen Nachbarn geben? Warum die Eile?«

Ich hole tief Luft. »Weil das Leben zu kurz ist, um herumzutrödeln.«

Kapitel 37

Am nächsten Morgen bestätigt mir die Ärztin, dass Mr Yoon nach Hause darf. Ich frage sie, ob eine kleine Feier zu viel für ihn wäre, und sie sagt, nein, das sei eine schöne Idee, wenn er Lust darauf hat, es würde ihn sicher ablenken und aufmuntern. Sie weist mich darauf hin, dass Mr Yoon nicht nur ein neues Medikament zur Beruhigung seines Magens einnimmt, sondern auch jegliche scharfen oder säurehaltigen Speisen meiden muss.

»Keine Fizz Cola mehr!«, schimpfe ich mit Mr Yoon, während ich ihm ins Taxi helfe. »Und das mit dem Rauchen muss wirklich aufhören.«

Er schnaubt vor Lachen und rüttelt mich ein wenig an den Schultern, als wollte er sagen, ich solle mich mal ein bisschen entspannen.

»Ich meine es ernst«, sage ich streng. »Ich werde nicht immer hier sein, um auf Sie aufzupassen.«

Da hört Mr Yoon auf zu lachen, und wir schweigen, bis wir zu Hause sind. Aber auf dem ganzen Weg lehnen wir uns stumm beieinander an.

Als ich die Bibliothek betrete, sehe ich Aled, der mitten im Lesesaal einen Tisch aufgestellt hat. Ich gehe zu ihm. Auf dem Tisch befinden sich die Romane von Cooper, darüber hängt ein Schild mit der handschriftlichen Information: *Autor aus der Nachbarschaft.* Wahnsinn. Es sind zehn Bücher, einschließlich des Romans, den ich bestellt habe … ich bin nicht dazu gekommen, ihn zu lesen.

»Delphie! Meine verflossene beste Freundin!« Aled lächelt mir entgegen. Er trägt eine lila Jacquard-Weste über einem braunen Hemd und sieht aus wie ein Snookerspieler. »Hast du deine vermisste Leiche gefunden, Liebes?« Sein begeisterter Eifer passt nicht so recht zu der morbiden Frage, und ein Bibliotheksbesucher wirft mir einen entsetzten Seitenblick zu.

»Meine vermisste *lebende* Person. Ja, ich habe sie gefunden.«

»Ah, sehr gut. Dann hast du jetzt also Zeit, mal was zum Vergnügen zu lesen? Ich habe schon eine Liste mit Empfehlungen für dich zusammengestellt …«

»Nein! Also ich meine, das ist sehr nett von dir, Aled, aber ich bin schon wieder hier, um dich um einen Gefallen in einer anderen Sache zu bitten. Es ist allerdings ein großer Gefallen.«

»Ooh«, macht Aled. »Schieß los.«

»Also, ich habe einen Freund, Mr Yoon heißt er. Ein supercooler Typ. Er kommt gerade aus dem Krankenhaus. Es geht ihm gut, Gott sei Dank, aber er ist schon alt. Und er lebt zwar schon sehr lange hier in der Gegend, kennt aber nicht viele Leute.«

»Hat er keine Freunde? Wie traurig. Armer Kerl.«

Das unverhohlene Mitleid in seiner Stimme stößt mir sauer auf. »Manche Menschen sind eben einsame Wölfe.«

»Ah, ich nicht. Ich mag es, wenn sich so viele Menschen wie möglich in meinem Leben tummeln. Ich sammle Menschen wie andere Leute Schmuckstücke. Ich habe ganz unterschiedliche Menschen für ganz unterschiedliche Anlässe.«

Ich verziehe das Gesicht. Freunde wie Schmuckstücke zu sammeln klingt in meinen Ohren echt gruselig. »Wofür bin ich da?«, frage ich neugierig. »Welchen Zweck erfülle ich in deiner Sammlung?«

»Wir stehen noch am Anfang unserer Freundschaft, ich weiß es also noch nicht mit Sicherheit. Obwohl ich vermute, dass du in meinem Leben die Rolle der mürrischen Freundin erfüllst, bei der ich alles geben muss, um sie weichzukochen, was mir aber vielleicht nie ganz gelingt. Allerdings haben wir schon große Fortschritte gemacht – als wir uns kennengelernt haben, hast du *die ganze Zeit* ein finsteres Gesicht gemacht, und heute hast du nur einmal die Stirn gerunzelt! Ich gehe davon aus, dass du mir die hohe Kunst der unbeirrbaren Ausdauer näherbringen wirst.«

Ich lache über die Schamlosigkeit, mit der er sich zum Hauptdarsteller erklärt. »Okay. Zurück zu meinem Anliegen: Ich möchte eine kleine Party für Mr Yoon organisieren. Um seine Rückkehr zu feiern und um ihn einigen Leuten aus dem Viertel vorzustellen.«

»Meine mürrische Freundin mit dem butterweichen Kern«, sagt Aled nachdenklich. »Ich bin dabei. Sag mir einfach, wo und wann.«

»Genau darum geht es. Ich hatte gehofft, wir könnten die Party hier abhalten … im Musikzimmer, um genau zu sein. Mr Yoon hat früher Geige gespielt, und ich weiß, dass er Musik mag. Und es ist ein so schöner Raum.«

»Hmm. Da müssen wir einen formellen Antrag stellen. Zu deinem Glück bin ich es, der darüber entscheidet, also steht schon fest, dass es genehmigt wird. An welchen Termin dachtest du? September? Oktober? Dezember ist wegen der Weihnachtsbuchungen schwierig, aber vielleicht unter der Woche?«

»Eigentlich dachte ich an morgen. Ich weiß, das ist furchtbar kurzfristig, aber ich fahre für eine Weile weg und weiß nicht, wann ich zurückkomme, also eilt es leider.«

Aled zieht eine Grimasse. »So kurzfristig hier in der Bibliothek eine Party zu veranstalten würde gegen alle Regeln verstoßen. Und Regeln sind in einer Bibliothek alles.«

»Es würde ja nicht lange dauern«, flehe ich. »Höchstens ein paar Stunden. Es kommen auch nicht mehr als zehn Leute. Ganz unauffällig. Und morgen ist Sonntag, da ist die Bibliothek geschlossen, also müsste niemand davon erfahren.« Ich lege die Hände zusammen und sage mit brüchiger Stimme: »Bitte? Das Musikzimmer ist so schön, und du bist der mächtige Hüter der Schlüssel.«

Aled presst eine Hand auf die Brust und sieht sich um, bevor er sich zu mir beugt und flüstert: »In der Tat, ich bin der mächtige Hüter der Schlüssel, und obwohl es eigentlich gegen alle Regeln verstößt und ich möglicherweise gefeuert werden könnte, schulde ich es dir.«

»Du schuldest es mir?« Meine Augenbrauen schießen nach oben.

»Frida«, sagt er. »Wir schreiben uns pausenlos Nachrichten. Sie ist eine Wucht. Wusstest du, dass sie vier verschiedene Sprachen spricht? Und dass sie eine Ausbildung zur Hundefriseurin hat?«

»Äh, nein«, sage ich beeindruckt. »Ich kenne sie noch nicht sehr lange.«

»Delphie, sie ist eine Wucht. Es ist noch zu früh, um sicher zu sein, aber ich habe so das Gefühl, dass daraus vielleicht mehr wird, als dass sie nur meine schönste Freundin ist. Ich meine, nicht dass du nicht schön wärst. Aber …« Er wird rot.

»Ruhig Blut.« Ich klopfe ihm sachte auf den Arm. »Frida ist großartig, das weiß ich. Und superlieb.«

»Das ist sie wirklich, oder? Wenn du von deiner Reise zurück bist, wo auch immer es dich hintreibt, müssen wir mal alle zusammen etwas unternehmen! Oh, und wir könnten auch R. L. Cooper einladen! Wäre das nicht toll?«

Auf einmal wird mir bewusst, dass mich eine solche Vorstellung nicht mit Grauen erfüllt, so wie noch vor einer Woche. Ich habe einen dicken Kloß im Hals und würge ihn mühsam runter. Es klingt tatsächlich, als könnte es Spaß machen.

Schluss jetzt. Darüber nachzudenken macht nichts besser.

»Ist morgen um drei Uhr okay?«, frage ich. »Maximal zehn bis fünfzehn Leute?«

Aled nickt und greift nach meinen Händen. »Ich habe noch nie gegen die Regeln verstoßen«, sagt er ein wenig beklommen.

Ich drücke fest seine Hände. »Tja, Aled, vielleicht ist es an der Zeit, dass wir uns mal ein bisschen was trauen.«

Kapitel 38

Auf dem Rückweg von der Bibliothek rufe ich Mr Yoons Hausarzt an, Dr. Garden, der mir mitteilt, es sei vollkommen unangemessen, ihn darum zu bitten, sich in der Freizeit mit Patienten zu treffen. Dann gehe ich bei der Reinigung vorbei, wo mich das Inhaber-Ehepaar mustert, als wäre ich völlig irre, als ich sie zu einer Last-Minute-Party für einen Fremden einladen will. Ihre Ablehnung schmerzt zwar ein wenig, wird aber gemildert durch die erfreute Zusage des paillettenbesetzten Barkeepers von *The Orchestra Pit*, den ich als Nächsten frage, indem ich einfach in der Bar anrufe. Er teilt mir mit, sein Name sei Flashy Tom.

Ich marschiere in die Apotheke. Leanne und Jan sind begeistert von der Idee. Sie kennen Mr Yoon nicht persönlich, aber Leanne sagt, dass ich bei der Arbeit zwar nur wenig sage, aber wenn, dann heißt es Mr Yoon dies und Mr Yoon das: »Mr Yoon braucht Bananen, ich hole welche vom Bauernmarkt – kann sein, dass ich deshalb meine Mittagspause um ein paar Minuten überziehe«, oder: »Mr Yoon hat eine Schallplatte von Kylie Minogue, und ich frage mich immer wieder, wie sie in seinen Besitz gelangt ist … als ich sie aufgelegt habe, hat er sich die Ohren zugehalten.« Sie freuen sich darauf, ihn kennenzulernen. Jan sagt, für sie sei es fast, als sei er eine lokale Berühmtheit.

Ich gebe Leanne ihr Kleid zurück, und sie fragt nach dem Dresscode auf der Party. Ich sage ihr, dass es leger zugehen wird, woraufhin sie enttäuscht fragt: »Kein Motto? Vielleicht eine Kostümparty? Vielleicht … wie wäre es mit einem Disney-Thema?«

Ich stelle mir Mr Yoons Gesicht vor, wenn er einen Raum voller als Zeichentrickfiguren verkleideter Fremder betritt. Vor meinem geistigen Auge rümpft er die Nase.

»Wir feiern ganz schlicht«, sage ich, und dann frage ich sie, ob ihr noch irgendwer einfällt, der Lust haben könnte, an einer Party für jemanden teilzunehmen, den er nicht kennt, aber ganz sicher mögen würde. Jan schlägt Deli Dan von *Baba's Deli* am Ende der Straße vor. Dort holt sie jeden Mittag unsere Sandwiches, und es ist offensichtlich, dass sie ein wenig in ihn verknallt ist. Ich hingegen kenne ihn nicht und bin ganz schön nervös bei der Aussicht, einen Fremden auf eine Party einzuladen, aber mir bleibt nichts anderes übrig – je mehr Leute aus dem Viertel ich dazu bringen kann, zur Party zu kommen, desto größer die Chancen, dass Mr Yoon jemanden hat, der sich um ihn kümmert, wenn ich weg bin. Außerdem habe ich in der vergangenen Woche schon viel schlimmere Stiere bei den Hörnern gepackt.

Auf dem Weg zu *Baba's Deli* beschließe ich, auch in den anderen Geschäften in unserer Straße nachzufragen. Als Erstes gehe ich in den Laden an der Ecke. Das mürrische Teenagermädchen mit Nasenring und dickem schwarzen Eyeliner ist für mich das Musterbeispiel einer perfekten Verkäuferin, denn sie versucht nie, ein Gespräch mit mir zu führen. Als ich an den Tresen trete und sie zu einer Party einlade, schnappt sie hörbar nach Luft und sieht sich verwirrt um. »Redest du mit mir?«

»Ja«, sage ich. »Kennst du Mr Yoon?«

Sie schüttelt den Kopf. Es wundert mich nicht – sie muss noch ein Baby gewesen sein, als Mr Yoon noch aktiv im Viertel unterwegs war.

»Er ist ein netter alter Mann, der ein paar Freunde gebrauchen kann. Es geht ihm nicht besonders gut, und ich dachte, es heitert ihn vielleicht auf, wenn ein paar Leute aus dem Viertel in die Bibliothek kämen, um, na ja, um ihn ein wenig zu feiern. Ich weiß, es ist eine seltsame Bitte.«

Das Mädchen kneift die Augen zusammen. »Ja, ist es wirklich. Gibt es kostenlosen Alk?«

»Ja«, sage ich und setze *Alkohol besorgen* auf meine mentale To-do-Liste. »Ja, natürlich! Das ist doch normal für eine Party, oder? Auf jeden Fall.«

»Schön. Ich bin dabei.« Ihre Augen leuchten auf. »Darf meine Schwester mitkommen?«

»Warte … wie alt bist du?«

Sie zögert kurz. »Achtzehn.«

»Und deine Schwester?«

»Ah … auch achtzehn?«

Sie lügt, das ist ganz offensichtlich. »Vielleicht könnt ihr ja auch euren Vater mitbringen«, sage ich.

»Viiielleicht …«

»Großartig! Dann sehen wir uns morgen um drei im Musikzimmer der Tyburnia-Bibliothek. Übrigens, ich bin Delphie.«

»Ich heiße Shelley.«

»Schön, dich kennenzulernen, Shelley.«

Als ich zu *Baba's* weitergehe, denke ich darüber nach, dass Shelley mich bestimmt schon fünfhundert Mal abkassiert hat und ich trotzdem ihren Namen nicht kannte. Wie kann es sein, dass mir das nie komisch vorkam?

In *Baba's Deli* buhlen haufenweise Frauen um die Aufmerksamkeit eines gut aussehenden grauhaarigen Mannes. Seine leuchtend eisgrauen Augen könnten es mit denen von Paul Hollywood oder einer Ziege aufnehmen. Auf seinem Namensschild steht DAN BABA. Es ist Deli Dan persönlich, der die Aufmerksamkeit sichtlich genießt und immer mal wieder einer Kundin zuzwinkert. Ich warte geduldig in der Schlange, während die flirtfreudigen Frauen vor mir Schweinefleischpasteten und Käse kaufen.

Als ich an der Reihe bin, fixiert mich Deli Dan mit seinen eisgrauen Augen, und plötzlich verstehe ich, weshalb Jan in ihn verknallt ist, so wie anscheinend auch jede andere Frau mittleren Alters im Viertel.

»Hallo, Deli Dan«, sage ich. »Mein Name ist Delphie, und ich möchte Sie zu einer Party morgen einladen. Es ist ein bisschen kurzfristig, ich weiß, aber ich habe erst gestern Abend beschlossen, sie zu veranstalten.«

Im Gegensatz zu Shelley wirkt Deli Dan, als würde es ihm jeden Tag passieren, dass eine fremde Frau vorbeikommt und ihn zu einer Party einlädt. Während die Schlange hinter mir immer länger wird, zuckt er mit den Schultern und sagt: »Geht nicht, Liebes. Hab viel zu tun. Was darf es für dich sein?« Er hat einen breiten Cockney-Akzent.

»Oh«, sage ich und lasse die Schultern sinken. »Jan dachte, Sie würden auf jeden Fall Ja sagen.«

Er legt ein Truthahnsandwich ab, das er gerade in Wachspapier eingeschlagen hat. »Jan Meyer? Aus der Apotheke?«

»Genau die.«

Deli Dan verzieht einen Mundwinkel. »Jan ist eine nette Lady. Eine sehr nette Lady. Und sie kommt auch?«

»Ja, auf jeden Fall!«

Er nickt, ein Funkeln in den Augen. »Ist die Verpflegung schon geregelt?«

Verpflegung? Warum habe ich nicht ans Catering gedacht? Ist das überhaupt notwendig?

»Nein«, sage ich. »Die Party dauert nur ein paar Stunden.«

»Du kannst deine Gäste doch nicht hungern lassen, Liebes«, flüstert eine ältere Frau mit Kopftuch hinter mir. »Das wäre furchtbar unhöflich.«

»Oh«, antworte ich. »Stimmt natürlich.«

Gutmütig rollt Deli Dan mit den Augen. »Ich denke, ich könnte aushelfen. Ein paar Pasteten, Sandwiches, Kuchen.«

Ich nicke. »Wie viel würde das kosten?«

Deli Dan nennt mir eine Zahl, die vermutlich den üblichen Preisen im Westen Londons entspricht, also erschreckend hoch ist. Ich kann mir das nur leisten, wenn ich auf meine Ersparnisse zurückgreife. Meinen Notgroschen für schlechte Zeiten.

Aber wenn das keine schlechten Zeiten sind, weiß ich auch nicht. Verdammt. Es spielt doch überhaupt keine Rolle mehr.

»Abgemacht!«, sage ich, hole das Handy aus der Tasche, überweise meine gesamten Ersparnisse aufs Girokonto und reiche Deli Dan meine Debitkarte.

»Würden Sie auch etwas von dem Käse mitbringen?«, frage ich und zeige auf einen großen Block, der besonders stinkig aussieht. »Und könnten Sie vielleicht auch für Alkohol sorgen? Oder mir sagen, wo ich günstig welchen bekomme?«

Deli Dan nickt. »Wie viele Gäste werden erwartet?«

Ich ziehe eine Grimasse. »Im Moment sechs, Sie eingeschlossen. Aber ich hoffe, es werden eher zehn, maximal fünfzehn sein.«

»Ja, kriegen wir hin. Ich kümmere mich darum, meine Liebe. Bier? Wein? Champagner?«

»Champagner«, sage ich entschlossen. Wenn schon, denn schon. »Danke schön!«

Er zuckt mit den Schultern. »Ich tu für die Leute aus diesem Viertel, was ich nur kann. Und Jan kommt auf jeden Fall?«

»Hundertprozentig.«

»Können Sie sich bitte ein bisschen beeilen?«, fragt die Frau hinter mir. Eine andere Frau in der Schlange frischt diskret ihren Lippenstift auf.

»Musikraum der Tyburnia-Bibliothek«, sage ich zu Deli Dan. »Viertel nach zwei. Um drei soll es losgehen.« Damit schiebe ich mich an all den wartenden Frauen vorbei nach draußen, das adrenalingetränkte Blut rauscht mir in den Adern.

Ich mache das wirklich! Ich, Delphie Denise Bookham! Ich schmeiße eine Party!

Kapitel 39

Es ist Sonntag. Ich wache auf und verspüre sofort einen schmerzhaften Stich in der Brust.

Mein letzter Tag auf Erden.

Tausend Gedanken stürzen auf mich ein. Zweifel und die Frage, ob ich nicht doch noch etwas tun kann. Ich schüttle sie ab. Heute ist mein letzter Tag auf Erden, bevor ich nach Evermore zurückkehre, so will es die Abmachung. Und ich habe meine Entscheidung getroffen. Teil dieser Entscheidung war es, mit mir selbst im Reinen zu sein, denn es gibt nun mal keine Alternative.

Das alles ist zu viel und zu überwältigend. Ich habe Angst, dass ich zusammenklappe, wenn ich richtig darüber nachdenke. Aber ich habe heute noch einiges zu tun, also kommt ein Zusammenbruch nicht infrage. Ich gebe eine Party für Mr Yoon. Besser könnte ich diesen Tag nicht nutzen.

Den ganzen Vormittag verbringe ich damit, in ein Notizbuch zu schreiben, das ich gestern im Schreibwarengeschäft gekauft habe: Informationen über Mr Yoons Tagesablauf, seine Vorlieben und Abneigungen und wie er seinen Kaffee am liebsten trinkt. Ich werde es Cooper hinterlassen, damit er es der Stadtverwaltung übergeben kann, wenn jemand zur Beurteilung kommt.

Als ich fertig bin, ziehe ich wieder das hellgrüne Kleid an, weil es verdammt teuer war und weil ich mich darin so gut gefühlt habe, dass ich zu dem Schluss gekommen bin, ich hätte jeden Tag schöne Kleider tragen sollen – warum habe ich eigentlich die ganze Zeit auf einen passenden Anlass gewartet? Selbst wenn ich es nur zu Hause angezogen hätte … vermutlich hätte ich mich darin zumindest ein bisschen besser gefühlt. Ich lege kleine glitzernde Ohrringe an, die ich in der Tüte meiner Mutter gefunden habe, und bürste mein Haar, bis es mir glänzend über die Schultern fällt. Dann gehe ich nach nebenan, um den Mann der Stunde abzuholen.

Mr Yoon steht vor seinem Schlafzimmerspiegel. Zufrieden betrachte ich ihn, er sieht gut aus in seinem marineblauen Hemd und der grauen Hose, die er für heute ausgewählt hat. Ich frage ihn, ob ich ihm die Haare nach hinten kämmen darf, was er bejaht. Ich stelle mich neben ihm vor den Spiegel, und wir lächeln uns an.

»Wir sehen gut aus!«, sage ich und stütze die Hände in die Hüften.

Er stößt mich leicht mit der Schulter an und reckt einen Daumen nach oben.

»Sind Sie sicher, dass das nicht zu viel ist?«, frage ich. »War es eine blöde Idee, am Tag nach Ihrer Entlassung aus dem Krankenhaus eine Party für Sie zu organisieren?«

Er nimmt Bleistift und Block vom Tisch.

Ich freue mich sehr. Es ist meine erste Party seit dreißig Jahren.

Ich denke an das Foto, auf dem er den Preis für sein Geigenspiel entgegennimmt. Wie er reagiert hat, als ich ihn darauf ansprach. Und wieder frage ich mich, was ihn dazu gebracht haben mag, sich vor der Welt zu verstecken. Vor den Menschen. Was hat ihn dazu veranlasst, alles hinter sich zu lassen, was er einst liebte?

In der letzten Woche sind wir uns viel näher gekommen. Womöglich hätte er sich mir irgendwann geöffnet, wenn ich nur mehr Zeit hätte. Aber vielleicht wird er sich, wenn ich nicht mehr bin, Cooper gegenüber öffnen. Oder einem der neuen Freunde, die er hoffentlich auf seiner Kennenlernparty findet.

Mr Yoon stößt die Luft aus.

»Sind Sie nervös?«, frage ich. »Weil Sie gleich neue Leute kennenlernen?«

Er schüttelt augenrollend den Kopf.

»Ich auch nicht«, behaupte ich. Er durchschaut mich und lacht leise in sich hinein.

Wir sind gerade auf dem Weg nach draußen, als Mr Yoon die Hand hebt, sich umdreht und zurück in die Wohnung stürmt. Ich frage mich, ob er es sich anders überlegt hat, aber dann schnappt er sich sein Kreuzworträtselbuch vom Küchentisch.

»Oh, das werden Sie nicht brauchen!«, sage ich. »Es ist eine Party. Da macht man keine Kreuzworträtsel.«

Er drückt das Heft an die Brust und kommt zur Tür. Ich versuche, es ihm abzunehmen, denn wir können es auf gar keinen Fall gebrauchen, dass Mr Yoon die anderen Gäste zugunsten seines Rätselheftes links liegen lässt, aber er hält es so eisern fest, dass ich schnell aufgebe.

Ich hebe die Hände. »Na schön! Herrje. Dann nehmen wir Ihre Kreuzworträtsel eben mit.« Offenbar braucht er das Heft als Trost. Als emotionale Unterstützung. Ich hab's ja begriffen. »Aber ich wette, wenn wir dort sind, haben Sie so viel Spaß, dass Sie das Heft ganz vergessen.«

Mr Yoon öffnet das Rätselbuch einen Millimeter, späht hinein, nickt kurz, drückt es wieder an die Brust und tätschelt es.

»Was auch immer Ihnen hilft.«

Ich keuche auf, als Mr Yoon und ich Arm in Arm den Musikraum der Bibliothek betreten. Neben mir höre ich Mr Yoon ebenfalls japsen.

»Wow.«

Es sieht wunderschön aus. Es ist auch sonst schon ein schöner Raum mit der gewölbten Decke, den kreisförmig angeordneten hohen Bücherregalen und den vielen Instrumenten. Aber Aled hat die Regale mit Hunderten von winzigen, warm leuchtenden Lichtern bestückt und ein sauber gefaltetes weißes Laken über den Flügel gelegt, auf dem fünf Kristallvasen mit gelben Rosen stehen. Ich entdecke Deli Dan am anderen Ende des Raums. Er hat zwei Arbeitstische zusammengeschoben und bestückt sie gerade mit Alu-Tabletts voller Sandwiches und Kuchen.

»Alle lieben Lichterketten, oder?« Aled späht hinter einem Kontrabass hervor, in der Hand einen seltsamen kleinen Apparat.

»Es ist wunderschön!«, sage ich. »Vielen, vielen Dank! Mr Yoon, das ist Aled. Er arbeitet in der Bibliothek.«

»Ja, ich bin der Kapitän dieses prächtigen Schiffs. Es freut mich so sehr, Sie kennenzulernen.« Aled schüttelt Mr Yoon die Hand und freut sich sichtlich, seine Sammlung um einen neuen Freund zu erweitern. »Delphie sagte mir, dass Sie nicht sprechen.«

»Unhöflich, Aled!«

Mr Yoon winkt grinsend ab. Er scheint Aleds Offenheit sofort zu mögen.

»Ist ja nicht böse gemeint«, sagt Aled. »Ich wollte nur fragen, ob Sie so was schon mal gesehen haben.« Aled hält das kleine Gerät hoch und schaltet es ein. Ein kleiner Bildschirm mit einer Tastatur leuchtet auf. »Es ist ein VOCA – ein *Voice Output Communication Aid*. Es gehört der Bibliothek, wir verleihen es an unsere nicht sprechenden Besucher. Ihr würdet nicht glauben, wie viele nicht wissen, dass es so etwas gibt. Jedenfalls sagte mir Delphie, dass Sie sich in letzter Zeit zurückgezogen haben und …«

»Aled!«

Mr Yoon schüttelt sich stumm vor Lachen, und mir geht das Herz auf. Er findet eindeutig Gefallen an Aleds Direktheit.

»Und«, sagt Aled und mustert mich selbstgefällig, »ich dachte mir, vielleicht haben Sie ja auch noch nie davon gehört. Man tippt einfach ein, was man sagen möchte, und die Maschine spricht es laut aus.«

Aled tippt »Hallo, hallo, und euch allen einen herrlichen Tag« ein, und eine Männerstimme – die sehr nach Louis Theroux klingt – spricht die Worte laut aus.

»Wie cool!«, japse ich.

Mit einem verblüfften Lächeln greift Mr Yoon nach der Maschine und inspiziert sie genauer.

»Man kann auch Sätze als Vorlage abspeichern«, sagt Aled und wischt einmal über den Bildschirm, woraufhin Buttons auftauchen mit Sätzen wie »Vielen herzlichen Dank«, »Wie schön, dich zu sehen« und schrägerweise auch »Lassen Sie mich in Ruhe!«.

Mr Yoon drückt auf VIELEN HERZLICHEN DANK und nickt beeindruckt, als wieder die Stimme von Louis Theroux ertönt. Rasch wischt er wieder zum vorherigen Bildschirm und tippt ein: »Das gefällt mir sehr.«

»Das ist wirklich großartig!«, sage ich und freue mich über die freudige Röte auf Mr Yoons Gesicht.

Mr Yoon tippt wieder: »Mein Name ist Yoon Jung-won.«

Mein Herz geht auf. »Yoon Jung-won!« Ich strecke ihm die Hand hin. »Es ist so schön, Sie zu kennen, Yoon Jung-won.«

Mr Yoon drückt mir fest die Hand.

»Das VOCA hat so viele nützliche Funktionen«, sagt Aled aufgeregt. »Soll ich es Ihnen zeigen? Wir haben noch ein paar Minuten bis zum offiziellen Partybeginn.«

Mr Yoon, offenbar schon jetzt VOCA-Experte, wechselt zum nächsten Bildschirm und drückt auf die Schaltfläche JA.

Aled führt ihn zu einem samtbezogenen Zweisitzer auf der anderen Seite des Raums, wo sie sich mit leuchtenden Gesichtern hinsetzen; Aled plaudert munter vor sich hin, und Mr Yoon antwortet ihm per VOCA.

Ich mustere die beiden grinsend. Wie prächtig sie sich verstehen! Und wie praktisch dieses sprechende Gerät doch ist.

»Ich sehe, die beiden haben sich schon angefreundet.«

Ich drehe mich um. Cooper erinnert in seinem schwarzen T-Shirt und der grauen, schmal geschnittenen Hose an einen lockenköpfigen Gene Kelly. Er trägt einen großen Rucksack, und ich will ihn gerade fragen, was drin ist und warum er ihn auf die Party mitbringt, da lässt er den Blick an mir entlangwandern, und ich fühle mich in den Moment zurückversetzt, als er mich dabei beobachtet hat, wie ich komme, und diese Augen wie Onyx schimmerten. Ein Schauer durchfährt mich. Es entgeht ihm offenbar nicht, denn auf seinem Gesicht blitzt jenes Grinsen auf, das ich früher so großspurig und arrogant fand und bei dem ich mich jetzt unwillkürlich frage, wie schnell wir wohl unsere Klamotten loswerden können.

Meine Erregung erhält einen Dämpfer, als mir die Frau auffällt, die dicht hinter Cooper steht und sich im Musikraum umsieht, das normalerweise so unbeeindruckte Gesicht ungewohnt beeindruckt.

»Mrs Ernestine!«, flöte ich mit einem Seitenblick auf Cooper. »Äh, willkommen.«

»Mrs Ernestine hat Mr Yoon noch nie getroffen, kannst du dir das vorstellen?«, fragt Cooper. »Sie hat mich gefragt, warum ich mich so herausgeputzt habe, also dachte ich mir, ich bringe sie einfach mal mit.«

»Sie haben Mr Yoon noch nie getroffen? Ich dachte, Sie wohnen schon seit über fünf Jahren hier?«

»Er wohnt ein Stockwerk höher, oder?«, fragt sie, als wäre das eine völlig ausreichende Erklärung. »Ich rede immer nur mit dem hier.« Sie deutet auf Cooper.

»Na ja. Je mehr, desto lustiger!«

»Das ist ein ganz schön nobler Raum«, stellt sie fest. »Ich wusste gar nicht, dass es so was hier gibt, ich dachte, es wäre einfach nur eine normale Bibliothek.«

»Ich kannte den Raum vorher auch nicht.« Mir fällt auf, dass sie eine frische rosa Rose hinters Ohr gesteckt hat. »Ich war letzte Woche zum ersten Mal hier. Von außen sieht das Gebäude ganz normal und eher langweilig aus.«

»Ich habe Dan Baba versprochen, ihm mit dem Fass und dem Eis für den Champagner zu helfen«, sagt Cooper. Ich werfe ihm einen Bitte-lass-mich-nicht-mit-Mrs-Ernestine-allein-Blick zu, aber obwohl er es sieht, hört er nicht auf mich. Auch wenn sich zwischen uns alles geändert hat – er hat immer noch viele widerwärtige Eigenschaften, und eine davon ist, dass er es amüsant findet, wenn ich mich unbehaglich fühle.

Grinsend marschiert er davon. Mrs Ernestine und ich stehen da und wissen vor Verlegenheit nicht ein noch aus. Ich sehe auf die Uhr an der Wand. Noch drei Stunden bis zu meiner Rückkehr nach Evermore. Ich denke darüber nach, was Merritt gesagt hat … dass sie nicht versprechen kann, dass ich nicht von Mrs Ernestine ermordet werde.

»Ich … ich mag deine Tattoos«, sage ich linkisch und zeige auf die Buchstaben NEVER AGAIN auf ihren Fingerknöcheln.

Sie folgt meinem Blick und verdreht die Augen. »Oh, die sind blöd. Hab ich mir im Knast machen lassen, um hart auszusehen. Peinlich, oder?«

»Im Knast? Im Gefängnis?«

»Natürlich. Was meinst du denn sonst, was *Knast* bedeuten soll, du Dussel?«

»Warst du … Hast du … Was hast du denn getan?«

Um ein Haar hätte ich sie gefragt, ob sie wegen Mord eingesessen hat, ich kann mich gerade noch bremsen.

Mrs Ernestine läuft leicht rot an. »Hab mich mit den falschen Leuten eingelassen. Drogen. Hab gedealt. Das war in den Neunzigern, und ich war eine verdammte Idiotin.«

»Wow«, sage ich. »Und … und warum NEVER AGAIN?«

Mrs Ernestine blickt auf ihre Turnschuhe runter. »Meine Tochter hat gesehen, wie die Polizei mich verhaftet hat. Ihr Blick … ich habe mich so geschämt. Ich habe mir geschworen, dass sie mich nie wieder so sehen muss.«

»Und musste sie?«

Mrs Ernestine sieht mir in die Augen. »Nein. Ich habe mein ganzes Leben umgekrempelt. Ich mache nichts Besonderes oder so, es ist ein ganz normales, langweiliges Leben, aber ich mache nichts Illegales mehr. Meine Tochter ist jetzt Ärztin. Sie heißt Chloe.« Sie lächelt stolz, und ihr sonst so finsteres Gesicht leuchtet auf.

»Man kann sich Tätowierungen entfernen lassen«, sage ich. »Wenn sie einem peinlich sind.«

Mrs Ernestine schüttelt den Kopf. »Das kommt nicht infrage. Ich mag sie nicht, aber meine Vergangenheit ist das, was mich ausmacht. Und all das, was war, ob gut oder schlecht, hat mich hierhergeführt, in dieses noble Zimmer an diesem Sommertag im August, wo ich heute literweise kostenlosen Champagner trinken werde.«

Nachdenklich sinniere ich darüber, dass auch meine Vergangenheit mich hierhergeführt hat, zu diesem Gespräch mit der Nachbarin, vor der ich mich immer gefürchtet habe. Hätte ich mich nicht an dem Burger verschluckt, hätte ich womöglich nie von Mrs Ernestines Vergangenheit erfahren. Ich hätte nie Aled oder Frida kennengelernt oder herausgefunden, dass Sex mehr Spaß macht als so ziemlich alles andere auf der Welt.

»Apropos Champagner.« Mrs Ernestine deutet auf den Büfetttisch, wo Deli Dan und Cooper mehrere Flaschen in einem Fass voll Eis versenken. Daneben steht ein weiterer Tisch mit Plastikflöten und Dosenlimonade für Gäste, die keinen Alkohol trinken wollen. Das hätte ich völlig vergessen. Deli Dan hat mir so einen riesigen Gefallen getan. Wäre ich nicht so scharf auf Cooper, würde ich mich bestimmt in ihn verlieben.

Ich lache, als Mrs Ernestine losläuft und eine Flasche Champagner aus dem Fass zieht. Sie lässt den Korken knallen, marschiert los, ohne sich ein Glas zu nehmen, und setzt sich neben Aled und Mr Yoon, die über VOCA ins Gespräch vertieft sind – soviel ich mitbekomme, geht es um Bach.

Ich sehe mich um. Während ich mit Mrs Ernestine gesprochen habe, hat sich der Raum gefüllt. Es sind nicht nur die Leute hier, die ich eingeladen habe, sondern auch noch ein paar uneingeladene Gäste, darunter zwei der Frauen aus der Schlange bei Deli Dan. Ich sehe Coopers Eltern, die ihn gerade begrüßen … Amy betrachtet Deli Dan mit kokettem Wimpernaufschlag. Cooper muss sie eingeladen haben, um sicherzugehen, dass genug Gäste da sind, falls nicht alle kommen. Ich grinse ihn an, aber er ist zu sehr damit beschäftigt, mit seiner Mutter zu plaudern, um mich zu bemerken.

Da ist Shelley aus dem Laden an der Ecke und ein Mädchen, das wohl ihre Schwester sein muss, die beiden steuern schnurstracks auf den Champagner zu. Von ihrem Vater ist nichts zu sehen, aber ich habe keine Zeit, mir darüber Gedanken zu machen, denn mir tippt jemand auf die Schulter.

»Frida!«, sage ich, und wir umarmen uns. Sie riecht nach Rosen und Zitronen.

»Ich freue mich riesig über die Einladung«, sagt sie. »Und Aled hat gesagt, wir gehen mal zusammen aus, ich und du und Aled und R. L. Cooper.« Nachdenklich verzieht sie das Gesicht. »Ich glaube, damit meint er ein Date, aber ich bin nicht ganz sicher. Wir schreiben uns ständig, aber er hat noch nichts getan, was irgendwie romantisch wäre.«

»Oh, er steht voll auf dich«, sage ich.

»Glaubst du?«

»Das ist doch offensichtlich.« Wir beide sehen zu Aled hinüber, der gerade Mr Yoon und Mrs Ernestine eine Vitrine mit Blasinstrumenten zeigt. Cooper nähert sich ihnen mit einer Flasche Champagner, ein paar Flöten und einem breiten Lächeln.

»Er ist so heiß«, haucht Frida, und ihre Augen funkeln.

»Das ist er wirklich«, sage ich und beobachte Cooper, der den Champagner öffnet.

»Oh, englische Sandwiches!«, ruft Frida und huscht Richtung Büfetttisch davon. »Ich hoffe, es gibt auch Mayonnaise mit Ei.«

Ich winke Leanne und Jan zu, die drei weitere Leute mitgebracht haben. Ich will gerade gehen und sie alle Mr Yoon vorstellen, als Coopers Mutter Amy auf mich zukommt. Sie reicht mir ein Glas Champagner. »Ich dachte mir, da sagst du sicher nicht Nein.«

»Sehr richtig«, sage ich, nehme einen Schluck und genieße das Prickeln der Bläschen auf meiner Zunge. »Danke. Es sind ganz schön viele Gäste gekommen … ich hoffe, Aled macht das nichts aus.«

»Wer von all diesen Leuten ist Aled?«, fragt Amy.

»Der da drüben in der lila Weste, der aussieht wie ein Snookerspieler-Schrägstrich-Physiklehrer.«

»Er sieht sehr glücklich aus.«

Sie hat recht. Frida hat sich zu ihm gesellt, und er strahlt. Hinter ihm öffnet Cooper seinen riesigen Rucksack und holt einen Satz Bluetooth-Lautsprecher heraus. Er fummelt an seinem Telefon herum, und gleich darauf ertönen die Klänge von Charlie Parkers Saxofon. Ich lache. Cooper sieht sich um, entdeckt mich und zeigt mir und seiner Mutter den nach oben gereckten Daumen.

»Er liebt Charlie Parker wirklich«, schnaube ich. »Sieh nur, wie dümmlich selig er grinst!«

»Ich liebe dieses Lächeln.«

Ich lache bei der Erinnerung daran, wie seine Mutter am Spieleabend von ihm verlangt hat, dass er für sie lächelt. Wie anders sein Lächeln jetzt ist! Es reicht bis in seine Augen und lässt sie leuchten.

»Es ist ein tolles Lächeln«, sage ich leise.

»Ich habe ihn noch nie verliebt gesehen«, bemerkt Amy beiläufig und legt eine Hand auf meinen Arm. »Es ist faszinierend. Als würde er von innen heraus leuchten.«

Ich blinzle. Cooper verliebt? Moment mal. Sie meint …?

»Oh … Cooper und ich … das ist ganz zwanglos.« Ich erinnere mich an Coopers und meine Abmachung und korrigiere mich schnell – seine Mutter glaubt schließlich, wir seien ein Paar. »Ich meine, wir sind zusammen, klar. Aber es ist, du weißt schon, trotzdem irgendwie quasi zwanglos.«

Weil es so ist. Cooper und ich sind definitiv scharf aufeinander, das lässt sich nicht leugnen. Und die letzten paar Tage waren eine überwältigend gute Ablenkung von dem, was mir passiert ist – was mir passieren wird. Aber Liebe?

Ich schnaube. »Nein, er ist nicht verliebt.« Ich kichere bei dem Gedanken.

Amys freundliche Augen mustern mich nachdenklich. »Sag das ihm.«

Ich schüttle den Kopf. »Aber …«

»Ich kenne meinen Jungen. So hat er schon lange nicht mehr gelächelt. Als wir Em verloren haben, dachte ich nicht, dass wir ihn je wieder zurückbekommen würden – den fröhlichen, unkomplizierten Mann, den wir alle kannten und liebten. Und dann kamst du. Es ist wie Magie. Sieh ihn dir doch an. Er ist so verliebt, wie man überhaupt nur sein kann. Aber«, sagt sie sanfter, »verrate ihm nicht, dass ich das gesagt habe. Er wäre bestimmt sehr böse auf mich.«

Ich folge ihrem Blick. Cooper stolziert auf uns zu und spielt dabei fröhlich das Luftsaxofon. Er grinst mich an, die Augen voller Wärme, dann beugt er sich vor. Ich spüre seine sanften Lippen auf meiner Wange, die Unterlippe streift kurz mein Ohrläppchen. Gänsehaut überzieht meine Arme.

Ist es wahr, was Amy gesagt hat? Liebt Cooper mich? Und wenn ja … was wird passieren, wenn ich nicht mehr da bin? Wird ihn das wieder zerstören?

Ich habe geglaubt, mit Cooper zu schlafen sei einfach nur eine Ablenkung, nichts Ernstes, und es wäre nicht schlimm für ihn, wenn ich nicht mehr da wäre. Warum sollte ihn das kümmern? Schließlich stehen bei ihm haufenweise viel beeindruckendere Frauen Schlange. Aber wenn dabei echte Gefühle im Spiel sind … Liebe …

Mein Handy spielt laut *Jump Around,* und Coopers Mutter sagt: »Oh, das Lied mag ich!«

Eine Nachricht von Merritt! Mist. Muss ich etwa jetzt schon nach Evermore zurückkehren? Wurden wir von Eric oder einem der anderen hohen Tiere ertappt? Mein Herz rast los. Ich drücke Cooper mein leeres Glas in die Hand und stürme aus dem Musikraum Richtung Toilette. Dort angekommen, stoße ich die Tür auf und vergewissere mich, dass beide Kabinen leer sind, ehe ich mich auf einen Toilettendeckel setze und die Nachricht öffne.

Tolle Neuigkeiten! Eric hat überhaupt nichts Böses im Schilde geführt. Er ist die ganze Zeit um mich rumscharwenzelt, weil er – stell dir das vor – verdammt scharf auf mich ist. Er steht total auf mich. Ich hätte es eigentlich wissen müssen, aber ich war so sehr mit DIR beschäftigt, dass mein normalerweise unfehlbares romantisches Gespür nicht funktioniert hat.

Und dann kommt noch eine Nachricht …

Weißt du, Jonah ist immer noch da draußen.

Als mir klar wird, dass ich seit fast zwei Tagen nicht mehr an Jonah gedacht habe, blinzle ich.

Ob du ihn nun willst oder nicht, es ist sicher einen letzten Versuch wert, bevor du einfach … aufgibst? Jonah zu küssen wird dir das Leben retten. Ich finde, dass du viel zu viel Spaß hast, um einfach zu sterben … komm schon, Delphie. Lohnt es sich nicht, dafür zu kämpfen? Xoxo

Die Nachricht verschwindet, und ich atme tief durch und versuche mich zu beruhigen. Mein Herz rast.

Ich öffne die Kabinentür und gehe zu dem großen Spiegel an der Wand. Meine Wangen sind rot, meine Augen vor Schreck geweitet.

Ich beiße mir auf die Lippe und suche in mir nach der Gewissheit, die ich bis eben noch verspürt habe. Die Gewissheit, dass es richtig ist, Jonah in Ruhe zu lassen. Die Gewissheit, mit der ich die Entscheidung getroffen habe, meine letzten Tage nicht mit einer völlig sinnlosen Jagd zu vergeuden. Denn es *ist* nun mal vollkommen sinnlos. Oder? Jonah wird mich niemals küssen. Nicht nach meinem Horrorauftritt auf der Gala. Es ist undenkbar. Ich würde ja kämpfen, wenn es helfen würde. Ich *habe* gekämpft. Aber ich kann meine letzten Stunden nicht mit einer Schnitzeljagd verschwenden, die höchstwahrscheinlich zu gar nichts führt.

Oder doch?

Kapitel 40

Ich kehre in den Musikraum zurück und stelle fest, dass alle sich in einem Kreis versammelt haben.

»Da ist sie ja!«, kommt eine elektronische Stimme aus der Mitte: Mr Yoons VOCA.

»Was ist los?«, frage ich, als Aled einen silbernen Notenständer aufstellt und Cooper in seinen Rucksack greift, um einen schwarzen Geigenkasten herauszuholen.

Mr Yoon legt das VOCA auf einen Tisch. Er schlägt sein Kreuzworträtselbuch auf und legt es vorsichtig auf den Notenständer. Hat er den Verstand verloren? Warum legt er sein Rätselbuch auf den Notenständer?

Mit einer Geste bedeutet Cooper allen, sie sollen still sein, und es wird ganz ruhig. Ich will gerade fragen, was zum Teufel hier los ist, als Mr Yoon seinen Bogen über die Saiten der Geige hebt und zu spielen beginnt.

Donnerwetter.

Ich hatte erwartet, dass er gut ist, weil in seinem Schrank ein Foto von ihm liegt, auf dem er einen verdammten Preis entgegennimmt. Aber dieses Foto wurde vor langer Zeit aufgenommen, und ich habe in all den Jahren nie gehört oder gesehen, dass Mr Yoon ein Instrument zur Hand nimmt. Und nachdem er so wütend war, als ich das Bild gefunden habe, hätte ich nie geglaubt, ihn jemals spielen zu sehen.

Ich erkenne das Stück nicht, aber es ist langsam, einnehmend und voller Sehnsucht. Melancholische Erwartung erfüllt mein Herz. Mr Yoon schließt die Augen und gibt sich ganz der Musik hin. Sein Spiel wird lauter, sehnsuchtsvoller. Ringsum steigt das Raunen der anderen Partygäste auf, und während ich meinem mürrischen alten Nachbarn beim Spielen zusehe, wird mir klar, dass ich noch nie zuvor etwas so Schönes gehört, gesehen oder empfunden habe. Die Musik geht in ein schnelleres, fröhlicheres Crescendo über, und ich merke erst, dass ich weine, als Mr Yoon die letzte Note spielt und seine zitternde Hand ein Vibrato erzeugt, das den ganzen Raum erfüllt. Er öffnet die Augen, und ich sehe, dass auch in seinen Augen Tränen stehen.

Der Beifall ist laut und enthusiastisch, und ich applaudiere noch begeisterter als alle anderen.

»Bravo!«, ruft Frida hinter mir.

»Ein echter Star in unserer Mitte!«, jubelt Jan.

Irgendwann löst sich der Kreis auf, und die anderen Gäste wuseln wieder durch den Raum und führen Gespräche auf diese gestelzte, unbeholfene Art, von der ich inzwischen weiß, dass sie zu Beginn einer neuen Bekanntschaft ganz normal ist. Mr Yoon zeigt auf die Geige und winkt mich dann zu sich.

Als ich ihn erreiche, tippt er auf das Kreuzworträtselbuch auf dem Notenpult, und ich sehe darin zwei Blätter mit Notenzeilen liegen, fein säuberlich mit Bleistift geschrieben.

»Haben Sie das selbst komponiert?« Ich keuche auf. »Mr Yoon!«

Er zeigt auf eine Ecke des Papiers, und ich sehe dort in seiner kleinen, sauberen Schrift stehen: »Delphie von nebenan. Eine Sonate.« Das Datum am oberen Rand ist von vor zwei Jahren. Der Tag nach meinem Geburtstag. An jenem Morgen habe ich ihm ein Stück von meinem Kuchen zum Frühstück gebracht.

Wieder schießen mir Tränen in die Augen. Meine Kehle ist vor Rührung wie zugeschnürt, ich bringe kein Wort heraus. Lächelnd betrachte ich das Papier mit den zittrigen Noten darauf, die für die schönste Musik stehen, die ich je gehört habe. Für ein Musikstück, das nach mir benannt wurde.

Mr Yoon nimmt das VOCA vom Tisch hinter sich und tippt mit zusammengekniffenen Augen darauf herum. Ich notiere mir, Cooper zu bitten, für ihn einen Termin beim Optiker zu vereinbaren.

Mr Yoon drückt die Eingabetaste.

»Ich habe schon vor langer Zeit angefangen, dieses Stück zu schreiben, aber ich habe es nie beendet. Ich hatte zu viel Angst davor, wieder zu spielen.«

»Warum?«, frage ich. »Warum hatten Sie Angst davor? Waren Sie deshalb böse auf mich, als ich das Bild gefunden habe?«

Mr Yoon tippt etwas ein. »Lange Geschichte. Ein anderes Mal. Jedenfalls: Als du mich im Krankenhaus besucht hast, wusste ich endlich, wie ich das Stück fertig schreiben muss.«

»Warten Sie mal … haben Sie etwa die ganze letzte Nacht daran geschrieben?«

Mr Yoon nickt und lacht.

Cooper taucht neben mir auf. »Er hat mich gezwungen, seine Geige herzuschmuggeln.« Er tippt auf seinem Handy herum, und Jazz erklingt aus den Boxen.

»Darf ich … darf ich Sie umarmen, Mr Yoon?«, frage ich.

Er zuckt mit den Schultern, dann lächelt er und nickt. Wir umarmen uns mitten im Musikraum der Tyburnia-Bibliothek, und er riecht genau wie seine Wohnung … nach Zigarettenrauch und Kaffee und Wollpullovern, obwohl es mitten im Sommer ist und er ein Hemd trägt.

»Darf ich Delphie jetzt entführen?«, fragt Cooper nach einer Weile.

Mr Yoon nickt und geht, das VOCA in der Hand, zu Jan und Leanne, die sich mit Deli Dan unterhalten.

Cooper schiebt sein Handy in die Tasche. »Bei der Gala. Du weißt schon, bevor du …«

»Bevor ich jemandem Champagner ins Gesicht geschüttet und dann vor aller Leute Augen einen unschuldigen Mann praktisch angefallen habe?«

»Ja. Davor. Ich wollte so gern mit dir tanzen.«

»Warum hast du nicht gefragt?«, murmle ich.

»Du hättest Nein gesagt.«

Er hat recht. Wie konnte sich in nur wenigen Tagen alles so gründlich verändern?

»Frag mich jetzt.«

»Würdest du mit mir tanzen, Delphie?«

Ich nehme seine Hand. Er legt die andere Hand auf meinen Rücken und zieht mich an sich. Führt mich im Takt der Musik, deren Rhythmus ich nicht ganz nachvollziehen kann, die er aber auswendig zu kennen scheint.

Neben uns fangen auch Frida und Aled an zu tanzen. Fridas Wangen sind vor Freude gerötet, Aled torkelt unbeholfen hin und her.

Cooper lässt mit hochgezogenen Brauen den Blick über mein Gesicht wandern. »Süße«, sagt er, »du funkelst und leuchtest wirklich.«

Ich kann mir das Lachen nicht verkneifen, als Cooper den Spruch auf meinem schrecklichen Nachthemd zitiert. Er grinst und zieht mich noch näher heran.

Ich denke an die Worte seiner Mutter. Cooper ist in mich verliebt. Er ist verliebt. In mich? Wie kann das sein, wenn wir uns noch gar nicht richtig kennen? Das *kann* nicht sein. Ich kenne mich mit Liebe nicht aus. Aber es kommt mir vor, als sei das, was ich gerade empfinde, während ich mit ihm tanze, genau das, was verliebte Menschen fühlen könnten. Vorfreude. Hoffnung. Freude auf die kommenden Tage.

Wenn Cooper wirklich in mich verliebt ist und ich einfach wieder nach Evermore verschwinde, dann bedeutet das für ihn …

Der bloße Gedanke ist unerträglich.

Hinter mir lachen Jan und Leanne laut über etwas, das Mr Yoon in seinen Apparat getippt hat. Aled hat Frida gerade einen Kuss auf die Wange gegeben. Sie strahlt mich über seine Schulter hinweg an. Shelley vom Laden an der Ecke und ihre Schwester stehen etwas abseits und trinken Champagner, und Flashy Tom von *The Orches-*

tra Pit unterhält sich mit Mrs Ernestine, den Mund voll mit einem Baba-Sandwich von Deli Dan.

Mein Herz schlägt wie wild, und mir wird übel.

Wie soll ich das hier hinter mir lassen? Dieses … Leben? Bis vor zehn Tagen habe ich gar nicht richtig gelebt, aber jetzt? Dieser Lärm und das Lachen und das Chaos und die Angst und … die Menschen.

Freunde. Vielleicht Liebe.

Ich will das nicht wieder verlieren.

Und es gibt Menschen in diesem Raum, die mich nicht verlieren wollen. Ich bin ihnen wichtig.

Ich kann nicht weggehen. Evermore ist zu weit weg. Ich will nicht sterben.

Scheiße.

Ich will leben.

Ich blicke auf die Uhr an der Wand.

Ich habe noch zwei Stunden Zeit, bis Merritt mich holt.

Ich muss Jonah finden. Jetzt.

Und zum ersten Mal seit zehn Tagen weiß ich genau, wohin ich gehen muss.

Kapitel 41

Während die Party immer ausgelassener wird, schleiche ich mich leise davon und nehme ein Taxi nach Ladbroke Grove. Als ich das Haus erreiche, schnürt sich mir die Kehle zu bei all den aufsteigenden Erinnerungen. Nicht die schrecklichen, sondern die glücklicheren aus meiner Kindheit. Wir sitzen auf dem Rasen in genau diesem Vorgarten, spielen mit Barbies, denken uns Tanzschritte aus und fantasieren darüber, was wir mal werden wollen, wenn wir groß sind (ich Künstlerin, sie Rihanna). Sobald sie die Tür öffnet, verfliegen die glücklichen Erinnerungen, verdrängt von Nervosität, Wut und Angst. Alles in mir schreit danach, mich umzudrehen und wegzurennen. Aber ich bleibe standhaft. Ich bin nicht mehr in der Schule. Ich bin eine erwachsene Frau. Mit Freunden. Ich habe jetzt Freunde. Neue Freunde, noch ganz frisch, aber trotzdem. Es gibt Menschen, die mich mögen. Die einen anderen Menschen dafür mögen, wenn er freundlich ist und das Richtige tun will und man Spaß miteinander hat und ehrlich zueinander ist, nicht laut und beängstigend oder gemein oder einfach nur besonders hübsch.

Es ist vier Uhr fünfzehn nachmittags, aber Gen trägt einen flauschigen Morgenmantel. Ihr Haar ist strähnig, die Augen sind blutunterlaufen.

»Was willst du?«, fragt sie tonlos.

»Darf ich reinkommen?«, frage ich. »Ich beeile mich, versprochen.«

Sie zögert, dann rollt sie mit den Augen und lässt mich herein.

Die Inneneinrichtung des Hauses wurde auf geschmackvolle Weise modernisiert, aber überall liegen Kinderspielzeug, Stapel von Rechnungen und Klamotten herum.

»Wo sind deine Kinder?«, frage ich neugierig.

»Im Park. Mit Ryan.« Sie lässt sich auf ein cremefarbenes Sofa plumpsen und bedeutet mir mit einer Geste, ich solle mich ebenfalls setzen. »Er ist einfach immer da, weißt du? Seit der Schule ist er einfach immer da. Ein Mädchen braucht manchmal eine kleine Pause, das ist alles.« Sie nimmt ein fast leeres Weinglas vom Couchtisch und trinkt einen Schluck. »Willst du auch?«

Ich schüttle den Kopf.

Gen lacht freudlos. Dann trinkt sie noch einen Schluck. »Bist du gekommen, um dich zu entschuldigen? Du hast Champagner auf mich geschüttet und mein Kleid ruiniert. Es hat vierhundert Pfund gekostet.« Sie gluckst. »Das hätte ich dir ehrlich gesagt gar nicht zugetraut.«

Ich unterdrücke die Wut, die in mir aufsteigt. »Du hattest es verdient«, sage ich mit fester Stimme. »Meine Erfahrungen – ein von *dir* verursachtes Trauma – als deine eigenen auszugeben, das war wirklich verdammt furchtbar. Ich hatte geglaubt, du wärst inzwischen vielleicht erwachsen geworden.«

Gen zuckt mit den Schultern und trinkt ihren Wein aus, bevor sie sich nachschenkt.

Ich öffne den Mund und will sie gerade nach der Information fragen, wegen der ich hier bin, da kommt mir eine andere Frage in den Sinn. »Hast du mich wirklich vergessen?«, frage ich. Denn das geht mir nicht aus dem Kopf. Selbst wenn sie mir nicht das Leben zur Hölle gemacht hätte … als Kinder waren wir uns so nah.

Gen sieht mir in die Augen und schüttelt den Kopf. »Nein. Ich habe es nicht vergessen. Als du meine Entschuldigung nicht angenommen hast, da wollte ich, dass du dich scheiße fühlst.«

Ich nicke. »Das kannst du sehr gut.«

Gen beugt sich vor. »Weißt du noch, als du meiner Barbie die

Haare abgeschnitten hast, weil wir keinen Ken hatten, und deine Mutter ausgerastet ist?«

Ich lache unwillkürlich auf und ersticke das Lachen schnell unter meiner Hand.

»Warum hast du mich gehasst?«, frage ich. Es klingt verzweifelter als beabsichtigt. »Wir hatten früher so viel Spaß zusammen.«

Gen beißt sich auf die Lippe, ein kleiner Hickser entweicht ihr. »Ich habe dich gehasst, weil du mich zuerst gehasst hast.«

»Was? Wie um alles in der Welt kommst du darauf?«

»Du hast mich einfach nicht mehr eingeladen. Du wusstest, dass meine Eltern immer auf der Arbeit waren. Dass ich allein zu Hause war. Ich habe praktisch bei dir gelebt, und dann hast du mich einfach ausgeschlossen, nur weil du eifersüchtig warst.«

»Eifersüchtig? Auf was denn?«

»Darauf, wie nah ich deiner Mutter war.«

Ich denke an früher. An mich, Gen und Mum, die zusammen singen, spielen, kochen und tratschen. Wie gut Mum und Gen sich immer verstanden haben. Fast wie Freundinnen.

Ich blicke auf meine Füße hinunter. »Vielleicht war ich ein bisschen eifersüchtig, ja. Aber das war nicht der Grund, weshalb ich dich nicht mehr eingeladen habe. Meine Mum …«

»Was?«

»Mein Vater hat uns verlassen, und Mum ist völlig durchgedreht. Sie hat die ganze Zeit nur getrunken und geweint. Ich wollte nicht, dass du sie so siehst. Es war mir peinlich.«

Gen schüttelt den Kopf. »Mein Gott, Delphie. Ich hätte dir geholfen! Du hast nie etwas gesagt!«

»Ich … ich … habe es dir wirklich nie gesagt. Du hast recht. Aber du warst … Du hast mich verdammt noch mal fertiggemacht, Gen.«

Gen seufzt und fährt sich mit der Hand durchs Haar, dann sieht sie mir in die Augen. »Es tut mir leid, okay?«

Eine Träne rinnt über meine Wange. Ich wische sie mit der Faust weg. »Ich muss Jonah finden«, sage ich und blicke auf die Uhr an der Wand. »So schnell wie möglich. Bitte gib mir seine Adresse.«

Gen verzieht das Gesicht. »Was soll das eigentlich alles? Jonah sagt, er hätte dich noch nie getroffen. Aber du hast dich in seiner Gegenwart so komisch verhalten. Hat er gelogen? Kennt ihr euch doch?«

Ich nicke. »Ja, aber nicht so, wie du denkst. Ich … ich kann dir jetzt nicht erklären, warum ich ihn sehen muss, es klingt vollkommen lächerlich. Aber du musst mir seine Daten geben. Seine Nummer, seine Adresse. Das bist du mir schuldig.«

»Willst du noch mal versuchen, ihn zu küssen?« Gen zieht eine Grimasse. »Denn – nichts für ungut – du hast ihn zu Tode erschreckt. Und er ist sonst echt cool drauf.«

Eine Weile starren wir einander an, dann steht sie auf und geht zu einer großen Mahagonikommode. Öffnet eine Schublade und holt Papier und Stift heraus. Kritzelt etwas auf einen Zettel und reicht ihn mir. »Jonahs Nummer und seine Adresse. Sag ihm nicht, dass ich sie dir gegeben habe.«

Ich atme auf. Endlich. Ich schaffe das schon.

Als ich den Gartenweg hinuntergehe, ruft Gen mir nach: »Hey, Delph?«

Ich drehe mich um. »Was?«

»Fickst du R. L. Cooper?«

Ich nicke. »Ununterbrochen.«

»Cool.« Sie lehnt sich gegen den Türrahmen und zuckt mit den Schultern. »Hast du … hast du vielleicht Lust, irgendwann mal was zu unternehmen? Zusammen was trinken zu gehen oder so?«

Ich senke den Blick, dann sehe ich ihr in die Augen. Kurz zuckt etwas zwischen uns hin und her, eine Art gegenseitigen Verstehens. Aber das reicht nicht. »Auf keinen Fall.« Ich halte den Zettel in die Höhe. »Trotzdem danke dafür!«, füge ich hinzu, bevor ich mich umdrehe und loslaufe.

Kapitel 42

Mir bleibt nicht mal mehr eine Stunde auf der Erde, als ich nach Hause zurückkehre und lautes Gelächter aus Coopers Wohnung höre. Was ist denn da los?

Seine Tür steht einen Spalt offen. Als ich hineinspähe, stelle ich fest, dass die meisten Gäste der Bibliotheksfeier dort drinnen sind, einige sitzen auf den Sofas und der großen Fensterbank. Jan ist in der Küche, das Gesicht ganz nah an Deli Dan, Leanne unterhält sich mit Cooper und Mr Yoon. Sie lacht über alles, was die beiden sagen, und sieht völlig selig aus.

Aled sieht mich als Erster und eilt sofort auf mich zu. »Delphie! Wir sind aufgeflogen!«

»Was?«

»Meine Kollegin Laurel wollte ihren vergessenen Regenschirm holen und hat uns entdeckt! Mir war gar nicht bewusst, dass wir die Musik so laut aufgedreht hatten, aber die kleinen Bluetooth-Lautsprecher von R. L. Cooper haben es wirklich in sich. Jedenfalls stürmte sie plötzlich herein und sagte, wir müssten sofort verschwinden, sonst würde sie die Polizei rufen.«

Frida gesellt sich zu ihm, viel nüchterner als er. »Er hat gerufen: *Lauuuuuft.* Also sind wir gelaufen. Die meisten jedenfalls. Aber Mrs Ernestine hat Laurel gesagt, sie sei eine saublöde Kuh und solle sich verpissen.«

»Cooper hat uns eingeladen«, erzählt Aled, die Wangen rot vom Alkohol. »Wir haben dich vermisst – nimm dir einen Drink.«

Ich nicke und eile zu Cooper rüber, der bei meinem Anblick übers ganze Gesicht strahlt.

Mr Yoon tippt schnell etwas in sein VOCA. »Wir wurden erwischt«, sagt die Stimme von Louis Theroux.

»Ich habe es gehört!«, sage ich, erfreut darüber, dass ich so schnell mit ihm kommunizieren kann, aber auch ein klein wenig abgelenkt durch meinen bevorstehenden Tod. »Cooper, ich muss mit dir reden.«

Er hört die Dringlichkeit in meiner Stimme und zieht fragend die Brauen hoch. Ich nehme ihn an der Hand und ziehe ihn ins Schlafzimmer, schließe die Tür hinter uns und schließe die fröhlichen Geräusche der Party aus.

»Ist alles in Ordnung, Delphie?« Er legt seine warme Hand an meine Wange. Ich wünsche mir mehr als alles andere, ich könnte einfach die Augen schließen, mich genüsslich wie eine Katze an ihn schmiegen und die Realität beiseiteschieben. »Wo warst du? Ich habe dir eine Nachricht geschickt und dachte, du wärst vielleicht nach Hause gegangen, um ein bisschen zu verschnaufen. Moment mal … hast du etwa geweint?«

Ich werfe einen Blick in seinen Wandspiegel. Die Wimperntusche läuft mir übers Gesicht, mein Haar ist zerzaust und verschwitzt von der Rückfahrt. Ich sehe aus wie eine Irre.

»Du musst mir einen Gefallen tun«, stammle ich. »Kannst du fahren? Du hast doch nichts getrunken, oder?«

Er schüttelt den Kopf. »Nur Club Soda. Ich habe mich zurückgehalten, falls Mr Yoon Hilfe braucht – es war ein großer Tag für ihn. Ist alles in Ordnung? Wo willst du denn hin?«

Mir wird ganz warm angesichts Coopers Umsicht gegenüber Mr Yoon. Ich atme tief durch. »Ich muss nach Mayfair. Und zwar sofort, jetzt sofort. Ich würde ein Taxi nehmen, aber die Wartezeit ist zu lang, und mit dem Auto dauert es nur etwa fünfzehn Minuten. Ich habe nicht viel Zeit.« Ich versuche, vernünftig und sachlich zu klingen, aber meine Stimme ist leise, zittrig und verzweifelt.

»Mayfair?« Cooper wirft einen Blick auf seine Armbanduhr. »Jetzt gleich? Ist alles okay?«

Ich vergrabe den Kopf in den Händen und stöhne frustriert auf. Aber natürlich bleibt er ruhig und bricht nicht in Hektik aus, er hat ja keine Ahnung, was auf dem Spiel steht. »Nein. Nein, nichts ist okay. Es ist alles andere als okay. Und ich *wünschte,* ich könnte es dir erklären, Cooper, aber Himmel, selbst wenn ich es täte, würdest du mir nicht glauben. Du *könntest* mir nicht glauben. Nur … oh, bitte, lass uns gehen. Wir müssen jetzt sofort los! Es geht buchstäblich um Leben und Tod!«

Cooper verzieht das Gesicht und setzt sich auf die Bettkante. Nein, er darf sich nicht hinsetzen! Er muss ins Auto steigen und mich nach Mayfair fahren, zu Jonah, den ich irgendwie dazu bringen muss, mich ganz spontan zu küssen. Ich denke an den Rest meiner Ersparnisse. »Vielleicht könnte ich ihn dafür bezahlen, mich zu küssen?«, murmle ich in mich rein. Er würde mich doch trotzdem aus freien Stücken küssen, oder? Würde das funktionieren? Würde Merritt es zulassen? Mein Gott, in meinem Kopf dreht sich alles.

»Vielleicht sollten wir uns einfach kurz hinsetzen«, sagt Cooper sanft, als hätten wir alle Zeit der Welt. Er klopft neben sich aufs Bett und mustert mich besorgt. »Möchtest du … möchtest du eine Tasse Tee? Soll ich einen Arzt anrufen?«

Ich denke an das letzte Mal zurück, als er mir angeboten hat, einen Arzt zu rufen. Als er mich in meinem Nachthemd auf dem Wohnzimmerboden liegend gefunden hat, verwirrt und irgendwas über einen fehlenden Burger murmelnd. Mist. Er denkt, ich hätte eine Art Anfall. Mit zittrigen Händen überprüfe ich die Wartezeit auf meiner Mitfahr-App – dreißig Minuten. Viel zu lang.

»Wir müssen los!«, schreie ich, und mein Herz hämmert vor lauter Panik so heftig los, dass ich es im ganzen Schädel und sogar in der Nase spüre. Ich greife nach Coopers Händen, und sosehr ich versuche, nicht noch mehr durchzudrehen, ich fange an zu schluchzen. »Bitte. Wenn ich Jonah nicht küsse, dann schickt mich Merritt zurück nach Evermore, und da will ich nicht hin, noch nicht. Ich will hierbleiben. Lebendig. *Bitte!*«

Cooper holt scharf Luft. »Was hast du gerade gesagt?«

Mist. Ich habe es noch schlimmer gemacht. Ich klinge komplett daneben.

Cooper steht auf. »Wer … wer ist Merritt, Delphie?«, fragt er mit ruhiger, gleichmäßiger Stimme.

Ich werfe die Hände in die Luft. Kapituliere. »Merritt ist meine Jenseits-Therapeutin.« Cooper öffnet den Mund, als wollte er etwas sagen, aber es kommt kein Laut heraus. Mir wird klar, dass nichts davon für ihn einen Sinn ergibt – und wie sollte es auch? Mir geht es ja nicht anders. »Ich weiß, es klingt absurd. Aber … ich bin gestorben. Ich bin gestorben, okay? Ich bin vor zehn Tagen *gestorben,* verdammt. Und ich … ich habe diese schräge Frau im Jenseits getroffen, die von Liebesromanen besessen ist, und sie …«

Cooper sieht plötzlich aus, als bekäme er keine Luft mehr. Er lässt sich aufs Bett plumpsen, als würden seine Beine ihm den Dienst versagen.

»Sie wollte, dass ich Jonah küsse – *deshalb* habe ich versucht, ihn zu finden. Nicht weil er die Liebe meines Lebens ist, sondern weil es eine Abmachung ist, die ich mit Merritt getroffen habe. Sie wollte ein echtes Happy End wie in ihren Liebesromanen, sonst muss ich noch mal sterben. Und ich dachte, zu sterben wäre okay für mich. Aber dann, heute, die letzten Tage, als ich mit *dir* zusammen war … da wurde mir klar, dass ich nicht damit einverstanden bin. Ich will nicht sterben. Auf keinen Fall. Also bitte, bitte, bitte, lass uns gehen. Auch wenn du mir nicht glaubst, und ich verstehe es ja, wenn du kein Wort glauben kannst, bring mich bitte einfach nach Mayfair. Ich muss es wenigstens versuchen! Ich weiß, dass es keinen Sinn ergibt, aber bitte hilf mir einfach.«

Jetzt weine ich richtig und ringe mit abgehackten, panischen Atemzügen nach Luft. Warum um alles in der Welt wird mir der Ernst der Lage erst jetzt richtig bewusst?

»Besessen von Liebesromanen?«

Das ist seine erste Frage nach allem, was ich ihm gerade erzählt habe?

»Ich *weiß, wie es klingt,* aber ich schwöre dir, es ist wahr.«

Cooper steht wieder auf und starrt mich an, den Mund zu einer grimmigen Linie zusammengepresst. Er fährt sich mit dem Handballen über den Kiefer bis zur Stirn. In seinen Augen glänzen Tränen. »Sagst du mir jetzt die Wahrheit, Delphie? Denn wenn das eine Art kranker Scherz ist ...«

»Warum sollte das ein Scherz sein?« Ich fahre mir durch mein ohnehin schon zerzaustes Haar. »Es ist nicht im Geringsten lustig.«

Cooper schluckt schwer und schüttelt den Kopf. Er beißt sich auf die Lippe, die Augenbrauen tief gesenkt.

»Bitte«, flüstere ich. »Bitte fahr mich nach Mayfair – ich weiß nicht, was ich sonst noch tun soll.«

Coopers Augen flackern, als würde er abwägen, ob er a) tun soll, was ich verlange, oder b) lieber einen Arzt ruft. Schließlich atmet er scharf aus, packt mich an der Hand und zieht mich aus dem Schlafzimmer, quer durch das fröhliche Getümmel im Wohnzimmer und hinaus zu seinem Auto.

Er sagt kein Wort, während er den Wagen startet und so heftig Gas gibt, dass es mich in den Sitz presst. Ich habe das Gefühl, dass er mir nicht glaubt, aber dringend wissen will, wohin das alles führt. Ob er sich vielleicht mit einer Psychopathin eingelassen hat. Aber wie auch immer, wir sind endlich auf dem Weg zu Jonah. Ich habe noch eine Chance.

»Adresse«, bellt Cooper und trommelt aufs Lenkrad, und ich vermag nicht zu sagen, ob aus Ungeduld oder aus Gereiztheit.

Ich starre auf den Zettel in meiner Hand. »Berkeley Street Nummer zehn ... ich habe auch seine Telefonnummer. Ich sollte ihn anrufen, verdammt.«

Mit zitternden Händen tippe ich die Nummer ein, Tränen vernebeln mir die Sicht. Schließlich habe ich es geschafft, aber Jonah geht nicht dran.

Cooper biegt in die Edgware Road ein und gibt Gas, Autos und Bäume am Straßenrand verschwimmen. Mit zusammengekniffenen Augen wirft er mir einen kurzen Blick zu, und obwohl er mich ansieht, als würde er mich überhaupt nicht kennen, macht mein Herz einen Satz. Er ist mir in so kurzer Zeit so unglaublich wichtig geworden.

Cooper. Er ist immer da, nur eine Treppe unter mir. Mein widerwärtiger Nachbar, der sich als der liebenswerteste, lustigste und interessanteste Mann entpuppt hat, den ich je kennengelernt habe. Und ich glaube, selbst wenn ich jeden Mann auf der Erde und im Jenseits träfe, würde ich immer noch so für Cooper empfinden …

Cooper. Moment mal … ich kenne seinen vollen Namen nicht.

»Ich … ich muss etwas wissen«, platze ich heraus, als wir gerade um den Berkeley Square rasen.

Cooper hat den Blick wieder auf die Straße gerichtet, seine Vorderzähne graben sich in die Unterlippe. »Was denn?«

»Wofür steht das R. L.? Wie lautet dein Vorname? Ich muss es wissen.«

»Ist das dein Ernst?«

»Ich … möchte nur deinen Namen wissen. Deinen richtigen Namen.«

Coopers Nasenlöcher weiten sich. »Verdammt noch mal … na schön. Ich heiße Remington Leopold. Mein Name ist Remington Leopold Cooper.«

»REMINGTON LEOPOLD?«, wiederhole ich ungläubig, bevor ich in schallendes Gelächter ausbreche. Dieser coole, clevere, attraktive Mann heißt allen Ernstes *Remington Leopold?*

Es müssen meine zum Zerreißen gespannten Nerven sein und der Schreck und der Irrwitz der ganzen Situation … als ich erst mal angefangen habe zu lachen, kann ich nicht mehr aufhören. Es erfasst meinen ganzen Körper, bis ich vor Lachen zucke. Es fühlt sich an, als müsste ich mich jeden Moment übergeben.

Ich schaffe es, kurz innezuhalten, und sehe, wie Cooper mich anstarrt und ihm ein überraschtes Auflachen entweicht. Und dann, gerade als wir in Jonahs Straße einbiegen, ertönt eine Autohupe, so laut, dass mir die Ohren wehtun. Cooper dreht das Lenkrad hektisch nach links, das Gesicht vor Grauen verzerrt.

Es gibt einen lauten Knall, und ich werde so heftig nach vorn in den Gurt geschleudert, dass mir die Luft wegbleibt. Mein Kopf knallt gegen etwas Hartes. In der Ferne ertönt ein Schrei. Eine scharfe Schmerzwelle überrollt mich.

Und dann Dunkelheit.

Kapitel 43

»Mach die Augen auf … ja, genau so. Es wird Zeit, dass du wieder zu dir kommst … Zeit, dass du endlich aufwachst. Aha, da bist du ja! Hallo, meine Süße.«

Ich öffne die Augen und sehe Merritt vor mir, die Hände in die Hüften gestemmt. Sie trägt einen marineblauen Trainingsanzug und steht neben einer Waschmaschine, das Haar mit rosa Plastikstäbchen zu einem wirren Dutt hochgesteckt. Neben ihr steht ein Mann, der so lächerlich gut aussieht, als hätte ihn jemand am Computer entworfen. Er ist groß und blond, hat hellgrüne Augen und lange dunkle Wimpern. Sie mildern ein wenig die Wucht des markanten Kiefers, der so kantig wirkt, als könne man damit Glas schneiden.

Merritt wendet sich an den Mann. »Das ist sie. Der Fluch meiner Existenz, Delphie Denise Bookham.«

Der Mann winkt mir zu, ein Grinsen im Gesicht, als würde er für die *Vogue* posieren. »Ich bin Eric. Freut mich, dich kennenzulernen.«

»Eric? Der Eric, der …«

Merritt lehnt den Kopf an Erics breite Schulter. »Wie sich herausgestellt hat, handelt es sich bei unserer Geschichte um eine klassische *Enemies to Lovers*-Story – ehrlich gesagt könnte man so was gar nicht schreiben. Na ja, Lucy Score wahrscheinlich schon.«

Ich schüttle den Kopf und versuche zu begreifen, was hier gerade passiert. Ein Autounfall? Beim zweiten Mal bin ich bei einem Autounfall gestorben? Ich war so mit meiner Angst vor Gullys und einer mordlüsternen Mrs Ernestine beschäftigt, dass ich etwas so Banales wie einen Autounfall gar nicht auf dem Zettel hatte. Mein Magen krampft sich zusammen, als mir klar wird, dass ich es nicht mal zu Jonah geschafft habe. Nein. O nein. Und dann schreie ich auf, als mir einfällt, dass Cooper neben mir im Auto saß.

»Cooper! Was ist mit Cooper?!« Ich springe auf. »Ist er okay? Mein Gott, ist er verletzt?«

»Er ist da drüben, Delph.« Grinsend deutet Merritt auf einen der Plastikstühle hinter mir. »So ein schläfriger Kerl, was? Normalerweise wachen Neuankömmlinge schneller auf. Ich wecke ihn mal!«

O nein. Gott, nein. Cooper ist hier? Cooper gehört nicht hierher. Was habe ich nur getan?

»Nein. Bitte.« Ich eile zu Cooper, der in seinem Stuhl liegt, den Kopf auf der Schulter. Er sieht aus, als würde er ein friedliches Nachmittagsschläfchen halten. Ich … Cooper ist *tot?* Und es ist meine Schuld? NEIN. Das sollte nicht passieren. O mein Gott.

»Aufwachen!« Ich lege die Hände auf seine Schultern und schüttle ihn heftig. »Cooper, wach auf.« Ich wende mich an Merritt. »Schick ihn zurück. Du musst ihn *sofort* zurückschicken. Er gehört nicht hierher! Er nicht. Cooper, wach sofort auf. Cooper, bitte.«

»Hey, bleib mal ruhig«, tadelt mich Merritt. »Erschreck ihn nicht!«

Cooper darf nicht hier sein. Er darf nicht tot sein. »Du musst ihn zurückschicken«, flehe ich Merritt an. »Seine Mutter wird … sie hat doch schon ihre … er darf nicht sterben. Er gehört auf die Erde! Er hat noch so viel zu tun … Bücher schreiben, anderen Freude bereiten, selbst Freude haben. Er hat schon zu viel durchgemacht!«

Ich scheine zu ihr durchzudringen, in Merritts Augen schimmern Tränen. Sie beugt sich vor und flüstert Cooper etwas ins Ohr.

Ich sehe, wie sich langsam seine Augen öffnen, kurz blitzt Panik darin auf, und dann sieht er Merritt. Die Angst in seinen Augen verwandelt sich in Verwirrung, dann in Schock und dann in … Freude?

Was ist hier los?

Er atmet zittrig aus und flüstert: »O mein Gott.« Mir klappt die Kinnlade runter, als Cooper aufspringt und Merritt heftig an sich zieht. Er schlingt die Arme um sie, drückt eine zitternde Hand an ihren Hinterkopf. »Du bist es«, murmelt er heiser. »Du bist hier. Ich … du bist *hier?*«

Lächelnd schmiegt sie die Wange an seine Brust, die Augen geschlossen. Cooper nimmt ihr Gesicht in beide Hände und wischt zärtlich die Tränen weg, die ihr übers Gesicht laufen. Seine sonst so angespannten Schultern lockern sich, es sieht aus, als würde eine tonnenschwere Last von ihm abfallen. Er will etwas sagen, bringt kein Wort heraus und schluchzt auf, zieht Merritt wieder an sich. Merritt lacht, es kommt aus der Tiefe ihrer Brust, und dann lacht auch Cooper los. Die beiden klammern sich verzweifelt aneinander, lachen und schluchzen, und ich verstehe gar nichts mehr.

»Passiert das gerade wirklich?«, fragt Cooper schließlich. »Bist du echt? Träume ich?«

Merritt holt tief Luft und stößt sie langsam wieder aus, als würde sie versuchen, sich zu beruhigen. »Es ist echt, Coop. Aber auf eine andere Art echt, als du es gewohnt bist. Aber ja, ich bin hier. Und du bist hier.« Sie nimmt seine Hände. »Mein Gott, ich habe dich so vermisst.«

Eric beobachtet mit einem nachsichtigen Lächeln, wie Cooper den Kopf schüttelt und sich erstaunt umsieht. Seine Augen sind weit aufgerissen, und obwohl er verwirrt und benommen aussieht, wirkt er überhaupt nicht verängstigt. Er sieht fast *glücklich* aus. Ich begreife gar nichts mehr.

»Warte mal …«, sagt er und nimmt die Einrichtung näher in Augenschein. »Was zum Teufel? Ist das Frannys Waschsalon in Barnet? Du hast so einen Knall!«

»Du weißt doch, dass ich es geliebt habe, dort rumzuhängen«, sagt Merritt schulterzuckend. »Aber die Rückmeldungen der Kunden sind nicht so besonders. Offensichtlich wirkt das, was für mich eine beruhigende Umgebung ist, auf andere Leute unheimlich. Ich sollte wahrscheinlich etwas ganz Banales nehmen, das jeder versteht. Die Wohnung aus *Friends* vielleicht. Oder einfach etwas so Generisches wie eine Hotellobby. Was meinst du?«

»Stopp!«, würge ich verstört hervor. Verdammt! Was, wenn dies nicht Evermore ist, sondern eine seltsame alternative Realität? Was, wenn die hohen Tiere den Plan durchschaut und mich dazu verdammt haben, bis in alle Ewigkeit verwirrt zu sein? »Warum tut ihr alle so, als wäre alles ganz normal?«

»Delphie?« Endlich bemerkt Cooper, dass ich auch hier bin. Er eilt zu mir, sein Gesicht verdunkelt sich, als würde er endlich begreifen. »Verdammt, ist alles in Ordnung?« Mit einer Hand hebt er mein Kinn, mustert mein Gesicht und dann meinen ganzen Körper. »Bist du verletzt?« Er fährt sich mit der Hand durchs Haar, seine Locken stehen wirr in die Höhe. Er sieht Merritt an. »Wie lange können wir hier bei dir bleiben? Wann können wir zurückgehen? Ist Delphie in Sicherheit?« Er dreht sich wieder zu mir um und blickt mir tief in die Augen. »Als du Merritt erwähnt hast, wusste ich, dass du die Wahrheit sagst. Im ersten Moment dachte ich, es sei irgendein perfider Mist, aber du bist nicht der Typ für perfiden Mist. Und als du dann von den Liebesromanen erzählt hast, wusste ich, dass es um meine Merritt geht.«

»Deine Merritt? Warte, bist … bist du etwa in diese ganze Geschichte verwickelt?« Vor Frustration brennen mir Tränen in den Augen.

Cooper geht zu Merritt, nimmt sie an der Hand und zieht sie zu mir rüber. Eric hält Merritts andere Hand, also kommt er ebenfalls mit. Eine Kette aus sehr attraktiven Menschen, die sich alle höchst merkwürdig verhalten. »Delphie, das ist Em! Das ist *Em*. Meine Schwester.«

Ich starre die beiden an, und plötzlich fällt mir auf, dass nicht nur ihre großen, mandelförmigen Augen genau den gleichen Farbton haben – ein dunkles Smaragdgrün –, sondern dass sie die Köpfe in genau dem gleichen Winkel neigen.

»Aber … aber das ist doch Merritt? Ich dachte, deine Schwester heißt Emily?«

»Ihr Name ist M«, erklärt Cooper. »Wie der Buchstabe M. Nicht E-M.«

Mein Begreifen ist erst wie ein leichter Nieselregen, dann wie ein Wolkenbruch. Em ist *M*. Für Merritt. Nicht Emily. Coopers bücherversessene Zwillingsschwester ist … Merritt? Und auf einmal bemerke ich, dass sie die Ohrringe trägt, die Cooper mir für die Gala geliehen hat. Sie muss sie an dem Tag unserer Rückkehr aus seiner Wohnung gestohlen haben!

Merritt bemerkt meinen Blick und berührt mit einer Hand ihr Ohr. »Ich habe sie vermisst.«

»Aber dein irischer Akzent«, murmle ich mit einem Stirnrunzeln.

»Ich war auf dem Trinity College. Habe zehn Jahre lang in Dublin gelebt.«

Ich hatte angenommen, sie sei auf das Trinity College in Cambridge gegangen.

Cooper betrachtet seine Schwester immer noch in ungläubigem Staunen. Jetzt wird mir klar, warum er nicht verängstigter ist, sich sogar freut … und warum er die Tragweite der Geschehnisse noch nicht ganz begriffen hat. Ich weiß, dass der Tod seiner Schwester ihm das Herz gebrochen hat. Wie hat er es in jener Nacht beschrieben? Es war, als hätte sein Herz einen Riss, und so viele Pflaster er auch darauf klebte, er wusste immer, dass es nie wieder verheilen würde. Und jetzt …

Merritt sieht zwischen uns hin und her. Ich werde wütend. Um Coopers willen. Er freut sich so sehr, seine tote Schwester wiederzusehen, aber das ändert nichts an der Tatsache, dass sie ihn absichtlich hergebracht hat. Ihm sein Leben genommen hat, nur um ihrer selbst willen. Ging es die ganze Zeit nur darum? War ich Teil eines kranken Plans?

Merritt schüttelt den Kopf, als könnte sie meine Gedanken lesen. »Ich hatte nie vor, Cooper herzuholen«, protestiert sie. »Natürlich nicht, ich bin ja kein Ungeheuer. Ursprünglich wollte ich nur dich holen, Delphie. Aber das Schicksal hatte seine eigenen Pläne, und es ist die größte Macht von allen. Auf ewig.«

»Du willst sagen, der Unfall … das warst nicht du?«

»Nein!« Gekränkt presst Merritt eine Hand auf ihre Brust. »Ein Autounfall? So was würde ich nie tun. So prosaisch. Autounfälle sind so tragisch. Ich hatte vor, dich in einen offenen Gully fallen zu lassen, das wäre doch viel lustiger gewesen. Der Unfall war Schicksal. Dass Cooper hier ist, ist *Schicksal.* Und der menschliche Wille? Der ist sogar noch mächtiger als alles, was wir hier bewirken können.«

Cooper sieht aus, als würde ihm langsam alles dämmern. »Wir können also nicht zur Erde zurückkehren, Merritt? Niemals? Aber du hast doch Delphie zurückgeschickt?«

Merritts Lächeln fällt in sich zusammen, ihre Augen füllen sich mit Tränen. »Freust du dich denn nicht, hier zu sein? Bei mir? Es ist ziemlich cool, wenn man sich erst mal daran gewöhnt hat.«

Eine Frage steigt in mir auf, noch ganz vage, aber ich habe keine Chance, sie auszuformulieren, weil auf einmal meine Sicht verschwimmt. Die Lichter des seltsamen Waschsalons flackern, ich höre ein dumpfes Brummen und dann eine Sirene.

»Oh!«, keucht Merritt. »Das kann doch nicht wahr sein? Sieh an, sieh an, sieh an, Delphie. Eine wirklich buchwürdige Wendung! Sieht so aus, als würdest du deinen Kuss doch noch bekommen …«

Ich schwanke leicht. Im nächsten Moment schließt mich Cooper in die Arme. »Delphie? Geht es dir gut? Was ist los, M? Was passiert mit ihr? Scheiße, wird sie ohnmächtig? Delphie, kannst du mich hören? Delphie! Nein. Komm zu mir zurück. M, hilf mir! Tu doch was! Ich kann sie nicht verlieren …«

Die Geräusche verstummen. Ich lege die Hand an Coopers Wange, aber die Wärme seiner Haut löst sich unter meinen Fingerspitzen auf.

Ich verschwinde im Nichts.

Kapitel 41

Ich erwache und spüre, wie eine Stirn meine Stirn berührt, jemand drückt mit Daumen und Zeigefinger meine Nasenlöcher zusammen, fremde Lippen pressen sich auf meine. Ich spüre, wie nach Listerine riechender Atem meine Lunge füllt, und muss husten und würgen. Der Besitzer der Stirn schreit: »Sie lebt! Sie … Ich habe sie gerettet! Ich habe ihr das Leben gerettet, o mein Gott!«

Schmerz bricht über mich herein, meine Schultern pochen, meine Wange brennt in der kühlen Abendluft, ich schmecke Blut. Und mein Knie! Mein Knie fühlt sich an, als hätte jemand mit einem Hammer darauf eingeschlagen.

Ich versuche, mich auf das Gesicht über mir zu konzentrieren, auf die großen, ernsten blauen Augen, die mich flehend ansehen.

Jonah.

»Hallo«, sagt er leise mit besorgt gefurchter Stirn. Er berührt meine Hand, und ich zucke zurück. Öffne den Mund, um etwas zu sagen, aber er schüttelt den Kopf. »Ganz ruhig. Bleib einfach still liegen, okay?« Er sieht auf und nickt jemandem zu, den ich nicht sehen kann. »Der Krankenwagen ist hier. Sie kümmern sich gleich um dich.«

Mein Kopf fühlt sich dick und schwer an, mein Herz schlägt unregelmäßig und viel zu schnell. Auf einmal herrscht ringsum reges Treiben, jemand stülpt mir eine Maske übers Gesicht, zwei Sanitäter heben mich auf eine Trage. Sie reden mit mir. Ich weiß es, weil ich sehe, wie sich ihre Münder bewegen, aber ich höre sie nicht, ich höre einzig und allein meine eigenen Gedanken.

Wo ist Cooper?

Ich hebe den Kopf, und ein Sanitäter drückt ihn sanft zurück auf die Trage. Aber ich habe es schon gesehen. Habe gesehen, dass Coopers Auto gegen einen Land Rover geprallt ist und Cooper vor den Autos auf dem Boden liegt.

Er liegt ganz gerade ausgestreckt da, die Arme an der Seite, die Augen geschlossen – es sieht aus, als würde er schauspielern. Vier oder fünf Sanitäter sind mit ihm beschäftigt, einer drückt immer wieder auf seine Brust, das Gesicht hochrot vor Anstrengung.

»Nein«, kann ich noch flüstern, bevor ich über eine Rampe in den Krankenwagen geschoben werde. Er fährt los, die Sirenen heulen kläglich auf.

»Du bist in Ordnung«, sagt Jonah neben mir. *Was macht er hier? Warum kommt er mit?* »Du wirst wieder gesund. Ihr habt euer Auto auf der Straße vor meinem Haus zu Schrott gefahren. Ich habe den Knall von drinnen gehört und bin rausgerannt, da habe ich dich auf der Straße liegen sehen. Du musst aus dem Wrack gekrochen sein. Aber jetzt bist du in Sicherheit. Alles ist in Ordnung.«

Ich bin nicht in Sicherheit. Nichts ist in Ordnung.

Mein Herz klopft wie rasend, es tut richtig weh. Eine Maschine beginnt zu piepen, und plötzlich steht der Sanitäter mit den freundlichen Augen über mir und zückt eine Spritze. Ich spüre nicht, wie die Nadel in meine Haut dringt. Ich spüre gar nichts.

Irgendwann später wache ich auf, in einem Raum mit Wänden aus Glas. Mein Knie schmerzt unerträglich. Ich setze mich auf. Es fühlt sich an, als hätte mich jemand eine Treppe hinuntergestoßen. Ich trage einen Krankenhauskittel, das schmerzende Bein ist dick verbunden. In meinem Kopf wabert Nebel, und mein Mund ist staubtrocken.

»Oh! Du bist wach! Willst du etwas trinken?«

Jonah.

Er sitzt auf dem Plastikstuhl neben meinem Bett und reicht mir eine Wasserflasche, aber dann merkt er, dass ich wohl etwas Hilfe gebrauchen kann, schraubt den Verschluss ab und hält mir die Flasche an die Lippen. Ich trinke einen Schluck. Wasser tropft mir auf Kinn und Brust.

»Du wurdest operiert«, sagt Jonah. »An deinem Knie. Du hast mehrere geprellte Rippen und einen Schnitt unter dem Ohr, aber sie haben dich genäht. Es wird wahrscheinlich nur eine ganz kleine Narbe bleiben.«

»Cooper. Wo ist Cooper? Ist er …? Ist er …?«

»Der Mann, mit dem du eingeliefert wurdest – Cooper –, ist dort.« Jonah zeigt nach links.

Ich sehe durch die Glaswand, und da ist er. Er liegt in einem Bett und schläft tief und fest. Vor lauter Erleichterung, dass er nicht tot ist, bricht ein lautes Schluchzen aus mir heraus, gefolgt von einem Schmerzensschrei. Es fühlt sich an, als wären meine Rippen in eine brutale mechanische Vorrichtung eingespannt, die sie zusammendrückt.

»Er … äh … er liegt im Koma, glaube ich«, sagt Jonah.

»Im Koma. Menschen, die im Koma liegen, wachen wieder auf. Er ist nicht tot. Er wird wieder aufwachen.«

Jonah sagt nichts, sondern blickt mich nur ausdruckslos an. Sein Kiefer ist mit Bartstoppeln übersät, das Leinenhemd zerknittert, die Augen sind blutunterlaufen.

»Warst du die ganze Nacht hier?«

»Ja. Ich wollte wissen, ob du okay bist.«

»Das bin ich«, sage ich und sehe zu Cooper hinüber. »Vielen Dank, dass du bei mir geblieben bist. Aber du solltest jetzt gehen. Schlaf ein bisschen.«

Jonah nickt, zögert aber. Er rückt seinen Stuhl näher und nimmt meine Hand. »Ich … ich bin wirklich froh, dass es dir gut geht«, sagt er.

Ich lache freudlos auf. »Ich habe dir zweimal in derselben Woche einen echt schlimmen Schreck verpasst.«

Er lächelt ein wenig. »Ja. Du bist irgendwie ziemlich extrem.«

Ich nicke. »Du kannst ruhig gehen. Ich verspreche, dich nicht zu verfolgen.«

Jonah atmet tief durch und steht auf, streckt sich. Sein Hemd rutscht hoch, sodass die bronzefarbenen Haare auf seinem Bauch aufblitzen. Ich denke an unsere erste Begegnung in Evermore. Ich meine … ich weiß immer noch, was ich an ihm fand. Aber dieser Funke bei unserer ersten Berührung ist völlig verpufft.

Jonah bleibt in der Tür stehen. »Dann mal gute Besserung.«

»Danke, Jonah«, murmle ich und drehe den Kopf zu Cooper.

Er wird bald aufwachen. Und ich möchte, dass mein Gesicht das Erste ist, was er sieht.

Die Ärztin erzählt mir so ziemlich das Gleiche wie Jonah – gebrochenes Knie, geprellte Rippen, allgemein bin ich ziemlich lädiert und habe großes Glück, dass ich noch lebe. Als ich mich nach Cooper erkundige und frage, wann er wieder aufwachen wird, zieht sie eine Grimasse. Ich bin mir recht sicher, dass nicht im Ärztehandbuch steht, wie man reagieren soll, wenn jemand fragt, wann ein Patient aus dem Koma erwachen wird. Die Ärztin erklärt mir, dass Cooper sehr schwer verletzt wurde, und sagt Worte, die in einem solchen Zusammenhang niemand hören will: intrakranieller Druck, künstliche Beatmung, *Flüssigkeit.* Als ich sie frage, wie lange Patienten nach Verletzungen wie diesen durchschnittlich im Koma liegen, antwortet sie mit einem vagen: »Jeder Patient ist anders.«

Ich kann mein Bett noch nicht verlassen, also starre ich einfach zu ihm rüber. Da liegt er im Schein der grellen Deckenbeleuchtung. Sein Körper ist genau da. Aber *er?* Er ist in Evermore. Bei jedem anderen würde ich mir Sorgen machen, wenn er irgendwo mit Merritt festsitzt, doch wie ich jetzt weiß, ist sie seine Schwester, und sie lieben sich. Also geht es ihm gut. Das immerhin weiß ich. Aber er gehört dort nicht hin. Er gehört in *diese* Welt. Er soll Charlie Parker hören, köstlichen Wein trinken, fiktive Raubüberfälle planen. Widerwärtig sein. Mich küssen.

Ich drücke den Summer, und als eine Krankenschwester kommt, bitte ich sie darum, mir in einen Rollstuhl zu helfen, damit ich mich zu ihm setzen kann.

»Oh … Sie sind gemeinsam eingeliefert worden, richtig? Gehören Sie zusammen?«, fragt sie und blickt auf ihre Notizen.

»Ja«, sage ich voll tiefer Gewissheit. »Ja, wir gehören zusammen.«

Als ich an seinem Bett stehe, nehme ich seine Hand. Auf dem Handrücken ist ein Bluterguss von einem missglückten Versuch, eine Kanüle einzuführen. Ich streiche mit dem Daumen über seine Handfläche. Er sieht so ruhig aus. So *leer*.

Ich sehe mich um. Niemand ist in der Nähe. »Merritt«, zische ich wütend. »Merritt, du musst ihn sofort nach Hause schicken.«

Ich weiß, dass sie nicht einfach so in einem belebten Krankenhaus herumrennen kann, also sehe ich auf mein Handy und hoffe auf die ersten Klänge von *Jump Around.* Aber das Handy bleibt stumm.

Ich rede auf sie ein, murmle ihr zu, dass ich ja weiß, wie sehr sie ihren Bruder vermisst hat, und mir klar ist, dass sie sich manchmal in Evermore langweilt, aber dass sie doch jetzt Eric hat. Wozu braucht sie dann auch noch Cooper? Cooper gehört hierher. Und warum tut sie das ihren Eltern an?

Immer noch keine Reaktion. Abgesehen von den regelmäßigen Pieptönen und dem zischenden Geräusch der Maschine, die Cooper beim Atmen hilft, ist es vollkommen still. Und obwohl Merritt schon mal verschwunden und wieder aufgetaucht ist, habe ich die ungute Ahnung, dass ich nie wieder etwas von ihr hören werde. Ich habe meinen Deal erfüllt. Jonah hat mich mit einem Kuss ins Leben zurückgeholt. Technisch gesehen war es vielleicht eine Mund-zu-Mund-Beatmung, ja, aber der Vertrag besagte nur, dass er freiwillig seine Lippen auf meine drücken muss. Diese Bedingung ist erfüllt. Ich habe mein Leben zurück.

Aber als ich auf Coopers blasses Gesicht und seine schweißfeuchte Stirn hinunterblicke, wird mir klar, dass ich nicht bereit bin für ein Leben ohne ihn.

Kapitel 15

Trotz meiner Proteste werde ich auf eine andere Station verlegt. Ich bekomme kein Einzelzimmer, sondern bin umgeben von anderen Patienten. Manche stöhnen vor Schmerzen, die meisten sind ruhig. Ich habe dem Krankenhauspersonal die Kontaktdaten von Coopers Eltern gegeben, sie sind auf dem Weg. Er braucht jetzt Menschen an seiner Seite. Ich rufe Aled an und erfahre zu meiner großen Erleichterung, dass er letzte Nacht bei Mr Yoon geblieben ist (er ist betrunken auf seinem Sofa eingeschlafen). Aled versichert mir, dass es Mr Yoon nicht an Besuchern mangeln wird, die gern nach ihm sehen. Als er nach Cooper fragt, breche ich in Tränen aus.

»Er … er …«

»Er ist tot?«, kreischt Aled entgeistert. »R. L. Cooper ist tot? Nein!«

»Er ist nicht tot, Aled!«, sage ich schroff. »Er liegt im Koma. Und er wird wieder aufwachen.«

Am anderen Ende der Leitung ist es still. Ich kann mir sein Gesicht vorstellen. Die gleiche unbehagliche Miene wie die der Ärztin, als ich fragte, wann Cooper wieder aufwachen würde.

»Ich hoffe sehr, dass er wieder aufwacht. Aber vielleicht musst du dich darauf einstellen, dass …«

Mit zitternden Fingern beende ich das Telefonat. Mein Knie fängt wieder an zu pochen, das Gerät neben mir beginnt schnell zu piepen. Meine Brust fühlt sich zu eng an. Ich kann nicht atmen.

Ein Krankenpfleger kommt, überprüft meine Werte, setzt sich neben mich und reibt mir in langsamen, gleichmäßigen Kreisen den Rücken. Sagt mir, ich müsse mich beruhigen, und leitet mich beim Ein- und Ausatmen an, bis das hektische Piepsen wieder einem gleichmäßigen Rhythmus weicht. »Haben Sie Schmerzen?«, fragt er.

Ich nicke.

»Auf einer Skala von eins bis zehn?«

Ich erinnere mich, dass Jonah vor seinem versehentlichen Besuch in Evermore gerade eine Zahnoperation hatte. Er war bewusstlos geworden. Einen *versehentlichen Besucher* hat Merritt ihn genannt.

»Zehn«, sage ich sofort. »Ich brauche das Stärkste, was ihr habt.«

Es hat nicht funktioniert. Zu meiner großen Enttäuschung wache ich drei Stunden später auf, nicht in Evermore, sondern immer noch im Krankenhaus. Mein Kopf pocht, und Coopers Onkel Lester starrt auf mich herab. Hinter ihm stehen Amy und Malcolm. Amys Augen und Nase sind rot geweint. Malcolm ist blass, die Lippen haben fast die gleiche Farbe wie seine Haut. Die Ärmsten sind vollkommen am Ende. Sie haben schon Merritt verloren, und jetzt das. Und es ist meine Schuld.

Ich setze mich auf. Der Raum dreht sich um mich, und ein scharfer Schmerz schießt durch mein Knie.

»Wenigstens ist eine hier wach«, sagt Onkel Lester, woraufhin Amy ihn böse anschaut und Malcolm ihm sagt, er solle den Mund halten. Onkel Lester presst die Lippen zusammen und vertieft sich in die Lektüre eines Schilds an der Wand, das die Brandschutzregeln des Krankenhauses erläutert. In seinen Augen glänzen Tränen. Mein Magen zieht sich zusammen. Scheiße. Gottverdammte Scheiße.

»Wie fühlst du dich, Liebes?«, fragt Amy und zieht einen Stuhl an mein Bett, während Malcolm am Fußende stehen bleibt, die Hände in den Hosentaschen und mit einem Blick, als wäre er in Trance. Ich schlucke die Galle runter, die mir in die Kehle steigt.

Es ist meine Schuld. Ich habe ihnen das angetan.

»Es tut mir so leid«, sage ich. »Ich … Cooper ist gefahren, und ich glaube, ich habe ihn abgelenkt. Wir haben gelacht und …«

»Er hat gelacht?«, fragt Amy. Kurz blitzt ein Lächeln in ihren Augen auf, aber die Sorge vertreibt es schnell wieder.

Ich nicke und will ihnen erzählen, dass ich gerade seinen richtigen Namen herausgefunden hatte, entscheide mich dann aber dagegen. Schließlich waren sie es, die ihm diesen Namen angetan haben.

»Wie lange musst du hierbleiben?«, fragt Malcolm mit so schwacher Stimme, als wäre er vollkommen leer. »Man hat uns gesagt, du wurdest operiert?«

»Ja. Mein Knie ist … Ich werde wohl eine Weile nicht laufen können. Und meine Rippen … na ja, halb so wild, das kommt wieder in Ordnung. Aber ich muss wohl mindestens noch eine Woche hierbleiben. Ich wollte nicht, dass sie mich von Cooper wegbringen. Wenn es nach mir ginge, wäre ich jetzt unten bei ihm.«

»Brauchst du irgendwas?«, fragt Amy und ergreift meine Hand mit einer Vertrautheit, als hätten wir uns schon viel öfter gesehen als nur dreimal. Ich beiße mir auf die Innenseite der Wange, um das Schluchzen zu unterdrücken, das aus mir herausbrechen will, und schüttle den Kopf, obwohl mir in diesem Moment aufgeht, dass ich nichts dabeihabe bis auf die Handtasche, die ich zu Mr Yoons Party mitgenommen habe. Keine Wechselkleidung, keine Zahnbürste, keins meiner Medikamente.

»Ich habe alles, was ich brauche«, sage ich so munter wie möglich. »Ehrlich gesagt, ich weiß es wirklich sehr zu schätzen, dass ihr mich besuchen kommt, aber mir geht es gut. Geht ruhig zu Cooper.«

Malcolm atmet tief ein. »Cooper hat erwähnt, dass du hier in London keine Familie hast. Wenn du nach der Entlassung erst mal Hilfe brauchst, kannst du gern bei uns wohnen. Wir haben Platz.«

»Das ist sehr lieb, aber wirklich nicht nötig. Wir sind noch nicht lange zusammen, und …«

»Cooper war so glücklich wie schon lange nicht mehr«, sagt Onkel Lester. Seine Unterlippe zittert. »Das ist alles, was wir wissen müssen.«

Ich nicke, obwohl ich weiß, dass ich das Angebot nicht annehmen werde. Ich will ihnen nicht noch mehr Ärger machen als sowieso schon.

»Ich habe die letzten anderthalb Stunden mit ihm geredet. Ich frage mich, ob er mich hören kann«, murmelt Amy selbstvergessen. »Ich hoffe, er weiß wenigstens, dass er nicht allein ist.«

Ich würde ihr so gern sagen, dass er bei Merritt ist. Aber das würde nur noch mehr Schmerz für sie bedeuten und Fragen aufwerfen, die ich nicht mal ansatzweise zu beantworten wüsste.

»Ich glaube, er kann dich hören«, sage ich. »Ich glaube, wo immer er ist, es geht ihm gut.«

Da fängt Amy an zu weinen, laut und aus tiefster Seele. Sie sackt einfach in sich zusammen. Onkel Lester und Malcolm eilen zu ihr und helfen ihr auf. Als sie das Zimmer verlassen, beginne ich zu zittern. Ich drücke den Summer, und dieses Mal kommt jemand anders. Ich sage, dass ich Schmerzen habe. Eine Zehn auf der Skala, behaupte ich wieder. Gleich darauf wird mir etwas gespritzt, das mich zurück ins warme Nichts schickt. Ich schlafe ein und hoffe verzweifelt, dass Cooper, wenn ich aufwache, wieder unter den Lebenden weilt.

Kapitel 46

In den nächsten drei Tagen bin ich nur sporadisch bei Bewusstsein. Morgens wache ich auf und werde zu Cooper gerollt, das Gehirn noch ganz benebelt vom Schlaf. Ich rede eine halbe Stunde auf ihn ein und flehe ihn an, zu mir zurückzukommen.

Zwischen Wachen und Schlafen kommen Leute zu Besuch, aber meistens nehme ich sie gar nicht richtig wahr. Ich erinnere mich vage daran, dass Mr Yoon hier war und mithilfe seines VOCA mit mir gesprochen hat. Und Frida brachte mir ein Paket Nachthemden von *Marks & Spencer* und eine Schachtel mit schwarzen Tangas vorbei – richtige Slips hatten sie offenbar gerade nicht da. Aber die einzigen Gespräche, die mir in Erinnerung bleiben, sind die erschreckend einseitigen Unterhaltungen, die ich jeden Morgen mit Cooper führe.

Am vierten Tag dieser Routine drücke ich den Summer für meine übliche Elf-Uhr-Dosis bewusstseinsverändernder Medikamente. Manny kommt, der Oberpfleger der Station, und setzt sich auf meine Bettkante. »Wir drehen Ihnen jetzt den Saft ab«, sagt er schlicht und ohne Umschweife.

»Was?«

»Kein Morphium mehr. Keine Beruhigungsmittel mehr. Ihr behandelnder Arzt hat gesagt, dass Sie sie zu diesem Zeitpunkt nicht mehr brauchen sollten.«

Ich plustere mich auf. »Aber ich brauche sie! Ich brauche sie wirklich.«

»Ich weiß, dass Ihr Freund auf der Intensivstation liegt. Und Sie machen sich bestimmt furchtbare Sorgen. Aber Drogen helfen nicht gegen diese Art Schmerz, glauben Sie mir.«

»Doch, genau das tun sie.«

»Jetzt nicht mehr.« Ein mitleidiges Lächeln. »Ihr Knie heilt gut. Es tut mir leid, Delphie. Der Arzt sagt, es ist an der Zeit, die Schmerzmittel zu reduzieren.«

Als er zu einem anderen Patienten weitergeht, schnappe ich mir mein Handy, um mich abzulenken. Ich habe eine neue Nachricht von Mum. Stirnrunzelnd scrolle ich hoch und stelle fest, dass ich ihr offenbar gestern geschrieben habe, obwohl ich mich nicht daran erinnere – ich muss völlig weggeschossen gewesen sein.

In meiner Nachricht an sie steht:

Mum, ich bin im Krankenhaus. Autounfall. Knie, Rippen. Station 8 UCLH.
Ich vermisse dich x

Ich überfliege ihre Antwort.

Liebling, o nein! Das tut mir leid! Gute Besserung!

Mehrere Sekunden lang starre ich auf die Nachricht. Dann scrolle ich nach oben und immer weiter hoch. All meine Nachrichten, all ihre Absagen. Meine Brust schmerzt. Ich denke an Coopers Worte am Abend der Gala: Wenn Menschen gehen wollen, ist es manchmal am besten, sie einfach gehen zu lassen.

Ich gehe in meine Kontakte und lösche ihre Nummer.

Am nächsten Nachmittag bin ich in der wohl schlimmsten Stimmung meines Lebens. Am Morgen sagte mir der Arzt, dass niemand wüsste, warum Cooper noch nicht aufgewacht sei, und dass ich mich darauf einstellen müsse, dass es vielleicht niemals passieren würde.

Ich weine gerade, als Leanne hereinkommt. Ihr grün-gelber Overall ist mit Ananas bedruckt, der inmitten des gedämpften Blassblaus von Station 8 umso stärker leuchtet. Ihre Wimpern wirken noch länger als sonst, und ich habe den Eindruck, als würden sie durch ihr Gewicht die Augenlider ein wenig herunterziehen. Leanne hat einen Karton dabei und nähert sich mir mit großen Augen und so vorsichtig, als wäre ich ein Löwe in einem Käfig und sie ein Kind, das überlegt, den Finger zwischen die Gitterstäbe zu stecken, aber zu viel Angst davor hat. Anscheinend spiegelt mein Gesicht meine Verfassung wider.

»Du siehst aus wie früher«, sagt sie.

»Was?«

»Mürrisch. Als ob du nicht angesprochen werden wolltest.«

»Und doch bist du hier.«

»Ich habe dir Suppe mitgebracht«, sagt Leanne leise und deutet auf den Karton.

»Warum?« Ich beuge mich vor und schnuppere daran. Es riecht gut.

»Weil man das tut, wenn Menschen traurig sind«, erwidert Leanne.

»Wer macht das?«

»Menschen. Freunde.«

»Okay. Aber warum?«

Blinzelnd blickt sie in die Ferne. »Ich weiß nicht genau. Es ist nur … das machen sie immer so in Büchern und Filmen. Ich glaube, es geht dabei um Trost.«

Wir denken einen Moment lang darüber nach.

»In dem Krankenhaus, in dem ich wegen meiner Endometriose operiert wurde, war das Essen schrecklich«, fährt sie fort. »Die Erbsen waren zu einem dicken Klumpen zusammengekocht, wie eine einzige riesige weiche Erbse. Wenn ich nur daran denke, könnte ich kotzen. Diese Suppe ist von *Baba's* und bestimmt köstlich.« Sie holt eine Papierserviette und einen silbernen Löffel aus der Tasche. Angesichts ihrer Freundlichkeit fängt meine Unterlippe an zu zittern, und ich habe ein schlechtes Gewissen, weil ich so ruppig war. Ich hatte bisher nicht über das Krankenhausessen nachgedacht, weil ich sowieso keinen Hunger hatte. Aber jetzt, da die Suppe vor mir steht, knurrt mein Magen.

»Ich wusste nicht, dass du Endometriose hast. Das ist furchtbar.«

»Du hast nie gefragt.«

»Tut mir leid«, sage ich und zucke zusammen. »Ich wollte mich schützen, indem ich mich von anderen Menschen fernhalte. Aber so langsam glaube ich, ich war vielleicht …«

»… eine richtig saublöde Kuh?«

Ich muss lachen und schreie vor Schmerz auf, weil meine Rippen das gar nicht mögen. »Ja.« Ich grinse. »Eine saublöde Kuh. Warum wolltest du überhaupt mit mir befreundet sein?«

»Weil es echt blöd aussieht, wenn die einzige Freundin auf der Arbeit die eigene Mutter ist.«

Ich lache.

Leanne zuckt mit den Schultern. »Mal im Ernst, ich mag dich. Und dieser eine Abend, als wir nach Feierabend Wein getrunken haben … da hast du mir erzählt, dass deine Mutter weg ist.«

»Wirklich?«

»Ja. Und sobald du deine Schutzmauern mal runtergelassen hast, warst du so witzig. Ich wusste, dass ich es irgendwann schaffe, dich weichzuklopfen. Ich meine, klar, ich dachte eigentlich, es würde vielleicht noch ein, zwei Jahre dauern, aber jetzt sieh uns an – jetzt sitzen wir hier und teilen uns eine Suppe.«

»Teilen?«

»Ja, ich hatte gehofft, wir essen sie sofort.« Leanne holt eine weitere Serviette und einen zweiten Löffel aus ihrer Handtasche. »Ich habe noch nichts zu Mittag gegessen, weil Mum sich ein Thunfischbrötchen geholt hat, herzlichen Dank auch.«

»Magst du keinen Thunfisch?«

»O Mann, du hast mir wirklich all die Jahre nicht zugehört, oder? Wir hatten mal eine Kundin mit einer sehr hartnäckigen bakteriellen Vaginose in der Apotheke, seitdem kann ich den Geruch von Fisch nicht mehr ertragen. Aber meine Mutter liebt Thunfisch, und wenn sie welchen isst, esse ich eben nichts.«

Ich lache und presse eine Hand auf die Rippen. »Du musst damit aufhören, mich zum Lachen zu bringen.«

»Ich kann nichts versprechen«, sagt Leanne und hebt das Kinn, ein stolzes Lächeln auf dem Gesicht. »Aber ich versuche, mich zurückzuhalten, bis wir endlich zusammen um die Häuser ziehen.«

»Wir ziehen um die Häuser?«

»Na klar. Du und ich und Mum. Du hast es versprochen, als ich dir kurzfristig freigegeben habe.«

Ach ja. Stimmt. O Gott, das scheint schon so lange her zu sein.

Es ist seltsam … als ich dem gemeinsamen Abend zugestimmt habe, habe ich insgeheim sofort überlegt, wie ich mich da wieder rauswinden kann. Aber jetzt, da alles so schrecklich ist, kommt mir der Gedanke daran seltsam tröstlich vor.

Kapitel 47

Die Prozession meiner Besucher wird wenige Stunden später durch Jan fortgesetzt. Als sie auftaucht, weine ich schon wieder. Ich scheine damit praktisch nicht mehr aufhören zu können.

Hauptsächlich weine ich um Cooper. Denn je mehr Zeit verstreicht, ohne dass er aufwacht, desto wahrscheinlicher wird es, dass er das Bewusstsein nie mehr wiedererlangt. Und seit Amy mir gesagt hat, Cooper sei in mich verliebt, denke ich ständig darüber nach, was ich eigentlich für ihn empfinde.

Ja, mir war klar, dass ich auf ihn stehe. Wenn er mich zum Lachen gebracht hat, habe ich mich so frei gefühlt, und ich wusste, dass sich hinter seiner mürrischen Fassade ein zartes und großzügiges Herz verbirgt. Er hat mir gezeigt, wie mein Körper mir ein Quell der Freude sein kann statt ein Quell der Angst. Aber ich habe angenommen, es ginge nur um Sex. Um Lust. Und jetzt weiß ich nicht, ob ich jemals erfahren werde, was jenseits der Lust noch auf uns gewartet hätte.

Ich wollte ihn kennenlernen. Ihn richtig kennenlernen, auf eine Weise, für die zehn Tage niemals ausreichen. Ihn beim Zähneputzen sehen. Erfahren, was er von gemeinsam angesehenen Serien hält. Ich wollte seine Lieblingsfarbe kennen, sein Frühstücksmüsli, seinen Lieblingsdichter, seine bevorzugte Bettseite. Wollte ganze Nächte lang mit ihm aufbleiben, wie nach der Gala. Was, wenn ich nie wieder dieses Kribbeln im Bauch verspüre oder den Stolz, wenn ich ihn zum Lachen bringe oder wenn er kommt oder den Kopf schüttelt, als könne er nicht glauben, dass es mich wirklich gibt?

»Ich habe dir ein bisschen was zu essen mitgebracht«, sagt Jan und reicht mir zwei in Frischhaltefolie eingewickelte Thunfischsandwiches, eine Flasche Lucozade und grüne Weintrauben.

»Vielen Dank.« Nach dem, was Leanne erzählt hat, werde ich es nicht über mich bringen, die Sandwiches zu essen. Ich ziehe ein frisches Taschentuch aus der Schachtel auf meinem Nachttisch und putze mir die Nase, dann werfe ich das Handtuch auf den großen, ekelhaften rotzigen Stapel, der so hoch ist, als wollte ich eine besonders widerliche Jenga-Variante erfinden. »Tut mir leid, Jan. Sonst weine ich nie, weißt du? Ich war immer hart wie Stahl.«

Jan zuckt mit den Achseln. »Das ist nichts, worauf man stolz sein kann.«

Ich denke an meine Mutter, die immer sagte, dass nur Weicheier weinen. »Bücherwürmer sind aus härterem Holz geschnitzt.«

»Weinen bedeutet, dass man etwas empfindet«, sinniert Jan. »Dass du lebst. Dass du liebst.«

»Dass du lachst?«

Sie reagiert nicht auf meinen Einwurf. »Es bedeutet, dass du dich sorgst.«

»Es ist schrecklich. Auf einmal gibt es all diese Leute, die ich mag und vermisse, und ich kann nicht aufhören zu weinen. Das ist doch scheiße.«

Jan lacht. »Nein! Nein, ist es nicht. Na ja, im Moment vielleicht schon … aber Gott, wäre das Leben nicht langweilig, wenn man nie etwas zu beweinen hätte?«

Ich denke an die letzten zwölf Jahre meines Lebens, in denen ich nach Kräften dafür gesorgt habe, keinen Grund zum Weinen zu haben.

»Wusstest du, dass emotional bedingte Tränen eine höhere Proteinkonzentration haben als Tränen, die durch Reizung entstehen?«, fragt mich Jan in einem Ton, als würde es zur Allgemeinbildung gehören. »Ich habe im Internet gelesen, dass der höhere Proteingehalt dafür sorgt, dass die Tränen langsamer die Wangen hinunterlaufen – was die Wahrscheinlichkeit erhöht, dass andere

Menschen sie sehen und ihre Hilfe anbieten. Der Körper ist auf Gemeinschaft ausgelegt. Tränen ziehen buchstäblich Menschen an. Also weine, so viel du nur willst!«

»Das ist wunderschön«, sage ich zu meinem eigenen Erstaunen.

»Finde ich auch.«

»Ich wollte aber nie Menschen in meinem Leben haben. Menschen bedeuten Chaos.«

»Das ist etwas Gutes, Liebes. Weißt du, der Trick mit Menschen ist, dass man zulassen muss, dass sie einen aus der eigenen Komfortzone holen. Lass zu, dass sie dir Dinge sagen, die du nicht hören willst. Lass dich von ihnen auseinandernehmen und wieder zusammensetzen. Wie mein geliebter Stephen Sondheim schrieb: *Somebody hold me too close, somebody hurt me too deep.* Das ist es, was das Leben ausmacht.«

»Ich weiß nicht, was ich tun soll, Jan.«

Jan nimmt meine Hand. »Du konzentrierst dich jetzt erst mal darauf, gesund zu werden. Du kehrst ins Leben zurück, so gut du kannst. Und gibst die Hoffnung nicht auf, dass das Leben seinen Weg nimmt, so wie es sein soll.«

Bei der Freundlichkeit in ihren Augen und ihrer aufrichtigen Anteilnahme könnte ich direkt wieder losheulen. Mühsam reiße ich mich zusammen.

»Hast du Deli Dan geküsst?«, frage ich und denke daran, wie sie auf der Party geflirtet haben.

Jan zieht die Brauen hoch und stößt ein ungewohnt kehliges Lachen aus. »Wir haben uns nicht nur geküsst, Delphie, Liebes. Ich bin schon seit Jahren in diesen Kerl verknallt. Ich hätte nie gedacht, dass er mich zweimal ansehen würde. Aber genau das ist es ja, was ich sagen will: Das Schicksal hat die Angewohnheit, dir genau das zu geben, was du brauchst, wenn du es brauchst.«

Ich blicke aus dem Fenster in die Ferne und frage mich, wo Merritt und Cooper gerade sein mögen. Dann stoße ich einen langen, tiefen Seufzer aus. »Ich hoffe so sehr, dass du recht hast.«

Es ist eine Bemerkung von Aled, die er bei einem seiner Besuche fallen lässt, die meine Gehirnwindungen in Gang bringt. Er fragt mich, wie es dazu gekommen ist, dass Cooper und ich auf einmal zusammengekommen sind, nachdem wir so lange im selben Haus gelebt haben und außer Sticheleien nichts zwischen uns passiert ist. Als ich ihm erzähle, dass Cooper mich überredet hat, mich als seine Freundin auszugeben, damit seine Eltern aufhören, ihn mit der Nachbarin verkuppeln zu wollen, ruft Aled begeistert: »Eine Fake-Verabredung! Mein allerliebster Romantik-Trope! Es war euch *bestimmt,* euch ineinander zu verlieben.«

Als er geht, denke ich über Liebesromane nach. Merritt ist eindeutig davon besessen, und je länger ich darüber nachdenke, desto verdächtiger kommt es mir vor, dass meine Jenseits-Therapeutin ausgerechnet die Schwester meines Nachbarn ist. Das kann unmöglich ein Zufall sein. Und warum hat Merritt es nie erwähnt?

Ich nehme das Handy vom Nachttisch und google *romance tropes in liebesromanen.* Öffne eine Website und erfahre, dass der beliebteste Trope *Enemies to Lovers* heißt. Ich lese weiter.

> Die Grenze zwischen Liebe und Hass ist hauchdünn, und nichts bringt den Leser so in Fahrt wie die knisternde Spannung zwischen Feinden, von denen man weiß, dass sie atemberaubenden Sex haben könnten, wenn sie nur endlich über ihren eigenen Schatten springen würden. Das Geplänkel! Der Konflikt! Die Angst! Die Lust!

Ich beiße mir auf die Wangeninnenseite. Das klingt *sehr* nach mir und Cooper. Ich gehe die Liste weiter durch, und mir springen Begriffe ins Auge wie *erzwungene Nähe, Sharing a Bed, Love Triangle, Fake-Dating* und *Zähmung des Frauenhelden.*

Ich werfe mein Handy auf die Bettdecke und denke nach. Cooper und ich waren nach der Gala gezwungen, uns ein Bett zu teilen. Und mit Jonah haben wir uns in einer Art Dreiecksbeziehung befunden. Hmmm. Vor mir hatte Cooper ständig wechselnde Frauen zu Besuch. Habe ich *den Frauenhelden gezähmt?*

Ich beiße mir auf die Lippe, mein Verstand sortiert wie rasend Puzzleteile, die nicht so recht zusammenpassen wollen. Diese ganze Sache … war etwa alles ein Plan von Merritt, um mich dazu zu bringen, mit ihrem *Bruder* auszugehen? Ist das das Happy End, auf das sie es abgesehen hat? Bestimmt nicht. Dann hätte sie mich doch einfach mit der Anweisung zurückgeschickt, Cooper zu küssen. Warum sollte sie mich Jonah durch ganz London jagen lassen? Und warum sollte sie Cooper jetzt in Evermore behalten? Wofür war das alles dann gut?

Moment mal …

Es sei denn …

Ich schnappe nach Luft, und mein Herz fängt an zu rasen. Hat sie … hat sie vor, ihn zurückzuschicken?

Das *muss* es sein! Merritt mag verrückt sein, aber sie ist klug. Auf keinen Fall würde sie sich so viel Mühe machen und sogar ihren Job riskieren, um mich und Cooper zu trennen, nachdem wir endlich zueinandergefunden haben. Ich meine … warum sollte sie zu ihrem eigenen Zwillingsbruder so grausam sein? Nein, das passt nicht zusammen. Wahrscheinlich hatte sie von Anfang an vor, ihn auf die Erde zurückzuschicken. Nur wollte sie noch ein wenig Zeit mit ihm verbringen, bevor sie sich wieder verabschieden muss.

»Ich weiß, dass du mich hören kannst«, rufe ich. »Ich kenne dein Spiel!«

Die alte Frau im Nachbarbett beugt sich vor und sieht mich durch dicke Brillengläser an. »Aber ja, Gin Rommé spiele ich sehr gern, meine Liebe. Haben Sie Karten dabei? Wollen wir eine Runde spielen?«

»Vielleicht später.« Lächelnd lehne ich mich in die Kissen zurück und schüttle den Kopf. Vor Erleichterung lache ich leise auf. Warten kann ich. Nachdem ich so lange darauf gewartet habe, mich eines Tages besser zu fühlen, werde ich es auch noch schaffen, ein oder zwei Wochen lang zu warten, bis ich Cooper zurückbekomme. Ich warte mit Freuden.

Es dauert drei Tage, bis ich endlich die Erlaubnis erhalte, nach Hause zu gehen. Seit ich sicher bin, dass es nur noch eine Frage der Zeit ist, bis Cooper zurückkehrt, ist meine Stimmung deutlich besser. Na ja … so gut sie eben sein kann, wenn man erst kürzlich zweimal gestorben ist und der neu gewonnene Lieblingsmensch im Koma liegt.

Leanne hat mir großzügigerweise versprochen, mich jeden Morgen ins Krankenhaus zu fahren, damit ich Cooper besuchen, seine Hand halten und ihn auf den neuesten Stand bringen kann. Ich weiß nicht, ob er mich hört, ich nehme eher an, dass er sich vor seiner Rückkehr auf die Erde mit Merritt in Evermore eine schöne Zeit macht. Aber ich rede trotzdem.

Ein freundlicher Pförtner begleitet mich zum Vordereingang des Krankenhauses, wo Aled und Frida und Leanne und Jan warten und seltsamerweise auch Flashy Tom aus dem *The Orchestra Pit*. Sie stehen beisammen und scheinen miteinander herumzuzanken.

Ich bedanke mich beim Pförtner, nehme meine Krücken und hüpfe zu ihnen hinüber.

»Hallo«, sage ich und stelle fest, dass sich die Luft in der Woche, die ich im Krankenhaus verbracht habe, auf eine weitaus angenehmere Temperatur abgekühlt hat. »Warum seid ihr so viele?«

Mit zusammengebissenen Zähnen dreht sich Aled zu mir um. »Ich habe in der WhatsApp-Gruppe gesagt, dass *ich* dich abhole, aber jetzt stellt sich heraus, dass Leanne ihre Benachrichtigungen nicht gecheckt hat.«

»Ich war beschäftigt!«, sagt Leanne. »Und warum beschimpfst du nur mich und nicht Frida oder Flashy Tom? Sie haben deine WhatsApp-Nachricht auch nicht rechtzeitig gesehen.«

»Eine WhatsApp-Gruppe? Wovon redet ihr?«, frage ich und schwanke ein bisschen. Leanne und Frida haken sich bei mir unter, um mich zu stützen.

»Wir haben eine Delphie-Gruppe«, sagt Jan, als wäre es völlig normal, dass es eine nach mir benannte WhatsApp-Gruppe gibt. »Um unsere Besuche zu koordinieren. Aber heute Morgen gab es eine Verwechslung bei der Frage, wer dich eigentlich abholen sollte.«

»Eine Verwechslung? Oder mangelnde Aufmerksamkeit?«, murmelt Aled, und seine Wangen röten sich.

Leanne wird ausfallend, woraufhin Frida ihr ruhig sagt, sie solle nicht so mit ihm reden. Jan verdreht die Augen und sieht mich an. »Du hast zu viele Freunde«, sagt sie und klopft mir auf die Schulter. Dann geht sie voran zu ihrem Wagen, und ich folge ihr lächelnd auf meinen Krücken, während die anderen sich weiterzanken.

Ein wohliges Gefühl breitet sich in meiner Brust aus und erwärmt meinen ganzen Körper.

Zu viele Freunde.

Einfach nicht zu fassen.

Als wir mein Wohnhaus erreichen, erschrecke ich beim Anblick einer Gestalt mit schwarzem Hemd und Baseballkappe, die vor meiner Haustür steht.

»Cooper?«, keuche ich, und vor Freude stockt mir der Atem. Aber dann dreht sich die Gestalt um, und ich verspüre einen Stich in der Brust.

Jonah. Es ist nur Jonah. Wie dumm von mir. Cooper ist viel größer und breiter und liegt im Koma.

Jonah setzt ein breites Lächeln auf, und mir fällt auf, dass seine Zähne vielleicht ein bisschen *zu* perfekt sind – wie glänzende Tic Tacs in einer sauberen Reihe. Ich frage mich, ob es bei seiner zahnärztlichen Behandlung vielleicht um das Einsetzen von Veneers ging.

»Delphie! Da bist du da. Ich habe im Krankenhaus angerufen, und man hat mir gesagt, du wärst gerade weg.«

»Tut mir leid, jetzt ist nicht der beste Zeitpunkt«, sage ich und blicke auf meine Krücken. Ich habe keine Ahnung, was er will.

Jonah verzieht das Gesicht. »Oh. Ich wollte nur mit dir reden.«

»Ist das nicht der Junge, der dir das Leben gerettet hat?«, zischt Jan neben mir. »Sei nett zu ihm.«

Es ist der Junge, der mir das Leben gerettet hat. Ich verdanke ihm alles.

»Ich muss los, aber vielleicht kannst du ihr die Treppe hochhelfen? Das erspart uns das Warten auf die anderen«, sagt Jan, sehr zu meiner Verärgerung.

»Ja, natürlich. Ja. Ich helfe ihr!«, antwortet Jonah eifrig.

Ich werfe Jan einen finsteren Blick zu, aber sie steigt einfach wieder in ihr Auto. Jonah schließt für mich auf, nimmt meine Tasche und hält mir die Tür auf. Er mustert die Treppe. »Soll ich dich tragen?«

Ich denke daran, wie Cooper mich vor etwas mehr als einer Woche im Regen getragen hat. Wie mein Kopf gegen seinen Hintern geprallt ist, während er mit mir Richtung *Bee and Bonnet* joggte.

»Nein danke. Ich rutsche auf dem Hintern nach oben. Dann hast du genug Zeit, um mir zu sagen, was immer du mir sagen willst, bis wir oben ankommen.«

Jonah presst die Lippen zusammen, und ich erinnere mich an Jans Worte über das Nettsein. »Entschuldigung. Ich wollte nicht unhöflich sein. Ich bin … mein Leben ist im Moment ziemlich kompliziert.«

Er nickt und folgt mir langsam die Treppe hinauf, während ich meinen Hintern Stufe für Stufe emporschiebe.

»Also …« Er blickt kurz auf seine Turnschuhe und lacht auf. »Ich komme mal besser gleich zur Sache. Die Sache ist die … ich kann nicht aufhören, an dich zu denken.«

Ich erstarre mitten in der Bewegung. »Du … *was?*«

Jonah nimmt seine Baseballkappe ab und fährt sich mit der Hand durchs Haar. »Ich meine, du hast mich bei der Gala zu Tode erschreckt. Klar.«

»Klar.«

»Aber dann … als ich … als ich dich beatmet habe, da war da dieses Gefühl. Ein ganz eigenartiges Pochen in meinem Bauch. Als gäbe es zwischen uns eine Verbindung.«

Fast hätte ich über diese Ironie gelacht.

»Ich dachte, es sei das Adrenalin – du weißt schon, die Panik.

Aber seitdem denke ich jeden Abend vor dem Einschlafen nur noch an … na ja, an dich. Ich habe heute Morgen mit Lulu Schluss gemacht.«

»Lulu?«

»Die Frau, mit der ich zusammen war.«

Oh, ja. Die dunkelhaarige Frau von der Gala. Er hat mit ihr Schluss gemacht?

»Bei ihr war es nicht dieses … dieses Gefühl. Und ich bin hier, um dich zu fragen, ob du mit dem Mann zusammen bist, mit dem du verunglückt bist. Weil du ja erst vor ein paar Tagen gesagt hast, zwischen uns beiden gäbe es eine Verbindung. Und ich … ich glaube, du könntest recht haben. Es fühlt sich an, als würden wir uns irgendwoher kennen. Als hätten wir uns schon mal getroffen. Vor der Gala, meine ich. Warum warst du an dem Unfallabend vor meinem Haus?« Er hockt sich auf die Stufe vor mir. Sein Gesicht ist so nah, dass ich die dunkelgoldenen Bartstoppeln auf seinem perfekten Kiefer schimmern sehe. »Es kann kein Zufall gewesen sein, dass du ausgerechnet dort warst, in genau dieser Straße unter all den Straßen Londons.«

»Ich …«

Cooper die Wahrheit zu sagen hat ihn ins Krankenhaus gebracht. Vielleicht hatte Merritt recht, und Jonah ist einer meiner fünf Seelenverwandten auf Erden. Aber … es spielt keine Rolle. Ich bin in jemand anders verliebt. Ich bin in Cooper verliebt. Selbst wenn Amy sich geirrt hat und Cooper nicht das Gleiche für mich empfindet, weiß ich, was ich für ihn empfinde. Und ich bin überzeugt, dass es nur eine Frage der Zeit ist, bis ich ihn persönlich fragen kann. Tage, vielleicht auch Wochen. Merritt hat das alles genau durchgeplant. Cooper wird zurückkommen.

Ich lächle grimmig. Dieser Adonis mit den blauen Augen und dem anziehenden Lächeln ist nicht der Mann, den ich will, denn ich will den zerzausten, schwarzäugigen, widerwärtigen Jazz-Fan, der im Koma liegt. Und solange noch Hoffnung besteht, werde ich auf ihn warten.

Jonah sieht mich an, als wäre ich die tollste Frau der Welt.

Ihm zuliebe muss ich die Sache hier und jetzt beenden, ehe er sich in eine Obsession hineinsteigert, die nur in Enttäuschung enden kann. Ich hole tief Luft. »Es tut mir so leid, Jonah. Du verdienst eine wunderbare Frau an deiner Seite. Aber diese Frau bin ich nicht.«

»Aber … aber ich habe dir das Leben gerettet.«

Ich nehme seine Hand. Keinerlei Funken. »Und ich werde dir dafür immer dankbar sein. Aber … es wird nichts zwischen uns passieren. Ich weiß, ich habe gesagt, dass wir eine Verbindung haben. Aber das ist ein ganzes Leben her.«

»Es war erst letzte Woche!«

»Damals war ich ein anderer Mensch«, sage ich. Ich weiß, wie lächerlich es klingt … wie sehr kann sich ein Mensch in zehn Tagen denn verändern?

Wie sich herausstellt, lautet die Antwort: nahezu vollständig.

Kapitel 48

Zwölf Wochen später

Auf dem Weg zur Bibliothek – ich humple immer noch ein wenig, laufe aber endlich ohne Krücken – schwelge ich lächelnd im Anblick der kupferfarbenen Blätter, die den Bürgersteig bedecken und unter meinen Stiefeln rascheln. Die Hände in den Manteltaschen, laufe ich bei *Baba's* vorbei und nicke Deli Dan zu, der gerade in Windeseile eine Gurke klein schneidet. Es ist vier Uhr nachmittags, und der Himmel verdunkelt sich bereits. Die orangefarbenen Laternen flackern auf.

Ich befolge Jans Rat, hoffnungsvoll zu bleiben, so gut es geht. Versuche, vom Leben und den Menschen das Beste zu erwarten. Im Großen und Ganzen funktioniert es ganz gut, vor allem mithilfe der Therapeutin, zu der ich neuerdings gehe. Sie gibt ihr Bestes, um mir zu helfen, mein chaotisches Gehirn zu verstehen und herauszufinden, wie ich damit arbeiten kann, damit ich nicht wieder in die Isolation abrutsche.

Ich besuche Cooper jeden Tag pünktlich um zehn Uhr morgens. Jeden Morgen hoffe ich verzweifelt, dass dies der Tag ist, an dem er aufwacht. Doch Tag für Tag passiert: nichts. Der einzige Laut im Zimmer ist das unablässige Piepen und Surren der Maschinen, die ihn am Leben erhalten. Im Krankenhaus wird gemunkelt, dass Cooper möglicherweise nie mehr aufwachen wird, und Amy und Malcolm wurden aufgefordert, sich Gedanken über seine zukünftige Pflege zu machen. Aber ich kann mich nicht mit dieser Vorstellung abfinden. Wenn ich bei ihm bin, erzähle ich ihm ausführlich über das Leben in der Westbourne Hyde Road Nr. 14.

Ich erzähle ihm von Mr Yoon, der jetzt sein eigenes VOCA besitzt und so gut mit der Tastatur klarkommt, dass Aled (sein neuer bester Freund) sagt, so schnell habe er noch nie zuvor jemanden tippen sehen. Ich erzähle ihm, dass der Stadtrat zusätzliche häusliche Pflege genehmigt hat und Mr Yoon jetzt eine reizende Helferin namens Claire hat, die sehr gut für ihn sorgt. Ich erzähle ihm, wie ich beim täglichen Frühstück mit Mr Yoon über das VOCA genug über sein Leben erfahren habe, um ganze Enzyklopädien mit meinem Wissen zu füllen – er ist gemeinsam mit seiner Schwester in einem kleinen koreanischen Dorf aufgewachsen. Sein Leben hat einen großen Bruch erlitten, als er nach einer Affäre mit der Frau seines Dirigenten aus dem Orchester geworfen wurde und in keinem anderen Orchester des Landes mehr spielen durfte.

Ich halte Coopers Hand, während ich ihm von Mrs Ernestine erzähle, die jeden Morgen mit mir und Mr Yoon frühstückt, bevor sie sich für mich hinsetzt. Ich stelle mir vor, wie Cooper mich fragt, warum sich Mrs Ernestine für mich hinsetzt, und antworte ihm, dass ich sie zeichne. Ich zeichne praktisch jeden meiner Besucher. Mit einem kaputten Knie im Bett festzusitzen ist nicht gerade unterhaltsam, aber meine Besucher haben sich alle sehr gefreut, dass ich sie zeichne, während wir plaudern.

Es ist schräg, was Menschen so alles erzählen, wenn sie glauben, man würde vor lauter Konzentration gerade nicht richtig zuhören. Ich habe die Nachbarschaft mittlerweile besser kennengelernt, als ich es je für möglich gehalten hätte. Mehr, als ich es mir früher jemals gewünscht hätte. Jetzt kann ich mir gar nicht mehr vorstellen, keine Freude zu verspüren, wenn Leanne mir von ihrer heimlichen Echsenphobie erzählt, wegen der sie mal auf einem Schulausflug in einer Reptilienauffangstation in Ohnmacht gefallen ist. Oder dass Mrs Ernestine einst bei *Catchphrase* mitgemacht und sich mit dem späteren Gewinner gestritten hat, weil sie glaubte, er würde schummeln, was dazu führte, dass die Folge geschnitten wurde.

Aleds Freunde-Sammlung kommt mir nicht mehr verzweifelt vor, sondern liebenswert, seit er mir offenbart hat, dass auch er gemobbt wurde … allerdings an der Universität und nicht an der Highschool. Er hat darauf vollkommen anders reagiert als ich. Während ich mich von allen abkapselte, um nicht verletzt zu werden, sucht er aktiv nach Menschen, die ihn gernhaben.

Frida hat mir gestern gesagt, dass sie sich in ihn verliebt hat.

Ich finde es sogar toll zu wissen, dass Deli Dan laut Jan *den geradesten und stolzesten Penis* hat, den sie je gesehen hat, obwohl sie, wie sie sagt, schon viele gesehen hat. Allein das Wissen darum freut mich jeden Tag für sie – Jan verdient es so sehr, glücklich zu sein. Wir werden nächste Woche zusammen das *Orchestra Pit* besuchen, was ich tapfer ertragen werde, weil sie schnell zu einem meiner Lieblingsmenschen wird.

Ich stoße die Tür zur Bibliothek auf und gehe am Ausstellungstisch mit den Büchern von R. L. Cooper vorbei. Schlucke die Verzweiflung runter, die so heftig durch meine Brust zuckt wie in den schrecklichen, verlorenen Stunden direkt nach dem Unfall. Bei meinem gestrigen Besuch habe ich ihn angefleht, doch bitte endlich zurückzukommen. Ich war mir so sicher, dass Merritt ihn auf die Erde zurückschicken würde, aber während Woche um Woche verstreicht, ohne dass sich etwas ändert, verliere ich langsam den Glauben daran.

Ich lege meine ausgelesenen Bücher in die Rückgabebox – eine Auswahl hervorragender Liebesromane, die Merritt erwähnt hat, und zwei Bücher von R. L. Cooper, die mich sehr in ihren Bann gezogen haben – und gehe durch den langen hinteren Korridor, laufe an den riesigen Buntglasfenstern vorbei in den großen, hellen Lesesaal, in dem heute meine Ausstellung stattfindet.

Eine Ausstellung. *Meine* Ausstellung! Eigentlich ist es lächerlich. Ich nehme erst seit Kurzem wieder gemeinsam mit Frida am wöchentlichen Zeichenkurs teil und bin immer noch Amateurin, aber alle, die ich gezeichnet habe, hielten es für eine großartige Idee, meine Arbeiten einen Nachmittag lang auszustellen, damit wir gemeinsam feiern können. Zuerst habe ich verlegen abgelehnt. Doch dann habe ich mich an etwas erinnert, das Jan im Krankenhaus gesagt hat – dass es im Leben darum geht, die ganze Bandbreite der Gefühle zu erleben. Wenn man immer nur auf Sicherheit setzt und sich nicht dem Drängen und Ziehen, der Angst und der Freude des Lebens aussetzt, dann macht man es nicht richtig. Also habe ich beschlossen, es einfach zu tun. Die Ausstellung trägt den Titel *Meine Leute – die Bewohner der Westbourne Hyde Road.*

Die meisten geladenen Gäste sind bereits da. Ich entdecke Mr Yoon mit Aled und Frida, die drei zeigen auf eine gerahmte Tuschezeichnung von Mrs Ernestine auf meinem Sofa, den Kopf leicht auf die Hände gestützt. Dann wenden sie sich der Aktzeichnung von Leanne zu, die glücklicherweise etwas diskreter posiert hat als Kat im Zeichenkurs. Jan und Leanne und Jans Mutter Diane stehen plaudernd vor einer Reihe Porträts von Mr Yoon, auf denen ich sein Mienenspiel eingefangen habe: Mr Yoon mürrisch, Mr Yoon lachend, Mr Yoon ganz versunken ins Geigenspiel und Mr Yoon, der übers ganze Gesicht grinst, nachdem ich ihn gezwungen habe, sich das hervorragende neue Doja-Cat-Album anzuhören. Flashy Tom macht gerade ein Selfie mit meiner Zeichnung, die ihn als Bernadette Peters aus *Annie* verkleidet zeigt.

Ich wandere umher, bedanke mich bei allen für ihr Kommen und kann nicht fassen, dass all diese Menschen meinetwegen hier sind. Und dass ich mich bereitwillig und fröhlich mit allen unterhalte, mal nur Small Talk und mal ausführlicher.

Ich werfe einen Blick auf mein Porträt von Cooper. Natürlich konnte er nicht für mich sitzen, also ist es größtenteils aus meiner Erinnerung und bei den Besuchen an seinem Krankenbett entstanden. Auf der Zeichnung liegt dieses eingebildete Lächeln auf seinem Gesicht – jenes Lächeln, bei dem ich ihn zugleich anschnauzen, sein Gesicht streicheln und ihm auf den Schoß klettern will. Seine Augen funkeln, das Kinn ist angehoben, als würde er jeden Moment loslachen. Ich denke daran, wie er mit dem ganzen Körper lacht, verspüre ein Stechen im Hals, und meine Augen brennen schon wieder vor Tränen.

Ich trete auf den muffigen Flur der Bibliothek hinaus und atme tief durch, um mich zu beruhigen. Die Leute in diesem Raum haben mich schon so viel weinen sehen, dass es für ein ganzes Leben reicht. Ich kann sie nicht zu einer Veranstaltung einladen und ihnen dann noch mehr vorheulen.

Gerade will ich mich wieder zu den anderen gesellen, als ich hinter mir ein Räuspern höre.

»Die Ausstellung ist gleich da drüben«, sage ich geistesabwesend und zeige mit dem Daumen Richtung Lesesaal.

»Was … keine bissige Bemerkung für den unausstehlichsten Mann, dem du je begegnet bist? Das ist neu.«

Ich wirble herum. Und da ist Cooper, vor den leuchtenden Buntglasfenstern. Er sitzt in einem Rollstuhl und trägt ein makelloses weißes Hemd, die graue Cargohose ist an den Beinen ein wenig ausgebeult. Die dunklen Locken sind kinnlang, seine Augen leuchten eindringlich. Er sieht mich an, als wollte er meinen Anblick förmlich einsaugen.

Dann breitet sich ein herzliches Lächeln auf seinem Gesicht aus. »Weißt du, ich hatte da diesen wirklich seltsamen Traum über ein Mädchen, das genauso aussah wie du.«

Ich beginne zu lachen.

Er ist wieder da. Cooper ist wieder da.

Kapitel 49

Ich stürze mich auf ihn und fahre mit beiden Händen über sein Gesicht, um mich zu vergewissern, dass er echt ist. »Bist du ein Geist?« Behutsam drücke ich seine Arme. Sie fühlen sich echt und fest an und sind definitiv stark genug, dass ich mich traue, etwas fester zuzufassen.

»Kein Geist.« Seine Stimme ist noch heiserer als sonst. Er reibt sich die Kehle. »Ich bin heute Morgen aufgewacht und immer noch ein Mensch. Ein bisschen dünner, ziemlich wacklig auf den Beinen, insgesamt ein bisschen ramponiert, aber nichts, womit man mit etwas Physiotherapie nicht fertigwürde. Ja. Ich bin genau hier.«

»Genau hier«, wiederhole ich, und jetzt schießen die Tränen hinter meinen brennenden Lidern endlich heraus. Er legt mir den Arm um die Taille und zieht mich auf seinen Schoß. »Warte«, protestiere ich, »ich will dir nicht wehtun. Solltest du nicht im Krankenhaus sein?« Ich betaste ihn, untersuche ihn auf Verletzungen, will mich vergewissern, dass es ihm tatsächlich gut genug geht, um hier in der Bibliothek zu sein.

Cooper schüttelt lachend den Kopf. »Mir geht es ganz gut. Ich bin heute Morgen aufgestanden und habe mich gefühlt, als hätte ich einfach nur sehr lange geschlafen. Die Ärzte haben gesagt, dass das manchmal so ist … manche Leute wachen einfach auf. Es wird eine Weile dauern, bis ich wieder ganz fit bin, aber mir geht es wirklich gut. Sie haben mich fast den ganzen Tag allen erdenklichen Tests unterzogen, bevor sie mich für gesund genug erklärt haben, um nach Hause zu gehen. In zwei Tagen muss ich zur Kontrolle wiederkommen, aber ansonsten schienen sie froh zu sein, dass das Bett frei wurde.«

»Es geht dir wirklich gut?«

»Jetzt ja.« Cooper sieht mich an und grinst.

»Deine Eltern! Wissen sie Bescheid?«

»Sie haben mich eben hier abgesetzt. Gerade gehen sie noch irgendwo einen Kaffee trinken und kommen dann her. Sie haben mir von deiner Ausstellung erzählt.« Seine Augen funkeln. »Mir ist zu Ohren gekommen, du hast auch irgend so einen superpopulären Autor porträtiert.«

Ich nehme seine Hände. »Merritt … Ist sie …? War sie das?«

»Als hätte einer dieser Trottel das geschafft!« Merritt taucht am Ende des Korridors auf, und ich zucke zusammen. Sie trägt ein pinkes Kostüm und auf der kleinen Nase eine grüne Flügelbrille.

Ich springe von Coopers Schoß, renne zu ihr und drücke sie fest an mich. »Danke«, flüstere ich. »Danke, dass du ihn zu mir zurückgebracht hast. Ich hab versucht, daran zu glauben, dass du das tun würdest, aber je länger es gedauert hat …« Ich verstumme, unfähig, den Satz zu beenden.

Merritt befreit sich sanft aus meiner Umarmung. »Sieht so aus, als käme da jemand inzwischen viel besser mit Körperkontakt klar! Das freut mich sehr für dich, Delph.«

Ich trete einen Schritt zurück und schüttle voller Staunen den Kopf, als Cooper zu uns herüberrollt. Sie umarmen sich, und er wuschelt ihr durch die Locken.

Merritt blickt zwischen mir und Cooper hin und her. »Gott, seid ihr süß zusammen. Ich hätte gleich wissen müssen, dass ihr füreinander bestimmt seid, aber ich hab mich von eurem ganzen Gezanke täuschen lassen.«

»Moment mal … Du hast mich also *nicht* wegen Cooper zurückgeschickt? War das nicht alles von Anfang an dein großer Plan?«

Merritt schnaubt. »Gott, nein! Ich wusste, dass du seine Nachbarin bist, aber es wäre mir nie in den Sinn gekommen, euch zu verkuppeln. Ehrlich gesagt würde ich ihn niemandem absichtlich aufbürden wollen.«

»He!« Cooper wirft ihr einen empörten Blick zu.

Ich beiße mir auf die Unterlippe. »Warum Jonah? Warum hast du gesagt, er sei mein Seelenverwandter?« Ich sehe Cooper an. »Wenn es doch eindeutig nicht stimmt?«

Merritt zuckt mit den Schultern. »Es war notwendig, oder? Das auslösende Ereignis, wie Autoren es nennen.«

»Aber warum gerade er?«

Merritt legt die gefalteten Hände unter ihr Kinn. »Ich habe mir einfach jemanden ausgesucht, der dir gefallen müsste – ein ähnlicher Typ wie dein alter Kunstlehrer –, und ihn als versehentlichen Besucher rübergeholt. Ich meine … ich wusste, dass er auf dich stehen würde, weil du wunderschön bist und eine seiner Ex-Freundinnen dir ein bisschen ähnlich sah, aber es hat definitiv auch nicht geschadet, dass er volles Rohr auf Schmerzmitteln war. Das hat ihn ganz verträumt gemacht.«

Ich runzle die Stirn und erinnere mich daran, wie Jonah mich angesehen hat. Als wäre ich die bezauberndste Frau, die er je getroffen hatte. Er war einfach nur auf Drogen?

Ich schüttle den Kopf. »Ich dachte, seine Pupillen wären so geweitet, weil … O mein Gott. Er war *high*. Du bist ein schrecklicher Mensch!«

»Ja, aber auch clever, oder?« Merritt lacht.

»Oder einfach nur sehr aufdringlich«, erwidert Cooper.

Merritt tut, als hätte sie nichts gehört, und verschränkt genüsslich die Hände vor der Brust. »Ursprünglich dachte ich ja, ich würde nur ein bisschen großartige Unterhaltung bekommen, dir endlich mal zu Sex verhelfen und nebenbei vielleicht rausfinden, was eigentlich mit dir los ist, um mir die Langeweile zu vertreiben. Aber dann gab es eine große Wendung in der Handlung – du bist mit Cooper zum Spieleabend gegangen und hast ihn zum *Lachen* gebracht! Ich habe ihn vorher seit fünf Jahren nicht mehr lachen sehen.« Sie wirft ihm einen zärtlichen Blick zu. »Und dann … wie er dich angesehen hat, als du aus dem *Shard* zurückgekommen bist. Wie er dir das Blütenblatt aus dem Haar gezupft hat und wie du errötet bist. Ihr habt beide ausgesehen, als würdet ihr von innen heraus leuchten. Als hätte endlich jemand eure *On*-Knöpfe gedrückt. Stellt euch meine Freude vor, als mir klar wurde, dass da ein wunderschönes kleines *Love Triangle* am Start ist!«

Ich nicke und erinnere mich an den Artikel, den ich im Krankenhaus gelesen habe. »Ein klassischer Liebesroman-Trope.«

»Ein *absoluter* Klassiker. Als mir klar wurde, dass du und Cooper vielleicht etwas Besonderes sein könntet, ihr beide aber zu stur seid, um es zu kapieren, musste ich nachhelfen, bevor die Zeit abläuft.« Merritt verschränkt die Arme vor der Brust und mustert uns mit durchtriebenem Blick.

Die Puzzleteile in meinem Kopf fallen endlich an ihren Platz. »O mein Gott … warte … Du hast dafür gesorgt, dass wir uns näherkommen? Hast du …«

»… es am Gala-Abend regnen lassen? Ja. Den Autoschlüssel gestohlen? Na klar. Einen Ansturm von Leuten im *Bee and Bonnet* verursacht, sodass ihr ein Bett teilen musstet? Allerdings. *Share a Bed* ist mein absoluter Lieblings-Trope von allen! Nicht dass ich in der Nähe geblieben wäre, um irgendwas mit ansehen zu müssen – brrrr.« Abwehrend hebt sie die Hände. »Aber ja. *C'était moi!*«

»Dein Plan hat ein bisschen zu gut funktioniert«, stellt Cooper fest, lehnt sich in seinem Rollstuhl zurück und wirft mir ein Grinsen zu, bei dem mir das Wasser im Mund zusammenläuft.

»Von wegen – *gar nichts* hat wie geplant funktioniert! Ich dachte, wenn du dich in Cooper verliebst, würdest du dich bei der Suche nach Jonah noch mehr anstrengen, um dein Leben zu retten und bei Cooper bleiben zu können. Aber stattdessen hast du zu meinem Entsetzen einfach aufgegeben«, klagt Merritt. »Hast den einzigen Menschen aufgegeben, der dafür sorgen konnte, dass du auf der Erde bleiben kannst. Du hast einfach alle viere von dir gestreckt und dein Schicksal akzeptiert wie eine … wie … na ja … eben ganz genau *nicht* wie die Heldin in einem Liebesroman!« Kopfschüttelnd wirft Merritt die Hände in die Luft. »Und ich konnte den von dir unterschriebenen Vertrag nicht ändern. Deinen freien Willen konnte ich auch nicht außer Kraft setzen, dir nur hier und da einen kleinen Schubs geben. Ich hatte solche Angst, dass du Jonah nicht küssen würdest, nach Evermore zurückkehrst und Cooper erneut das Herz gebrochen wird. Aber zu meiner Überraschung hast du in letzter Minute den Kampf wieder aufgenommen. Du hast Jonahs Adresse in Erfahrung gebracht und bist ins Auto gestiegen …«

»Aber dann kam der Unfall«, murmle ich.

»Ich habe Cooper so sehr vermisst«, sagt Merritt, ihre Augen glänzen vor Tränen. »Ich wusste, dass es nicht richtig ist, ihn in Evermore zu behalten, aber ich hatte keine Möglichkeit, ihn zurückzuschicken. Die Franklin-Bellamy-Klausel konnte nicht greifen, weil Cooper nicht wirklich tot war. Nach der elften Woche waren Eric und ich es so langsam echt leid, Cooper dabei zuzuhören, wie er nach dir weint. Schließlich hat Eric ein großes Meeting mit den hohen Tieren organisiert und dafür plädiert, Cooper die Rückkehr in seinen Körper zu gestatten, da er technisch gesehen eigentlich ein versehentlicher Besucher war, nur dass er eben etwas länger da war, als es normalerweise der Fall ist. Er hat eine PowerPoint-Präsentation vorbereitet und einen Anzug getragen, das ganze Drum und Dran. Ist das nicht das Romantischste, was ihr je gehört habt?«

»Wie aus einem Liebesroman.« Ich grinse.

»So romantisch – Nicholas Sparks ist nichts dagegen.« Merritt starrt mich einen Moment lang an, während sie sich mit den Zähnen über die Unterlippe fährt und dabei ein wenig orangefarbenen Lippenstift abstreift. Sie blickt aus dem Fenster auf die Eingangstreppe hinunter. »Ich sollte wohl besser gehen …« Sie dreht sich wieder zu uns um, Tränen laufen ihr übers Gesicht. »Wir haben gestern eine neue Tote reinbekommen, eine Frau namens Lindy. Das perfekte Versuchskaninchen für Eternity 4U. Ich kann es kaum erwarten. Eric ist jetzt Projektassistent. Büro-Romanze im Anmarsch! Wie bei Sally Thorne, nur ohne Hass. Es sei denn, natürlich, wir machen Rollenspiele.«

»Tut euch nur keinen Zwang an!« Cooper breitet die Hände aus.

Ich ziehe Merritt in eine weitere Umarmung. Sie stützt das Kinn auf meine Schulter.

»Ich werde dich vermissen«, sage ich.

»Nein, wirst du nicht.« Sie schiebt sich die Brille auf die Nase und sieht mir fest in die Augen. »Du wirst zu sehr damit beschäftigt sein, dein Leben mit diesem Loser zu genießen.« Mit einem Nicken deutet sie auf Cooper. »Und wenn du nicht mit ihm abhängst, wirst du zeichnen und malen und für deine Freunde da sein, mit Mr Yoon frühstücken, Abenteuer erleben und darin schwelgen, wie herrlich das Leben ist. Und genauso soll es auch sein.«

Cooper will sie ebenfalls umarmen, aber sie winkt ab. »Nö. Nicht schon wieder, Coop. Wir haben uns schon dreimal voneinander verabschiedet. Ich halte das nicht mehr aus.« Sie gibt jedoch sofort nach, schlingt die Arme um ihren Bruder und küsst ihn auf die Wange.

»Danke, Schwesterchen«, sagt er mit brüchiger Stimme.

»Auf Wiedersehen, Merritt.« Ich habe einen Kloß im Hals.

»Auf Wiedersehen, ihr beiden.« Ihre Stimme bebt ein wenig. »Ich hoffe, es dauert noch sehr, sehr lange, bis wir uns wiedersehen.«

Cooper und ich sehen zu, wie sie zu einer schimmernden Fata Morgana verblasst und schließlich im Nichts verschwindet, als wäre sie nie da gewesen.

Ich kuschle mich wieder auf Coopers Schoß. Cooper nimmt meine Hand und beugt sich vor, seine Nase stößt an meine. »Also … Eric hat gesagt, wenn ich dich innerhalb von zehn Tagen finde und küsse, darf ich bleiben.«

»Ich verstehe«, murmle ich.

»Ergo würde ich sehr gern …« Er bricht ab und betrachtet hungrig meine Lippen.

»Sehr gern was?«, flüstere ich.

»Dich küssen, Delphie. Natürlich nur, wenn du es willst.«

»Ich habe mir nie etwas sehnlicher gewünscht.«

Sofort berühren seine Lippen meine, und wir beide strahlen übers ganze Gesicht, als hätten wir den Verstand verloren. Erst küssen wir uns sanft, zaghaft, dann immer leidenschaftlicher, bis wir uns so dicht aneinanderpressen, dass ich seinen Herzschlag spüre, als wäre es mein eigener.

»Ich denke, das sollte genügen«, stelle ich schließlich lachend fest und hebe den Kopf. Mit tränenverschleierten Augen sehe ich ihn an. »Himmel, ich kann es nicht fassen, dass du wirklich hier bist. Ich dachte schon, du hättest dich entschieden, in Evermore zu bleiben.«

Cooper schüttelt den Kopf. »M wiederzusehen war … es war lange Zeit alles, woran ich denken konnte. Und wenn das alles passiert wäre, kurz nachdem wir sie verloren haben, wäre ich, ohne zu zögern, dort geblieben. Aber … *du*. Du, Delphie Bookham. Ich kann nicht ohne dich sein. Ich will *niemals* ohne dich sein.« Mit dem Daumen streicht er über meinen Wangenknochen. »Du bringst mich zum Lachen, und du machst mich wütend. Du bringst mich dazu, ganz ich selbst sein zu wollen und von dir zu lernen, wie man das anstellt. Zusammen mit dir macht es Spaß, ich zu sein. Ich liebe dich, Delphie.«

»Ich liebe dich so sehr«, flüstere ich und drücke meine Stirn gegen seine. Die Worte sind ganz neu und aufregend und kribbeln auf meiner Zunge. Ich habe den Verdacht, ich werde sie noch oft sagen.

Ich schiebe ihn in den Lesesaal, wo die anderen einer nach dem anderen herbeieilen, lachen und weinen und Cooper auf die Schulter klopfen. Mrs Ernestine zuckt lässig mit den Schultern, bevor sie sich wieder meinem Akt von Leanne zuwendet. Amy und Malcolm treffen ein, und als sich ein regelrechtes Gedränge um uns bildet, lache ich laut auf.

Ich halte Händchen mit der Liebe meines Lebens.

Ich bin von Leuten umgeben.

Meinen Leuten.

Den Menschen, die ich liebe und die mich ebenfalls lieben. Die in den Höhen und Tiefen meines Lebens und in all den kostbaren Momenten dazwischen an meiner Seite sein werden. Die Teil dieser kleinen alltäglichen Momente sein werden, die es vielleicht nicht in Gedichte und große Gemälde oder gar die Geschichtsbücher schaffen, alle für sich zusammengenommen aber wertvoller sind als alles andere.

Ein bezeugtes Leben. Ein gelebtes Leben.

Es gibt so viel zu sehen, so viel zu tun, so viel zu *empfinden*.

Cooper verschränkt die Finger mit meinen und drückt fest zu. Ich drücke zurück, mein Herz platzt fast vor lauter Vorfreude auf all das, was noch kommen wird. Ich bin so was von bereit.

Danksagung

Bis ein neues Buch geschrieben ist und endlich zu seinen Lesern findet, braucht man einen ganzen Haufen Leute. Ich schätze mich sehr glücklich, bei *Wolke Sieben ganz nah* den denkbar besten solchen Haufen Leute mit an Bord zu haben.

Aus tiefstem Herzen danke ich Hannah Todd, meiner außergewöhnlichen Agentin, die schon Feuer und Flamme für dieses Buch war, noch ehe ich die erste Zeile geschrieben hatte. Deine Fähigkeiten als Lektorin, deine kluge und zuverlässige Anleitung, deine Großzügigkeit und dein Ehrgeiz haben Unglaubliches möglich gemacht. Du bist unaufhaltsam, ich will dich niemals missen … und auch nicht den Sommerfruchtsaft.

Überhaupt danke ich dem gesamten großartigen Team bei der Madeleine Milburn Literary Agency, ganz besonders Valentina Paulmichl, Hannah Ladds, Amanda Carungi, Elinor Davies, Liane-Louise Smith, Casey Dexter, Madeleine Milburn und Hayley Steed. Die Zusammenarbeit mit euch ist eine solche Freude. Danke, dass ihr mein Leben verändert habt!

Inniger Dank geht auch an meine wunderbaren, klugen Lektorinnen: Katie Loughnane im Vereinigten Königreich, Jen Monroe in den USA und Deborah Sun De La Cruz in Kanada. Mit eurer Hilfe ist dieses Buch so viel besser geworden, als ich je zu hoffen gewagt hätte, und die Arbeit war dank eurer Herzlichkeit, Umsicht und Leidenschaft so leicht und wunderschön. Ich bin euch unendlich dankbar.

Ich danke den unglaublichen Verlagsteams von Berkley, Century und Penguin Kanada, deren Tatkraft, schier ungeheure Kompetenz und allgemeine Coolness mich völlig aus den Latschen hauen. In die USA geht besonderer Dank an Claire Zion, Candice Coote, Christine Ball, Craig Burke, Jeanne-Marie Hudson, Erin Galloway, Jessica Mangicaro, Loren Jaggers, Jin Yu, Kaila Mundell-Hill, Kim Salina I und Kiera Bertrand. In das Vereinigte Königreich an Jess Muscio, Hope Butler, Rachel Kennedy, Katya Brown, Issie Levin,

Alice Brett und Georgie Polhill und viele andere. Welch ein Glück ich habe, mit euch arbeiten zu dürfen.

Außerdem geht mein aufrichtiger Dank an die tollen Verlagsteams bei Sperling & Kupfer, Droemer Knaur, Anaya, General Press, Editura Trei, Kobiece, Znanje, Euromedia, Companhia das Letras, Leya, Leduc, Laguna, Tchelet Books, Bazar und Bard.

Ich danke Ceara Elliot und Vi-An Nguyen für die absolut überwältigenden Cover.

Danke, Antalya von Preussen, für die wunderbaren Autorenfotos!

Ohne die Hilfe meiner Mitautoren und Freunde hätte ich dieses Buch nicht schreiben können. Ganz besonderer Dank geht an Cathy Bramley, die mir mit spielerischer Leichtigkeit bei der Überarbeitung der allerersten Fassung geholfen hat. Ganz großer Dank an Caroline Hogg, Cressida McLaughlin und Cesca Major für eure Ermutigung, Kommentare, Unterstützung und euer Lachen. Ich danke Isabelle Broom, Keris Stainton, Katy Colins, Katie Marsh, Josie Silver, Sophie Cousens, Mhairi McFarlane, Penny Reid und Lia Louis. Ihr seid unbezahlbar und allesamt wunderbar.

Danke an meine Freunde und meine Familie, die mich inspirieren und mein Leben auf so vielfältige Weise bereichern: Elizabeth Keach und Ophelia Maleki Rae, Will Bex und Grace Bex, Dawn Dacombe, Angie Jordan, Andy Jordan, die Familien Walsh und Greenwood, Naomi Johnson, Nicky Allpress, Michael Roulston, die BML-Crew, Oya Alpar und das Herzblatt Tupi.

Ohne meine magische, lärmende, unerschütterliche Familie, die mich alles gelehrt hat, was ich über Liebe weiß, wäre ich nicht hier. Danke, Mum und Dad, Net, Nic, Tony, Mary, Will und C. Ich liebe euch und bin jeden Tag aufs Neue dankbar, euch zu haben.

Edd – Liebe meines Lebens. Du machst das Alltägliche außergewöhnlich.

Und ich danke euch, meinen Leserinnen und Lesern, den langjährigen ebenso wie den neuen. Ich hoffe, ihr habt Freude an dieser Geschichte.